JN076337

アウグストゥス

AUGUSTUS

ジョン・ウィリアムズ
布施由紀子 訳

作品社

アウグストゥス

目次

おもな登場人物

ユリウス・カエサル……共和政ローマの政治家。終身独裁官に就任して権力の集中化をはかったことから共和派の反発を招き、暗殺される。

オクタウィウス……初代ローマ皇帝。カエサルの姪アティアの息子。カエサルの死後、後継者としてローマの内戦を終結させ、アウグストゥス（尊厳者）の称号を贈られる。

ユリア……オクタウィウスの娘。最初の夫の死後、アグリッパに嫁ぐ。

オクタウィア……オクタウィウスの姉。夫の死後、政略上の措置としてマルクス・アントニウスの四番目の妻となる。

スクリボニア……オクタウィウスの二番目の妻。ユリアの実母。

リウィア……オクタウィウスの三番目の妻。

ティベリウス……リウィアの連れ子。ユリアの三度目の夫。第二代ローマ皇帝となる。

アグリッパ……オクタウィウスの青年時代からの親友で、彼の右腕として活躍した軍人、政治家。公共浴場や水道設備など大規模土木工事もおこなった。ユリアの二度目の夫。

マエケナス……アグリッパとともに、オクタウィウスの若き日からの盟友。政治、外交面で彼を支えた。詩人を支援し、文化の興隆にも尽くした。

サルウィディエヌス・ルフス……アグリッパ、マエケナスとともに、オクタウィウスと青春時代を送った友。軍団の将軍として彼を支えた。

キケロ……反カエサル派の雄弁家、政治家、哲学者。カエサルの暗殺後は元老院の重鎮として影響力を発揮する。

ブルトゥス……カエサルを暗殺した首謀者のひとり。

マルクス・アントニウス……カエサルに仕えた軍人、政治家。オクタウィウス、レピドゥスとともに第二回三頭政治をおこなう。

ユッルス……マルクス・アントニウスの三番目の妻フルウィアの子。両親の死後はオクタウィウスに重用される。

クレオパトラ……エジプトの女王。カエサルの愛人だったが、彼の死後は勢力拡大をもくろんでマルクス・アントニウスに接近する。

レピドゥス……カエサルの補佐官として仕え、彼の死後は第二回三頭政治の一頭として権力を握る。

セクストゥス・ポンペイウス……共和派の軍人。ユリウス・カエサルと対立、彼の死後も反カエサル派を貫き、シキリアを拠点に海軍力を増強した。

リウィウス……歴史家。アウグストゥス、マエケナスの庇護のもと、『ローマ建国以来の歴史』を著す。

ダマスクスのニコラウス……ユダエア人の歴史家、哲学者。ヘロデ王に重用され、アウグストゥスとの連絡員としてローマに暮らし、彼の伝記を執筆する。

アマセイアのストラボン……トルコ生まれの哲学者、地理学者。ニコラウスの友人。ローマで留学生活を送る。

ウェルギリウス……詩人。マエケナスの庇護のもと、叙事詩『アエネーイス』を書いた。

ホラティウス……詩人。解放奴隷の子として生まれ、一時は軍務に就いたが、のちにマエケナスにその才能を認められ、すぐれた叙情詩を書いた。

オウィディウス……文学サロンの寵児となり、恋愛詩人として名を成した。

ナンシーに

著者による覚書

記録によれば、古代ローマのさる著名な歴史家は、文章に効果的なひねりを加えるためなら、自分はポンペイウスをパルファロスの戦いに勝たせることも厭(いと)わないと言ってのけたそうだ。わたしはそのような自由をみずからに許していないが、本書には、故意に事実と異なることを書いた箇所、できごとの順序を変えた箇所がある。記録が不完全であったり、不確かであったりする事件については創作を試み、詳細な歴史的記録が残っていない人物については、わたしがアイデンティティを与えた。地名やローマ時代の名称については、現代風に言い換えたものもあるが、すべてをそのようにしたわけではない。機械的な整合性をある程度は維持したいと考えたからだ。わずかな例外をのぞき、この小説を構成する文書はわたしの創作である——キケロの書簡の文章をわかりやすく書き改め、『アウグストゥス業績録』から短い一節をいくつか借用したほか、リウィウス著『ローマ建国以来の歴史』の失われた巻のうち、大セネカが保管していたものも、ところどころで引用している。

しかし、この作品に真実がふくまれているとすれば、それは史実というよりは、小説の上での真実である。読者のみなさまがそれをわたしの狙いどおりに——想像の産物として——受け入れてくださればうれしいと思っている。

研究助成金を支給し、現地に旅をしてこの小説の執筆に取りかかれるようにしてくださったロックフェラー財団に、心からお礼を申し上げる。また、執筆に必要な時間をくださったマサチューセッツ州ノーサンプトンのスミスカレッジ、さらに、ときには当惑しつつも、あたたかいご理解をお寄せくださり、作品の完成を可能にしてくださったデンヴァー大学にも感謝を捧げたい。

プロローグ

書簡――ユリウス・カエサルよりアティアへ（紀元前四五年）

あの子をアポロニアに行かせよ。

愛する姪に向かって、いきなりこのように切り出すのは、おまえの不意を衝き、わたしの説得に、その場しのぎの薄弱な抗弁しかできぬようにするためだ。

おまえの息子は、カルタゴの野営地を元気に出発した。今週のうちにローマに帰り着くだろう。彼がおまえのもとへ戻る前にこの手紙が届くよう、随行する部下たちにはゆっくり歩を進めよと命じておいた。

すでにおまえは、いくらか有効な反論を思いついたにちがいない。おまえはひとりの母親であり、ユリウス氏族の一員でもある――つまり、二重に強情だ。おまえとは以前にもこの件について話し合ったことがあるから、どのような言を用いて抵抗を試みるかは、想像がつく。おまえは彼の健康上の問題を理由にするだろう――しかし、わたしのヒスパニア遠征に参加したガイウス・オクタウィウスは、ほどなく、出立のときより健康になって帰郷する。おまえは外地でどのような加療が受けられるものかと尋ねるかもしれない。だが少し考えてみればわかるように、アポロニアの医者たちは有能だ。香水のにおいを振りまくローマのやぶ医者どもより、はるかに適切に彼の病に対処してくれるだろう。わたしはマケドニアとその周辺に六個の軍団（レギオ）を配備した。議員らが死んでも、ローマが失うものはわずかだが、兵士たちには元気でいてもらわなくてはならない。それに、マケドニアの海岸地方の気候は、少なくともローマと同等には穏やかだ。アティア、おまえはよき母親だ。しかし、しばしばわれわれの家系を悩ませてきた頑（かたく）なまでの倫理観と厳格さに苦しめられている。ここはひとつ、手綱を少し緩め、息子を法が認める真の男にしてやってはどうか。ガイウスはもうすぐ十八だ。あの子が生まれたときには、さまざまな前兆があったと言われたことを覚えているだろう。おまえも気づいていると思うが、じつはわたしが手を尽くして、あのような言説を広めたのだ。

　この手紙の書き出しを命令口調にしたことの重要性を、おまえは理解しなくてはならない。ガイウスのギリシア語は惨憺たるものだ。弁論術にも弱い。哲学はまずまずだが、文学の知識は、控えめに言ってもいささか偏りすぎている。ローマでは家庭教師も市民と同様、怠惰で軽率なのか。アポロニアでは、彼はアテノドロス〔訳註・ストア派哲学者〕の指導を受けて哲学書を読み、ギリシア語の上達に励む。そしてペルガモンのアポロドロス〔修辞学者〕とともに文学の知識を広め、修辞学の習熟をはかる。すでに必要な手はずは整えた。

　加えて、年齢から言っても、ローマから離れる必要がある。彼は、富と高い身分と美貌に恵まれた青年だ。若い男女の称賛により、あるいは、媚びへつらう輩（やから）の野心により、身を持ち崩す危険がないとは言えまい（わたしは巧妙に、おまえの国の倫理観に触れている）。質実剛健にして規律正しい環境に身を置き、彼は毎朝、この時代の最もすぐれた学者たちのもとで人文学を学んで心を磨き、午後にはわが軍団の士官たちのもとで鍛錬に励み、真の男として欠かすことのできない別の技能を身につけるのだ。

わたしのあの子への気持ち、あの子のために準備している計画についても、おまえはいくらか知っているはずだ。彼は、わたしの心の中だけではなく、法にもとづいて正式に、わたしの息子となる。ただ、あのマルクス・アントニウスが養子縁組を阻もうとするかもしれない。あやつは、わたしの後継者となることを夢想し、ウェスタ神殿の中をわが物顔に歩きまわるゾウのように、わたしの敵に次から次へと取り入って、狡猾に立ちまわっている。おまえの息子ガイウスは頼りになる。しかし安全にその位置にとどまり、わたしの権力のすべてを受け継がせるとすれば、彼にはわたしの力について学ぶ機会を与えなくてはならない。ローマではそれは不可能だ。なぜなら、わたしは最も重要な力――わが軍団――をマケドニアに置いているからだ。次の夏にはあの子とわたしがこれらの軍団を率いてパルティア人かゲルマニア人と戦うことになるだろう。ローマで起きた謀反の平定に向かう必要も生じるかもしれない……。それはさておき、おまえが夫と呼んで崇めているマルキウス・フィリップスとやらはどうしている？　いっそ愛しく思えてくるほどに愚かなあの男は？　確かに、わたしはフィリップスには感謝している。あやつはローマでいそいそと洒落者を演じ、友人のキケロと結託してわたしに対する稚拙な陰謀を企てているが、もしそうでなければ、おまえの息子のよき継父たろうと専心していたにちがいないからだ。おまえの亡き前夫は凡庸な家柄の出だったが、少なくとも息子に対して父親らしいことをし、ユリウス氏族の名を高める努力をするだけの良識を持っていた。しかるに、おまえのいまの夫はわたしに対して謀反を企てているばかりか、あやつにとって唯一の利点であるユリウスの名を汚そうとしている。だがわたしは、自分の敵がすべてあのように無能であってほしいと思っている。褒めはしないが、そのほうがわたしの身の安全はより強固に保証される。

　わたしはガイウスに、われわれとともにヒスパニアで戦った友を連れてローマに戻るよう指示した。そのうちのふたりは、おまえも知っているマルクス・ウィプサニウス・アグリッパとクィントゥス・サルウィディエヌス・ルフスだ。さらにもうひとり、おまえとは面識のないガイウス・キルニウス・

マエケナスという青年も加わる。おまえの夫は、彼がエトルリアの王族と縁続きの由緒ある家柄の出であることに気づくだろう。ほかのことはともかく、それには満足するはずだ。

愛しいアティアよ、わたしはこの手紙の冒頭では、あの子の将来について、おまえに選択肢があるかのように書いた。だがいまこのカエサルは明言せねばならぬ。そんなものはない。今月のうちにわたしはローマに戻る。すでに噂が耳に届いているかもしれないが、わたしは近々元老院から命を受け、終身独裁官としてローマに凱旋することになっている。つまり、わが右腕となる騎兵隊長を任命する権限を与えられたのだ。そしてそれを行使した。推測がついていることと思うが、わたしはおまえの息子を任命した。これは決定事項であり、覆されることはない。もしおまえが、あるいはフィリップスが邪魔立てしようとすれば、おまえたち一族は民衆の怒りを浴びることになるだろう。わたしの個人的な醜聞がネズミよりも軽く思えるほどの怒りを。

プテオリ〔現ナポリ県ポッツォーリ〕では快適な夏を楽しんだことと思う。当分はローマの屋敷で過ごすのだろうな。わたしはひとつところに落ち着けない男だが、いまはイタリアが恋しい。ローマへ帰り、仕事をすませたら、ともに数日をティブル〔現ティヴォリ〕で静かに過ごそうではないか。おまえの夫も連れてくるがいい。キケロも、本人にその気があるのなら。ふたりについてはいろいろに言っているが、ほんとうは大いに好意を持っている。もちろん、おまえのことも愛している。

第一部

第一章

1　マルクス・アグリッパの回顧録——断簡（紀元前一三年）

……わたしはそのとき、彼とともにアクティウムにいた。剣と剣がぶつかりあって火花を散らし、兵士らの血が甲板にあふれて、青いイオニア海を朱（あけ）に染めた。槍が空を切って飛び、炎に包まれた船体が海面でしゅうしゅうと音を立てて燃えさかる。脱ぎ捨てることのできない甲冑の中で、肉を焼かれる男たちの絶叫、悲鳴があたりに満ちた……。その前には、わたしは彼とともにムティナ〔イタリア北部、現モデナ〕にいた。そこでは、あのマルクス・アントニウスがわが陣営に攻め込み、少し前までオクタウイウス・カエサルが横たわっていた空の寝台に剣を突き立てた。われわれは耐え忍び、最初の力を手に入れた。世界をわれわれの手に与えてくれた力を。フィリッピ〔現ギリシャのピリッポイ〕の戦いでは、彼は具合を悪くして立っていることもできないほどだったが、臥輿（がよ）〔寝椅子が設置された輿〕に乗って兵士らのあいだをまわった。そして彼の父親を殺した男によって、またもや命を奪われかけたが、戦い抜き、いまや神となったユリウスを手にかけた下手人どもを自滅に追い込んだ。

わたしはマルクス・アグリッパ。しばしばウィプサニウスとも呼ばれる。護民官であり、元老院の執政官（コンスル）であり、ローマ帝国の兵士にして将軍であり、やがて尊厳者（アウグストゥス）と呼ばれるようになったガイウス・オクタウィウス・カエサルの友である。齢五十を迎えたいま、わたしは後世の人々のためにこの回顧録を書き、記録として残すことにした。ローマが派閥抗争という名の獣に噛み裂かれて血を流していたときのこと、オクタウィウス・カエサルがその獣を殺し、ほぼ息絶えたその体を取り除いたときのこと、そしてアウグストゥスがローマの傷を癒やし、完治させ、また元のように、世界の隅々まで力強く歩きまわれるようにしたこと。わたしはみずからの力をもって、その勝利に貢献した。末代の歴史家たちが、アウグストゥスとローマの謎について理解できるように、わたしはここにその貢献の内容を記すことにする。

　アウグストゥスの指揮のもと、わたしはローマの再建にいくつかの役割を果たした。ローマはわたしの尽力に十二分に報いてくれた。わたしは三たび執政官に選ばれ、造営官（アエディリス）〔公共施設の管理、厚生、治安などをつかさどった官吏〕と護民官にそれぞれ一度ずつ、そしてシリア総督に二度任ぜられた。わたしはまた、アウグストゥスが重い病にかかった折に、彼自身の手からスフィンクスの印章をあずかった。ペルシア〔現ペルージャ〕の戦いでは、ローマの軍団を率いてルキウス・アントニウスに勝利をおさめ、ガリアではアクィタニア人と、レヌス〔現ライン〕川地方ではゲルマニアの部族と戦った。だがその戦功については、ローマでの凱旋式をことわった。ヒスパニアと北のパンノニア〔ハンガリーを中心とする地域〕でも、刃向かう部族や一派を平定した。わたしはアウグストゥスにより海軍司令官に任命され、ともにネアポリス〔現ナポリ〕の西に港を建設して、かの海賊セクストゥス・ポンペイウスからわれわれの船を救った。これらの軍船はのちに、シキリア〔現シチリア〕島のミュラエとナウロクスでポンペイウスを破った。この功績に対し、元老院はわたしに海洋冠〔勲章として与えた城壁冠〕を授与した。われわれはアクティウムで裏切り者のマルクス・アントニウスを打ち破り、ローマを復活へと導いた。

　エジプトの背信からローマが救われたことを記念し、わたしは、いまはパンテオンと呼ばれている神殿をはじめとする公共施設を建設した。アウグストゥスと元老院のもと、この都市の執政官として、老朽化した水道を補修して新たな水路を設置し、市民や民衆が安全に水を飲めるようにした。ローマに平和が訪れると、わたしは地勢調査と地図の作製を支援した。その事業はユリウス・カエサルが独裁官のころに開始され、ようやく彼の養子、アウグストゥスによって可能になったのだ。

これらのことについて、わたしは思い出すままに、さらに詳細に綴っていこうと思う。しかし、まずはすべてが動き出したときのこと、ガイウス・オクタウィウスとサルウィディエヌス・ルフスとわたしも参加したヒスパニア遠征でユリウス・カエサルが勝利し、凱旋した翌年の話からはじめなければならない。

なぜなら、カエサルが死んだという知らせが来たとき、わたしは彼とともにアポロニアにいたからだ……。

2 書簡——ガイウス・キルニウス・マエケナスよりティトゥス・リウィウスへ（紀元前一三年）

親愛なるリウィウス、すっかり返事が遅くなってしまったことを許してくれ。まずはいつもの愚痴だ。引退したからといって、わたしの健康状態はいっこうによくならない。医者たちはしかつめらしく首を振り、謎めいた言葉をぼそぼそと口にして、診察料をとっていく。何をしても無駄なようだ——苦い薬ものみ、（きみも知っている）かつての楽しみのいっさいも断ったが効果がない。きみがどんなに勤勉に仕事に打ち込んでいるか、きみが書いて寄越した一件について、わたしにどんな支援を求めているかは重々承知しているが、ここ数日は痛風のせいでペンを持つこともままならなかった。このような疾患に加えて、二、三週間ほど前から不眠にとりつかれ、日中は疲労感や倦怠感に悩まされている。しかし友人たちはわたしを見放さず、社会生活に変わりはない。このふたつのことには感謝せねばなるまい。

　きみは、わたしと皇帝との若き日の親交がどのようなものであったか教えてほしいと言う。ほんの三日前にも、彼はわが家へ見舞いに来てくれたばかりだ。わたしは、きみの依頼について彼に伝えておくのが賢明であろうと判断した。彼は微笑(ほほえ)み、リウィウスのような筋金入りの共和政賛美派に手を貸すことを妥当と思うのかときいてきた。それからわれわれは、老いを実感する者の常として、思い出話に花を咲かせた。彼はどんなことでも――つまらないことでも――わたしよりも鮮明に覚えていた。何ごとも忘れてはならない職務に就いていたからだ。最後にわたしは尋ねてみた。リウィウスにはきみ自身の言葉どおりに当時の話を伝えたほうがいいかね、と。彼はしばらく遠くを見つめていてから、また微笑み、こう言った。「いや――皇帝は、詩人や歴史家よりもためらいなく、記憶に嘘をつかせるからね」と。彼はきみによろしく伝えてくれと言った。そして、わたしの好きなように、自由にきみに書き送る許可を与えてくれた。

　しかし当時のことをきみに語るのに、どんな自由があるというのだろう。われわれは若かった。当時、ガイウス・オクタウィウスと呼ばれていた彼は、運命が自分に味方をしていることと、ユリウス・カエサルが自分を養子に迎えようとしていることを知っていた。彼もわたしも、友人であったマルクス・アグリッパもサルウィディエヌス・ルフスも、自分たちがどこへ導かれようとしているのか、まったく想像もつかなかった。友よ、わたしには歴史家のような自由はない。きみは、兵や軍の動きを描き、国の策謀がめぐらされた複雑な過程をたどり、勝利と敗北を天秤にかけ、誕生と死を語る――それでもきみは、ある種の知識にともなうすさまじい重みから自由でいられる。その知識とは何か、わたしには言い当てられないが、年ごとに、理解が深まってきたように思う。わたしにはきみが何を望んでいるかがわかっている。きみはわたしにいらだっていることだろう。なぜなら、なかなかきみがほしがっている事実を教えないからだ。しかし忘れてはいけない。わたしは詩人だ。国のために働きはしたが、何ごとも直截（ちょくせつ）には表現しないのだ。

きみは驚くかもしれないが、わたしはブルンディシウム〔現ブリンディジ〕でオクタウィウスに会うまで、彼を知らなかった。アポロニアに向かうオクタウィウスと彼の友人たちと合流するため、その地に送られたのだ。なぜ自分がそこに遣わされたのかはよくわからないが、ユリウス・カエサルの意向によることは確かだ。わたしの父、ルキウスは、かつてユリウスに仕えたことがあり、数年前には、ユリウスがアッレティウム〔現アレッツォ〕のわれわれの別荘に訪ねてきたことがあった。わたしは何かをめぐって彼と議論をした（確かわたしは、カリマクスの詩のほうがカトゥルスの詩よりすぐれていると主張したのだと思う）。わたしは尊大に、攻撃的に、（たぶん）小賢しい対応をした。わたしはとても若かった。いずれにせよ、ユリウスはわたしを気に入ったらしく、われわれはしばらく話をした。二年後、彼はわたしの父に命じた。息子をわが又甥に同行させ、アポロニアに向かわせよ、と。

友よ、わたしはきみに告白しなければならない（もっとも、きみはこれを使うまい）。わたしはオクタウィウスにはじめて会ったとき、さほど強い感銘は受けなかったのだ。わたしはアッレティウムからブルンディシウムにやってきたばかりだった。十日以上の旅をして、骨の髄まで疲れ切り、道中の埃（ほこり）にまみれていたうえ、いらいらしていた。彼らと出会ったのは、船に乗る予定の桟橋の上だった。アグリッパとサルウィディエヌスが話をしていて、オクタウィウスはふたりからいくらか離れたところで近くに停泊している小さな船を見つめていた。誰もわたしが近づいたのに気づいていないようだった。わたしは呼びかけた。いくぶん大きな声だったと思う。「わたしはマエケナス。きみたちにここで会う手はずになっていた。誰が誰なんだ？」

アグリッパとサルウィディエヌスが興味を示してこちらを見て、それぞれの名を名乗った。オクタウィウスは振り向かなかった。わたしはその背中に、尊大と蔑（さげす）みを感じ、こう言った。「ではきみが残るひとり、オクタウィウスと呼ばれている男だな」と。

すると彼がこちらを向き、わたしはその瞬間、自分が愚かであったことを悟った。なぜなら、彼の顔に、救いようがないほどの恥じらいを認めたからだ。彼は言った。「そう、わたしはガイウス・オクタウィウスだ。大叔父〔大伯父という説もある〕からきみのことを聞いているよ」それから彼はにっこりして握手を求めると、目を上げ、はじめてわたしを見た。

きみも知ってのとおり、あの瞳については、たいていは出来の悪い韻文や散文で、多くのことが語られてきた。彼もひところはまんざらでもなかったかもしれないが、いまでは、自分の目がさまざまにたとえられることにうんざりしているにちがいない。しかし当時でさえ、あの瞳は限りなく澄んでいて、突き刺さるように鋭かった。灰色というより青だったと思うが、誰もが色よりも輝きのほうに心をとらわれる……。ほらほら、見てのとおりだ、このわたしもまた、あの瞳について語りはじめてしまった。友人たちの詩をあまりに多く読んできたせいだろう。

わたしは一歩後ろに下がったかもしれないが、よく覚えていない。ともかく、わたしは驚いた。だから視線をそらしたところ、オクタウィウスが眺めていた船が目にとまった。

「われわれが乗るのは、あの船か」わたしはきいた。少し気分が高揚するのを感じていた。小さな商船で、船体の長さは五十フィートくらいしかなく、舳先の木材は腐りかけていて、帆には継ぎが当たっていた。しかもいやな臭いがしていた。

アグリッパがわたしに話しかけた。「あれしか手配できなかったと聞いている」彼はわたしに向かって小さく微笑んでいた。こうるさいやつだと思ったのだろう。なぜならわたしは、トガ〔成年男子の外衣。衣服の上から巻きつける一枚布〕をまとい、指輪を何個かはめていたが、彼らはトゥニカ〔丈の短い貫頭衣〕しか着ておらず、何も装身具を着けていなかったからだ。

「この臭いは耐えがたいものになるだろう」わたしは言った。

オクタウィウスが深刻な顔で言った。「たぶんあの船は酢漬けの魚を積み込むために、アポロニアに行くのだと思う」

わたしはしばらく黙っていた。が、やがて笑いだした。するとみんなが声をあげて笑い、わたしたちは友になった。

おそらく人は若いころのほうが賢明なのだが、そんなことを言えば哲学者は反論するだろう。しかし誓って言う。われわれはその瞬間から、友になったのだ。ばか笑いをしたその瞬間に生まれた絆は、後年、われわれのあいだに入り込んできたありとあらゆるもの——勝利や敗北、忠節や背信、悲しみや喜びなど——をしのぐほどに強かった。しかし若き日々は過ぎ去った。それとともに、われわれの一部も消え、二度と戻ってこなかった。

さて、われわれはこうして、魚の臭いが染みついた船でアポロニアに渡った。ごく穏やかな波に揺られただけでも船体がきしみ、危険なまでに大きくかしぐので、足を踏ん張っていなければならなかった。甲板から転がり落ちれば、どのような運命に見舞われるか、わかったものではなかったからだ……。

わたしは二日間の中断を経て、ふたたびこの手紙を書きはじめている。その中断をもたらした病の詳細を書いてきみを煩(わずら)わせようとは思わない。重苦しいことこのうえもないからだ。

いずれにせよ、たいしてきみの役に立つような話ができていないことがわかったので、秘書に頼んで、わたしが書いたものの中から、きみの任務にとってより有用な記録がないか、さがしてもらった。十年ほど前、われらが友、マルクス・アグリッパが建設し、現在はパンテオンの名で親しまれている美の女神ウェヌスと軍神マルスの神殿の奉納式で、わたしが祝辞を述べたことを覚えているだろう。当初わたしは——あとで考え直してやめたのだが——詩とも言えそうな風変わりな式辞で、われわれが若き日に築きあげたローマという国と、あの神殿が象徴するローマという国家との、奇妙な関係を語ろうと考えていた。この形式で式辞を述べるには問題があったので、その解決をはかる一助として、若き日々の体験を書いた備忘録を作成した。きょうはその中から、ローマ史の完成をめざすきみの役に立ちそうなことを書き出してみよう。

もしできれば、四人の若者を思い浮かべてみてほしい（いまのわたしにとって、彼らは遠い人だ）。自分の未来についても、自分自身についても何も知らず、自分たちがこれから人生を送るこの世界そのものについても何も知らない若者を。ひとり（マルクス・アグリッパだ）は背が高く、筋肉が隆々としていて、農民かと思うような顔をしている――しっかりとした鼻、大きな骨格、鞣したての革のようになめらかな肌、さらさらとした茶色の髪。顎には、硬い赤毛のひげがまばらに生えている。歳は十九。若い雄牛のように重い足取りで歩くが、その物腰は妙に優美だ。口を開けば、明瞭な言葉でゆっくり冷静に話し、感情を表に出さない。顎ひげが目に入らなければ、誰も彼がこれほど若いとは思わないだろう。

がっしりして頑健なアグリッパに対し、もうひとり（サルウィディエヌス・ルフス）は、ほっそりしていて、敏捷そうだった。アグリッパは万事にゆったりしていて控えめだが、彼は短気で怒りっぽい。細面で肌は白く、目は黒い。よく笑い、重苦しくなりがちなほかの三人の気分を軽くしてくれる。四人のなかでは最年長だが、わたしたちは彼を弟のように思って愛している。

三人目（わたしか？）のことは、ほかの若者ほどには印象が鮮明ではない。誰しも、自分自身のことや、自分が友の目にどう映っているかは知らないのではあるまいか。だがわたしは、あの日も、その後しばらくのあいだも、友人たちには少々頭がいかれていると思われていたようだ。確かに、当時のわたしはいささか贅沢好きだった。詩人のようにふるまうべきだと考え、高級な服装をして気取った態度をとっていた。わたしの髪の手入れだけを職務とする召し使いをアッレティウムから連れてきたが、友人たちにさんざんにばかにされ、結局、帰すはめになった。

最後のひとりは、あのころガイウス・オクタウィウスと名乗っていた男だ。彼のことをどう話せばいいだろうか。わたしは真実を知らない。記憶が残っているだけだ。彼はわたしの目には幼く見えた。しかし、そのわたしとて、わずかに二歳年かさであっただけだ。きみは現在の彼を知っている。容貌は当時とあまり変わっていない。しかし彼はいまやローマの皇帝だ。わたしはそのことにとらわれずに、あのころの彼をありのままに思い浮かべなければならない。誓って言うが、敵味方双方の思惑に精通することを任務としていたわたしにも、今日の彼を予想することはできなかったのだ。感じのいい若者という以上の印象は受けなかった。顔立ちはあまりに品がよくて、とても運命の過酷な一撃に耐えられるとは思えなかったし、態度もおずおずとしていて、何か目標を達成できそうな感じがなかった。声もやさしすぎ、統率者として容赦のない言葉を吐けるとは思えなかった。有閑詩人か、あるいは学者にでもなるのではないかと思っていた。元老院議員にふさわしい名と富には恵まれていたものの、実際になれる活力を持っているとは思えなかった。

ともあれ、ユリウス・カエサルが五度目の執政官を務めた年のその日、アドリア海沿岸のマケドニアの都市アポロニアに、これらの若者が上陸したのだった。港では、波間に揺れる漁船と、手を振る人々がわれわれを迎えた。岩場には漁網が広げて干され、都市に通じる道の両側には木造の小屋が並んでいた。アポロニアの町は高台にあり、その向こうには平原が開けていて、さらに先には、地面からふいに突き上がったような山脈がそびえていた。

われわれは、午前中は書斎で過ごした。夜明け前に起き出し、ランプの灯のそばで朝いちばんの講義を受けた。東の山々に陽がのぼるころ、粗末な朝食をとった。ありとあらゆる事柄についてギリシア語で議論し（残念ながらいまではそういうことはおこなわれなくなった）、前夜に習ったホメロスを音読し、それらについて解釈し、最後に、アポロドロス（すでに相当な年配だったが、つねに穏やかで、広い見識を持った人だった）の定めた条件に従って準備してきた短い演説を披露した。

午後には都市を少し離れ、ユリウス・カエサルの軍団が訓練をしている野営地へ送り込まれた。わわれわれはそこで午後の大半を過ごし、彼らとともに鍛錬に励んだ。ここで白状しておこう。わたしがはじめて、オクタウィウスの能力を見誤っていたかもしれないと思ったのはこのときだ。きみも知ってのとおり、彼はいつも健康に問題をかかえていた。一見、彼のほうがわたしよりもひ弱に見えたが、わたしはどんなに具合が悪くとも、つねに健康そのものに見えてしまう運命にあったのだ。そんなわけでわたし自身は、実際の訓練や演習にはほとんど参加しなかったが、オクタウィウスは必ず参加した。彼の大叔父と同じように、名ばかりの軍団士官よりも、百人隊長（ケントゥリオ）と時を過ごすことを好んだ。あるとき、模擬戦でオクタウィウスの馬が転倒し、彼が投げ出されて、激しく地面にたたきつけられたことがあった。アグリッパとサルウィディエヌスがそばに立っていた。サルウィディエヌスがすぐに駆け寄ろうとしたが、アグリッパが腕をつかんで引き留めた。やがてオクタウィウスは身を起こしてすっくと立ち上がり、代わりの馬を要求した。一頭が連れてこられ、彼はひらりとまたがると、最後まで訓練に参加して、自分の役目を全う（まっと）した。その夜、天幕（テント）の中で、彼が苦しげにあえいでいるのが聞こえた。われわれは軍医を呼んで診察を頼んだ。すると肋骨が二本折れていることがわかった。オクタウィウスは胸にしっかりと包帯を巻いてもらった。翌日の朝には、われわれとともに講義を受け、午後には、前日と同じように積極的に、速歩行進に参加した。

　このようにしてわたしは、数週間で、現在のローマ世界を統治するアウグストゥスを知るようになった。おそらくきみは、この話をいくつかの文にまとめ、わたしが称賛してやまないあのすばらしい歴史書の一部に組み込んでくれるのだろう。しかし本には書けないことも多くある。わたしは徐々に、その損失が気がかりになっている。

3　書簡――ローマのユリウス・カエサルより、アポロニアのガイウス・オクタウィウスへ（紀元前四四年）

親愛なるオクタウィウスへ。けさわたしは思い出していた。先の冬にヒスパニアで、ムンダにいたわたしのもとへおまえがやってきたときのことを。われわれは、グナエウス・ポンペイウスの軍団が逃げ込んだ要塞を包囲していた。わが軍は意気消沈し、戦闘に疲れ果てていた。食糧が尽きていた。兵糧攻めにしているつもりだったが、包囲された敵は十分に休養と食事をとることができていたのだ。敗色が濃厚になり、わたしは怒りにまかせて、おまえにローマへ戻れと命じた。わたしには、おまえがたやすく楽に旅をしてきたと見えたのだ。戦（いくさ）や死をもてあそびたがる小童（こわっぱ）に煩わされるのはまっぴらだと申し渡した。わたしは自分に腹を立てていただけなのだ。当時のおまえにさえ、それはわかっていただろう。なぜなら、おまえは何も言わず、ただ落ち着き払ってわたしを見ていたからだ。やがてわたしは少し気が鎮まり、腹を割っておまえに話をした（あれ以来、おまえに話すときにはつねにそうしている）。ヒスパニアにおけるポンペイウスとの戦いは、わたしが若かったころからこの共和国を苦しめてきた内戦や派閥争いに、最終的に、永遠に終止符を打つことを目的としていた。勝利は目前と思えたが、いまやほぼ敗北が確実となりつつあるのだ、と。

「では」と、おまえは言った。「わたしたちは勝利のために戦うのではありませんね。生き残るために戦うのです」

その瞬間、わたしは、肩にのしかかっていた重圧から解放され、ふたたび若返ったような気分になった。なぜなら、三十年以上前、同じ言葉を自分に言い聞かせたことがあったからだ。山中にひとりで潜（ひそ）んでいるところを、スッラ〔ローマの独裁官。紀元前八三年に反対派の粛清に着手、カエサルもその対象とされた〕の差し向けた六人の兵士に急襲された。わたしは応戦し、なんとか切り抜けて彼らの司令官のもとへ行った。そして彼を買収し、生きてローマに戻ることができた。そのときだ、自分がいまのわたしのようになれるかもしれないと悟ったのは。当時を思い出し、わたしは目の前のおまえに、若き日の自分の姿を見た。そしておまえの若さをいくらか取り込み、わたしの経験知をいくらかおまえに授けたのだ。われわれはともに、不可思議なまでの高揚感をおぼえ、何が起ころうとも立ち向かえる気がしてきた。われわれは、倒れた戦友の遺体を積み上げ、それを防壁代わりにして前進した。敵の槍の重みを盾に受けるのを防ぐためだ。われわれは壁を越えて突撃し、ムンダの平原で、コルドバの要塞を陥落させた。

けさは、グナエウス・ポンペイウスを追ってヒスパニアを駆けめぐったときのことも思い出していた。腹を満たし、ぐったり疲れ切った体で野営地のかがり火を囲み、勝利を確信した兵士たちが語り合っていた夜のことを。あらゆる痛みと苦しみと喜びが入り交じっていた。醜い死体でさえ美しく見え、死や敗北の恐怖でさえ、競技の一部のように思えたのだ！　ここローマで、わたしは夏の訪れを心待ちにしている。最後の重要な国境を固めるため、われわれはパルティア人とゲルマニア人に立ち向かう……記憶がよみがえるきっかけとなった朝のことをもう少し話せば、わたしがいかに過去の戦いをなつかしみ、これからの戦いを楽しみにしているか、わかると思う。

けさ七時、あの道化（つまり、マルクス・アエミリウス・レピドゥスのことだ——彼に名目上おまえと同等の権限を与えざるをえなかったと言えば、おまえは愉快がるかもしれない）が玄関口で待っていて、マルクス・アントニウスについて苦情を述べ立てた。レピドゥスが長々と説明したところによると、古い法律でレピドゥスの取税人が税を取り立てるものと定められている相手から、アントニウスの取税人が徴税していたらしいのだ。レピドゥスは、ふくみを持たせた物言いでくどくどしゃべるのが優雅だと思い込んでいるらしく、それから一時間をかけて、アントニウスが野心を抱いているというようなことを話した。わたしは、ウェスタの巫女〔火床を守る女神ウェスタに仕えた女性神官。純潔を守ることが義務とされた〕がほんとうに処女だったと聞かされたかのように驚いてみせ、彼に礼を言った。忠誠について月並みな見解を述べあったあと、レピドゥスは暇乞いをし、アントニウスのもとへ馳せ参じた（と、わたしは確信している）。そして、わたしがどんなに近しい友でも、過剰なまでに疑う人間であるらしいと伝えたにちがいない。八時には、三人の議員が次々にやってきて、たがいを収賄の罪で告発しあった。しかもなんと、贈賄側は同一人物だ。わたしは即座に、全員が有罪とにらんだ。三人とも賄賂をもらって引き受けたことができなかったのだ。賄賂を贈った者はこの問題を公にしようとしていた。そうなれば、民衆の前で裁判をおこなう必要が出てくる――彼らはそれを避けたがっていた。なぜなら、陪審に十分な賄賂を贈って安全を確保できなければ、流刑に処せられる恐れがあるからだ。わたしは彼らに司法を買収する能力があると判断し、それぞれに、報告された賄賂の三倍の金額の罰金を科し、贈賄側に対しても同様にすることを決めた。三人はいたく満足したようだった。わたしは彼らを恐れていない。わたしは彼らが金で動く人間であることを知っており、彼らもまた、わたしをそのような人間だとみているからだ……。そんなふうにして朝の時間が過ぎていった。

われわれはいつから、ローマの嘘を生きてきたのだろう。わたしが物心つく前からであったことは確かだ。おそらく、遠い昔からそうだったのだろう。その嘘は、どこから力を吸い取り、真実よりも強くなるのだろうか。われわれは、共和政の名のもとに、殺人、窃盗、略奪をくり返してきた。そしてそれを、自由のために必要な代償と呼んできた。キケロは、富を崇拝するローマの堕落した精神を嘆いている。その彼自身はとほうもない大富豪で、別荘から別荘へと旅をするのに百人の奴隷を連れていく。ある執政官は、平和と安寧について語りたがるが、もし同僚が自分の利益を脅かす力を持つにいたれば、ためらうことなく軍隊を差し向け、その男を亡き者にするだろう。元老院は自由を語っておいて、さまざまな力をすべてわたしに押しつける。わたしは、ほしくもない力を受け入れて、ローマの存続のために行使しなければならない。その嘘に答えはないのか。

わたしは広大な世界を征服したが、どこにも平安はない。人々に自由を示したが、彼らはまるでそれが病ででもあるかのように逃げていく。わたしは自分が信頼できる者を軽蔑し、いつ自分を裏切っても不思議ではない相手を最も愛する。そして、定めに向かって一国を導いていく身でありながら、自分たちがどこへ向かおうとしているのかわからないのだ。

親愛なる又甥よ——今後はおまえをわが息子と呼ぶことにする——、玉座に据えられる者を襲う疑念とは、こういうものだ。わたしはアポロニアで冬を過ごすおまえがうらやましい。おまえの勉学についての報告には満足している。わが軍団の士官たちとも馬が合ったようで、それもうれしく思っている。だが夜ごとおまえと語り合えないのは寂しくてならない。この夏、東方遠征に出かけた折には、またあのような語らいの時間が持てるのだと思い、慰めとしている。われわれはかの地に兵を進め、土地を奪い、殺すべき者を殺す。男にとっては、それが唯一の生き方だ。そうすれば物事はなるようになる。

4　クィントゥス・サルウィディエヌス・ルフス——日誌のための覚書、アポロニアにて（紀元前四四年三月）

午後。日射しは明るく、暑い。十二人ほどの士官とわたしたちは丘に立ち、平原でくり広げられる騎兵隊の演習を見ている。馬たちが駆け、方向転換をするたび、砂埃が舞い上がる。蹄の音に混じって、叫び、笑い、悪態をつく声が遠くから聞こえてくる。マエケナス以外の者はみな、平原からここにのぼってきて休んでいるのだ。わたしは甲冑を脱ぎ、その上に頭を乗せて横たわっている。マエケナスは、染みひとつないトゥニカを着て、髪をきちんと整え、小さな木の幹に背中をあずけて座っている。アグリッパはわたしのそばに立ち、全身汗まみれで石柱のような両脚を踏ん張っている。その横にはオクタウィウスがいて、奮闘の余韻に、ほっそりした体を小刻みに震わせている。アグリッパのような男と並びでもしなければ、彼がどんなに華奢か、誰も気づかないだろう。顔面は蒼白で、髪はやわらかく、汗に濡れて黒ずみ、額に貼りついている。オクタウィウスが何か下のほうを指さして微笑み、アグリッパがうなずく。わたしたちはみな、幸福を感じている。雨の降らない日が一週間続いて、あたたかくなった。自分たちの技能にも、兵士たちの技能にも満足している。

わたしは急いでこれらの言葉を書いている。時間のあるときにまとめるつもりだが、どれを盛り込むことになるかはわからない。とにかく何もかも書いておかなくてはならない。

下で騎兵たちが休憩をとる。馬があたりをうろうろする。オクタウィウスがわたしのかたわらに腰をおろし、ふざけて、わたしの頭の下から甲冑を引き抜く。わたしたちはとくに何がおかしいわけでもないのに、しばらく声をあげて笑う。アグリッパがわたしたちに笑みを投げ、太い両腕をぐっと伸ばす。静けさのなか、胸当ての革がきしむ。

背後でマエケナスの声がする。甲高くて細くて、少し気取っていて、軟弱とも言えそうな声だ。「兵隊ごっこに興じる少年たちは」と、言う。「名状しがたいまでに退屈だ」

アグリッパが口を開く。低い声でゆっくりと、思わせぶりに、多くを語らぬ重みをもって。「もしきみに、そのどっしりとした尻を都合よく見つけた落ち着き場所から引き剝がす力があったら、きみの愛してやまない快楽以上の楽しみがあることがわかるだろう」

オクタウィウスが言う。「彼を将軍として迎えるよう、パルティア人を説得してみようか。そうすれば、この夏のわれわれの任務が楽になるだろう」

マエケナスは深々とため息をついて立ち上がり、わたしたちが横たわっているところまで歩いてくる。重たそうな体の割りに、足取りはすこぶる軽い。彼はこう言う。「きみらが品性に欠ける示威行為に没頭しているあいだに、わたしは、活動的な生き方と観想的な生き方を比較する詩の構想を練っていたのだ」

オクタウィウスがおごそかに言う。「大叔父にこう言われたことがある。詩を読み、詩を愛し、詩を使え――だが決して信頼してはならぬ、と」

「きみの叔父上は賢明なおかただ」と、マエケナスが応じる。

その後も、他愛のないひやかし合いがしばし続き、やがてわれわれは黙り込む。眼下の平原はほぼ空っぽだ。馬たちは平原の端に設けられた厩へと連れていかれた。やがて平原の下方、市の方角から、馬に乗った者が全速力で駆けてくる。わたしたちは見るともなしにその男を見ていた。彼は平原に馬を乗り入れると、一瞬も止まることなく、鞍の上で体をかしがせながら、まっしぐらに駆け抜けた。わたしは何か言いかけるが、オクタウィウスが身を硬くし、さっと顔色を変えた。馬は口から泡を飛ばしている。オクタウィウスが言う。「わたしはあの男を知っている。母の家からやってきたのだ」

男がわたしたちの手前まで来る。馬が歩を緩める。男は鞍から滑りおりると、よろめき、ふらふらとわたしたちのほうへ歩いてくる。手に何か巻物を持っている。周囲にいた兵士たちの幾人かがこれに気づき、剣を抜きながら駆け寄ってくるが、男が疲労困憊していて、意志の力だけで動いていることを見て取る。男は何かをオクタウィウスに向かって突き出し、かすれた声で話しかける。「これを――これを――」それは手紙だった。オクタウィウスは受け取った巻物を手にしたまま、身じろぎもせずにいる。使者は立っていられなくなり、腰をおろすと、両膝のあいだにがっくりと顔を落とした。彼の荒い息づかいのほかは何も聞こえない。わたしは馬を見て、こんなにひどい呼吸困難を起こしていてはとても朝まで保たないだろうと、ぼんやり考える。オクタウィウスはなおも動かない。誰もがじっとしている。やがて彼はゆっくりと手紙を広げて読む。まったく表情が読み取れない。彼はまだ黙ったままだ。ややあってようやく、頭を上げ、わたしたちのほうを向く。その顔は白い大理石のようだ。オクタウィウスは手紙をわたしに渡す。わたしは見ない。彼は気力が失せたような抑揚のない声で言う。「叔父が死んだ」

わたしたちは、その言葉を受け止められない。茫然とオクタウィウスを見た。彼は表情を変えることなく、ふたたび口を開く。今度は、耳障りなまでに大きな声を出す。それは、生け贄の儀式で喉を掻き切られた雄牛の声のように、理解できないことへの苦悩に満ちている。「ユリウス・カエサルが死んだのだ」

「まさか」アグリッパが言う。「まさか……」

マエケナスが顔をこわばらせ、鷹のような目でオクタウィウスを見る。

わたしは手が震えて、手紙を読むことができない。だが、どうにかして気を鎮め、自分のものとは思えない声で、みなに読み聞かせる。「この三月の十五日、ユリウス・カエサルが元老院議事堂で、敵に殺されました。詳細はわかりません。市民は右往左往して街路を駆けまわっています。次に何が起こるか、誰にもわかりません。あなたの身に大きな危険が迫っているかもしれません。これ以上、書くことはできません。母としてのお願いです。くれぐれも気をつけてください」手紙は急いで書かれたとみえ、ところどころにインクのしみがあり、文字の形も乱れている。

わたしはあたりを見まわす。自分が何を感じているのかわからない。虚無か？ 士官たちが輪になってわたしたちを取り囲んでいる。わたしはひとりの目を見た。その士官の顔がくしゃくしゃになり、すすり泣きが漏れる。わたしは思い起こす。この軍団がカエサルの最も優秀な軍団であることを。古参兵たちがカエサルを父親のように思っていることを。

長い時間が経ち、オクタウィウスが使者のもとへ歩いていく。男は疲労にげっそりした顔で地面に座り込んだままだ。オクタウィウスは彼のそばに膝をつき、穏やかな声で尋ねる。「この書状に書かれていないことで、何か知っていることはあるか」

使者は「いいえ、何も知りません」と答えて、腰を上げようとするが、オクタウィウスは彼の肩に手を置き、「休め」と言う。そして自分が立ち上がり、士官のひとりに声をかける。「この使者の労をねぎらい、心地よく過ごせる部屋を用意してやってほしい」と頼む。それから、そばに集まっていたわたしたち三人のほうを向く。「あとで話そう。わたしはこれが何を意味するものか、考えなければならない」彼がわたしに向かって片手を差し出し、わたしは手紙を返してほしいのだと気づく。オクタウィウスはそれを受け取ると、わたしたちに背を向ける。輪になっていた士官たちが道をあけ、彼は丘を下っていく。わたしたちは長いあいだ彼を見送っている。華奢な、少年のようなその姿が誰もいない平原におり立ち、あたかも進むべき道を探すかのように、ゆっくりと行きつ戻りつするのを見ている。

それからしばらくして、カエサルが死んだらしいとの噂が流れ、野営地は大きな驚愕に包まれる。あまりに突拍子もない噂なので、誰も信じることができない。言い争いがはじまっては鎮まった。殴り合いも数件起きたが、すぐにおさまった。軍団から軍団へと移って生涯を戦いに捧げ、ときにはかつての敵を同志としてきた古参兵の幾人かは、ばかにしたようにこの騒ぎを横目に見て、平常どおり、自分のすべきことをしている。オクタウィウスは、平原での孤独な通夜からまだ戻らない。あたりは暗くなってくる。

夜。軍団の指揮官であるルグドゥニウスじきじきの指示により、わたしたちの天幕の外に警備兵がひとり、配置されることになった。敵が何者なのか、これから何が起こるのか、誰にもわからないからだ。わたしたち四人はオクタウィウスの天幕に集まっている。床の真ん中でちらちらとまたたくランプを囲み、めいめいが藁布団に座ったりもたれかかったりしている。ときおり、オクタウィウスが立ってはまた折り畳み椅子に腰をおろす。明かりから離れたところにいるので、彼の顔は影に包まれている。アポロニアから多くの人がやってきて、新たな情報を求めたり、助言をくれたり、支援を申し出たりした。ルグドゥニウスは、わたしたちが望むのであれば、軍団を自由に使っていいと言ってくれた。いまオクタウィウスは人払いを頼み、自分のもとを訪ねてきた人々のことを話している。「彼らはわれわれよりも事情を知らず、自分の行く末のことしか話さなかった。きのうは――」彼はふと言葉を切り、闇の中の何かに目をやる――「きのうは彼らがわたしの味方のように思えた。だがいまは信頼してはならないと思っている」彼はまた黙り込み、わたしたちのところに来ると、わたしの肩に手を置いた。「これらの問題については、きみたち三人だけに話そうと思う。きみらはほんとうの友だから」

マエケナスが口を開く。いつもより深みのある低い声だ。彼がしばしば軟弱さを装うときの甲高い声色ではない。「きみを愛するわれわれのことさえ、信頼してはならない。これからは、信じる必要があるときのみ、われわれを信じてくれ」

ふいにオクタウィウスが後ろを向き、光を背にして、苦しげな声で言う。「わかっている。そのこともわかっている」

こうして、わたしたちは何をすべきか話し合った。

アグリッパは、何もしてはならないと言う。なぜなら、理にかなった行動の根拠とすべきことが何もわかっていないからだ。ランプの不安定な明かりを浴びたアグリッパは、老人のように見える。あの声。あの落ち着き。「ここにいれば、少なくともしばらくのあいだは安全だ。この軍団はわれわれに忠実だ。ルグドゥニウスが約束してくれた。おそらく、広範にわたる反乱が勃発したのだろう。われわれを捕らえるため、すでに軍が送り出されたかもしれない。かつてスッラが政敵マリウスの縁者――ユリウス・カエサルもまさにそのひとりだった――を捕らえるために部隊を差し向けたようにね。われわれは、当時のカエサルほどの運には恵まれないかもしれない。この地の背後にはマケドニアの山々がそびえている。彼らも、この軍団に抗してそこまで追ってくることはないだろう。いずれにせよ、もっと何かわかるまで待つことにしよう。どんな形であれ、われわれの立場を危うくする行動は控えるのだ。いまは安全に身を潜めることだ」

オクタウィウスが低い声で言う。「叔父にこう言われたことがある。過剰な軽率さと同様、過剰な警戒心もまた、確実に死を招きうる、と」

わたしはさっと立ち上がる。力がみなぎってきたのだ。わたしは自分のものとは思えないような声で話しはじめる。「わたしはきみをカエサルと呼ぶ。なぜなら、彼はきみを息子にしようと考えていたからだ」

オクタウィウスはわたしを見る。そんなことは思い浮かばなかったのだろう。「それはまだ早い」と、彼はおもむろに言う。「だがはじめてわたしをその名で呼んでくれたのがサルウィディエヌスであったことは忘れないよ」

わたしは言う。「もしカエサルがきみを息子にするつもりだったとすれば、きみには自分と同じように行動させたことだろう。アグリッパは、ここではひとつの軍団の忠誠を勝ち得ていると言った。マケドニアの五軍団も、もしすみやかに加勢を頼めば、ルグドゥニウスと同じように応じてくれるはずだ。今後の展開について、われわれが何も知らないのだから、彼らにはさらにわからないだろう。わたしは、これらの軍団とともにローマに向かい、力を掌握するべきだと思う」

オクタウィウスが尋ねる。「そのあとはどうする？　その力がどのようなものかも、われわれは知らない。誰が敵対してくるかもわからない。誰が叔父を殺したのかさえ知らないのだ」

わたしは答える。「力は、われわれが作るものだろう。敵対してくる者については知りようがない。しかしアントニウスの軍団が味方についてくれれば、あるいは――」

オクタウィウスがゆっくりと言う。「われわれは、誰が叔父を殺したのかさえ知らない。彼の敵が誰であったのかもわからない。だから自分たちの敵が誰なのか、知りようがないのだ」

マエケナスがため息をついて立ち上がり、首を振る。「われわれは、とるべき行動について話し合った。しかしその行動の最終的な目標については話をしていない」彼はオクタウィウスを見つめる。「きみは何を成し遂げたいのだ」

しばらくのあいだ、オクタウィウスは黙っている。やがて熱意を込めて、ひとりひとりの顔を見る。「わたしはきみたちみんなに、そして神々に誓う。もしわたしが生き延びる運命にあるなら、叔父を手にかけた殺人者に復讐をする。それが誰であろうとも」

マエケナスがうなずく。「それでは、第一の目標は、きみが誓いを果たせるように、その運命を確実に引き寄せることだ。われわれは生き延びなくてはならない。その目的を遂げるためには、用心深く行動しなくてはならない。だが、動かなければならない」彼は部屋の中を歩きまわりながら、学童でも相手にしているように語り続ける。「われらが友、アグリッパは、進むべき道が見えるまではここにとどまり、身の安全を確保しようと言う。しかしここにとどまっていては、何もわからないままになる。情報はローマからもたらされる。だがわれわれの耳に届くのは、事実かどうか判別できない噂だろう。事実だとしてもそこには私利私欲が絡んでいる。となれば、われわれは、私利私欲と派閥を源とする情報しか得ることができないのだ」彼はわたしのほうを向く。「血気盛んなわれらが友、サルウィディエヌスは、ローマ世界が混乱している隙に乗じて、即座に攻撃に打って出るべきだと言う。闇の中で及び腰の敵と競えば、勝利することができるかもしれない。しかし目に見えぬ崖から転落したり、望まぬ目的地にたどり着いたりする恐れもあるだろう。だめだ……オクタウィウスがカエサル死去の報を受けたことを全ローマに知られてしまう。オクタウィウスは、悲しみをいだいて友とともにひそかに戻るべきだ。敵にも味方にも歓迎される可能性のある兵は連れていかない。どのような軍隊だろうと、親戚を亡くし、数人の従者を伴って弔いのために帰郷する四人の少年を攻撃するような真似はしないだろう。どのような勢力であろうと、われわれのもとに結集したりなどして、敵を警戒させ、硬化させるようなことはしないだろう。殺害をもくろむ者が現れたとしても、われわれ四人なら、軍団より速く逃げ延びることができる」

わたしたちはそれぞれに意見を述べ、オクタウィウスは黙っている。なんと奇妙なことだろう。わたしたちは突如として、彼に決断をゆだねようとしている。いままでこんなことはなかったのに。わたしたちが彼の中に、これまで気づかなかった力を感じ取ったからか。そのような時機が到来したということか。われわれに何か欠けるところがあるのだろうか。これについてはあとで考えよう。

やがてついにオクタウィウスが口を開く。「マエケナスの言うとおりにしよう。荷物の大半はここに置いていく。戻ってくるつもりであるように見せかけるのだ。あした、われわれはできるかぎり急いでイタリアに渡る。だがブルンディシウムには上陸しない――あそこには軍団が駐留している。どのように配備されているか、わからないからな」

「オトラントにしよう」アグリッパが言う。「どのみち、そのほうが近い」

オクタウィウスはうなずく。「では、選ばなければならない。わたしといっしょに戻る者は、わたしと運命をともにする。ほかに道はない。引き返すこともできない。わたしがきみたちに約束できるものは、わたしを待つ未来だけだ」

マエケナスがあくびをする。またいつもの彼に戻っている。「われわれはきみといっしょに、あの悪臭のする船に乗って海を渡ってきた。あれに耐えられたのだから、どんなことにも耐えられるさ」

オクタウィウスはどこか悲しげに微笑む。「もうずいぶん前のことだな。あの日は」

わたしたちはそれ以上の言葉は交わさず、ただ、おやすみとだけ言い合った。


わたしは自分の天幕の中にひとりでいる。この文章を書いている机の上では、ランプの火がぱちぱちと音を立てて燃えている。天幕の出入り口から、東にそびえる山々の上にうっすらと曙光（しょこう）が射すのが見える。結局、眠ることができなかった。

早朝の静けさに包まれていると、昨日のできごとが遠く感じられ、現実とは思えなくなってくる。わたしにはわかっている。わたしの人生——そしてわたしたちみんなの人生——が一変したのだ。ほかの三人はどう感じているのだろう。わかっているのだろうか。

わたしたちが進もうとしている道の先にあるのは、死か、栄光か。頭の中でこのふたつの言葉がぐるぐるとまわりだす。そしてしまいには、まったく同じ言葉に見えてくる。

第二章

1　書簡――アティアおよびマルキウス・フィリップスより、オクタウィウスへ（紀元前四四年四月）

息子よ、この手紙が手元に届くころには、あなたはすでにブルンディシウムに到着して、あの知らせを聞いていることでしょう。わたしが心配していたとおりになりました。遺言が公開され、あなたをカエサルの息子として、遺産相続人に指名すると書かれていたことがわかったのです。あなたがそれを知れば、まず、家名も財産も受け入れたいと思うことでしょう。けれどもあなたの母は、待ってほしい、よく考えてほしいと思っています。わたしの叔父があなたを引き入れようとした世界がどんなところか、しっかり見きわめてほしいのです。それは、あなたが幼いころを過ごしたウェリトラエ〔イタリア中西部、現ヴェッレトリ〕の素朴な田園世界とはちがいます。また、家庭教師や看護師と子供時代を過ごした家庭的な世界とも異なります。あなたが少年期に触れた書物や哲学の世界とも、カエサルが（わたしの意思に反して）あなたに手ほどきをした戦場のような単純な世界ともちがうのです。そこはローマです。誰が敵で、誰が味方か、わからない世界。徳よりも放縦が称賛される世界。そして道理が私利私欲の僕（しもべ）となり果てた世界です。

母はあなたに、遺言の要求を拒むことを望んでいます。そのようにしても、叔父の名を汚すことにはなりません。誰もあなたのことを悪く思わないでしょう。あなたが家名と遺産を受け入れれば、カエサルを殺した人々だけではなく、彼の死後の名声を讃える人々からも反感を持たれることになります。あなたはカエサルと同様、民衆から愛されるだけです。その愛は、カエサルを悲運から守ってはくれませんでした。

あなたが早まった行動に出る前に、この手紙が届くことを祈っています。わたしたちは、危難を避けるため、ローマを離れました。混乱がおさまり、いくらか秩序が戻るまで、ここプテオリの、あなたのお義父さまの別荘で過ごそうと思います。あなたが遺言を受け入れないのなら、無事に旅を続けてここに来られることでしょう。まだ心の内だけではまともな暮らしをすることができます。お義父さまも言い添えたいことがあるそうです。

きみの母上は、あふれんばかりの愛を込めて、きみに思いを伝えます。わたしも愛を込めて書きますが、それだけではなく、この世界と過去数日のできごとの現実を知る者として、きみに語りかけたいと思います。

きみはわたしの政治信条を知っています。過去には、亡くなられたきみの叔父上が進む道に賛同できなかった時期もありました。それどころか、われらが友キケロと同様、元老院で反対意見を表明する必要を感じたこともあるのです。わたしがこのことに触れるのは、きみに断言しておきたいからです。わたしが母上の助言に従うよう勧めるのは、決して政治的な思惑からではなく、現実的な観点からだということを。

わたしはこの暗殺には承服できません。もし相談を受けていたなら、激しい嫌悪感を示して後ずさり、わが身を危険にさらしていたかもしれません。しかし、きみは理解しなければなりません。こうした（自称）暴君殺しの中には、ローマで最も高い信頼と尊敬を勝ち得ている市民もいるのです。大半の元老院議員の支持を得ていて、民衆のほかに彼らの身を脅かす者はいません。わたしの友人もいます。たとえ浅はかな行動をとったとしても、彼らは善良な市民であり、心からこの国を愛しているのです。民衆を扇動したマルクス・アントニウスでさえ、彼らを攻撃しません。これからもしないでしょう。なぜなら、彼もまた現実的な男だからです。

きみの叔父上は徳の高い人でしたが、ローマをすぐには回復できない状態にしてしまわれました。誰もが迷いの中にあります。彼の敵は強大だが、いまだ決意が定まっていない。味方は汚職に手を染めるような連中ばかりで信用ならない。もしきみが家名と相続権を受け入れたなら、重要な人物からは見放されるでしょう。きみが受け継ぐのは、中身のない名誉と、きみには必要のない財産です。そしてきみは孤立するでしょう。

プテオリにいらっしゃい。きみの利益にならない決定にかかわってはなりません。みなと距離を置くことです。わたしたちの愛にいだかれていれば、きみは安全です。

2　マルクス・アグリッパの回顧録——断簡（紀元前一三年）

……その知らせを受けたわれわれは、悲しみを胸に、行動を起こした。急いで船に乗り、荒波にもまれてオトラントに向かうと、夜陰にまぎれて、誰にも知られることなく上陸した。われわれはごくふつうの宿に泊まり、疑われることのないよう、従者たちには別の宿をとらせた。まだ夜が明けぬうちに出発し、地元の住人のように歩いてブルンディシウムをめざした。レピアエで、ブルンディシウムに通じる道を見張っていたふたりの兵士に停止を求められた。われわれは名を明かさなかったが、兵士のうちのひとりが、こちらを見知っていた。ヒスパニア遠征に参加していたのだという。その男の話から、ブルンディシウムの駐屯軍がわれわれを歓迎してくれそうなこと、そこまでは安全に行けそうであることがわかった。ひとりがわれわれにつき添い、もうひとりが先に行ってわれわれの到着を知らせてくれた。ブルンディシウムの町に入ると、警備兵一名のほか、両側に兵士が並び、最高の礼を尽くして迎えてくれた。

　そこでわれわれは、カエサルの遺言の写しを見せてもらうことができた。オクタウィウスを息子とし、遺産相続人とすること、カエサルが保有していた庭園のすべてを人々の憩(いこ)いの場として寄贈すること、ローマ市民ひとりひとりに、彼の資産から銀貨三百枚を与えることが記されていた。

　さらにわれわれは、混乱のさなかにあるローマの現状について、彼らがわかっているかぎりのことを聞いた。カエサルを殺した輩の名も、元老院が法にそむいてこの暗殺を容認し、下手人を自由の身にしたことも知った。その無法ぶりのもとで人々がどれほど悲しみ、憤っているかもわかった。

　オクタウィウスの実家から遣わされた使者が待っていて、母上とその夫君からの手紙を手渡した。夫妻は愛情と気遣いから相続の放棄を勧めていたが、オクタウィウスとしては助言を受け入れるわけにはいかなかった。ローマ世界の混沌と、責務のむずかしさゆえに、いっそう決意を固くしたからだ。われわれはこのとき、彼をカエサルと呼んで忠誠を誓った。

　殺害されたカエサルへの崇拝とその息子への親愛の情から、ブルンディシウムの軍団と、周辺地域で暮らしていた退役兵が続々と集まってきて、仇討(あだう)ちに連れていってくれと懇願した。しかしオクタウィウスはありったけの感謝の言葉を並べて丁重にことわった。われわれはブルンディシウムを発って静かに弔いの旅を再開し、アッピア街道を進んでプテオリをめざした。そこで好機を待ってローマに入るつもりだった。

3　クィントゥス・サルウィディエヌス・ルフス――日誌のための覚書、ブルンディシウムにて（紀元前四四年）

わたしたちは多くのことを知ったが、ほとんど何も理解していない。陰謀に加担した者は六十人以上にのぼると言われている。首謀者は、マルクス・ユニウス・ブルトゥス、ガイウス・カッシウス・ロンギヌス、デキムス・ブルトゥス・アルビヌス、ガイウス・トレボニウス――ユリウス・カエサルの腹心と目されていた者ばかりで、なかには、わたしたちが子供のころから名を知る者もいる。ほかの共謀者については、まだ何もわかっていない。マルクス・アントニウスは公然と殺人者を非難したのに、彼らを食事に招いてもてなした。そして、カエサルの敵を糾弾したのに、あろうことか、暗殺を容認したプブリウス・コルネリウス・ドラベッラをその年の執政官に指名したのだ。アントニウスは何をたくらんでいるのか。わたしたちはどこへ向かおうとしているのか。

4　書簡――マルクス・トゥリウス・キケロよりマルキウス・フィリップスへ（紀元前四四年）

貴殿の義理のご子息が三人の若き友とともに、わずか数日前にブルンディシウムに渡り、いまそちらへ向かっていると聞いた。彼の到着までにこの手紙が届くよう、急いでペンを走らせている。噂によれば、貴殿が手紙を書いて助言したにもかかわらず（その写しを送ってくれた好意には心から感謝している）、ご子息はカエサルの遺言条項を受け入れる心づもりであるという。何かのまちがいであってほしいと思うが、若さにまかせた軽率な行動をとりはせぬかと気がかりだ。貴殿には、あらんかぎりの圧力をかけて、ご子息を思いとどまらせてもらいたい。あるいは、すでに意思表示をしたのであれば、相続を放棄するよう説得してほしい。そのためなら、小生は喜んで力を貸すつもりだ。

支度をととのえ、二、三日のうちにここアストゥラの別荘を発つ。そうすればプテオリで、貴殿とともにご子息を迎えることができるだろう。ご子息には、以前、親切にしてあげたことがあるので、彼も小生に好意を持ってくれているものと思う。

貴殿が彼にいくらかの愛情を持っていることは知っているが、たとえ遠縁であっても、あの子がカエサル家の人間であることを忘れてはならない。ご子息の望みどおりにさせておけば、われわれの敵が彼を利用する恐れがある。このようなときにこそ、自然な心情よりわれらの党派〔名門貴族から成る閥族派〕への忠誠を優先すべきなのだ。われわれは誰ひとりとしてご子息に危害がおよぶことを望んでいない。貴殿はできうるかぎりの説得力をもって、奥方にこのことを話さなくてはならない（奥方はご子息に対し、多大な影響力を持っておられると記憶している）。

ローマから知らせが届いた。状況は芳しくないが、絶望的というわけでもない。われわれの盟友は依然として名乗り出る勇気がないようだ。親愛なるブルトゥスでさえ、ローマにとどまって共和政の修復に取り組むよりも、地方で彼にできることをしていたいらしい。小生は、この暗殺によって直ちに自由が取り戻され、過去の栄光が復活して、小生や貴殿が愛する秩序を乱そうとたくらむ成り上がり者が排除されるものと期待していた。しかし共和政は修復されていない。毅然として行動すべき者が覚悟を決められずにいるあいだに、アントニウスが獣のように獲物から獲物へとうろついて、宝物庫を略奪し、行く先々で力を集めている。アントニウスに耐えることを思えば、カエサルの死を惜しみたくもなってくる。だがアントニウスは長くは保つまい。小生は確信している。あの男は向こう見ずに暴走する。いずれ自滅することになるだろう。

小生は理想が高すぎる。それはわかっている。最も親しい友人たちでさえ、それは否定しない。だが小生はきわめて合理的に、われわれの大義の正当性がいつか必ず証明されると信じている。やがて傷が癒えて攻撃の応酬もやめば、元老院は本来の目的に立ち返り、カエサルによって消滅の危機にさらされた威厳を取り戻すだろう。親愛なるマルキウスよ、そうすれば、われわれがしばしば話題にしてきたあの昔ながらの美徳が、花冠のようにローマの額を飾るだろう。

ここ数週間のできごとのせいで忙しい思いをしている。時間を多くとられてしまって、自分の問題に向き合っている暇がない。きのう、小生の地所を管理しているクリュシッポスという男が、猛烈な抗議をしにやってきた。貸店舗のうち二棟が倒壊し、ほかの建物も老朽化が激しく、店子だけではなく、ネズミまでが出ていこうとしているというのだ！　小生はソクラテスの教えに従ってきて幸いだった。人はこれを災難と呼ぶだろうが、小生は厄介ごととすら思わない。なんと取るに足らないことか！　結局、クリュシッポスと長時間話し合った結果、損害を利益に変える策として、二、三の建物を売り払い、ほかの建物を補修することにしたのだ。

5　書簡——マルクス・トゥリウス・キケロよりマルクス・ユニウス・ブルトゥスへ（紀元前四四年）

オクタウィウスに会ってきた。彼はいま、プテオリで、継父の別荘——わたしの別荘の隣にある——に滞在している。わたしはマルキウス・フィリップスと友人なので、いつでも好きなときに彼に会える。そしてまずは、貴君に知らせておかねばなるまい。じつはオクタウィウスが相続権を受け入れ、われらが亡き敵の名を継ぐことを承諾したのだ。

しかし貴君が絶望する前に言っておく。この受諾は、われわれが想像していたほどには重要ではなさそうだ。あの小僧はたいした器ではない。恐れることはない。

オクタウィウスには、三人の若い友がついてきていた。ひとりは、マルクス・アグリッパ。大柄な田舎（いなか）くさい男で、客間を歩きまわっているより、犂（すき）の前か後ろについて畑を耕していたほうが似合いそうだ。もうひとりは、ガイウス・キルニウス・マエケナスという。顔立ちはいかついのに、妙に軟弱な青年で、気取った歩きかたをし、胸くそが悪くなるようなまばたきをする。残るひとりは、サルウィディエヌス・ルフスという。痩せぎすの神経質そうな若者で、いささか笑いすぎるが、まあ、がまんできなくはない。彼らの中では最もましと言える。わたしのみるところ、どうということもない若造ばかりだ。家柄もたいしたことはなく、たいした財産も持たない（それを言うなら、もちろん、若きオクタウィウスの血統も完璧ではない。彼の父方の祖父は、しがない田舎の両替商だった。それより前は、どこの馬の骨だったかわかったものではない）。

　いずれにせよ、四人は何もすることがないかのように、屋敷の中をぶらぶら歩きまわり、客と言葉を交わしたり、たいていは何やら騒いで周囲の顰蹙を買ったりしていた。だいたいがものを知らず、知性の感じられる反応が返ってこないのだ。ばかげた質問をし、こちらが答えてやっても意味がわからないらしく、ただぼうっとした顔でうなずきながら、あらぬかたに目をやっているだけだ。

　しかしわたしは軽蔑や優越感を表に出さない。オクタウィウスには威厳のある態度で接している。はじめて彼がやってきたときには同情を感じ、紋切り型のお悔やみの言葉をかけた。彼の受け答えから、その悲しみは政治的なものではなく個人的なものであると確信した。そこでわたしは遠回しに、暗殺自体は遺憾だが（ブルトゥス、この偽善を許せ）国を愛するがゆえの利他的な行動だったと考える人も多くいる、というようなことを言った。その言葉にオクタウィウスが傷ついたようすは、まったく見えなかった。彼はわたしにいくらか敬意を感じていると思うので、十分な慎重さをもって進めれば、彼を説得してわれわれの味方につけることができるかもしれない。

　オクタウィウスはまだ子供だ。しかもどちらかと言えば頭の悪い子供だ。政治のことなど何も知らないし、これからも理解することはないだろう。彼を動かしているのは信義でも野心でもない。ただあたたかい感情をもって、父となるはずだった人の思い出をなつかしんでいるだけのことだ。そして彼の友人たちも、彼の引き立てを受けることで何か得をしてやろうとたくらんでいるだけだ。つまりわたしのみるところ、オクタウィウスがわれわれにとって危険な存在になる恐れはない、ということだ。

別の観点から言えば、この状況をわれわれに有利な方向へ導くことができるかもしれない。彼はカエサルの名と（実際に手に入れられるか否かはともかく）遺産を要求する権利を持っている。おそらく、名のみに惹かれて彼に追随する者もいることだろう。古参兵や家臣は、彼にその名を与えた男への恩義からつき従うにちがいない。混乱や気まぐれから配下におさまる者もいるだろう。しかし銘記しておくべき重要なことは、われわれは誰も失わない、ということだ。彼に従うのは、アントニウスにも従うような者だからだ！　われわれの大義に賛同するよう彼を説得することができれば、われわれは二重に勝利をおさめることになる。最悪の場合でもアントニウス一味の力を弱めることができる。それだけでも十分な勝利と言える。あの小僧を利用し、やがては放り出す。そうすれば、独裁者の血筋は断たれるだろう。

貴君には容易に察しがつくと思うが、わたしはこれらの問題について、マルキウス・フィリップスには率直に語るわけにはいかない。彼はわれわれの同志ではあるが微妙な立場にある。なにしろ、オクタウィウスの母親と婚姻関係にあるのだから。男は誰しも、夫ゆえの弱みから完全に自由になることはできない。それにあの男は、信頼して何もかもを打ち明けるほどの重要人物でもない。

危機がやわらぐまで、貴君はこの手紙を持っていてくれたまえ。しかしわれらが友、アッティクス〔キケロの親友。アテナイに暮らす哲学者で、出版業を営んでいた〕には決して写しを送らないでほしい。彼はわたしを崇拝し、われわれの友情を誇りに思うあまり、わたしの手紙を——出版はしないにしても——誰にでも見せてしまうのだ。ここに書いたことは、将来、わたしの見解が正しかったことが証明されるまでは詳細に知られてはならない。

追伸——カエサルのエジプトの愛人、クレオパトラがローマを逃げ出した。身の危険を感じたのか、みずからの野心が招いた結末に絶望したのかはわからない。ともかく、あの女はきれいさっぱり排除できた。オクタウィウスは相続権を要求するため、ローマに行く。そして何ごともなく無事に市内に入る。彼からこのことを聞かされたときには、怒りと悲しみを隠すことができなかった。この青二才とその朋友たる礼儀知らずの若造どもが何も恐れることなくローマに行けるのに、三月十五日の英雄である貴君やカッシウスが市外に逃れて、狩られる動物のように身を潜めていなくてはならないのだから。

6　書簡――マルクス・トゥリウス・キケロよりマルクス・ユニウス・ブルトゥスへ（紀元前四四年）

手短に書く。彼はわれわれのものだ――わたしは確信している。彼はローマへ行き、民衆を前に演説をした。だが相続権を主張しただけだ。わたしが聞いたところによれば、彼は貴君のことも、カッシウスやほかの者たちのことも、悪くは言っていない。気品に満ちた言葉でカエサルを賛美し、責務として遺産を相続して、敬愛の念から名を継ぐことを知らしめた。そして、解決すべき問題を解決したあかつきには、隠遁して私人として生活していくつもりだという。信じられるか？　信じなければならない、なんとしても！　わたしはローマへ戻り次第、彼に働きかけてみる。彼の名は、われわれにとってまだ価値のあるものかもしれない。

7　書簡――マルクス・アントニウスより、マケドニア軍司令官、ガイウス・センティウス・タウスへ（紀元前四四年）

ひょうきん者のセンティウスへ。アントニウスがこの手紙を書いた目的は、おまえの近況を尋ねるため、それから、最近のちょっとしたできごと――称賛という重荷を背負うようになって以来、おれが日々直面する類(たぐ)いのこと——を知らせるためだ。

きのうの朝、あの生白い顔の小せがれ、オクタウィウスが訪ねてきた。やつは一週間ほど前にローマに来て、みずからカエサルと名乗り、夫に死なれた女のようにふるまっている。ごたいそうなことだ。わが愚弟、グナエウスとルキウスはおれに相談もせず、やつに政治的な演説をしないと確約させたうえで、ローマの公共広場、フォルム・ロマヌムで民衆に話をする許可を与えた。政治的でない演説など、どこにある？ だがやつは、少なくとも民衆を扇動するようなことはしなかった。だからまるきりのばかではない。民衆の同情をいくらか得たようだが、それだけのことで終わった。

しかし、まるきりではないにしろ、やつはまちがいなく、ばかの部類に入る。なぜなら、いかにも洟垂(はなた)れ小僧らしい——それも、たとえりっぱな名であろうと借り物でしかない、盗っ人の孫にふさわしい——生意気な態度を取っているからだ。やつは朝の遅い時刻、ほかに五、六人の面会者が待っているところへ、事前の約束も取りつけずにいきなり、うちの屋敷を訪ねてきた。供を三人引き連れていた。まるで先導警吏(リクトル)を従えた政務官(マギストラトウス)気取りだ。おそらくやつは、おれが何もかも放り出して駆けつけると思っていたのだろう。むろん、こっちはそんなことはしない。秘書に命じて、順番を待つよう、やつに伝えさせた。そうすればすごすご帰っていくものと半ば期待し、望んでいたのだ。しかしやつはそうはしなかった。だからおれは昼前までやつを待たせておいて、それからようやく中へ招じ入れた。

だが告白せねばなるまい。わざと試すようなことをしたものの、いささか興味があったのだ。あの小僧には、これまで二度しか会ったことがない。一度は六、七年前、やつがまだ十二のころに、自身の祖母ユリアの葬儀でカエサルに申しつけられ、死者への賛辞を述べたときだ。その次は二年前、アフリカ遠征後におこなわれたカエサルの凱旋行進のときに会った。おれはカエサルとともに馬車に乗り、やつは後ろに座っていた。以前、カエサルがやつについてあれやこれやと語ったことがあった。

おれは自分が何か聞き逃していたかと思った。

いいや、聞き逃してはいなかった。〝偉大なる〟カエサルがなぜ、自分の名と権力と財産をあの小僧に継がせることにしたのか、おれには永遠に理解できないだろう。神々に誓って言うが、最初に遺言がウェスタ神殿に認められ、記録されていなければ、おれが折を見て、中身を書き換えていただろう。

もしやつがほかの者と同じような雰囲気で待合から執務室に入ってきていれば、おれもあそこまで気分を害することはなかったと思う。だがやつはそうしなかった。やつは三人の友人と連れ立って入ってくると、あたかもおれがそいつらに関心があるとでも思っているように、彼らを紹介した。そして申し分のない礼儀正しい態度で挨拶をし、おれの言葉を待った。おれは何も言わずに、長いあいだやつを見ていた。ひとつだけ、やつのために言っておいてやる。あれは冷静な男だ。心乱れたようすもなく黙っているので、待たされて腹を立てているのかどうかもわからなかった。そこでついにおれは声をかけた。

「で？　用件はなんだ？」

それでもやつはまばたきもせず、こう答えた。「父の友であったあなたに敬意を表するため、そして父の遺言を実行する手順についてご教示いただくためにまいりました」

「きみの叔父上は、何もかもを混乱に陥れたままでこの世を去られた。すべてが片づくまで、ローマで待つことはお勧めできませんな」

彼は何も言わなかった。センティウスよ、正直に言うと、あの子の持っている何かが、おれの神経を逆なでするのだ。やつの前では感情を抑えることができない。おれはこう言った。「そのように自由に、あたかも自分のものであるかのように、カエサルの名を使うのもどうかと思うがね。きみも知ってのとおり、元老院が養子縁組を承認するまでは、きみの名前ではないのだから」

彼はうなずいた。「ご忠告に感謝します。わたしは野心からではなく、敬意のあかしとして、この名を使っています。しかしわたしの名や遺産の取り分の問題はともかくとして、カエサルから市民に贈られる遺産をどうするかという問題があります。彼らの心情を察するに――」

おれは笑い飛ばしてやった。「いいかね、これがこの日の朝、きみに与える最後の助言だ。アポロニアへ戻って本でも読んでいなさい。向こうにいたほうがずっと安全だ。叔父上が残された問題は、わたしが解決する。わたしの都合のいいときに、わたしなりのやり方でな」

誰にもやつを怒らせることはできないようだ。やつは独特の冷ややかな笑顔を見せて、こう言った。「叔父の問題がこのようなかたの手にゆだねられていると知ってうれしく思います」

おれは立ち上がり、やつの肩を軽くたたいた。「これで決まりだな。さあ、みんな急いで帰ったほうがいい。わたしは忙しい午後を迎えるとしよう」

それで終わりだった。やつは自分の立ち位置をよく心得ているようだ。大それた企てにおよぶことはまずなかろう。気取り屋で、印象の薄い小者だ。なんの重要性もない――あの名前を使う権利をいくらか持っていることを除いてはな。それだけでは、たいして大きなことはできないが、うっとうしいことはわかった。

ああ、もうたくさんだ。ローマへ来い、センティウス。政治の話はしないと約束する。エミリア会堂へ行ってミムス劇を観よう（ここでは名を明かさないが、ある執政官から特別な許可が出て、女優たちが衣服をまとわずに上演するそうだ）。浴びるほど酒を飲んで、女たちに、どちらのほうがいい男か決めさせよう。

だが、あの小僧には、なんとしても、供を連れてローマから出ていってもらいたい。

8　クィントゥス・サルウィディエヌス・ルフス——日誌のための覚書（紀元前四四年）

わたしたちはアントニウスに会った。不安だ。自分たちの任務の壮大さを思う。彼は明らかに、こちらに反感を持っている。どんな手を使ってでも、わたしたちを阻止しようとするだろう。頭が切れる。自分たちの未熟さを思い知らされた。

しかし魅力にあふれた男だ。うぬぼれが強く、しかもそれを隠さない。純白のトガをまとい（それがたくましい褐色の腕を輝くばかりに引き立てている）、金色の細い縁取りのついた明るい紫色の帯を着けていた。アグリッパと同じくらいに大柄だが、雄牛というより、猫のような歩き方をする。浅黒い肌の美しい顔は骨張っていて、ところどころに小さな白い傷跡が残っている。南方人らしい細い鼻は、一度へし折られたことがあるようだ。唇は厚く、口角が持ち上がっている。やわらかい茶色の瞳は大きくて、怒れば激しく燃え立ちそうだ。声は朗々としていて、愛情や力で相手を圧倒することができそうだ。

マエケナスとアグリッパは、それぞれに猛烈に腹を立てていた。マエケナスは敵意のこもった冷ややかな表情を浮かべている（彼は本気になると、いっさいの気取りが失せ、体まで硬くなるらしい）。ちょっとやそっとでは、なだめられそうにない。彼もそれを望んでいない。アグリッパはふだんは感情を見せないが、いまは憤怒に身を震わせ、顔を真っ赤にして、大きな拳を握りしめている。しかしオクタウィウスは（今後は人前ではカエサルと呼ばなくてはならない）まったく怒りの色を見せず、妙に明るくふるまっている。にこやかに生き生きと話をし、声をあげて笑いさえする（彼が笑ったのは、カエサルが亡くなって以来はじめてだ）。彼にとっては最も困難な局面を迎えているのに、なんの心配もしていないように見える。カエサルも危機にあるときには、こんなふうだったのだろうか。

カエサルについてはいろいろな話を聞いている。

オクタウィウスは、この朝のことを話そうとしない。わたしたちはいつもは公共浴場で入浴するが、きょうは丘の上にあるオクタウィウスの家に行くことになった。彼は、四人でけさのことを話し合ってみるまでは他人にその話を聞かれたくないのだと説明する。わたしたちはしばらく球技に興じた（註記――アグリッパとマエケナスは怒りのあまり球をうまく扱えず、取り落としたり、あらぬかたへ投げたりする。オクタウィウスは落ち着いていて、始終にこやかに、みごとに、優雅に球を投げる。わたしは彼の気持ちを察して調子を合わせ、ふたりで踊りながら、ほかのふたりのまわりをまわりだす。やがてとうとうアグリッパもマエケナスも、自分たちが腹を立てている相手がアントニウスなのかわたしたちなのかわからなくなる）。マエケナスが球を遠くへ投げ、オクタウィウスに向かって叫んだ。

「きみはばかか！ この先、どんなことが待ち受けているのか、わからないのか！」

オクタウィウスは踊りまわるのをやめて、神妙な顔をしてみせようとするが、また噴き出してしまい、マエケナスとアグリッパのもとへ駆け寄ると、ふたりの肩を抱く。「すまない。だが、けさアントニウスを相手に演じた猿芝居をつい思い出してしまうんだ」

アグリッパは言う。「あれは猿芝居などではない。彼は真剣そのものだったぞ」

オクタウィウスはなおも笑みを浮かべている。「もちろん真剣だったとも。だが、わからなかったかい？ アントニウスはわたしたちを恐れていた。彼のほうがわれわれよりもずっとこわがっていた。それなのに自分では気づいていない。自分でもわかっていないのだ。これが笑わずにいられるかい？」

わたしは首を振ろうとするが、アグリッパとマエケナスは奇妙な目でオクタウィウスを見ている。長い沈黙が続き、やがてマエケナスが表情をやわらげてうなずく。いつものように気取ったしぐさで肩をすくめてから、わざと不機嫌そうに毒づいてみせる。「まあ、そういうことになるのだろうな、占い師のように人の心を読むとしたら――」彼はまた肩をすくめる。

わたしたちは風呂に入る。それから食事をして、またあとで話すことになった。

意見が一致した。性急な行動は慎もう、と。わたしたちはアントニウスが障壁であるという認識のもとで、彼について話し合う。アグリッパは、彼が権力を握っているとみている。だがいかにしてそれに立ち向かうべきか。それをもぎ取りにいこうにも、わたしたちには力がない。まずは、どうにかして彼にわたしたちのことを認めさせなくてはならない。それが最初のささやかな利点になる。暗殺者に報復するにしても、いま軍を起こすのはあまりに危険だ。この問題に対するアントニウスの立場があいまいすぎるからだ。彼はわたしたちと同じように、暗殺者への復讐を望んでいるのか。ただ権力がほしいだけなのか。彼が一味に加わっていた可能性さえある。アントニウスは元老院で暗殺者を赦免する決議を支持し、ブルトゥスに属州を与えたのだから。

マエケナスは、アントニウスを強大な力を持つ行動的な男とみているが、その行動の狙いがどこにあるのか見極められずにいる。「彼はたくらむ男だ。計画はしない」マエケナスが言う。敵を認識しないかぎり、アントニウスは動かないだろう。しかしなんとかして動いてもらわなくてはならない。さもなければ、わたしたちのほうが手詰まりになる。問題は、いかにして、アントニウスがわたしたちを恐れていることに気づく前に彼を動かすか、ということだ。

わたしはいくらかためらいがちに口を開く。臆病者だと思われるだろうか。わたしはこう言う。アントニウスはわたしたちと同じ目標を持っていると思う。力があり、軍団の支持を得ている。カエサルの友でもあった。わたしたちに無礼な態度をとったことは許せないが、理解はできる。待とう。わたしたちが彼に追従するつもりだと思わせよう。なんなりと役に立ちたいと申し出る。手を携えることで、わたしたちが話し合った目的のため、力を貸してもらえるようアントニウスを説得する……。

　オクタウィウスがゆっくりと言う。「わたしはアントニウスを信用していない。あの男には、われとわが身を信用していないようなところがあるからだ。彼につけば、わたしたちが彼の進路に縛られることになる。アントニウス自身もわたしたちもまだ、彼がどこに向かおうとしているのか、しかと見極められていない。わたしたちが思いどおりに事を成し遂げるには、彼をこちらに引き入れる必要がある」

　その後も話し合いは続き、ひとつの計画が持ち上がる。オクタウィウスが市民と話をするのだ。さまざまな場で少人数の集団を相手に、個人として話をする。オクタウィウスが意見を述べた。「アントニウスはわれわれを、無知蒙昧（もうまい）な若者たちだと思うことにした。彼がその自己欺瞞（ぎまん）に浸り続けてくれれば、こちらにとっては有利になる」だからわたしたちは、人心を煽（あお）るような言葉は口にせず、ただ、疑問を声に出して言うことにしよう。なぜ暗殺者は処罰されないのか、と。なぜカエサルの遺言どおりに、民衆への遺贈が実行されないのか、なぜローマはそんなにあっけなく忘れてしまったのか、と。

　そのあと、オクタウィウスが正式な演説をして発表する。アントニウスが、カエサルの遺産から市民にいくばくかの金を分与することを承認できない（したくない？）ようなので、自分がみずからの資産から支払うことにする、と。

　わたしたちはさらに議論する。アグリッパは、もしそれでもアントニウスが支払いの実行を認めなければ、オクタウィウス自身が多額の損失をこうむることになる、と言う。それでは、軍を起こす必要が生じたときに手も足も出ないだろう、と。オクタウィウスはこう答える。どのみち、民衆の支持がなければ、どんな軍も役に立たないだろう、と。わたしたちは、力をほしがっているように見せることなく、力を手にするのだ。必ずや、アントニウスはなんらかの形で動かざるをえなくなるだろう。

これで決まった。マエケナスが演説の草稿を書き、オクタウィウスが仕上げをする。明日から取りかかることになった。オクタウィウスがマエケナスに言う。「友よ、肝に銘じておいてくれ。これは詩ではなく、簡潔な演説にしなくてはならない。いずれにせよ、きみ独特の迷路のような言い回しに手を入れることになるだろうがね」

彼らはまちがっている。マルクス・アントニウスは、わたしたちのことも、誰のことも恐れてなどいない。

9 書簡――ガイウス・キルニウス・マエケナスよりティトゥス・リウィウスへ（紀元前一三年）

数年前、わが友ホラティウスが、彼の詩作の方法について語ってくれたことがある。わたしたちは酒を飲みながら、真剣に話をしていた。そのときに彼が話した内容は、最近出版された『詩論』とやら――詩の技法について書いた詩で、白状すると、わたしはあまり好きではない――に書かれていることより的確であったと思う。彼はこう言ったのだ。「わたしが詩を書こうと思うのは、どうしても書きたいという強い感情に動かされたときだ。けれどもわたしは、その感情が固まって決意に変わるまで待つ。それから、結びの一節を考える。できるかぎり簡潔で、そこへ向かって感情が高まっていくような幕引きにする。もっとも、どうしたらそれができるのかわからないこともままある。そうしておいてから、詩作に取り組むのだ。使えるかぎりの手段を用いる。必要とあらば、よそから借りてくる――支障はない。必要とあらば、捏造もする――これも支障はない。自分が知っている言葉を使い、その範囲内で表現する。しかし核心はこれだ――最後に到達する結末は、わたしが当初考えていたものとは似ても似つかない。解決には、つねに新たな選択が伴う。どのような選択をしようとも、必ず新たな問題が立ち現れて、解決を迫ってくる。そのくり返しだよ。詩人は心の底ではいつも、自分の詩が行き着いた終着点に驚いているのだ」

けさ、またきみに若いころのことを書き送ろうとして座ったとたんに、ホラティウスとのあの対話を思い出したのだ。詩作についてのホラティウスの言葉は、この世界で運命を切り開いて生きるわれわれの人生そのものと、驚くほど似通っていると感じたのだ（ただしホラティウスがこれを聞き、自身の言葉を思い出したなら、むっつりと顔をしかめて、くだらないと一蹴したことだろう。詩とは、主題を見つけて、それを適切に展開させ、この人物をあの人物と対立させ、この言葉の感じをこの韻律で表現し、というようにして作るものなのだ、と）。

なぜなら、われわれの感情は――というより、三人とも詩の世界に没入する読者のように、オクタウィウスに感情移入していたから、彼の気持ちは――ユリウス・カエサルの暗殺という信じがたいできごとによって掻き立てられたものだったからだ。あのできごとがあっさりこの世界を破壊してしまったような感覚が強まっていったのだ。われわれが考えついた目標は、われわれとこの国の名誉のために、暗殺者への復讐を遂げることだった。ただそれだけの単純なことだった。少なくとも、そう思えた。しかしこの世界の神々も詩の神々も、じつに賢明だ。彼らはしばしば、われわれが必死でめざしているつもりの目標を取り上げてしまうのだから！

親愛なるリウィウス、わたしはきみに対して父親のようにふるまう気はない。しかしきみは、われらが皇帝が使命を果たし、ローマ世界の支配者となるまで、ローマを訪ねたことさえなかった。そのころのことを少し話してみよう。遠い昔、われわれが目の当たりにしたローマの混沌を、きみの筆で再現できるように。

カエサルは死んだ――「人民の意志により」と、暗殺者たちは言った。しかし彼らは、それを「命じた」はずのローマの人民から、身を守らなければならなかった。二日後、元老院が暗殺者たちに謝意を述べ、即座に、かつてカエサル自身が提案し、まさにそれに従って殺害された法案を承認して、合法化した。いかにその行為が卑劣であったにせよ、陰謀者たちは勇気と力をもって事におよんだのだとされた。しかるに彼らは、最初の一歩を踏み出したあとは、おびえたようにちりぢりに逃げていった。アントニウスは、カエサルの友として民衆に訴えかけ、暗殺者への敵意を煽った。だが三月十五日の前夜、彼は暗殺者たちを晩餐に招いてもてなしていたばかりか、まさに殺害がおこなわれたときに、一味のひとり（トレボニウス）と親しげに言葉を交わしているところを目撃されていた。そして二日後の夜には、ふたたび同じ顔ぶれの男たちと食事をしたのだ！ だがアントニウスはまたもや人々を扇動し、暗殺への抗議として焼き討ちや略奪へと駆り立てた。そしてその後、こうした不法行為を犯した者を逮捕、処刑することを承認した。彼はまた、カエサルの遺言状を公の場で読み上げることを認めた。それなのに、その執行を全力で妨害しはじめたのだ。

何より、われわれはアントニウスが信用ならない人物であり、恐るべき敵であることを知った。狡猾さと老練さゆえではなく、浅薄で、後先を考えずに強大な力を振るうからだ。なかには魅力を感じて、あこがれる若者もいるようだが、彼はあまり知性の高い男ではない。真の目的などはなく、持っているのはせいぜい、刹那的な意向だけだ。それに、とくに勇敢というわけでもない。自害さえうまくできず、自分の立場が絶望的になってから、相当長い時間を経て、ようやくやり遂げた。あまりに遅すぎたので、尊厳ある死と評価されなかった。

まったく分別がなく、行動の予測のつかない敵——しかし動物的な活力とたび重なる偶然によって、恐るべき権力を手にした敵——といかにして対決すべきか（いまにして思えば妙なことに、最も明らかな敵は元老院にいたのに、われわれはアントニウスをひとりの議員とは思わず、自分たちの敵とみたのだった。元老院はアントニウスに丸め込まれたかもしれないが、いざとなれば、われわれがあんなへま野郎に手こずるわけがないと直観したのだろう）。そんな男とどのようにして対決すべきかはわからない。ただ、自分たちがしたことだけはわかっている。それをきみに語ろう。

われわれはアントニウスに会い、そっけなくあしらわれた。彼はローマで最も力のある名士だった。われわれは名前のほかには何も持っていなかった。われわれは、何よりもまず、彼に認めてもらう必要があると判断した。友好関係を築こうと働きかけたが、それはうまくいかなかった。だから敵対する道を選ぶしかなかった。

まず、われわれはアントニウスの敵や友人たちの中に分け入って話をした。というより、あたかもその日の催事についてきくように、ただ無邪気に質問をしたのだ。いつになったらアントニウスは、カエサルの遺言状に目を向けると思いますか。ブルトゥス、カッシウスら暴君殺しはどこにいますか。アントニウスは共和派についたのですか。それともいまもカエサルの民衆派に忠実なのでしょうか。そのような類いのことを尋ねまわり、こうした対話があったことがアントニウスの耳に入るように巧妙に仕向けた。

当初、彼からはなんの反応もなかった。われわれは粘り強く同じことを続けた。するとついに彼が不快感を示したという話を耳にした。彼がオクタウィウスを侮辱した話に尾ひれがついて、あちこちでささやかれるようになった。噂やオクタウィウスを非難する意見が、口づてに広まっていった。そこでわれわれは、オクタウィウスが公の場に出ていかざるをえなくなるような行動を起こした。

オクタウィウスは、わたしのささやかな助けを借りて、演説の草稿を書いた（その写しが保管書類の中にあるかもしれない。秘書が見つけてくれたら、きみに送るよ）。その中で、彼は人々に向かって悲しみもあらわにこう訴えた。遺言状があるにもかかわらず、アントニウスはカエサルの遺産を自分に引き渡してくれない。だがカエサルの名を継いだこのわたし（オクタウィウス）は、カエサルの義務を果たすつもりだ――市民への遺贈は、わたしが身銭を切って支払う。彼はそんな演説をしたのだ。取り立てて扇動的なことは何も言わなかった。その声からは、悲しみと悔恨と純粋な戸惑いが感じられた。

しかしアントニウスはわれわれの思惑どおり、性急に行動を起こした。即刻、オクタウィウスの合法的な養子縁組を阻止する議案を元老院に提出した。当時の彼の同僚執政官で、陰謀を企てた一味とも近しかったドラベッラと手を結んだ。それから、カエサルの暗殺後にいち早くローマを離れてガリアの軍団に逃げ戻ったマルクス・アエミリウス・レピドゥスの支持を得た。こうして公然と、オクタウィウスの命をもらうと脅しにかかった。

兵士や市民の多くがきわめてむずかしい立場に立たされたことを——少なくとも彼らにはそう思えたことを——理解しなくてはならない。富と力を持っていた者はほぼ例外なく、ユリウス・カエサルに反感をいだいていた。だからオクタウィウスに対しても敵意を持っていたのだ。兵士と中流層の市民は、ほぼ例外なくユリウス・カエサルを慕っていたので、オクタウィウスにも好感をいだいていた。だが彼らは、マルクス・アントニウスがカエサルの友であったことも知っていた。つまり彼らは、裕福な貴族階級に対抗できるただふたりの人間のあいだで熾烈な戦いが起きれば、どういう結果にいたるかを目の当たりにしようとしていたのだ。

そこで、われわれの中では兵士の生活や言葉や考え方に最も精通したアグリッパが、カエサルに従って数々の遠征に参加してきた下級士官や百人隊長や兵卒に会いにいった。そして、彼らの職務や共通の忠誠心を役立てて、マルクス・アントニウスとオクタウィウス（彼はカエサルと呼んだ）とのあいだで無用なまでに深まりつつある対立を鎮める手助けをしてほしいと頼み込んだ。彼らはオクタウィウスに悪意がないことを理解し、たとえ協力しても、アントニウスがそれを謀反や背信と見なさないことを確信して、行動に出た。

彼らは（おそらく総勢数百人にのぼっただろう）説得に応じ、最初に、丘の上にあるオクタウィウスの屋敷へ向かった。まずそこへ行くことが重要だったのだ。オクタウィウスは驚いたふりをし、アントニウスとの和解を懇願する彼らの声に耳を傾けた。それから、短い演説をしてアントニウスの侮辱を許し、みんなの望みどおり関係修復に努めようと述べた。きみは、この代表団のことをアントニウスにも知らせるように取り計らったにちがいないと思うだろう。もし彼らがいきなりアントニウスの屋敷へ向かっていたなら、アントニウスはおそらく彼らの意図を勘違いし、脅迫への報復にやってきたのだと思ったかもしれない。

しかしアントニウスは代表団がやってくることを知っていた。わたしはこれまで何度か、アントニウスが広大な屋敷でただひとり、彼らを待っているときの怒りを想像してみた。そこは、かつてポンペイウスが暮らし、カエサル暗殺後にアントニウスがわがものとした家だった。アントニウスは、待つしかないことを知っていた。自分が今後どのような道をたどることになるのか、予感していたのかもしれない。

アグリッパに促され、古参兵たちはオクタウィウスに、自分たちに同行してほしいと懇願した。オクタウィウスは同意したが、列の先頭を歩くのではなく、護衛をつけて最後尾についていくことを望んだ。われわれがアントニウスの屋敷の中庭に入っていくと、彼はきわめて適切に対応した。それは認めざるをえない。古参兵のひとりが呼びかけると、アントニウスは出てきて挨拶をし、彼らの言葉を聞いた。先にオクタウィウスの前で述べたとおりの内容だった――だがアントニウスは、いささかそっけなく、不機嫌な顔で和解に同意した。すると、オクタウィウスが案内されて前に出てきた。彼はアントニウスに挨拶をし、アントニウスも答礼し、兵士たちは喝采した。われわれは長居はしなかった。だがふたりが歩み寄ったときに、わたしはすぐそばに立っていた。ふたりが握手を交わしたときには、アントニウスの顔に、不承不承ながらも感謝していることがうかがえる、かすかな笑みが浮かんでいたように思う。今後もそう思い続けることだろう。

つまりそれは、われわれがはじめて手にしたささやかな力だった。それを基礎にして、積み重ねていったのだ。

親愛なるリウィウス、少々疲れてきた。体調が許せば、またすぐに手紙を書くよ。まだまだ語りたいことがあるのだ。

追伸――わたしがきみに話した内容については、慎重に取り扱ってくれるものと信じている。

10　書簡――マルクス・トゥリウス・キケロよりマルクス・ユニウス・ブルトゥスへ（紀元前四四年九月）

ここ二、三か月のあいだに起きたことに絶望している。オクタウィウスがアントニウスと悶着を起こした。わたしは期待した。だがふたりは仲直りをし、ともにいる姿が見られた。わたしは不安を感じた。彼らはまた仲違いをした。陰謀の噂が流れた。わたしは首をひねった。するとまたもや、ふたりは矛をおさめた。わたしはおもしろくない。いったいどういうことだ？　どちらかひとりでも、自分がどこへ向かおうとしてるか、わかっているのか。一方、ふたりのたび重なる対立と和解のせいで、ローマは混乱している。誰もが暴君の暗殺のことを忘れられずにいる。そのさなか、オクタウィウスの力と人気は着実に高まりつつある。ときたま、あの少年を見誤ったかもしれないと思いたくなるほどだ。しかし同時に、彼が実力以上に有能に見えるのは、偶然にすぎないとも思えてくる。わからない。あまりに謎が深い。

わたしは、元老院でアントニウスに敵対的な意見を述べる必要を感じたが、そのためにわが身をいくらか危険にさらしたかもしれない。オクタウィウスは、個人的に話をするときには、わたしを支持してくれるが、公の場では沈黙している。いずれにせよ、アントニウスは、わたしが不倶戴天の敵であることを知った。ただではおかぬと脅されたので、元老院では、次の演説ができなかった。しかしそれは出版される。そして世界はそれを知ることになる。

11　書簡――マルクス・トゥリウス・キケロよりマルクス・ユニウス・ブルトゥスへ（紀元前四四年十月）

無茶な！　なんと無謀な！　アントニウスがマケドニアの全軍団を動員し、ブルンディシウムで落ち合うべく出発した。オクタウィウスがカンパニアでカエサルの軍団の退役兵を召集した。アントニウスは、われらが友デキムスを討伐するため、ガリアに向かう気だ。表向きは暗殺への報復だが、真の狙いは、ガリアの軍団を掌握して、みずからの力を拡大することだ。噂では、彼はローマを通り抜け、オクタウィウスに自分の力を見せつけるつもりだという。ふたたびイタリアで戦争が起きるのか。あのような若輩者を信頼して、カエサルのような名（彼はそう名乗っている）を与え、われらの大義を任せられると思うか。ああ、ブルトゥス！　どこにいるのだ？　ローマが貴君を必要としているこのときに。

12　アポロニアのマケドニア軍司令官、ガイウス・センティウス・タウスへの書面による執政官命令（紀元前四四年八月）

ローマ元老院執政官にしてマケドニア属州総督であり、ルペルカリア・コレギウム神官にしてマケドニア軍最高司令官であるマルクス・アントニウスの権限により、ガイウス・センティウス・タウスに、マケドニアの各軍団指揮官を統率し、兵を動員して、ブルンディシウムへの渡航を準備し、可能なかぎりすみやかにこれを完了したのち、現地にて最高司令官の到着を待つ態勢の構築を命ず。

センティウスへ――これは重要だ。彼は昨年、しばらくアポロニアに滞在していた。士官の何人かと親交を結んでいたかもしれない。慎重に調査せよ。オクタウィウスに傾倒しているふしのある者がいれば、ただちに軍団から外すか、なんらかの形で排除するのだ。とにかく排除せよ。

13　誹謗文書——ブルンディシウムにて、マケドニアの各軍団に配布（紀元前四四年）

殺害されたカエサルの支持者たちへ

きみたちはなんのために行軍しているのか。ガリアのデキムス・ブルトゥス・アルビヌスを討伐するためか、ローマにいるカエサルの息子を討つためか。

マルクス・アントニウスにきくがいい。

きみたちはなんのために動員されたのか。死んだ指導者の敵を抹殺するためか、暗殺者一味を守るためか。

マルクス・アントニウスにきくがいい。

故カエサルの遺言状はどこにある？　すべてのローマ市民にひとりあたり銀貨三百枚を遺贈すると書かれた文書はどこにあるのだ？

マルクス・アントニウスにきくがいい。

カエサルを殺した者、陰謀に加担した者は、マルクス・アントニウスが認可した元老院の決議により、無罪放免の身となった。

殺人者ガイウス・カッシウス・ロンギヌスは、マルクス・アントニウスにより、シリア属州の総督に任ぜられた。

殺人者マルクス・ユニウス・ブルトゥスは、マルクス・アントニウスにより、クレタ属州の総督に任ぜられた。

殺されたカエサルの盟友は、彼の敵の中にいるのか。

カエサルの息子がきみたちに呼びかける。

14 処刑命令 ブルンディシウムにて（紀元前四四年）

マケドニア軍司令官、ガイウス・センティウス・タウスへ

軍最高司令官、マルクス・アントニウスより

第四軍団およびマルス軍団における謀反の動きに関して

次の士官を、十一月十二日の夜明けと同時に、軍司令本部に出頭させること。

プブリウス・ルキウス

グナエウス・セルウイウス

セクストゥス・ポルティウス

マルクス・フラウィウス

ガイウス・ティティウス

アウルス・マリウス

同日同刻、これらの士官を斬首刑に処す。さらにくじ引きにより、第四軍団およびマルス軍団の二

十個歩兵大隊（コホルス）からそれぞれ十五名ずつの兵士を選び、士官とともに同様の刑に処す。各軍団の全士官・兵を集合させ、この処刑に立ち会わせるものとする。

15　カエサル・アウグストゥス業績録（紀元一四年）

十九歳のとき、わたしはみずからの主導により、費用を支弁して兵を挙げ、ある一派の専横に抑圧されていたこの国に、ふたたび自由をもたらした。

第三章

1　書簡――ガイウス・キルニウス・マエケナスよりティトゥス・リウィウスへ（紀元前一三年）

親愛なるわが友よ、きみの求めに応じて書きだした手紙だが……過ぎ去った日々をこんなふうに思い起こすことになろうとは思いもよらなかった。こんなふうに奇妙にもつれあった感情をくぐり抜ける旅になろうとはな！　隠居後の平穏無事な暮らしのなかで、この世で生きる時間が残り少なくなってくると、日々の移ろいが無情なまでにせわしなく感じられる。わたしにとっては、過去だけが現実だ。だからわたしはピタゴラスが言うように、あたかも別の時代、別の体に生まれ変わるようにして過去に向かうのだ。

わたしの頭の中では、あまりに多くのことが渦巻いている。あの当時の混乱そのままに！　あれをうまく整理して語れるだろうか。誰よりもこの世界の歴史に詳しいきみにさえ、わかってもらえないかもしれない。だが、たとえわたしの力がおよばずとも、きみなら必ず理解してくれると信じて、慰めとしよう。

マルクス・アントニウスは、自身が呼び寄せたマケドニアの軍団と落ち合うため、ブルンディシウムに出かけた。われわれは、いまこそ行動を起こすべきだと判断した。われわれには資金がなかった。オクタウィウスは、ユリウスから市民への遺贈を果たすため、財産を手放したばかりか、地所の多くも売り払っていた。われわれには権限もなかった。法によれば、オクタウィウスは向こう十年は元老院議員にすらなれない。元老院から与えられるはずの特権は、もちろん、アントニウスによってことごとく阻まれた。われわれには力もなかった。かつてカエサルとともに戦った数百人の古参兵が迷うことなく忠誠を誓ってくれただけだ。われわれには名があり、強い決意があった。

そこでオクタウィウスとアグリッパがただちに南へ向かい、カエサルとともに戦った退役兵が多く暮らすカンパニア沿岸部の農場地帯へと急いだ。アントニウスがどれだけの入隊報奨金を約束して兵を募ったのかはわかっていた。われわれはその五倍を払うと約束した。一か八かの賭けだったが、賭けてみるしかなかったのだ。わたしはローマに残り、名目上アントニウスの支配下にあったマケドニアの軍団にばらまく手紙の文面を作成した。われわれは以前にこれらの軍団の約束を得ていたので、状況次第では、こちらに従う者が出てくるはずだと信じていた。きみも知ってのとおり、手紙は功を奏した――もっとも、それはこちらが予期していたような効果ではなかった。

なぜなら、アントニウスはそのときはじめて、彼が生涯に犯した数々の致命的な失敗のひとつをやらかしたからだ。軍団のうちのふたつ――第四軍団とマルス軍団だと思う――で動揺が見られたため、彼は、これらの軍団の士官・兵およそ三百名を処刑したのだ。この対応が手紙以上にわれわれを利する結果を招いたようだ。ローマへの進軍の途中、これら二個軍団は、進路を外れて〔ローマ南東の〕アルバ・ロンガへ向かった。そこからオクタウィウスに使者を送り、彼と運命をともにすると伝えてきたのだ。彼らは、アントニウスの残虐さに腹を立てたわけではないと思う。兵士は残虐や死には慣れている。彼らは、あのように後先考えずに軽率に無用な行動に出る男を信頼して、自分の命運を託す気になれなかったのだ。

一方、オクタウィウスとアグリッパは、アントニウスの脅威に対抗できる軍隊を組織するにあたり、小さな成功をおさめていた。武器を持った男たちが三千人ばかり（われわれは、その二倍であると思わせていた）、オクタウィウスのもとに集結したのだ。同程度の人数の、武器を持たない者もやってきて、われわれの未来に賭けると誓ってくれた。この三千人のうちの多くを引き連れて、オクタウィウスはローマへ向かって進軍をはじめた。残りの兵はアグリッパに託して、アッレティウム（きみは覚えているだろうか、わたしが生まれた土地だ）へ向かい、道々、可能なかぎりの兵を集めるよう指示した。われわれの敵の力に対抗するには、哀れなばかりの兵力だったが、当初よりはかなり増やすことができた。

オクタウィウスはローマまで数マイルのところに陣を張ると、護衛にあたる小部隊のみをともなって市内に入り、元老院と、反アントニウス派の人々に対し、力になろうと申し出た。アントニウスがローマに向かっていることはすでに知られていたが、その目的を明確に知る者はいなかった。しかし元老院は、内部の分断と無能さゆえに、オクタウィウスの申し出をことわった。反アントニウス派は、困惑と不安から、意見の一致を見なかったのだ。その結果、われわれがあれほどの犠牲を払って起こした軍の大半を解散することになった。残ったのは、ローマに入った千人足らずの兵と、アグリッパとともにアッレティウムに向かった（無駄に終わったと思われた）数百人のみだった。

オクタウィウスは自分自身と友とローマの人々に、父を殺した者への復讐を誓っていた。ところがアントニウスはローマを抜けてガリアへ向かおうとしていた——（彼の言によれば）陰謀者のひとり、デキムス・アルビヌスを成敗するためだという。だがわれわれは、真の目的を知っていた（そしてローマはそれを恐れていた）。彼はデキムスの指揮下にあるガリアの軍団を手に入れようとたくらんでいたのだ。それらの軍団を配下に置けば、アントニウスは無敵となる。ローマ世界は、彼の飽くなき野望の前に、警護のつかない宝物庫のように横たわることになるだろう。カエサルが命がけで守ろうとしたローマが、まさに死に瀕していたのだった。

われわれの置かれた立場がわかるか。自分たちの手で処罰すると誓った下手人のひとり、デキムスを助ける必要に迫られたのだ。しかしそのとき、思いがけず、われわれの前に新たな目標がはっきりと姿を見せた。復讐よりも、自分たちの志よりもはるかに壮大な目標が……。ローマ世界とわれわれの使命が、みるみる膨れあがっていった。底なしの深淵をのぞくような思いがした。

資金もなく、人々の支持も、元老院の承認もなく――われわれはただ、結果を待つことしかできなかった。オクタウィウスはローマ郊外に待機させていた軍を撤退させ、アッレティウムに向かうアグリッパの小部隊のあとをゆっくり追いはじめた。しかしもはやガリアをめざすアントニウスを引きつけることも、進軍を遅らせることも望めなかった。

ところがここでアントニウスが第二の大失敗を犯した。

あさはかにも、虚栄心に駆られ、完全武装の軍団を率いてローマの市内に入ったのだ。過去四十年――マリウスとスッラによる流血の抗争以来――ローマ市民は武装した兵士を市中で見ていなかった。しかも、あのときの血染めの敷石道をありありと記憶している者がまだ生きていた。また、元老院議員の中にも、若いころ、演壇(ロストラ)に議員らの生首が積み上げられたさま、公共広場に放置された死体を犬がむさぼり食うさまを見た者がいたのだ。

アントニウスは肩で風を切って市内を歩きまわり、酒を飲み、女を買った。兵士たちは彼の敵の屋敷で略奪を働いた。元老院議員たちはすっかり恐れをなし、抵抗しようともしなかった。

そこへアルバ・ロンガからアントニウスのもとへ知らせが届いた。マルス軍団が彼のもとを離れて、われわれを支持すると宣言したというのだ。報告を受けたとき、彼は酒に酔っていたと言われる。少なくとも、酔っ払いのような行動をとった。彼は性急に元老院に召集をかけ(彼はまだ執政官だったのだ)、筋の通らない長広舌をふるって、オクタウィウスを公衆の敵と断じるよう要求した。しかしまだ演説が終わらないうちに、次の知らせがもたらされた。アントニウスがしゃべっているさなか、議員たちの口から口へと、小声でそれが伝えられた。マルス軍団に続いて第四軍団も、オクタウィウスとカエサル家に忠誠を誓ったという。

アントニウスは激怒した。わずかに残っていた理性のかけらも消し飛んだ。彼は武装軍団を率いて市内に入ったことで、すでにひとたび法に違反していた。今度は法も慣習も無視して夜間に元老院を召集したうえ、反対派には、集まりに出てきたらただではおかぬと脅しをかけた。この違法な集会で、彼は次のことをやってのけた。マケドニア属州を弟のガイウスに、アフリカ、クレタ、リビア、アシアの各属州を自分の支持者に与えた。それから、ティブルに待機させていた残りの軍のもとへと急ぎ、リミニに向かって行軍を開始した。そこでガリアのデキムスを攻囲する作戦を立てる予定だった。

こうして、オクタウィウスがその慎重さゆえに成し遂げられなかったことを、アントニウスがその無謀さによって成し遂げてくれた。いったんは絶望のどん底に落とされたが、わたしはそこで希望を見た。

さて友よ、ここからは、誰も知らないことをきみに話そうと思う。よかったらきみの年代記に盛り込んでくれ。一連のできごとのあいだ、オクタウィウスが寄せ集めの兵士たちとともに、のんびりとアッレティウムに向かっていたことは知られている。知られていないのはここからだ。じつはアントニウスが公然と元老院と法を愚弄していたそのさなか、わたしは元老院と民衆がどんな感情を持っているか見極めをつけると、オクタウィウスに早馬を送り、極秘裏にローマへ帰ってくるよう伝えたのだ。計画を立てるためだった。アントニウスが騒々しく威張り散らして市外へ出ていったころ、オクタウィウスはこっそり市内に戻ってきた。

こうしてわれわれは、ローマを手に入れる作戦を立てたのだった。

2　書簡——マルクス・トゥリウス・キケロより、デュッラキウム〔現アルバニアのドゥラス〕のマルクス・ユニウス・ブルトゥスへ（紀元前四三年一月）

親愛なるブルトゥス、アテナイからローマに届いた知らせに、共和政を尊ぶ者はみな喜びと希望で胸をいっぱいにしている。われらが英雄であるほかの者が、貴君のように大胆に、決断力をもって行動していれば、わが国はいま、これほどの混乱の渦に投げ込まれてはいなかったはずだ。ついこのあいだ、マルクス・アントニウスが間抜けな弟、ガイウスにマケドニアをくれてやるという違法行為におよんだばかりなのに、もうそのガイウスは恐怖に震えおののき、アポロニアに引きこもっている。貴君がいつかわれわれを救うその日のために、軍隊を増強していると知ったからだ！　九か月前のあの三月十五日の饗宴のあとに、貴君のいとこ、デキムスがそれだけの決意をもって、それだけの力を発揮していればと思わずにはいられない！

アントニウスがまたもや大失態を演じたという不快きわまる知らせは、デュッラキウムにいる貴君の耳にも届いていることだろう。法と慣習をことごとく踏みにじり、ローマを恐怖に陥れたのだ。そしていまやガリアに軍を向け、デキムスを討とうとしている。数週間前までは、彼が目的を遂げるだろうと誰もが思っていた。

しかし若きカエサル（この名には嫌悪をおぼえるが、わたしはいまでは彼をそう呼んでいる）がその若き友マエケナスとともに策を携え、ひそかにわたしのもとを訪れた。彼は以前にもわたしに助言を求め、支持を得ようとしたことがある。しかしつい先ごろわたしは、あれは実際は重要な人物ではないか、われわれにとって利用価値があるのではないかと思うようになった。信じがたいほど若く、意気地のかけらもない腰抜けと見ていたが、ここ数か月のあいだに驚くべきことをやってのけた。彼はきわめて正確に、自分はかろうじてアントニウスを阻止できるだけの軍隊を維持しているにすぎないのだと明かした。マルクス・アグリッパに率いられた軍がひとつ、いまアッレティウムに向かっている。アントニウスはそこを通ってガリアに入ろうとしているのだ。もうひとつ、ローマから数マイルの地点にひそかに陣を張っていた軍がそのあとを追っている。その進軍の過程で、彼らがどれほどの熟練兵や新兵を引き入れられるかはわからない。しかし（わたしがこの若き指導者を信用しようかと思いはじめた理由はこれだ）彼は法に触れる行動はとらないという。元老院と民衆の承認を得なくてはならない、と。そこでわたしの（まだそう捨てたものではない）職権を使って、それを取りつけてほしいと言ってきたのだ。

わたしは同意した。たがいに納得のいく条件でな。若きオクタウィウス・カエサルの要求はこうだ。まず、元老院に挙兵を承認してもらうこと。自分のもとに集結した古参兵、第四軍団とマルス軍団の兵士たちに、正式に名誉を与え、民衆からの謝意を伝えること。彼が最高司令官としてみずからの軍を指揮できるよう、法的な認可を与えること。彼の軍が必要とする費用、および新規入隊兵に約束した特別手当を国が支払うこと。兵士が任務を終えたあかつきには、土地を与えること。元老院は資格年齢の規定を撤廃し（これには前例がある）、ムティナでデキムスの包囲を解くことに成功すれば、彼を元老院議員としてローマに迎え、執政官への立候補を認めること。

異なる時期や状況下であれば、これらは過剰な要求と見えたかもしれない。しかしもしデキムスが倒されれば、われわれはおしまいだ。親愛なるブルトゥス、わたしは白状する。わたしはどんなことでも約束したいところだったのだ。しかし威厳のある表情をまとい、こちら側の要求も突きつけた。まず、いかなる形であれ、デキムスに対し、オクタウィウスが以前にほのめかしたような復讐を遂げないこと。ガリアにおけるデキムスの法的立場について、わたしがいかなる判断を下そうとも、オクタウィウスは元老院議員として、これに反対しないこと。元老院が正式に認可した軍を、マケドニアの貴君や、シリアのカッシウスには差し向けないこと。

オクタウィウスはこれらの条件をすべてのみ、元老院が約束を守ってくれるかぎり、自分の独断で行動はとらない、また、部下にもそのようなことはさせないと誓った。

こうしてわれわれの大義は前進する。わたしは元老院で演説をして、これらの提案をした。しかし貴君も知ってのとおり、ほんとうに苦労したのは、そうして提言をする前の段取りだった。それに、まだまだやるべきことがあって休めそうにない。

3　クィントゥス・サルウィディエヌス・ルフス――日誌のための覚書、ローマにて（紀元前四四年十二月）

わたしは、落ち着かぬ思いで自分の運命が決するのを待っている。ガイウス・オクタウィウスはひそかにローマに入った。アグリッパは北へ軍を進めている。マエケナスは、敵とも味方とも通じている。きのうは、こともあろうにわれわれが討伐に向かおうとしているアントニウスの妻――あの赤ら顔のくそばばあ、フルウィア――と午後を過ごして帰ってきた。元老院はオクタウィウス・カエサルに、ひと月前には夢にも思わなかった力を与えた。次期執政官のヒルティウスとパンサの軍団がいまやわれわれのものとなった。オクタウィウスは誰よりも強大な軍事力を手にし、ガリア遠征から戻り次第、元老院議員の地位を付与される。そしてわたしは、元老院の承認により、オクタウィウス自身から軍団のひとつの指揮官に任命された。何年ものあいだ、望むことさえかなわないと思っていたほどの栄誉だ。

しかしわたしは気もそぞろだ。いやな予感がしてならない。われわれの取ろうとしている道が正しいのかどうか、はじめて疑問に思えてきたのだ。何かひとつ成功するたびに予想外の困難が立ち現れる。そしてひとつ勝利をおさめるたびに敗北の可能性が大きくなっていく。

オクタウィウスは変わった。彼はもはや、われわれとアポロニアで日々を過ごした友ではない。めったに笑わず、ほとんど酒を飲まない。かつては娘たちと戯れ、他愛のない気晴らしを楽しんだものだが、それすら軽蔑しているようだ。わたしの知るかぎり、ローマへ戻って以来一度も女を抱いていない。

気がつけば、「わたしの知るかぎり」と言っている。かつては、われわれはおたがいのことをなんでも知っていた。いまのオクタウィウスは、内に引きこもり、感情を表に出さず、不可解と言ってもいいような存在になっている。以前はあんなに気さくに親しく言葉を交わしてくれたのに。なんでも包み隠さず話してくれたのに。心を開いて夢を打ち明けあったのに——もはや彼は見知らぬ人のようだ。叔父を亡くした悲しみが癒えないせいか。その悲しみが硬化して野望に変わったためか。あるいは、何かわたしにはうかがい知れない理由がほかにあるのか。冷たい悲しみが彼を覆い、わたしたちから彼を遠ざけている。

いまわたしはローマにいて、執政官の軍が組織されるのを待ちながら、こうしたことを考えては首をひねり、時間をつぶしている。いつか年をとって知恵がつけば、わかる日がくるのだろう。

ガイウス・オクタウィウスはキケロについてこう言う。「キケロは手に負えない謀略家だ。彼は友人に手紙で知らせないことを奴隷に話している」

この不信はいつからはじまったのだ?——もしこれが不信ならば。

オクタウィウスとマエケナスがわたしに計画を明かした朝か。

わたしはこうきいた。「あのデキムスを、われわれが助けるというのか。ユリウス・カエサルの暗殺に加わったあの男を?」

オクタウィウスは答えた。「われわれは生き延びるため、自分自身を助けるのだ」

わたしは黙っていた。マエケナスも何も言わなかった。

オクタウィウスは言った。「あの夜、アポロニアで誓ったことを覚えているか。きみとわたしとアグリッパとマエケナスで」

わたしは応じた。「わたしは忘れていない」

オクタウィウスは微笑んだ。「わたしもだ……われわれはデキムスを憎んでいるが、彼を救う。あの誓いを果たすために、デキムスを救う。法のために助けるのだ」一瞬、わたしに注がれているオクタウィウスの目が冷たく感じられたが、彼はわたしを見てはいなかったのだと思う。それから、彼は何か思い出したように、また微笑した。

あのときはじまったのだろうか。

事実を書き並べてみる。デキムスは暗殺者のひとりである。オクタウィウスは彼の支援に向かう。カスカは暗殺者のひとりである。オクタウィウスは、彼が護民官選挙に立候補することに反対しない約束をした。マルクス・アントニウスはカエサルの友だった。オクタウィウスはいま、彼に敵対している。キケロは公然と、暗殺を喜んでいる。オクタウィウスは彼と手を結んだ。

マルクス・ブルトゥスとガイウス・カッシウスが東方で軍を起こし、属州から巻き上げた資金を使って、日に日に力を増しつつある。マルクス・アエミリウス・レピドゥスは西に居座り、彼の軍団とともに待機している――その目的は明らかではない。南では、セクストゥス・ポンペイウスが海という海を思いのままにして、兵を集めている。攻撃されれば、われわれは全滅に追い込まれるかもしれない。わたしが指揮をとる軍団――イタリアのすべての軍団――には荷が重すぎるのではないだろうか。

しかしガイウス・オクタウィウスはわが友だ。

4 書簡――マルクス・トゥリウス・キケロより、ナルボ〔現フランスのナルボンヌ〕のマルクス・アエミリウス・レピドゥスへ（紀元前四三年）

親愛なるレピドゥス、変わりはないか。この書状の目的は、貴君に元老院と共和政への義務を思い起こしてもらうことだ。貴君がこれまでに示してくれた数々の厚情に感謝していなければ、わたしは貴君の名誉のために喜んで力を尽くしてきたことには触れなかっただろう。過去に確認しあったとおり、われわれの論争は、つねに敬意に満ちた節度あるものであり、ともに共和政を愛するがゆえのものであった。

わたしは少しも信じていないが、ローマでは貴君がマルクス・アントニウスに加わってデキムス討伐に向かうとの噂が流れている。わたしはそのようなことはつゆほども信じていない。噂は、いまわれらが哀れなローマを襲っている不安定性という病の症状にすぎないとみている。しかし、貴君もお気づきのことと思うが、噂は根強く残っている。身の安全と名誉のためにも、早急に対策を講じて、事実無根であることを証明されるのがよかろうと思う。

若きカエサルが元老院と共和国の承認を得て、デキムスを包囲した無法者、アントニウスを討伐するため、ムティナに向かって進軍中だ。彼が貴君の加勢を必要とするときが来るかもしれない。貴君が御身の立場とローマの安全を守るため――過去にもそうであったように――法の命ずるところを遵守し、無法状態の混沌を許さぬ態度をとられるものと信じている。

5　書簡――ムティナのマルクス・アントニウスより、ナルボのマルクス・アエミリウス・レピドゥスへ（紀元前四三年）

レピドゥスへ。わたしはいまムティナでカエサルの暗殺者どもの傭兵部隊と対峙している。デキムスを包囲した。彼は突破できない。

キケロとやつの息のかかった者が盛んにきみに手紙を書いて、無念の死を迎えたユリウス・カエサルを裏切るふるまいにおよべと迫っているそうだな。きみの意向については、はっきりした報告は受けていない。

わたしは敏感な男ではない。へつらいもしない。そしてきみはばかではない。

きみの前には、三つの道が開けている。第一は、陣を出てわたしと合流し、デキムスとカエサルの敵を打ち負かす道だ。きみはわたしとの永遠の友情を勝ち得たうえ、民衆の愛により力を手にする。第二は、無関心と中立を維持し、居心地のいい陣内にとどまる道だ。きみはわたしに責められることもなく、人々から憎まれることもないだろう――愛されることもない。第三は、裏切り者のデキムスと彼の〝救済者〟、つまりわれらが指導者の偽の息子の支援に向かう道だ。そうすればきみはわたしの敵意を買い、人々からはいつまでも軽蔑されることだろう。

きみが第一の道を選ぶ賢明さを持ち合わせていることを祈る。第二の道を選ぶには用心が必要だろう。だが頼むから、第三の道だけは選ばないでほしい。それがきみの身のためだ。

6　マルクス・アグリッパの回顧録――断簡（紀元前一三年）

……われわれが足を踏み入れたローマは、争乱と野望に引き裂かれていた。亡きユリウス・カエサルの友を装うマルクス・アントニウスは、暗殺者どもと交わり、ユリウスが遺言によって息子に——いまわれわれがオクタウィウス・カエサルと呼んでいる男に——与えた数々の名誉と力を引き継がせまいとしている。オクタウィウス・カエサルは、横領者アントニウスの野心の概要を突き止めると、かつて父の指揮下にあった退役古参兵たちが土を耕して暮らす地域に入り、亡き指導者の恩義を忘れず、われわれと手を携えて、祖国の夢を奪おうとする一味と戦う意志のある者を集めたのだった。

マルクス・アントニウスは法にそむいて、マケドニア属州で徴兵をし、軍を率いてローマ市内に入った。そこからムティナへ行き、デキムス・ブルトゥス・アルビヌスを包囲した。デキムスはカエサルの暗殺者のひとりであったにもかかわらず、オクタウィウス・カエサルは秩序回復のため、国のため、法を犯したアントニウスから法律上正式なガリア属州総督を守ることに同意したのだった。そして元老院の謝意と承認を得て、軍を集め、アントニウスが陣を張ってデキムスの軍団を包囲しているムティナに向かって進軍を開始した。

ここでわたしは、ムティナの戦いについて語らなければならない。それはわたしがオクタウィウス・カエサルとローマのもとで遂行した初の戦闘任務だった。

元老院の軍団は、その年のふたりの執政官、ガイウス・ウィビウス・パンサとアウルス・ヒルティウスが指揮をとった。このうちヒルティウスは、故ユリウス・カエサルの信頼を得ていた将軍だった。オクタウィウス・カエサルは、マルス軍団と第四軍団を統率したが、このうち後者の軍事上の指揮はわたしがとった。クィントゥス・サルウィディエヌス・ルフスは、カンパニア地方で新たに募兵をし、組織した軍団をまかされた。

アントニウスは完全にデキムスを封じ込めていた。デキムスの軍団が飢えて弱り、破れかぶれに陣を突破しようとするまで待つ心づもりだった。われわれは、デキムスが十分な兵糧を準備してムティナに立て籠もっているとみていたので、ムティナから歩いてわずか二時間のところにあるイモラに、越冬用の陣地を設営した。デキムスがアントニウス軍に反撃を開始した場合は、迅速にそこから支援に駆けつける手はずだった。しかし彼はすっかりおびえて市の防壁の内側に立て籠もり、戦おうとはしなかった。そうこうするうちに春が来た。われわれは外からアントニウスの包囲網を突破して、自分から動こうとしないデキムスの救援に向かう策を検討しはじめた。四月のはじめ、われわれは打って出る決意を固めた。

ムティナの周囲は湿地帯で、地形も平坦ではなく、いたるところに雨裂や小川が刻まれている。その湿地の向こうにアントニウスは陣を張っていた。われわれはひそかに一帯を調べて、湿地を渡ることのできる地点をさがした。すると、警備のついていない小さな峡谷が見つかった。深夜、パンサと彼の軍団の五個歩兵大隊も加わり、オクタウィウス・カエサルとサルウィディエヌスとわたしは、マルス軍団とその他の兵を率いてこの峡谷に入った。敵に気づかれないようにするため、剣や槍を布で覆っていた。その夜は満月だったが、濃い霧がねっとりと地を這い、前方が見えないほどだった。兵士たちは一列に並び、めいめいが前を行く者の肩に手を置いて、月明かりに輝く霧の中を一歩ずつ進んでいった。どこへ向かおうとしているのか、誰に遭遇するのかもわからなかった。

夜を徹して進み、朝には湿地を突っ切る広い道に行き当たった。霧が晴れるのを待つあいだ、前方には、どこにも敵の姿は見えなかった。だがやがて突然、あたりの林の中で光がきらめき、くぐもった声が聞こえて、われわれは取り囲まれていることに気づいた。戦闘開始を告げる角笛が吹き鳴らされ、兵士たちは小高い地面の上にあがってすみやかに隊形を整えた。パンサは、若い新兵たちには、経験豊かな兵士の邪魔にならないようわきに控えているように命じ、必要とあらばいつでも参戦できるよう待機しておくようにと指示した。

なぜなら、マルス軍団の熟練兵は、ブルンディシウムでアントニウスに仲間を殺されたときのことを覚えていたからだ。そのアントニウスにいま、彼らは立ち向かおうとしていた。

われわれが戦った場所は狭かったので、ふたりが並ぶことはできなかった。そこで闘技場で戦う剣闘士のように、一対一で対決することになった。土埃が前夜の霧のように濃く舞い上がり、剣と剣のぶつかり合う音があたりに響き渡った。誰ひとり、叫び声をあげる者はいない。ただ、傷を負った者の悲鳴と、死に瀕した者の低いうめき声しか聞こえなかった。

午前中も午後も、われわれは戦い続けた。ひとつの戦列が疲れれば、次の戦列が取って代わった。軍団の旗手が深手を負って鷹章旗を取り落としたときには、オクタウィウス・カエサルがとっさにそれをつかみ、わが身を危険にさらして代わりを務めた。執政官パンサはこの交戦で致命傷を負った。アントニウスが新たに兵を投じ、われわれは一歩また一歩と、後退を余儀なくされた。しかしサルウィディエヌスの指揮のもと、新兵たちが熟練兵に劣らず勇敢に戦い、われわれは前夜出発した陣地に戻ることができた。日没後、アントニウス軍の攻撃がやんだので、われわれは仲間の死体の散らばる湿地に入り、負傷者を運び出した。その夜は、湿地の向こうにアントニウスの陣のかがり火が見え、兵士たちの歌う勝利の歌が聞こえた。

翌日もまた、多くの死者が出るのではないかと不安だった。わが軍の兵力は半分に減り、誰もが疲れきっていたからだ。それに、アントニウスの側にはまだ戦闘に投入されずに温存されている兵力があることもわかっていた。しかしその夜のうちに、執政官ヒルティウスの軍団が救援に駆けつけた。そしてわが軍とともに、アントニウスの陣に攻撃を仕掛けた。敵は勝利を確信し、ぬか喜びをして気を緩めていた。その後、何日も戦闘が続き、アントニウスの兵力は半減した。われわれの損失はわずかだった。サルウィディエヌスは、死に瀕したパンサの軍団を引き取って指揮下におさめ、果敢に、有効に戦った。やがてついにわが軍がアントニウスの陣営内になだれ込んだ。勇将ヒルティウスは、アントニウスの天幕の外で護衛兵のひとりに殺された。アントニウスは少し前まで天幕の中に身を潜めていたが、すでに逃げ出していたのだった。

この敗北により、アントニウスは気を挫かれた。残った兵士を集めて北のアルプスへ向かい、さらに兵力を犠牲にして山越えをして、ナルボで無事に待機していたマルクス・アエミリウス・レピドゥスの軍に加わった。

アントニウスの逃亡後、デキムスはようやく包囲網から解放され、市の防壁の外へ出てきた。彼はオクタウィウス・カエサルに使者を送り、救出してもらったことに対して感謝したうえ、自分がユリウス・カエサル暗殺に加わったのは、ほかの陰謀者にだまされたからだと説明した。そして、自分が心から感謝していることを理解してもらうため、立会人のいる場で、オクタウィウス・カエサルと会見したいと求めてきた。しかしオクタウィウス・カエサルは辞退し、こう述べた。「わたしはデキムスを助けにきたのではない。だから彼の謝意は受けない。わたしは国を助けるために来た。だから国の感謝は受ける。わたしはまた、父を殺した者とは口をきかないし、彼の顔も見ない。彼の身の安全は、元老院の権限によって確保されているのであり、わたしの権限によるものではない」と。

六か月後、デキムスは、ガリアの部族の族長の急襲を受けて殺された。族長はデキムスの首をマルクス・アントニウスに送り届け、いくばくかの報奨を得たという。

7　元老院議事録（紀元前四三年四月）

今月第三の日。謀反者マルクス・アントニウス討伐作戦に関するガリアからの急報を、マルクス・トゥリウス・キケロが元老院にて読み上げた。内容は次のとおり。

デキムス・ブルトゥス・アルビヌスへの包囲が解除された。マルクス・アントニウスの兵力は激減したため、当面、わが国にとって脅威となる恐れはない。アントニウス軍の残党はちりぢりに北方へ敗走した。執政官のアウルス・ヒルティウスとガイウス・ウィビウス・パンサがともに死亡した。臨時の対応として、彼らの軍団は、ムティナ市外で待機中のオクタウィイウス・カエサルの指揮下に置かれている。

今月第六の日。マルクス・トゥリウス・キケロの決議案。

五十日間におよぶ感謝祭の開催を宣言する。その中で、ローマ市民は、神々と元老院軍に感謝の言葉を贈り、マルクス・アントニウスを敗北せしめ、デキムス・ブルトゥス・アルビヌスを救出したことに対する謝意を表明する。

死去した執政官、ヒルティウスとパンサの葬儀を公葬とし、最高の敬意をもって執りおこなう。ヒルティウスおよびパンサの各軍団の輝かしい功績を後世に伝えるため、公式の記念碑を建立する。無法者マルクス・アントニウスを討伐したデキムス・ブルトゥス・アルビヌスの英雄的行為を讃えるため、元老院主催の凱旋式を執りおこなう。次のような指示書をムティナのガイウス・オクタウィウスに送る（写しを添付する）。

「法務官（プラエトル）、護民官、元老院、ローマの市民・平民より、執政官軍団臨時司令官、ガイウス・オクタウィウスへ。

デキムス・ブルトゥス・アルビヌスが、勇敢なる活躍により、マルクス・アントニウスの謀反軍を駆逐した。貴殿の多大なるご支援に、元老院として感謝を申し上げる。元老院は、敗走軍の追撃にあたる軍団の司令官に、デキムス・ブルトゥスただひとりを任命した。貴殿には、兵士らに元老院の謝意を伝えたうえで、みずからの権威によって組織した軍団をすみやかに解散することを命ずる。兵士らの功績に対し、いくばくかの報酬を与えるべきか否かを審議するため、元老院は委員会を起ち上げた。さらに、これらの問題について協議するため、元老院の特使がムティナに向けて出発した。もろもろの権限の移譲はその者にご一任いただきたい」

マルクス・トゥリウス・キケロの決議案は、元老院にてすべて可決された。

8　書簡――ガイウス・キルニウス・マエケナスよりティトゥス・リウィウスへ（紀元前一三年）

われわれは以前からキケロの軽口を耳にしていた。「あの小僧の顔を立ててやる。持ち上げてやる。それからひと泡吹かせてやるのだ」と。しかしオクタウィウスでさえ、元老院とキケロがあそこまで露骨に、侮辱的に解任を申し渡すとは予想していなかっただろう。かわいそうな男だ、キケロは……。われわれは彼のせいで難儀をさせられ、危難に追い込まれもしたが、つねにあの男をいくらか好もしく思っていた。だが彼は大ばか者だった。彼を動かしていたのは、熱意と虚栄心と信念だ。われわれは早くから、自分たちにはそのような贅沢をする余裕はないと知っていた。われわれは動くべきときに動いた。打算と才知により、そして必要に迫られて。

ムティナで事態が進展しているあいだ、わたしはもちろんローマにいた。きみも知ってのとおり、わたしも若いころには軍を指揮していたことがあった（しかも、そこそこに首尾よくやってのけたと自負している）が、どちらかと言えば、ああした任務は――不快であることはもちろん――退屈だと思っていた。だから、きみが実際の戦闘について詳しく知りたいというなら、どこかよそをあたってもらうしかない。早晩、われらが友マルクス・アグリッパがわれわれを脅す種にしている自伝を書き上げるだろうから、それを読めば、いくらか役に立つことが見つかるかもしれない。だが気の毒に、彼はいま大きな問題をかかえている（なんのことを指しているか、きみにはわかっていることと思う）。自伝が完成する見込みは薄いだろう。

オクタウィウスにとっては、凡庸な将軍を配下にかかえるよりもローマに情報源を持つことのほうが重要だったのだ。移り気な元老院の動向や興味深いできごと、結婚などなど、ローマの最新情報を伝えてくれる、信頼のおける人物がね。わたしはまさにその任にうってつけだった。当時（念のために言っておくと、三十年近くも前の話だ）のわたしは、自分を筋金入りの皮肉屋だと思っていた。どのようなものであれ、野心は下劣きわまると切り捨てていた。いつでもどこでも噂話ばかりしていたので、誰もわたしの言うことにはまともに取り合わなかった。わたしは毎日せっせと報告の手紙を書き送り、彼のほうもガリアの状況を逐一知らせてきてくれた。

だからオクタウィウスは、キケロと元老院の行動には驚かなかったのだ。

親愛なるリウィウスよ、わたしはしばしば、きみが共和政やポンペイウスを称賛するのをたしなめる。好意を持っているがゆえにからかうのだが、きみのためを思って、あえて厳しい物言いをしていることはわかってくれていると思う。きみは北の平和な都市、パタウィウム〔現在のパドゥア〕に育った。もう何十年ものあいだ、紛争とは無縁の地域だ。それにきみがはじめてローマに足を踏み入れたのは、アクティウムの海戦や元老院の改革以後のことだ。一歩まちがっていれば、きみはマルクス・ブルトゥスに加勢して、われわれと戦っていたかもしれない。われらが友、ホラティウスは実際、フィリッピの戦いでそうしたのだ。何年も昔にな。

きみがいまだに受け入れたくないのは、こういうことだろう。古きよき共和政を支えた理念が、古きよき共和政の現実と一致していなかったこと。きらびやかな言葉が恐怖を隠してしまったこと。伝統と秩序という覆いがかけられて、堕落と混沌に彩られた現実が見えなくなったこと。束縛からの解放や自由を求めたがために、求めた本人でさえ、強奪や抑圧、公認の殺人が存在した事実に、心を閉ざさざるをえなくなったこと。われわれは、そうせざるをえなかったことを知っていた。だが、形式主義で世界を欺くことはできても、われわれを阻止することはできなかった。

端的に言えば、オクタウィウスは元老院に刃向かったのだ。彼はみずから組織した軍団を解散しなかった。ヒルティウスとパンサの軍団をデキムスに引き渡しもしなかった。ローマからの特使がデキムスに近づくことを許さなかった。そのまま彼は夏まで待ち、やがて元老院は震えだした。

デキムスは何をするにもためらった。配下の兵士たちは彼の軟弱さに嫌気がさして見切りをつけた。数千人がわれわれのもとへやってきた。

キケロはわれわれの公然たる抵抗に恐れをなし、元老院に働きかけて、マケドニアのマルクス・ブルトゥスに、軍を引き連れてイタリアに戻るよう命じさせた。

われわれは待った。そして、アントニウスがガリア地方に入ったこと、残った兵力をレピドゥスの軍に編入させたことを知った。

われわれの側には八つの軍団と、それを支える騎兵隊、数千人の軽装備の補助部隊（アウクシリア）があった。オクタウィウスは三個軍団と補助部隊をサルウィディエヌスにゆだねてムティナに残した。それから、母親のアティアと姉のオクタウィアに使いを送り、ウェスタ神殿に避難するよう指示した。そこにいれば報復に遭う心配がなかったからだ。かくしてわれわれは、ローマに向かった。

それは必要な行動だった。きみはそれを理解しなくてはならない。オクタウィウスは、たとえ勝ち得た力を放棄して公の場から姿を消したいと望んでいたとしても、命を賭してローマに向かったことだろう。なぜならついに、元老院が暗殺の当然の帰結に向けて遅まきながら動きだしたからだ。彼らはカエサル派の粛清に乗り出した。まず執政官軍がアントニウスをつぶしにかかる。（元老院の要請により）東のアドリア海の向こう岸で、イタリアに侵入する機会をうかがうブルトゥスとカッシウスの巨大軍団が、この執政官軍を支援する手はずになっていた。オクタウィウスは、元老院の命令により、あるいは刺客の手により、いずれ抹殺される……。つまり、突如としてわれわれは、アントニウスと目的を同じくするようになったのだ。その目的とは、生き延びることだ。それは同盟にかかっていた。同盟は、われわれの力次第だった。

われわれはあたかも戦うつもりでいるかのように、武装した軍団とともにローマをめざした。その知らせは、われわれよりも速く、風のように飛んでいった。オクタウィウスはローマ市外のエスクィリヌスの丘〔都市ローマの基礎を成す七つの丘のうち、最も高いもの〕に陣を張った。市民も議員たちも、東の方向を見上げて、われわれの力をいやでも知ることになった。

それは二日で終わった。ローマ人の血を一滴も流すことなく。

わが軍の兵士たちは、ムティナの戦いの前に約束されていた報酬を受け取った。ユリウス・カエサルとオクタウィウスの養子縁組は法的に認められた。オクタウィウスは、ヒルティウスの死によって空位となった執政官に就任した。そしてわれわれは、十一の軍団を支配下に置くことになった。

八月（アウグスト）（当時は六番目の月（セクスティリス）と呼ばれていたことはきみも知っているだろうが）の第十三日から数えて四日後、オクタウィウスはローマに入り、執政官就任にともなう生け贄の儀式を執りおこなった。

ひと月後、彼は二十歳の誕生日を祝った。

9　書簡——マルクス・トゥリウス・キケロよりオクタウィウス・カエサルへ（紀元前四三年八月）

貴君の言うとおりだ、カエサル。ここまで国のために尽くしてきたわたしにとっては、平安と休養が何よりの報いであると思う。よってわたしはローマを去り、慣れ親しんだトゥスクルム〔イタリア中央西部にあった都市〕の地に隠居し、国に次いで愛を捧げてきた研究に没頭して余生を送ることにする。過去にわたしが貴君を見誤っていたことがあるとすれば、それは、こうした愛ゆえのことだ。きみもわたしも往々にして、この愛ゆえに心を鬼にし、人間らしい自然な感情の流れにさからって行動せざるをえないことがある。

いずれにせよ、貴君がフィリップスとわたしに暇を出してくれたことは二重にうれしいと思っている。なぜなら、それは過去が許され、未来を存分に楽しめることを意味するからだ。

10　書簡――マルクス・アントニウスからオクタウィウス・カエサルへ、アヴィニョン付近、マルクス・アエミリウス・レピドゥスの陣にて（紀元前四三年九月）

オクタウィウスへ。きみがムティナで解放し、帰してくれたわが友、わが副官、デキウスの報告によると、きみは捕虜にしたわが軍の兵を、あたたかく丁重に扱ってくれたという。これについては深く感謝する。デキウスからはさらに、こうも聞いた。きみはわたしに対しなんの悪意も持っていないと明言し、デキムスに兵を引き渡すことを拒んだ、と。

きみさえよければ、ふたりで話し合ってみるというのはどうだろうか。きみのめざしているものは、元老院の日和見(ひよりみ)主義者どもの奉ずる大義より、わたしの目標に近い。それはまちがいない。それはそれとして、元老院が今度は、（わたしが恐れていたとおり）われらが友レピドゥスをも公の敵に指定したというのはほんとうか。わずか数か月前には、公共広場に彫像を建てて彼の功績を讃えたばかりだというのに。もはや何を聞いても驚かない。

デキムスが死んだことは、きみも聞いているかもしれない。ばかげた顚末だ。ガリアの部族の不意討ちに遭ったという。こんなことなら、折を見て、あとでわたしがみずからあの世へ送ってやればよかった。

来月、ボノニア〔現ボローニャ〕で会うというのはどうだ。ちょっとした用があって向こうへ行く。デキムス軍の残党に会う予定なのだ。わたしのもとへ来ると決めたそうだ。軍を背負わない形で会見するのがいいと思う。身辺警護のために、二、三の歩兵大隊を連れていく程度で。全軍を率いていけば、兵士たちが手に負えなくなるかもしれない。レピドゥスに加わってもらう必要もあるだろう。彼には期待できる。だが詳細については、わたしの部下にまかせるとしよう。

11　元老院議事録――クィントゥス・ペディウスとオクタウィウス・カエサルの執政官就任について（紀元前四三年九月）

マルクス・アエミリウス・レピドゥス、およびマルクス・アントニウスを反逆罪に問うた決議を撤回し、両名と両軍の士官に書状にて謝罪したうえで、和解を求める決議案が提出された。元老院にて可決。

元老院裁判――ユリウス・カエサルの殺害に加担した殺人者、陰謀者についての審議。ルキウス・コルニフィキウス、およびマルクス・アグリッパの告発によるもの。

不在の殺人者、マルクス・ユニウス・ブルトゥスには、ローマからの報酬受領を禁じたうえ、国外在住のまま有罪判決を下す。

不在の殺人者、ガイウス・カッシウス・ロンギヌスには、ローマからの報酬受領を禁じたうえ、国外在住のまま有罪判決を下す。

護民官のP・セルウィリウス・カスカは、判決を恐れて元老院に出頭していない。彼にはローマからの報酬受領を禁じたうえ、有罪判決を下す。

不在の陰謀者、海賊のセクストゥス・ポンペイウスは、ローマからの報酬受領を禁じたうえ、国外在住のまま有罪判決を下す。

すべての陰謀者、殺人者が元老院陪審により有罪とされ、それぞれに判決が申し渡された。

12　書簡――ガイウス・キルニウス・マエケナスよりティトゥス・リウィウスへ（紀元前一二年）

親愛なるリウィウスよ、きみの質問に応じて、心の中の記憶を引き出しているうちに、最も悲しい記憶を見いだすことになった。何日かぐずぐずと返事を遅らせていたのは、またあの痛みに向き合わなくてはならないことがわかっていたからだ。

われわれは、ボノニアでアントニウスと会うことになり、五つの軍団を率いてローマを発った。アントニウスとレピドゥスも、それ以上の兵は連れてこないという取り決めだった。会見は、ラウィニウス川が海に向かって川幅が広がるあたりに浮かぶ小島で開かれた。川の両岸から、この島に向けて一本ずつ橋が架けられていた。あたりの地形は完璧なまでに平らだったので、川から少し離れたところに部隊を待機させても、つねにたがいの動きを視界におさめておくことができた。どちらの側も、それぞれの橋のたもとに百人ほどの兵を護衛に立たせた。われわれ三人――わたしとアグリッパとオクタウィウス――はゆっくりと橋を進んだ。前方からは、レピドゥスとアントニウスがふたりずつ供を連れ、やはりゆっくりと橋を渡ってくる。

雨が降っていたのを思い出す――どんよりとした日だった。橋から数ヤードのところに、粗削りの石で建てた粗末な小屋があった。われわれはそこへ向かって歩き、入り口の前で、アントニウス、レピドゥスと落ち合った。中へ入る前に、レピドゥスがさぐるような目でわれわれを見て、武器を持っていないか確かめた。オクタウィウスがにっこりしてこう言った。

「われわれはたがいを傷つけるようなことはしない。暗殺者を抹殺するためにここへやってきたのです。彼らを真似るためではありません」

わたしたちは上体をかがめ、低い出入り口から中へ入った。部屋の真ん中に置かれた粗造りの机の前に、オクタウィウスが座り、アントニウスとレピドゥスがその両側に席を占めた。きみも気づいたと思うが、もちろん、事前におおかたの合意は成立していたのだ。彼らは、二十年近く前のユリウス・カエサル、グナエウス・ポンペイウス、クラッススに倣って、国家再建三人委員会を設立し、三頭政治体制を構築することにしたのだ。この体制を作れば、彼らはローマの支配権を手にすることができる。都市の政務官を任命し、任期は五年。属州軍の指揮をとることが可能になる。三人で西方の属州（東方はカッシウスとブルトゥスに押さえられている）を分割すればいい。われわれはすでに、最も少ない取り分――アフリカのふたつの属州と、シキリア、サルディニア、コルシカの三つの属州――に同意していた。どれも保有できるのかどうかさえ怪しいものばかりだった。なぜなら、セクストゥス・ポンペイウスが違法にシキリアを領有し、地中海のほぼ全域を支配していたからだ。しかしわれわれがこの盟約を通じて獲得したかったのは領地ではなかった。レピドゥスはすでに実効支配していたふたつの属州、ガリア・ナルボネンシスとヒスパニアをそのまま統治することになった。アントニウスはガリアのふたつの属州を取った。どちらも、最も豊かで最も重要な地域だった。もちろんその裏では、三人の力を結集する必要があった。これにより、東方のブルトゥスとカッシウスを征服し、ユリウス・カエサルの暗殺者を処罰して、イタリアに秩序をもたらさなければならなかった。

すぐに、レピドゥスがアントニウスの子分であることがわかった。尊大なだけの愚鈍な男だったが、黙っていれば押し出しがよく、ひとかどの人物に見えた。きみもそういう手合いをよく見かけるだろう。そう、彼はまさに元老院議員のようだったのだ。アントニウスは、しばらくレピドゥスにだらだらとしゃべらせていたが、やがていらだたしげな態度を見せた。

「詳細はあとで詰めればいい」と言った。「いまはもっと重要なことがある」アントニウスはオクタウィウスを見た。「きみも承知していると思うが、われわれには敵がいる」

「はい」と、オクタウィウスは応じた。

「元老院は、きみが出陣するときには、全員が最敬礼をして見送ったが、いまではきみを敵視し、陰謀をたくらんでいる」

「わかっています」オクタウィウスは答えて、アントニウスが先を続けるのを待った。

「元老院だけではない」アントニウスはそう言うと、立ち上がって部屋の中をせかせかと歩きまわった。「ローマ中が敵だ。きみの叔父上、ユリウスを何度となく思い出す」彼は首を振った。「誰も信用できない」

「はい」オクタウィウスは穏やかに微笑んだ。

「わたしはやつらのことをずっと考えている。ぶよぶよと太った金持ちのことをな。やつらはさらに富をかき集めようとしている」彼はこぶしを机にたたきつけた。置いてあった書類が何枚か、土の床にばらばらと落ちた。「だがわれわれの兵士は腹を空かせている。年が暮れるころにはもっと腹を空かせていることだろう。兵士は空腹では戦わない。事後の見返りが期待できなければ戦わないのだ」

オクタウィウスは彼を見つめていた。

アントニウスは続けた。「わたしはユリウスのことを幾度となく思い返している。彼がもう少し毅然とした姿勢で敵に対応していれば……」彼は首を振った。それから長い沈黙が続いた。

「何人です？」オクタウィウスが静かに尋ねた。

アントニウスはにやりとして、また席についた。「三十人か四十人の名をあげることができる」と、無造作に言った。「レピドゥスも何人か、心当たりがあるはずだ」

「この件についてレピドゥスと話し合ったのですね」

「レピドゥスも賛同している」アントニウスは言った。

レピドゥスは咳払いをし、片腕を伸ばして机の上に置いてから、椅子に背中をあずけた。「まことに遺憾ながら、わたしも、われわれに開かれた道はこれしかないという結論に達した。たとえ不本意な策であったとしても、だ。しかし少年よ、これだけは言っておく――」

「〝少年〟と呼ぶのはご遠慮いただきたい」オクタウィウスは声を高くすることなく言った。表情と同様、口調もまったく揺らがない。「わたしはユリウス・カエサルの息子、ローマの執政官だ。二度と〝少年〟と呼ばないでいただきたい」

「これだけは言っておく――」レピドゥスはまたそう言って、アントニウスの顔を見た。アントニウスは笑った。レピドゥスは両手をひらひらと振った。「これだけは言っておく――わたしは――決して――決して、その――」

オクタウィウスは彼から顔をそむけてアントニウスに言った。「では、処罰対象者の名簿を公示するのですね。かつてスッラがしたように」

アントニウスは肩をすくめた。「なんとでも呼べばいい。だがそうしなくてはならない。必要であることはわかっているだろう」

「わかっています」オクタウィウスはおもむろに答えた。「しかしわたしは気が進まない」

「慣れてくるさ」アントニウスは快活に言った。「そのうちにな」

オクタウィウスは心ここにあらずといった表情でうなずいた。マントを強く体に巻きつけ、立ち上がって窓辺に歩いていった。雨が降っていた。わたしは彼の表情を見ることができた。窓の下枠に雨粒が跳ね、彼の顔にかかった。オクタウィウスは動かない。その顔は石と化したようだった。長いあいだ、彼は身じろぎもせずにいた。やがてようやくアントニウスのほうへ向き直り、口を開いた。

「あなたが知っている名前を教えてください」

「きみは賛成するさ」アントニウスはゆっくりと言う。「たとえ気が進まなくとも賛成する」

「そうするつもりです」オクタウィウスは言った。「名を教えてください」

アントニウスは指をぱちんと鳴らした。すると従者のひとりが一枚の紙を渡した。アントニウスはざっと見てから目を上げ、にやにやしながらオクタウィウスを見た。

「キケロ」と読み上げる。

オクタウィウスはうなずき、静かに言った。「彼がなんらかの妨害行為を働いて、あなたを怒らせたことは知っています。しかしキケロからは隠居するという言質を取りました」

「ふん、キケロの約束など！」アントニウスは床に唾を吐いた。

「彼はもうかなりの老齢です。この先、何年も生きられるわけではないでしょう」

「あと一年——あと六か月——いや、ひと月でも、長すぎるくらいだ。あの男は失脚してもなお絶大な力を持っている」

「キケロはわたしを傷つけました」と、オクタウィウスは独白のようにつぶやいた。「それでもわたしは彼に好意を持っています」

「時間がもったいない」アントニウスは言った。「ほかの名については——」と、巻き紙をたたく。

「交渉に応じてもいい。だが、キケロはだめだ」

オクタウィウスの口元に、微笑に近いものを見たような気がした。「はい」と、彼は言った。「キケロは交渉不能ということで」

突然、オクタウィウスが、彼らの言っていることに興味を失ったように見えた。アントニウスとレピドゥスはひとつひとつの名について意見を言い合い、ときおり、オクタウィウスに承諾を求めた。すると彼はぼうっとした表情でうなずいた。途中でアントニウスが、きみも誰か加えたいかときいたが、オクタウィウスはこう答えた。「わたしは若い。まだ長くは生きていないので、敵の数もさほど多くはありません」

こうしてその夜遅く、空気がそよぐたびにまたたくランプの光の下で、名簿が完成した。元老院の中でも最も裕福で最も有力な議員十七名を処刑したうえ、財産を没収する。その後ただちに、さらに百三十人分の処罰名簿を公表し、これによってローマの恐怖に終止符を打つ。

オクタウィウスが言った。「ほんとうに実行するなら、すみやかに着手すべきです」

それからわれわれは小屋の中で、名もなき兵士のように、土の床で毛布にくるまって眠った。詳細のすべてがまとまるまでは、盟約の中身については、軍内でも他言しないという約束を交わした。リウィウス、きみも知っているように、あの処罰名簿については、賛否両論、多くの意見が述べられ、書かれてきた。あの訴追手続きに歯止めがかからなくなったことは事実だ。アントニウスとレピドゥスが際限なく新しい名前を書き足すものだから、一部の兵士が混乱に乗じて個人的な恨みを晴らしたり、私腹を肥やしたりする事件が相次いだ。しかしそれは想定内のことだった。情熱とは、必然的に度を越すものだ。愛においても戦争においても。

しかしわたしは、平和と安寧の時代にあって、毀誉褒貶相半ばする問題が持ち上がるたび、とまどいをおぼえてきた。いまでは、賛否両論ともに、その判断は不適切であり、しかも同程度に不適切だと思っている。たいていは正誤の観点ではなく、容赦なく必然性を明らかにすべきだとする立場から、あるいはそれに反発する立場から意見を述べているだけだ。必然とは、所詮、起きたことにすぎない。すんだことなのだ。

その夜、わたしたちは眠り、翌日は夜明け前に起きた。そして友よ、わたしはいま、手紙の冒頭に書いた悲しみに近づこうとしている。安易な哲学的思索にふけってみせたのも、おそらくそこへ近づくことを恐れていたからだと思う。きみはきっと許してくれるだろう。

処罰者名簿が作成されたあとは、今後の五年間のため、三人でローマの諸問題を解決するだけとなった。取り決めにより、オクタウィウスは、元老院から授与されたばかりの執政官の地位を手放すことになった。三人はすでにそれぞれの立場で、執政官並みの権限を握ることになっていたので、元老院議員としての仕事は副官にまかせて元老院での基盤を拡大し、各委員は軍事上の任務に専念したほうがよかろうということになった。二日目の仕事は、今後の五年間、ローマの統治をまかせる執政官十名を選ぶことと、軍団を三人のあいだで分割することだった。

　われわれは、ざらざらしたパンとデーツ〔ナツメヤシの実〕で朝食をとった。アントニウスは粗末な食事に文句を言った。外ではまだ雨が降っていた。昼ごろには軍の割り当てが終わり、オクタウィウスは、すでに指揮下にあった十一の軍団に加え、新たに三つの軍団をまかされた。午後は執政官の人選に費やした。

　きみにもわかるだろう、これは重要な交渉だった。誰も口には出さなかったが、盟約を結んだとはいえ、マルクス・アントニウスとオクタウィウスとでは、明らかに、目標が大きく異なっていた。執政官は、ローマで三人委員の利益を個別に、また、集合的に代表することになる。当方が信頼できる人物であると同時に、ほかのふたりにとっても妥当な人材であることが肝要だ。想像がつくと思うが、それはいくらか慎重を要する仕事だった。もう午後も遅くなったころ、ようやく四年目の人選に取りかかった。

　そこでオクタウィウスが、サルウィディエヌス・ルフスの名をあげた。

　虫の知らせというあの不思議な感覚は、きみも——誰でも——経験したことがあるだろう。道理も根拠もなく、ひとこと聞いただけで、あるいはまばたきひとつで、いや、なんでもいい、突然、不吉な予感がする。何が気がかりなのか、自分でもわからない。わたしは信心深いほうではない。だがときおり、神々がわれわれに言葉をかけることがあり、心が無になっているときにだけ、その声が聞こえるという話を信じたくなってしまう。

「サルウィディエヌス・ルフス」とオクタウィウスは言った。そのとたん、わたしは吐き気がこみあげてくるのを感じた。高いところから突き落とされたような気がしていた。

　しばらく、アントニウスは動かなかった。が、やがてあくびをし、眠たそうな声で言った。「サルウィディエヌス・ルフス……ほんとうにあの男を推すのか」

「わたしの推薦です」オクタウィウスは言った。「なんの異論もないはずです。残してきたわたしの軍団の指揮をまかせていなければ、彼にも、アグリッパやマエケナスとともにここに来てもらっていたところです」オクタウィウスは冷ややかにつけ加えた。「覚えておいででしょう、彼がムティナでどれほど首尾よくあなたと戦ったかを」

アントニウスはにやりとした。「覚えているとも。だが四年も先のことだぞ……それまで、彼が待てると思うのか」

「カッシウスとブルトゥスと戦うには、彼が必要です」オクタウィウスは辛抱強く言った。「セクストゥス・ポンペイウスの討伐にも必要です。これらの戦いに勝ち残ったあかつきには、彼に執政官をまかせましょう」

アントニウスは長いあいだ、物問いたげにオクタウィウスを見ていた。それから、何かを決断したようにうなずいた。「いいだろう。では、彼を候補としよう――執政官か、処罰者のどちらかの。きみが選べ」

オクタウィウスは言った。「その冗談の意味がわかりません」

「冗談じゃない」アントニウスは指を鳴らした。従者のひとりが紙を差し出した。アントニウスはそれを投げるようにして、オクタウィウスの前に置いた。「やつをおまえにやろう」

オクタウィウスは紙を手にとって広げた。表情を変えず、長い時間をかけて読んでから、その紙をわたしに手渡した。

「これはサルウィディエヌスの筆跡か？」と彼は静かに尋ねた。

わたしは読んだ。それから自分の声を聞いた。「サルウィディエヌス自身の書いた字です」

彼はその手紙をわたしの指から取り上げた。そしてじっと前を見つめて座っていた。わたしは、藁葺き屋根をたたく雨の音を聞きながら、彼の顔を見守っていた。

「たいした贈り物ではないがな」と、アントニウスが言う。「盟約を結んだいまとなっては、わたしには用のない男だ。きみとこうして手を携えることになった以上、やつを信用することはできない。こういう類いの秘密は、われわれのどちらにとっても無益だ」アントニウスは手紙を指さした。「やつは、わたしがアヴィニョンのレピドゥスのもとへたどり着いた直後にその手紙を送ってきた。望みどおりにしてやろうかと思ったが、この会見でどういう結果が出るかわかるまで、待つことにしたのだ」

　オクタウィウスはうなずいた。

「やつの名前も載せるか」アントニウスがきいた。

　オクタウィウスは首を振った。「いいえ」と低い声で答えた。

「きみは、こういうことに慣れていかなくてはならん」と、アントニウスはいらだたしげに言った。「やつはいまやわれわれにとって危険な存在になった。あるいは将来そうなるだろう。やつの名前も名簿に載せるべきだ」

「いいえ」オクタウィウスは言った。声を高くすることはなかったが、そのひとことは部屋を満たした。彼は青い炎のような目をして、アントニウスを見据えた。「彼を処罰者には加えません」と言うなり、アントニウスから顔をそむけた。その瞳が輝きを失った。ささやくような声で「この問題は交渉不能です」と告げると、黙り込んだ。やがて彼はわたしに言った。「サルウィディエヌスに手紙を書いて、将軍の任を解くと伝えてくれ。もはやわたしの臣下ではない、と。それから――」彼は一瞬、ためらった。「もはやわたしの友ではない、と」

　わたしは二度とその手紙を見なかった。見る必要もなかった。ひとことひとことが胸に焼きつき、二十五年以上経ったいまも、古傷のように記憶に刻まれている。それをきみに伝えよう。そこにはこう書いてあったのだ。

「クィントゥス・サルウィディエヌス・ルフスよりマルクス・アントニウスへ。わたくしはローマ兵から成る三個軍団の司令官であります。しかるに、デキムス・ブルトゥス・アルビヌスが、閣下と閣下の軍の追跡を目的として兵力を組織したがために、活躍の機会を与えられず、無聊をかこつ日々を送っております。オクタウィウス・カエサルは元老院に裏切られ、無意味な使命を果たすため、ローマへ帰還しました。わたくしは彼の決断にも、わが身の行く末にも絶望しております。ユリウス・カエサルの暗殺者を処罰し、ローマを貴族による専横から解放する目的と意志を持つ人は、ただ閣下のみと信じるにいたりました。従って、もしわたくしが閣下と同等の指揮権を賜れるのであれば、そしてもし、かつてわたくしとオクタウィウスがともに志しながら、野望と妥協によって頓挫した思いを遂げてやろうと思し召しであれば、わが軍団を閣下に差し出す用意があります。いつなんどきでもアヴィニョンの閣下のもとへ馳せ参じます」

わたしは悲しみに胸を塞がれつつ、われわれの親友であった男に手紙を送った。使者には、以前ムティナでサルウィディエヌスとともに指揮官を務めたデキムス・カルフレヌスを立てた。カルフレヌスがその後のことを伝えてくれた。

サルウィディエヌスは、カルフレヌスが使者としてやってくるという噂を聞き、自分の天幕の中で、たったひとりで待っていた。カルフレヌスによれば、彼は顔面蒼白ではあったものの、落ち着いていたそうだ。ひげを剃ったばかりで、儀式にのぞめるよう、テーブルの上にふたをあけた銀の小箱を置き、その中に、切った顎ひげをおさめていたそうだ。

「わたしは青春に別れを告げた」サルウィディエヌスは言い、小箱を指さした。「これで、きみが携えてきた知らせを聞くことができる」

カルフレヌスは心が震えて言葉を失い、ただ手紙だけを渡した。サルウィディエヌスは立ったままそれを読んでうなずいた。そしてカルフレヌスのほうを向いたまま、テーブルについた。

「返事をしたいか」ややあってようやくカルフレヌスがきいた。

「いや」サルウィディエヌスはそう答えたが、すぐに「やはり返事をする」と言い直した。それからおもむろに、しかしためらうことなく、懐から短剣を抜き出した。そしてカルフレヌスの目の前で、渾身の力を込め、それをみずからの胸に突き立てた。カルフレヌスは駆け寄ろうとしたが、サルウィディエヌスは左手をあげて制し、低い声で、苦しい息の下からこう言った。「オクタウィウスに伝えてくれ。もはやこの世できみの友でいることがかなわぬのなら、命を絶つことでそれをかなえたい」

サルウィディエヌスは座ったままでいた。やがて目から光が失せ、彼は土の上に倒れ込んだ。

13 書簡――匿名の人物より、ローマのマルクス・トゥリウス・キケロへ（紀元前四三年十一月）

貴公が隠居生活にて平安と休養を得られんことを切に願う者より。貴公の愛するこの国から、ただちに退去されることをお勧めします。イタリアにとどまれば、お命に危険が迫ります。残酷なめぐり合わせにより、当方、情に厚い生来の気質に抗わざるをえなくなりました。一刻の猶予もなりません。

14 ティトゥス・リウィウス著『ローマ建国以来の歴史』から抜粋（紀元一三年）

マルクス・キケロは、三人委員の到着より少し前にローマを離れた。カッシウスとブルトゥスがオクタウィウス・カエサルから逃れられないように、彼自身もアントニウスから逃れられないことを正しく悟ったためである。彼はまず、トゥスクルムの別荘へ逃げて、そこから山道づたいにフォルミナエの別荘に向かい、ガイエタの港から船に乗ることにした。何度か出航を試みたものの、向かい風によって岸へ追い戻された。波が高く、船が激しく揺れて、キケロは耐えられなくなった。ついに逃亡にも人生にも疲れ果て、海から一マイル足らずの高台にある自分の別荘に戻った。

「死なせてくれ」と彼は言った。「わたしがたびたび救ってきたこの祖国で」

彼の奴隷たちは、いつでも勇敢に忠実に、彼のために戦う覚悟をしていた。そのことはよく知られている。しかしキケロは彼らに、容赦ない宿命の必然に黙して耐えよと命じた。

キケロは臥輿の外へ上体を乗り出すと、その目的のためにじっと動かずにいた。次の瞬間、首が斬り落とされた。それでも兵士たちの荒ぶる心はおさまらなかった。彼らはキケロの両手も切断し、この手がアントニウスを悪しざまに書き立てたのだと、さんざんに罵（ののし）った。生首はアントニウスのもとへ届けられ、彼の命により、演壇の上にさらされたうえ、その両わきに切り落とされた手が並べられた。かつてキケロはその演壇から、執政官として、また執政官代理（プロコンスル）として演説をした。そしてまさにその年、この演壇から、言葉巧みにアントニウスを痛罵し、前例のない称賛をほしいままにしたのだ。誰ひとり、涙に濡れた目をあげ、切り刻まれた同胞の遺体を直視することはできなかった。

第四章

1　書簡――アマセイアのストラボンよりダマスクスのニコラウスへ、ローマにて（紀元前四三年）

親愛なるニコラウスへ。ぼくらの旧友にして家庭教師のテュラニオン先生とともに、ローマから挨拶を送る。ここには先週やってきたばかりだ。長い退屈な旅路の果てにようやくたどり着いたのだ。アレクサンドリアからコリントを経由して、帆船や手漕ぎ船、馬車、荷車を乗り継ぎ、みずから鞍にもまたがり、ときには重い本を担いでよろめきながら歩きもした。地図を見ただけでは、世界の広さや多様さはほんとうにはわからないものだね。これは新しい形の教育と言える。教師がいなくても学べるのだから。実際、十分に旅をすれば、一介の生徒だって先生になれるかもしれない。あの博識家のテュラニオン先生でさえ、ぼくが旅の途中で何を見てきたか、苦労して聞き出そうとしたほどだ。

ぼくはテュラニオン先生のご自宅に身を寄せている。ローマを見晴らせる丘の上に寄り集まって建つ小さな家の一軒だ。ある種の集落のようなところだと思う。尊敬に値する先生がた（ローマでは、哲学は怪しげなものだと思われているので、〝哲学者〟とは呼ばないらしい）がここに数人住んでいて、ぼくのような若い学者も数人招かれ、恩師と生活をともにしながら学んでいるのだ。

市からこんなにも離れたこの場所へ、テュラニオン先生に連れてきていただいたときには驚いた。そしてその理由を聞いて、さらに驚いた。ローマの公共図書館は、とうてい用をなさないらしい。蔵書が信じられないほど少なく、しかもきちんと写せていないものが頻繁に見つかるそうだ。そして同じくらい多くの本が、ぼくらのギリシア語並みにひどいラテン語で書かれているという！　しかしテュラニオン先生によれば、私設図書館にならば、ぼくが必要とする本はたいてい揃っているらしい。先生のご友人で、ここに暮らす学者のひとりに、アレクサンドリアで何度もお名前を耳にしたあのタルソ〔現トルコのタルスス〕のアテノドロス先生がおられるのだ。テュラニオン先生によれば、アテノドロス先生はローマでいちばんの私設図書館に手づるがあり、ぼくらのようなさまよえる学者たちをいつでも歓迎してくださるそうだ。

このアテノドロス先生について、少しばかり書かせてもらいたい。じつに印象深い人なのだ。テュラニオン先生よりほんの二、三歳くらい年上だが——おそらく五十代半ばだろう——なぜだか、古今あらゆる時代の知恵を自在に使いこなす力を持っておられるように見受けられる。取っつきが悪くて気難しいが、冷淡なわけではない。めったにしゃべらず、ほかのみんなが楽しみのために興じるような議論には、決して加わらない。それでも、先生は何も教えていないのに、誰もが先生の教えに従っているように見える。有力者の友だちが何人かいるという噂だが、先生は決して誰の名前も口にしない。先生ご自身が名士なので、誰もそのような話は、たとえ本人のいないところでもしない。だがこれだけの力、これだけの頭脳をお持ちなのに、心の内には、ある種の悲しみを秘めておられるように見受けられるのだ。何が原因なのかはわからない。気後れもするが、思いきって先生に話しかけてみようかと思う。何かお話しくださるかもしれない。

じつは、これらの手紙はアテノドロス先生のお力添えできみのもとへ届けられるのだ。先生は毎週、ダマスクスへ送られる外交便の利用を許されていて、ぼくの手紙もいっしょに送ってあげようと言ってくださった。

親愛なるニコラウス、ぼくの冒険はこうしてはじまった。約束どおり、定期的にきみに手紙を書いて、新たに学んだことを伝えるつもりだ。きみがいっしょに来られなかったことは残念でならない。きみをダマスクスに引き留めたご家族の問題が一刻も早く解決し、この奇妙な新しい世界をきみとともに探索できる日が来ることを祈っている。

きみはぼくを悪友だと思い、できのよくない哲学者とみていることだろう。ぼくは前者ではないが、後者には近づきつつあるかもしれない。毎週きみに手紙を書くと決めたのに、この前ペンをとってからもうひと月近くにもなるからね。

だがこれほど特別な都市はどこにもないだろう。鋼(はがね)の心を持った者さえのまれそうになる。毎日がめまぐるしく過ぎていく。静かなアレクサンドリアで平穏な日々を過ごし、ともに学んでいたころのきみやぼくには想像もつかなかっただろう。愛すべきダマスクスの、眠気を誘われるほどのやすらぎに包まれているきみには、ぼくが伝えようとしている特徴が理解できないかもしれない。

ぼくはこのところたびたび、疑念にとらわれているのだ(おそらく、そんな気がするだけのことだろう)。ぼくらはあまりにギリシアの歴史と言語を誇りにし、満足しきっているのではないか、と。自分たちのことをぼくらの主人と呼びたがる西方の〝蛮族〟に対し、あまりに安易に優越感をおぼえているのではないか(ほらね、ぼくはいくらか哲学者らしさを失って、俗人に近づいている)。確かに、ぼくらの郷里である属州には、独自の魅力があり文化があるが、ここローマには、一年前のぼくなら少しも魅力を感じなかった類いの活力があるのだ。一年前、ぼくはローマについては、ただ聞いたことがあるのみだった。いまは、それを見た。そして目下のところ、ぼくは自分がいつか東方へ――あるいは故郷のポントゥス〔現在トルコの黒海南岸東部地方〕に――帰る日が来るものか、確信が持てずにいる。

もしよかったら想像してみてくれ。ぼくたちが少年時代、ともに学んだあのアレクサンドリアの半分ほどの面積の都市を。そして、その都市の中に、アレクサンドリアの二倍以上の人々が暮らしているありさまを。ぼくがいま暮らしているローマとは、そういうところだ。人口は百万人近いと聞いている。ぼくはこれまで、そんな都市を見たことがなかった。世界中から人が集まってくる――アフリカの燃えるように熱い砂漠地方からは、黒い肌の人々が。凍えるほど寒い北方からは、白い肌をした金髪の人々が。そしてその中間のありとあらゆる色の肌の人々が。ここでは何か国もの言葉が話されているのだ！　それでも、みんながラテン語かギリシア語を少ししゃべれるので、誰も自分はよそ者だと感じなくてすむ。

ローマでは誰もがぎゅう詰めで暮らしている。市の防壁の外には、想像しうるかぎりで最も美しい野山が広がっている。しかし人々は、網にかかった魚のように寄り集まって暮らし、不条理にも市内を何マイルもくねくねと曲がって走る狭い通りを苦労して進むのだ。日中は、こうした通りが――どれもすべて――文字通り、人でいっぱいになる。その騒音と悪臭には、信じがたいものがある。かの偉大なユリウス・カエサルは、亡くなる数か月前、馬車と荷車と役畜には、夕暮れどきから夜明けまでの暗い時間にのみ、市内の通行を許可するという通達を出していた。その命令が出される前はどんなありさまだったのだろう。牛や馬や、ありとあらゆる種類の荷車が人と交じって、このありえないほど混み合った道を通行していたとは！

思うに、ローマ市内で暮らす一般市民は、まったく睡眠がとれていないにちがいない。昼間の喧噪が夜間に持ち越され、牛馬を追う家畜商人の悪態や、大きな荷車が敷石道を進む、ギーギー、がたがたという音がひっきりなしに聞こえてくるのだから。

とっぷり日が暮れたあとは、出かける必要のある商人か、用心棒を雇う余裕のある大金持ちのほかには、誰もひとりで外へ出ようとはしない。月の出ている夜でさえ、通りは真っ暗だ。いまにも倒れてきそうな高層住宅がびっしり並び、ほんのひとすじの月光さえ街路に潜り込まないからだ。しかもどの通りにも、貧困のきわみにある連中があふれかえっている。そんなところを歩けば、たちまち強盗に遭うか喉を掻き切られて、衣服か銀貨を奪われてしまうだろう。

しかし、いつ倒壊してもおかしくない高層住宅の住民も、夜歩きをする連中と同様、身の安全は保証されていない。なぜなら、つねに火事の危険と隣り合わせだからだ。夜、丘の上の安全な家から外を眺めていると、火事を目撃することがある。暗闇の中に、ぱっと炎の花が咲く。恐怖や苦悶の叫びがかすかに聞こえてくる。もちろん、消防隊もいくつかある。だがどれも一様に堕落していて、数も十分ではなく、たいした役には立っていない。

それでもこの混沌、この都市の中心には、〝フォルム・ロマヌム〟と呼ばれる、別世界のようにすばらしい公共広場がある。属州の都市にも公共広場はあるが、こちらのほうが断然りっぱだ。大理石の巨大な列柱が公共の建物を支えている。いくつもの石像のほか、ローマの神々を祀る神殿もたくさんあって、それよりは小規模な役所の建物もさらに多く建ち並ぶ。広大な空き地も設けられているが、周囲の街の騒音もにおいも煙も、なぜかこの空間にはまったく入り込んでこない。燦々と太陽が降り注ぐなか、人々が広場をそぞろ歩き、のんびりおしゃべりをしたり、噂話をしたり、元老院の演壇のまわりに掲示された告知を読んだりしている。ぼくはほぼ毎日この公共広場を訪れ、世界の中心にいるような気分を味わっている。

なぜこのローマの人々が哲学を蔑むのか、ぼくにはわかってきた。彼らの世界は即物的なのだ。原因と結果の世界であり、噂と事実の、利益と損失の世界なのだよ。ぼくは知識と真実の探究に生涯を捧げてきた。そのぼくでさえ、こうした軽蔑を引き起こしたローマ世界の状況に、いくらか共感をおぼえることがある。彼らにとって学問とは、目的達成の手段のようなものだ。真実とは、唯一利用できるものでしかない。彼らの神々でさえ、国に仕える存在だ。国が神々に仕えるのではなく。けさ、市のすべての重要な門に、こんな詩が貼りつけられているのが見つかった。翻訳はせず、ラテン語のままで書き写しておく。

お待ちなさい、旅の人
その田舎家を訪ねるのなら、気をつけなさい
そこには、ある男の名を名乗る若者が住んでいる
彼と食事をするなら、危険を覚悟しておきなさい
もちろん、彼はあなたに頼みごとをするだろう
恐れることはない。彼はみんなに頼むのだから
先月、若者の父親が死んだ
彼はいま、自由という名の酒を飲み、騒ぎ、家畜を解き放ち
壊れた柵の外へと追い立てている——ただ一頭のみを残して
愛玩用の豚が産んだ子を家族に迎えたのだ
あなたには娘がいるか
ならば娘にも気をつけなさい
かつて若者は、あなたの娘のように美しい女を好んだ
また彼は変わるかもしれないから

ぼくらの敬愛する先生がたに倣って、注釈を加えようと思う。「ある男の名を名乗る若者」とは、

むろん、ガイウス・オクタウィウス・カエサルのことだ。彼に名を与えた「父親」とは、ユリウス・カエサル。「豚が産んだ子」は、クロディアで、その母親である「豚」（敵がつけたあだ名だ）とは、フルウィア、つまりマルクス・アントニウスの妻だ。アントニウスはオクタウィウスと敵対したり和解したりしている。最後のほうで言及される「女」とは、セルウィリアという女性のことだ。元執政官の娘で、オクタウィウスは彼女と婚約していた。ところが彼は、自身の軍とアントニウスの軍の圧力を受けて、やむなくアントニウスの義理の娘との縁談を受け入れた（と言われる）。むろん、この契約は実質的なものではなく、形式的なものだった。相手はまだほんの十三歳だというからね。しかし、オクタウィウスとアントニウスが良好な関係にある証拠を見たがる勢力を納得させる役には立ったようだ。詩そのものには、ぼくには理解できない一部の人々の見解が明確に反映されている。これを書くよう依頼したのは、オクタウィウスとアントニウスの和解を望まない元老院派の人間だろう。ほぼまちがいない。下世話な憶測だが……しかし、なんらかの関わりがあることは確かだろう。

ぼくは驚きどおしだ。いまやオクタウィウス・カエサルの名を耳にしない日はない。彼はローマにいる、いや、いない。彼はこの国を救った、いや、いつか滅ぼす。彼はいまにユリウス・カエサルの暗殺者を処罰する、いや、逆に報奨を与えるだろう、などなど、さまざまに取り沙汰されている。どれが真実であるかはともかく、この謎めいた若者は、ローマを好奇心の虜（とりこ）にしてしまった。ぼく自身も例外ではない。

だから、アテノドロス先生がローマの内外で長く暮らしてこられたことを知って、ぼくはきのうの夕方、先生と食事をともにしたあと、機を見て、二、三の質問をぶつけてみたのだ（先生は次第にぼくに心を許してくださるようになり、いまではぼくと一度に五つ六つの言葉を交わす間柄になった）。

ぼくは、オクタウィウス・カエサルと名乗る若者は、どんな人物なのですかと尋ねた。そして、先日きみに送った詩の写しを見せた。

アテノドロス先生は、こけた頬と薄い唇をすぼめ、あの細いかぎ鼻を紙にくっつけんばかりにして、お読みになった。それから、学生が提出した課題でも返すようなしぐさで、その紙をぼくに手渡された。

「韻律が不安定だ」先生は言われた。「題材もくだらない」

アテノドロス先生と話をするには、忍耐が必要だということはわかっている。ぼくはもう一度、オクタウィウスという人についてきいてみた。

「ほかのどんな人とも同じだ」先生はお答えになった。「しかるべき人になられるだろう。お人柄と、運命の偶然に導かれて」

ぼくは、オクタウィウスに会われたこと、あるいは直接言葉を交わされたことがありますかときいた。アテノドロス先生は眉根を寄せ、うなるような声を絞り出した。

「わたしの教え子だったのだ。ともにアポロニアにいたころ、叔父上が殺され、あのかたは今日にいたる道を進むことになった」

一瞬ぼくは、アテノドロス先生が比喩を使って話されたのかと思った。しかし先生の目を見て、ほんとうのことを言っておられるのだとわかった。ぼくは口ごもった。「あ……あ……あのかたをご存じなのですか」

アテノドロス先生は、もう少しで微笑みそうな顔をされた。「先週、いっしょに食事をしたよ」

しかし先生はそれ以上はもう、オクタウィウスのことは何も話してくださらず、ぼくの質問にも答えてくださらなかった。先生にとってはどうでもいいことだったのだろう。ただ、その元教え子は、本人が望みさえすればすぐれた学者になれただろうとだけ、おっしゃった。

つまりぼくは、自分が思っていた以上に世界の中心に近いところにいるわけだ。

ぼくは葬儀に参列してきた。

オクタウィウスの母、アティアが亡くなったのだ。使者が通りという通りをまわって、翌朝、フォルム・ロマヌムで葬儀がおこなわれると告げた。ぼくはついに、いまローマで——つまり（ぼくが思うに）世界で——最も大きな力を持つあの男を、この目で見る機会に恵まれたのだ。

ぼくは、よく見える場所をとろうと、早めに出かけた。そしてオクタウィウス・カエサルが追悼の言葉を述べることになっている演壇で待っていた。朝の五時には、広場がほぼいっぱいになった。

やがて行列がやってきた。先導役が火のついた松明を掲げ、オーボエやビューグル、クラリオンの奏者が静かな行進曲を吹き鳴らす。そのあとに、遺体を載せた棺架（かんか）と会葬者が続いた。そして列の後方から、華奢な体つきの人がひとりで歩いてきた。トガに紫色の縁取りがあったから、ぼくは当初、少年だと思った。まさか元老院議員だとは思わなかった。しかしすぐに、あのオクタウィウスであることがわかった。なぜなら、彼が通ると、誰もがもっとよく見ようとして、こぞって身じろぎをしたからだ。演壇の前に棺架が安置され、前に並べられた小さな椅子に主立った会葬者が腰かけた。オクタウィウス・カエサルがゆっくりと棺架まで歩いていき、しばらく母上の亡骸（なきがら）を見ていた。それから、演壇にあがり、葬儀のために集まった人々を見渡した。一千人、いや、もっといただろう。

ぼくは間近に立っていた。十五ヤードも離れていなかっただろう。オクタウィウスは血の気の失せた顔をしてじっと動かず、彼自身が死体のように見えた。ただ、瞳だけが生き生きとしていた。その色は、はっとするような青だった。人々は静まり返った。遠くのほうからかすかに、物言わぬけだもののように、無頓着に市内を通る車輪の音が聞こえてきた。

やがて彼が口を開いた。とても静かに話すが、その声は澄んでいて、集まった誰もが聞き取れるほどに明瞭だった。

彼の言葉をきみに伝えよう。蠟板（タブラエ）〔蠟引きの書字板〕を持った書記が書き取り、翌日には、市内のあらゆる本屋に演説の写しが置かれていた。

彼はこう言った。「アティア、ローマはもはや二度とあなたを見ることはありません。あなたはローマそのものでした。この喪失に耐えるには、あなたが模範を示してくださった徳に頼るよりほかに手立てがありません。それはこう教えています。あまりに深く、あまりに長く悲しみにとらわれていると、あなたが生きたことの意義が損なわれてしまうだろう、と。

わたしの実の父、法務官にしてマケドニア属州総督であったあのガイウス・オクタウィウスにとって、あなたは貞淑な妻でした。父はローマの執政官就任をめざしましたが、志半ばにして不慮の死を遂げました。いま、棺架の前で泣いている娘のオクタウィアにとって、また、ここに立ち、つたない最後の言葉を並べている息子にとって、あなたは厳しくも愛情にあふれた母親でした。そして、最後にあなたの息子の父となった男にとって、あなたは従順で礼儀をわきまえた姪でした。そのわが父、ユリウス・カエサルは、運命に欺かれ、あなたが気高く横たわるこの場所から声の届くところで無残にも命を奪われました。

あなたは、栄えあるローマの名において、古来、この国を育み、支えてきたこの地に存在しうる最も崇高な徳を備えた女性でした。あなたは、糸を紡(つむ)いで織り上げた布で家を飾りました。あなたの召使いは、あなたの子も同然でした。あなたは、家の、そして市の神々を敬いました。敵などいないやさしい人でした。しかし時がいま、あなたを連れ去ろうとしています。

ああ、ローマよ。ここに横たわるこの人を見てください。あなたの最高の資質、最高の遺産がここに眠っています。まもなく、この亡骸は市の外へ運ばれて、火葬に付され、アティアを宿していた肉体のすべてが焼き尽くされます。しかし市民のみなさん、どうか彼女の徳を、灰とともに葬らないでください。その徳をローマの命として生かしていただきたいのです。アティアという人が灰になっても、その気高き魂が、すべてのローマ市民の心の中でのちのちまで生き続けることができるように。

アティア、死の精霊が永遠の休息を与えてくれますように」

長い沈黙が群衆を包んだ。オクタウィウスは演壇の上にしばらくたたずんでいた。彼がおりていくと、亡骸が広場の外へ、市の防壁の外へと運ばれていった。

ああ、ニコラウス、ぼくは自分が見たこと、聞いたことがどうしても信じられずにいる。この混乱のさなかにあって、公式の発表もない。元老院議事堂の壁にも何も掲示されていない。元老院が存続しているのかどうかすら、はっきりしない。オクタウィウス・カエサルが、アントニウス、レピドゥスとともに、事実上の軍事独裁政権を樹立したのだ。そして、処罰の対象となるユリウス・カエサルの敵の名が公表されている。百人以上の議員たち――議員だぞ――が処刑されたうえ、家、土地、資産を没収された。そしてその何倍もの人数の裕福なローマ市民――多くは貴族――が殺されたり、市外へ逃げ出したりした。彼らの保有地、資産も三人委員会の手に落ちた。容赦はなかった。処罰対象には、レピドゥスの実兄パウルス、アントニウスの叔父のルキウス・カエサルもふくまれていた。公開された処罰者名簿には、あの有名なキケロの名さえあった。この三人のほか、何人かは市外へ逃れたのだと思う。どうにか命も助かったかもしれない。

最も血なまぐさい仕事は、アントニウスの兵士たちが引き受けているようだ。ぼくはこの目で、議員の首なし死体がいくつもフォルム・ロマヌムに放置されているのを見た。わずか一週間前には、彼らが勝利宣言をしたその広場に。ぼくはまた、丘の上の安全な家にいるときに、ローマと富を捨てて逃げる時機を逸した金持ちの悲鳴も聞いたのだ。貧民、中流層、カエサルの盟友をのぞくすべての者が、あしたは何が起こるだろう、自分の名前が掲示されていないかと、不安に苛(さいな)まれて暮らしている。

噂によると、オクタウィウス・カエサルは自宅に引きこもって、顔を見せようとも、元の同僚たちの死体を見ようともしないという。また、処罰は即刻、容赦なく、厳正に実行すべしと主張したのは、オクタウィウスだったとも伝えられる。どの情報が信頼できるのか、いまはまったく見当がつかない状況だ。

これは、ぼくが知りつつあったローマなのか。何か月ものあいだにいろいろな体験をして、ようやくわかってきたつもりでいたのに。ぼくはこの都市の人々のことを理解していたのだろうか。アテノドロス先生は、この問題についてはいっさい話そうとなさらない。テュラニオン先生は悲しそうに首を振るばかりだ。

おそらくぼくは思っていたよりも未熟で、一人前のおとなというにはほど遠いのだろう。

キケロは逃げなかった。

昨日、肌寒くてよく晴れた十二月の午後に、フォルム・ロマヌムの裏手にある商店街をぶらついて本屋を冷やかしていたら（いまは通りに出ていたほうが安全なのだ）、何やらたいへんな騒動が起きているのを聞きつけた。よせばいいのに、ぼくは好奇心を抑えられず——いずれそのために名声を手にするか死ぬことになるだろう——広場の門から中に入った。元老院議事堂のそばにある演壇のまわりにおおぜいの人が集まっていた。

「キケロだ」誰かが言い、その名前がささやきに乗って人々のあいだをめぐっていった。「キケロ……」

何を予期すべきかわからないままに、だが胸騒ぎを感じながら、ぼくは人垣をかきわけて前に進んだ。

元老院の演壇の上に、ふたつの切断された手が置かれ、そのあいだに、マルクス・トゥリウス・キケロのしなびて干からびた頭部が据えられていた。アントニウス自身の命令でそこに置かれたのだと、誰かが言った。

その演壇からは、ほんの三週間前、オクタウィウス・カエサルがやさしい言葉で亡き母のことを語ったばかりだった。その同じ演壇に、いまや別の死が鎮座している。オクタウィウスの母親は息子のしでかしたことを見ずにすんだ。そう思った瞬間、ぼくはなぜかほっとしたのだった。

2

書簡――スミルナ〔現トルコのイズミル〕のマルクス・ユニウス・ブルトゥスより、オクタウィウス・カエサルへ（紀元前四二年）

わたしには、あなたが真にご自身のお立場の重みを心得ておられるとは思えません。あなたがわたしに好意を感じておられぬことはわかっています。わたしも、好意をいだいているふりをするほど愚かではありません。こうしてペンをとったのは、あなたご自身への尊敬の念からではなく、わが国を愛するがゆえのことです。アントニウスに手紙を書くわけにはいきません。あの男は頭がおかしい。レピドゥスにも書けません。彼は頭が悪い。そのどちらでもないあなたになら、聞き届けていただけるのではないかと、望みをかけることにしたのです。

カッシウスとわたしが有罪判決を受け、国外追放処分となった背景に、あなたの影響があったことは知っています。しかしそのような判決に、恒久的な法的効力があるとは思わないことにしましょう。動揺して意気阻喪した元老院の思いつきにすぎないのですから。そのような布告に、永続性や妥当性があるかのようにふるまうのもやめましょう。現実的に話をしたいと思います。

われわれは、シリア、マケドニア、イピロス、ギリシア、アシアの全土を統べています。つまり、東方属州のすべてがあなたに敵対しているのです。東方の力と富は、決してあなどれるものではありません。われわれは、地中海東部を完全に支配しているのです。それゆえあなたは、亡き叔父上のエジプトの愛人からの支援は期待できません。このような状況でなければ、彼女が資金と兵力を提供してくれたことでしょう。さらにわたしは、海賊のセクストゥス・ポンペイウスが――あの男には毛ほどの好意も持ち合わせませんが——西方からじりじりとあなたの領土を侵食しつつあることも承知しております。よって、開戦のときが迫っているようですが、わたし自身についてもわが軍についても、なんの憂いもいだいておりません。

しかしローマに、そして国の未来に思いを馳せますと、不安が頭をもたげてきます。その根拠は、あなたとお仲間がローマで処罰者名簿を公表されたことです。わたしの個人的な悲しみは二の次としておかねばなりません。

ですから、処罰者名簿の公表も、暗殺も水に流しましょう。カエサルの死に関してわたしをお許しくださるなら、わたしもキケロの死に関してあなたをお許しいたしましょう。われわれはたがいの友となることはできません。どちらもそれを望みません。しかしあなたもわたしも、ローマの友であることはできるでしょう。

切にお願いしたいことがあります。マルクス・アントニウスと手を組んで進軍するのは断念していただきたい。ローマ人同士がまた戦うことになれば、わが国にわずかに残った徳が完全に失われてしまう恐れがあるからです。アントニウスは、あなたとの同盟なしには戦わないでしょう。

進軍を見合わせてくだされば、わたしはあなたに敬意と感謝を捧げます。そしてあなたの未来は確たるものとなるでしょう。友情によってともに歩むことはかないませんが、ローマの幸福のためなら、力を合わせることができるかもしれません。

しかし急いでもうひとこと、つけ加えねばなりません。あなたがこの和睦の申し出を拒まれたなら、わたしは全力で抵抗します。そしてあなたを亡き者にする。こんなことを書くのは残念です。しかし、明言しておきます。

3　マルクス・アグリッパの回顧録――断簡（紀元前一三年）

……こうして国家再建三人委員会が作られ、ローマではユリウス・カエサルとアウグストゥスの敵が粛清されたが、いまだに西方では海賊セクストゥス・ポンペイウスが、東方では神君ユリウス・カエサルを殺害して国外追放処分を受けたブルトゥスとカッシウスが、ローマの安全と秩序をつねに脅かしていた。カエサル・アウグストゥスは誓約どおり、父の殺害者を罰して国の秩序を回復すると決意していた。だがセクストゥス・ポンペイウスの問題は、当面、最優先にはせず、最低限必要な安全保障措置を講じるにとどめていた。

このころのわたしが注力していたのは、兵を集め、東方のブルトゥスとカッシウスに攻囲戦を仕掛けるための軍団をイタリアに組織すること、それから、遠隔地での戦いを続けるための補給線を構築することだった。アントニウスは、マケドニア属州のエーゲ海沿岸の都市、アンフィポリスに八個軍団を送ることになっていた。目的は、ブルトゥスとカッシウスの部隊を東の山から攻めて苦しめ、地の利を活かして戦えないようにすることだった。しかしアントニウスは出遅れた。そのため、彼の軍団は、フィリッピの西方の低地に陣を構えざるをえなくなった。フィリッピには、ブルトゥス軍が安全に陣を敷いており、アントニウスが送った軍団は、圧倒的に不利な状況に立たされた。われわれは至急、マケドニアに援軍を送る必要に迫られたが、ブルンディシウム港の近辺には、ブルトゥスとカッシウスの艦隊が頻繁に姿を見せていた。そこでアウグストゥスはわたしに、援軍を無事に渡航させる任務を与えた。わたしがイタリアで手配した船は、ブルトゥスの軍船の哨戒をかいくぐり、十二個軍団をマケドニアのデュッラキウムの海岸に上陸させることに成功した。

しかしデュッラキウムに着いたとたん、アウグストゥスが重い病に倒れた。彼を失う不安に苛まれつつ、待機するしかないと思われたが、アウグストゥスはかまわず先へ進めと命じた。これ以上攻撃が遅れれば、何もかも失うことが目に見えていたからだ。八個軍団が山越えをし、アンフィポリスで包囲されていたアントニウス軍の先遣隊に合流することになった。

しかし、ブルトゥスとカッシウスの騎兵隊に行く手を阻まれた。わが軍は深刻な痛手をこうむり、アンフィポリスにたどり着いたときには、疲れ果てて意気消沈していた。ブルトゥスとカッシウスの軍がフィリッピの高地の安全な位置に陣を構えていることが明らかになった。その北側には山がそびえ、南側には陣営から海にいたるまで、沼沢が広がっていた。これを知ったとき、わたしはアウグストゥスに急ぎの使者を送った。わが軍の兵士には、とうていこの任務は果たせないと思ったからだ。それに、彼らの士気を回復させる必要もあった。

アウグストゥスは重病であったにもかかわらず、われわれを支援するため、山を越えてきた。弱って歩けなくなっていたので臥輿に乗り、兵士たちとともにやってきたのだ。顔は死人のようだったが、瞳は鋭く、燃えるような輝きを宿していて、声も力強かった。男たちは彼がそばにいることで、気力と決意を取り戻した。

われわれは、大胆に、そして即座に攻撃を加えることにした。なぜなら、一日待つごとに、それだけ物資が無駄になるのに対し、ブルトゥスとカッシウスは、海路を通じていくらでも物資の補給を受けることができたからだ。そこで、アウグストゥスの軍団のうち、わたしの指揮下にあった三つの軍団が、敵の南面を守る広大な沼に堤道を建設すると見せかけることになった。敵側はわれわれを攻撃しようと、多数の兵を差し向けてきた。カッシウスの防御戦にほころびが生まれ、そこを狙ってマルクス・アントニウスが猛然と襲いかかり、これを突破した。そして、驚いたカッシウスに態勢を立て直す暇を与えず、本陣に攻め入った。カッシウスは数人の士官に守られて小さな丘に逃げのびた。(伝えられるところによれば)ふと北の方角を見ると、ブルトゥスの軍が全力で逃げていくのが見えた――と、彼は思い込んだ。自軍の敗北を悟って、すべてを失ったと思い、彼は絶望した。そして、みずからの剣の上に身を投じ、フィリッピの土と血にまみれて生涯を閉じた。二年と七か月前に神君ユリウスを殺害した罪をみずから償ったかのようだった。

カッシウスは知らなかったが、ブルトゥスの軍は逃げていたのではなかった。われわれの計画を予見し、こちらが陽動作戦に出たことを察知して、いち早くわが軍の陣を包囲して多くの兵を捕虜にし、さらに多くの兵を殺害した。アウグストゥス自身は、意識が朦朧としていて動くこともできなかった。医師が彼を天幕から運び出し、沼沢地に身を隠した。戦いが終わって日が暮れてから、生き残った兵が退却してマルクス・アントニウスの軍に合流する地点まで、こっそり彼を運んでいくつもりだった。医師は夢を見たらしい。その中で、病気のアウグストゥスを殺せ、そうすればおまえの命は助けてやるという声を聞いたという……。

4 書簡――クィントゥス・ホラティウス・フラックスよりその父親へ、フィリッピの西にて（紀元前四二年）

親愛なる父上へ。この手紙をお受け取りになったならば、昨日はマルクス・ユニウス・ブルトゥス軍の誇り高き一兵士であったあなたの息子ホラティウスが、この寒い秋の夜に天幕に座り、ランプの揺らめく光のそばで、友もなく、みずからを恥じつつ、ペンを走らせていることがおわかりになるでしょう。しかしホラティウスは不思議なほどの解放感に浸っております。この数か月、自分を縛りつけていた妄執からようやく自由になれたのです。幸せではないにしろ、少なくとも自分が何者なのかわかりはじめています。きょう、ぼくははじめて戦場に出ました。白状しますと、はじめて深刻な危険が迫った瞬間、剣と盾をその場に捨てて逃げだしたのです。

そもそもいったいなぜこのような冒険に乗り出したのか、自分でもわかりません。父上も、あまりに聡明であるがために、おわかりにならないでしょう。一昨年、父上は子を思う親心から――ぼくはその愛の深さにすっかり慣れてしまい、そのことを忘れがちなのですが――ぼくをアテナイに留学させてくださいました。当時は政治のような愚かしいものに関わろうとは夢にも思っていませんでした。ぼくがブルトゥスの配下となり、師団長への就任を受け入れたのは、貴族の地位にのぼり詰めてやろうという卑しい魂胆からだったのでしょうか。ホラティウスは一介の自由民〔解放奴隷〕の息子であることを恥じていたのでしょうか。そうであったとは思えません。傲慢な小童であったころでさえ、ぼくには、父上が最高の男性であることがわかっていました。これほど気高く、心が広く、愛情深い父親はどこをさがしても見つからないでしょう。

　募兵に応じた理由は、ぼくが勉学に打ち込むあまり現実世界のことを忘れ、その考えが正しいと思いはじめてしまったからです。自由というひとことを聞いて、ぼくはブルトゥスの考えに賛同しました。けれども、ぼくにはその言葉の意味がわかりません。人は一年間、ばかのように暮らしても、一日で賢くなることがあるのかもしれません。

　ぼくが盾を放り出して戦いから逃げたのは、ただ臆病風に吹かれたからではないことはお伝えしておかなくてはなりません。もっとも、それが一因であったことは確かです。しかし突然、オクタウィウス・カエサルの兵士のひとり（あるいはアントニウスの兵士であったかもしれません。わかりません）がこちらに向かってくるのが目に入り、抜き身の鋼（はがね）が彼の両手の中で、瞳の中で輝くのを見た瞬間、時が止まったような感覚に襲われたのです。そして、父上のことを思い出しました。父上がぼくの未来に託してくださった希望のすべてを。父上が奴隷として生まれながら、ご自身の力で自由を買い取ったことを思い出したのです。そうしてあなたはすべての労力を、生涯を、息子のために捧げてくださった。息子がなんの不安も苦悩もなく、安心して生きていけるように。あなたにはかなわなかった人生を送れるように。ぼくは、その息子が愛してもいない土地で、理解できていない大義のために、無駄に命を落とそうとしていることを悟ったのです――そして、息子が犬死にしたことを知らされた父上がどのようにしてその後の日々を過ごされるものか、想像してみたのです――だから逃げました。倒れた兵士の死体をまたぎ、彼らのうつろな目が、もう二度と見ることのできない空を見上げているのを見ました。それが敵か味方かはもうどうでもよかったのです。ぼくはひたすら走りました。

幸運に恵まれれば、ぼくはイタリアの父上のもとへ帰れるでしょう。もう二度と戦いません。明日ぼくはこの手紙を送り、必要な準備に取りかかります。われわれが攻撃を受けなければ、この身に危険がおよぶことはありません。攻撃を受ければ、ぼくはまた逃げます。いずれにせよ、終わりの見えないこの殺戮の場にこれ以上とどまるつもりはありません。

誰が勝利を得るのか、ぼくにはわかりません。カエサル派か、共和派か。わが国の将来、自分の将来がどうなるのかもわかりません。おそらく、ぼくは父上をがっかりさせることになるのでしょう。そして父上のように取税人になるのでしょう。父上の目には、平凡な仕事かもしれません。しかし父上がおられたからこそ、この職業には尊厳と名誉が加わりました。ホラティウスは、あなたの息子であることを誇りに思います。

5　マルクス・アグリッパの回顧録――断簡（紀元前一三年）

……ブルトゥスはふたたび、フィリッピの高地に構えた陣営まで退却した。そこから撤退するつもりのないことが判明した。待てば日ごとに物資が消費され、多大な損害が出てしまう。おそらくわれわれのほうがブルトゥスよりもよくそのことを知っていたのだろう。ブルトゥスの艦隊に海路を抑えられていては、補給物資を運んでくることはできない。背後には、マケドニアの荒漠たる平原が広がり、前には、ギリシアの急峻な山々が立ちはだかっている。そこでわれわれは、ブルトゥス軍の士官たちを口々に罵倒し、弱気と肝っ玉の小ささをあざ笑った。夜には、野営のかがり火越しに挑発的な言葉を叫んだ。兵士たちが恐怖のあまり眠れず、屈辱を感じながら、うとうとまどろむことしかできぬように。

ブルトゥスは三週間待った。ついに兵士たちが、何も行動を起こさない状態にしびれを切らし、もうこれ以上待てないと言い出した。そのまま陣地にとどまれば兵士たちの命は助かっただろうに、ブルトゥスは、脱走が相次いで兵力が縮小することを恐れ、平地におりてわれわれの陣地を攻撃するよう命じた。

夕刻も近くなったころ、彼らは北風のように丘をおりてきた。わめく声も叫び声も聞こえず、ただ、士を蹴る蹄の音と足音が雲のように湧き起こった。最初の攻撃が来る前に、わたしはわが軍の戦線に、道をあけろと命じた。敵がわが軍の中に突っ込んでくると、さっと両側の列を閉じて、挟み討ちにした。われわれは敵軍をまっぷたつに分断し、さらに二分して、元どおりに結集できないようにした。これでわれわれの攻撃に耐えることは困難になった。日が落ちたころには、戦いが終わっていた。夜空の星々が負傷者のうめき声を聞き、動かなくなった死体を静かに見つめていた。

ブルトゥスは生き残った兵士とともに逃げ、われわれが包囲したフィリッピの陣営の、さらに向こうの山麓に逃げ込んだ。彼は残存部隊を集めて、再度攻撃を仕掛けるつもりだったが、士官たちは拒否した。十一月十四日の夜明けごろ、みずからの意志と決意が潰えた殺戮の場を見おろす寂しい丘の上で、ブルトゥスは数人の忠実な士官とともに自刃を遂げた。共和派の軍は消滅した。

このようにして、ユリウス・カエサルの暗殺者は報復を受け、反逆と派閥抗争による混乱は鎮まった。ローマは、かつてガイウス・オクタウィウス・カエサルと呼ばれた皇帝、アウグストゥスのもとで、秩序と平和の時代を送ることになったのだ。

6 書簡——ガイウス・キルニウス・マエケナスよりティトゥス・リウィウスへ（紀元前一三年）

彼はフィリッピの戦いのあと、ゆっくりと、途中で何度も足を止めながら、生きているというより半ば死んだようになってローマに戻ってきた。彼はイタリアを国外の敵から守った。しかしまだ、内面がずたずたに傷ついた国を癒やす責務が残っていた。

親愛なるリウィウス、何か月ぶりかで彼をひと目見たその瞬間、わたしは、言葉にできないほどの衝撃を受けた。彼はひそかにパラティヌスの丘にある自宅に運ばれてきた。わたしはもちろん、オクタウィウスの指示により、戦いのあいだはローマに残って目を光らせ、レピドゥスが陰謀をたくらんだり、浅知恵を働かせて政府の転覆を企てたりしないよう、できるかぎりのことをしていた。

彼がその冬、戦争から戻ったときには、まだ二十二歳の誕生日を迎えていなかったが、誓って言う、わたしの目にはその二倍——いや、三倍——の歳に見えた。顔色は蠟のように青白く、元から華奢ではあったが、あまりに痩せてしまい、肌がたるんで骨が浮き出ていた。かすれた声でささやくようにしゃべる体力しか残っていなかった。これではもう、助かるまいと思った。

「みなには知らせるな」と彼は言い、そのひとことだけで力を使い果たしたかのように、長いあいだ黙っていた。「わたしの病のことを知られないようにしてほしい。人々にも、レピドゥスにも」

「わかった」わたしは言った。

じつは、はじめて症状が出たのは前の年のことだった。処罰者名簿を公表していたころで、その後、悪化の一途をたどった。彼を診た医師たちは、ふんだんに診療費を支払われ、他言すれば、命までとは言わないが生計の道が絶たれると思えと脅された。それでも、具合が悪いらしいという噂が漏れ出した。医師（当時もいまも、おそろしくたくさんいる）など呼ばなければよかったのかもしれない。

彼らは怪しげな薬草を処方して、体を温めろだの、冷やせだのと指示するよりほかには、何もできなかった。彼はほとんど食事を摂れなかったばかりか、血を吐いたことさえ何度かあった。それでも、体が弱る一方で、意志はより強固になっていったようだ。健康であったころより、はるかに激しく自分を奮い立たせていた。

「アントニウスは……」彼はあの聞くに堪えない声で言った。「まだローマには戻らない。東方へ行ったよ。略奪のかぎりを尽くして、自分の地位を高めるためにね。わたしはそれを許した——ローマ市内で盗みを働かれるより、アシアやエジプトでやってくれたほうがいいと思ったのだ……おそらく彼はわたしが死ぬと思っている。それを望んではいるが、実際に死ぬときには、イタリアにいたくないのだろう」

彼は寝台に仰臥して、目を閉じた。呼吸が浅かった。やがてようやく力を取り戻して、こう言った。

「最近ローマで起きたことを教えてくれ」

「いいから、休め」わたしは言った。「もう少し元気になったら、時間をとろう」

「最新の情報が知りたいのだ。体を動かすことはできないが、頭を働かせることはできる」

つらい話をしなくてはならなかったが、さじ加減などすれば、彼は許してくれないだろう。わたしは話した。

「レピドゥスが海賊セクストゥス・ポンペイウスとひそかに交渉している。ポンペイウスと手を結んで、きみかアントニウスか、どちらかより弱いほうと対決しようとたくらんでいるようだ。わたしは証拠を握っている。しかし彼を問い詰めれば、ローマに平和をもたらすために交渉するのだと釈明するだろう……。フィリッピからは、アントニウスが英雄で、きみが臆病者だったという話が伝えられている。アントニウスの豚嫁フルウィアと、あの禿鷹野郎の弟がそういう噂を流したのだ。きみが海岸の湿地で恐怖におびえて震えているあいだに、アントニウスが勇敢にカエサルの敵を成敗したのだとね。フルウィアが兵士たちを相手に演説をし、きみはアントニウスが約束した報奨金を払わない気だと警告したらしい。弟のルキウスは田園地帯をまわり、地主や農場主の耳に噂を吹き込んで動揺させている。きみが彼らの地所を没収して、古参兵をそこに定住させる気だというのさ。もっと聞きたいかい？」

彼はかすかに微笑みさえした。「聞く必要があるなら」

「この国は破産寸前だ。レピドゥスが徴収できる税から、ほんの少しの金が国庫に入ってくるだけで、残りはやつの懐に、それから噂では、フルウィアの懐にもおさまっている。あの女は、アントニウスの指揮下にある正当な軍団のほかに、独立した軍団を組織する準備をしているとも噂されている。証拠はつかんでいないが、たぶん、事実だろうと思う……。つまり、きみはローマでは分が悪いということだ」

「力のある東方より、弱点だらけのローマのほうがわたしには好ましい」彼は言った。「だがアントニウスはそうは思っていないだろう。わたしが死ななければ、この国の問題と共倒れになるだろうとみている。しかしわたしは死なないし、われわれは倒れない」彼は少し身を起こした。「やるべきことがたくさんあるのだ」

翌日、彼は病気のことは二の次にして、弱った体で床を離れた。いまはそんなことはどうでもいいと思っているようだった。

われわれにはやるべきことがたくさんある、と、彼は言った……。リウィウスよ、きみの手がけるすばらしい歴史書は――フィリッピ後の数年の激動と停滞、勝利と敗北、歓喜と絶望を鮮明に描き出せるのだろうか。そんなことはできない。できるはずがない。しかしわたしは、きみを讃えるためにさえ、脇道に逸れてはならない。さもなければ、またきみに叱られてしまうだろう。

きみは、わたしが皇帝のために果たした任務について、詳しく聞かせてほしいと頼んできた。あたかも、わたしがきみの歴史書に位置を占めるにふさわしい人物であるかのように扱ってくれるが、それは買いかぶりというものだ。だが公職を退いてもなお、こうして覚えていてもらえるのはうれしいと思う。わたしが皇帝のために果たした任務は……白状すると、なかには、いま思えば滑稽なものもあった。もちろん、当時はそうは思えなかった。たとえば、結婚もそのひとつだ。皇帝の影響力と命令により、資産と野心を持ち合わせた男が、合理的な理由で結婚の契約を結べるようになったのだ。〝合理的〟という言葉が、そのように奇妙で不自然な（と、わたしはときどき思う）関係とあまりに矛盾していなければの話だが、わたしが語っている時代には、そのような矛盾は存在しえなかった。少なくともローマでは、そして、公職にある者には。誰もが利益と政治的必要性から結婚した。実際、わたしもそうしたのだが、テレンティアはしばしば愉快な伴侶だった。

じつのところ、わたしはこのような縁談を整えるのがうまかったのだ。もうひとつ白状しておくと、結局、ひとつとして有益な縁組みはなく、また必要でさえなかったことがわかった。オクタウィウスはそれを知ったうえで、何年かのちに、必ずしも有効ではなかった一連の婚姻法を制定したのだろう。縁組みの〝倫理性〟は重視しなかったのだ。当時、彼はよくわたしの助言を批判した。なぜなら、ことごとく誤っていたからだ。

例をあげよう。わたしが彼のためにはじめて婚約を整えたのは、まだ若かったころ、三頭体制が形成される前のことだ。相手はセルウィリアといって、あのプブリウス・セルウィリウス・イサウリクスの娘だった。彼はムティナの戦いのあとで、キケロがオクタウィウスと敵対したときに、オクタウィウスとともに執政官に立候補し、キケロに対抗した。そこで、オクタウィウスが彼の娘と結婚すれば、必要なときに確実に軍の支援が期待できると踏んだのだ。結果的には、セルウィリウスはキケロとの交渉ではまったく無力で、われわれの役には立ってくれなかった。結婚は実現しなかった。

二番目の縁組みは、最初よりもさらに滑稽だった。相手は、クロディアア。フルウィアの娘で、マルクス・アントニウスにとっては義理の娘にあたる。この婚約は三頭政治体制の創設に関わる盟約の一部を成していた。兵士たちがそれを望み、われわれとしては、いくら無意味であっても、彼らの気まぐれを撥ねつける根拠がなかったのだ。クロディアはまだ十三歳で、母親と同じくらいに醜かった。オクタウィウスとは、二度ばかり顔を合わせたと思うが、彼の家には足を踏み入れたことがない。きみも知ってのとおり、この結婚によって、フルウィアとアントニウスを懐柔することはできなかった。ふたりは陰謀と裏切りをくり返し、フィリッピの戦いのあと、アントニウスが東方にいるあいだに、フルウィアがあからさまに内乱を引き起こしてオクタウィウスに対抗しようとしたときには、離婚によって、われわれの立場を明確にする必要に迫られた。

しかし、わたしがまとめたなかで、おそらくオクタウィウスが最も怒りに近い気持ちをいだいたのは、三度目の縁組みだろう。相手はスクリボニアという女で、クロディアとの離婚から一年も経たないころに結婚にこぎ着けた。われわれにとっては最も苦しい時期だった。イタリアではアントニウスの蜂起によって危機を迎え、南からはセクストゥス・ポンペイウスにじわじわと領土を侵犯されようとしていた。いまにして思えば、あまりに決着を急ぎすぎたと思う。わたしはセクストゥス・ポンペイウスと交渉するため、シキリアへ行った。それは突拍子もない任務だった。なぜならポンペイウスは突拍子もない男だったからだ。あれはいささか精神を病んでいたにちがいない。人間というより、動物のようで、確かに無法者だが、法的な定義を超えた極悪人だった。わたしがそれまでに言葉を交わし、交渉に困難をおぼえるほどの嫌悪を感じた数少ない相手だった。リウィウスよ、きみが彼の父親〔カエサルとともに第一回三頭政治を行ったグエナウス・ポンペイウス〕を尊敬していたことは知っている。だが、きみはあの親子のどちらにも会ったことがない。まちがいなく、ポンペイウスには会ったことがないだろう……。それはともかく、わたしはポンペイウスと話をし、確約と思えることを引き出した——そして、あのスクリボニアとの結婚の契約を取りまとめたのだ。ポンペイウスの義理の父親の妹と。スクリボニアと。あのスクリボニアと……。わたしの目には、女というものの象徴と見えた。冷ややかに疑り深さを見せ、品よく不機嫌な態度をとり、ほんの少しわがままで……。わたしがこの縁談を整えてきたことを、よくオクタウィウスが許してくれたことだと思う。おそらく、この結婚から、唯一、彼がローマと同等に愛するものが生まれたからだろう。それは、娘のユリアだ。オクタウィウスは娘が生まれた日に、スクリボニアを離縁した。まさかその彼がふたたび結婚するとは思ってもみなかった。だが彼はなんと、もう一度結婚したのだ。このときには、わたしは介在しなかった。スクリボニアとの結婚は、最初から欺瞞に満ちていたことがわかった。わたしがポンペイウスと交渉しているあいだ、彼はすでにアントニウスとかなり突っ込んだ対話を進めていたのだ。結婚の契約は、単にわれわれの疑念をかわすための策略だった。親愛なるリウィウスよ、当時の政治とはそんなものだったのだ。しかしいますべてを振り返ってみると、こうしたできごとには（皇帝には決して言うまいと思っているが）滑稽きわまる一面があったと言わざるをえない。

この結婚に関してだけは、じつに面目ないことをした。いまでもわたしは、必要以上に重く受け止めているが、深刻な実害があったとは思っていない。

わたしがポンペイウスと交渉をしてスクリボニアとの縁談を進めていたころ、フルウィアとルキウス・アントニウスに焚きつけられたムーア人どもがヒスパニア・ウルテリオル属州〔イベリア半島最南部に位置した〕政府に対して蜂起した。さらに、アフリカ属州では、われわれの将軍たちがやはりフルウィアとルキウスにそそのかされ、たがいに戦争を仕掛けあう事態になった。ルキウスは、自分の命が脅かされているふりをして、自分の（そしてフルウィアの）軍団を率いてローマへ向かって進軍してきた。しかしただちに、われらが友アグリッパに撃退され、ペルシアの町で包囲された。そこの住人たち（ほとんどがポンペイウスを支持する共和派）は彼らを熱烈に、懸命に支援した。マルクス・アントニウスがどの程度これに関与していたのか、実際のところはわからなかったが、推測はついた。だから彼の弟を殺すわけにはいかないと判断した。もしマルクス・アントニウスが関わっていた場合、弟が殺されれば、それを口実に東方からわれわれを攻撃してくるだろう。もし何も知らなければ、われわれの措置を誤解して、復讐を遂げようとするだろう。われわれはルキウスを処罰しなかったが、彼を助けた者は容赦しなかった。主犯格を処刑し、より危険性の低い者は国外追放処分にした。だが一般庶民は解放し、われわれが損壊した資産については、賠償さえおこなった。流刑者のなかには（リウィウス、これはことのほか皮肉を好むきみが喜びそうなことなのだが）、ティベリウス・クラウディウス・ネロという男がいた。彼は生まれたばかりの息子、ティベリウスと、年の離れた若い妻、リウィアを連れてシキリアに行くことを許されたのだ。

イタリア本土が激動に揺さぶられていた数か月のあいだにも、われわれはしばしばアントニウスに手紙を書いて、彼の妻と弟の所業を知らせ、この動乱における彼の役どころを突き止めようとした。アントニウスからも便りが来たが、われわれの手紙など受け取らなかったかのように、こちらの問いへの答えはいっさい書かれていなかった。われわれが最もあわてて手紙を送っていたのは、もちろん、冬だ。航路はほとんど開けていなかった。彼はほんとうに受け取らなかったのかもしれない。いずれにせよ、春が過ぎ、夏が訪れても、彼から明確な返事はなかった。だがある日突然、ブルンディシウムから知らせが届き、アントニウスの艦隊が港に向かってくること、別の方角からポンペイウスの艦隊も近づいており、合流しようとしていることがわかった。しかもその数か月前に、フルウィアが夫に会うため、船でアテナイに渡っていたことも判明した。

何が起ころうとしているのか、わからなかったが、われわれにはほかに選択肢はなかった。国境や国内の各地でさまざまな悶着に対応するため、軍団が分散していて、戦力に不安はあったが、われわれはブルンディシウムへと出発した。すでにアントニウスが上陸しているのではないか、兵を率いてこちらに向かっていたらどうしよう、と不安だった。しかしほどなく、ブルンディシウム市が、アントニウスらの港門通過を拒んでいることがわかった。そこでわれわれは陣を張り、待機することにした。アントニウスが全力で攻撃してくれれば、とうてい生き長らえることはかなわなかっただろう。

しかし彼は攻めてこず、われわれも動かずじまいだった。わが軍の兵士たちは腹を空かせていて、装備も万全ではなかった。アントニウス側の兵士たちは旅の疲れが出ていて、ただ、イタリアにいる家族に会いたいとしか思っていなかった。どちらかが無理を押して攻撃に出る愚行を犯していれば、おそらく、反乱が起きていただろう。

そうこうするうちに、われわれがアントニウス側に放っていた密偵が、驚くべき知らせを携えて戻ってきた。アントニウスとフルウィアがアテナイで激しい口論をしたという。アントニウスは腹を立てて去っていった。ところがここへ来て、フルウィアが急死したというのだ。原因はわかっていない。

われわれは信頼できる兵士を何人か選び、アントニウス軍の兵士に接触して話をするよう命じた。ほどなく、双方の代表がそれぞれの司令官のもとへ行き、二度とローマ人同士が争うことのないよう、アントニウスとオクタウィウスにもう一度和睦をしてもらいたいと訴え出た。

こうしてふたりの指導者は会見し、戦争は回避された。アントニウスは、フルウィアと弟が自分の許可を得ずに行動したのだと主張し、オクタウィウスは、ふたりの行動に対し、アントニウスとの関係に配慮して報復しなかったことを説明した。協定が結ばれ、ローマのこれまでの敵のすべてに対する特赦が発表された。そして結婚が取り決められた。

この縁組みについては、わたしが交渉にあたった。今度はアントニウスに、皇帝の姉オクタウィアを嫁がせることになった。オクタウィアはほんの数か月前に夫を亡くし、幼い息子、マルケッルスをかかえていた。

親愛なるリウィウスよ、きみはわたしの好みを知っているだろう――だがわたしは、多くの女性がオクタウィアのような人であれば、女性を愛することができただろうと、ほぼ本気で信じている。当時、わたしは彼女を崇拝していた。その気持ちはいまも変わらない。オクタウィアはとてもやさしく、狡猾さなどみじんもない人だ。そして非常に美しかった。また、わたしの知るかぎりでは、あれほど広範な知識を持ち、詩と哲学に造詣が深い女性は、彼女のほかにはひとりしかいない。そのもうひとりとは、オクタウィウスの娘、ユリアだ。わかるだろう、オクタウィアは男の慰みものになるべき女性ではなかったのだ。わが旧友アテノドロスは、もし彼女が男であったなら、そしてあれほど頭がよくなければ、偉大な哲学者になっていたかもしれないと言っていた。

わたしは、オクタウィウスが姉にこの結婚の必要性を説明しているときに立ち会っていた。きみも知ってのとおり、彼にとっては最愛の姉だった。彼はオクタウィアの目を見て話すことができなかった。しかしオクタウィアはただ微笑んでみせ、こう言った。「それが必要ならば、そうしなくてはなりません。わたしはアントニウスのよき妻になるよう努めます。そしてこれからも、あなたにとってよき姉でいようと思います」

「ローマのためなのです」オクタウィウスは言った。

「わたしたちみんなのためです」彼女は答えた。

必要だったのだと思う。われわれは、このような結婚が永遠の平和をもたらすことを願っていた。少なくとも、何年かの猶予ができることはわかっていた。しかしこれだけは言っておかねばなるまい。いまだに、後悔と悲しみに胸がうずくのだ。オクタウィアは相当につらい思いをしたにちがいない。

しかし、アントニウスは、あまり家にいない夫であることがわかった。それはオクタウィアにとって、いくらか救いだったかもしれない。だが彼女は決してマルクス・アントニウスを悪しざまに言ったことはなかった。何年も経ったのちでさえ、一度も。

第五章

1　書簡――マルクス・アントニウスよりオクタウィウス・カエサルへ、アテナイにて（紀元前三九年）

オクタウィウスへ。きみがわたしに何を期待しているのか、わからない。わたしは亡き妻と縁を切り、弟を放逐した。なぜなら、彼らの行動がきみの不興を買ったからだ。わたしはきみの姉上と結婚した。われわれの共同統治を確固たるものにするためだ。彼女はいい人だが、わたしの好みではない。きみの信頼を勝ち得るため、わたしはセクストゥス・ポンペイウスと彼の艦隊をシキリアへ帰した。だが（きみもよく知っているように）彼はわたしと組んできみと戦うつもりだったのだ。わたしはまた、きみの力を強化するため、レピドゥスから、アフリカ以外の領地をすべて取り上げた。きみの姉上と結婚したあとには、神君ユリウスに仕える大神官となることにさえ同意した。もっとも、かつてともに女を買い、酒を酌み交わした旧友の神官になるのは、奇妙なものだった。それに、わたしが神官職に就けば、自分自身よりきみの名が高まるのだがね。最後に、わたしは故郷を離れて東方で資金を集めようとした。その金で、われわれの権威の未来を確かなものとし、混乱に陥っている東方の属州にいくばくかの秩序をもたらそうとした。だから最初に言ったとおり、きみがこのうえわたしに何を期待しているのか、わからないのだ。

もしギリシア人がわたしを葡萄酒の神バックス（あるいは、きみにはディオニューソスという呼び名のほうがしっくりくるかもしれない）の生まれ変わりだと信じているふりをするのを、わたしが許したとすれば、それは、彼らの崇拝を得て、いくらか統治力を高めるためだ。きみは、わたしがアテナの祭りで酒神バックスの化身に扮したことを、「ギリシア人に迎合」したと言って批判する。しかし言っておくが、わたしがあれを演じてもいいと同意したときには、〝聖なる女神アテナ〟に〝持参金〟を要求した。これにより、われわれの財源を、税収だけでは期待できないほどに増やすことができた。あれだけの金額を税によって徴収しようとすれば、まちがいなく人民の恨みを買っただろう。

次にきみが遠回しに指摘したエジプトの問題について答えておく。まず、女王の臣民数名をわたしの顧問として受け入れたことは事実だ。わたしの仕事にとって有益であるし、外交に必要だからだ。しかしたとえそれがすべてわたし個人の身勝手だとしても、きみに文句を言われる筋合いはない。アンモニウスのことはきみも知っているだろう。叔父上（あるいは、いまやきみにとっては〝父上〟）の友人だった男だ。アンモニウスは、ユリウスにも彼の女王にも同等に忠実に仕え、いまはわたしの忠実な部下となっている。あのエピマコスについては、きみは単なる〝占い師〟と評するが、彼をそのように呼ぶ者は（きみには失礼だが）東方の問題についてまったく何も知らないことを露呈している。この〝単なる占い師〟はきわめて重要な人物だ。ヘリオポリス〔現在のカイロの近くにあった古代都市〕の大司祭であり、エジプトの知恵神トートの化身であり、『魔術書』の管理人である。エピマコスは、われらがローマの〝祭司〟よりもはるかに重要で、わたしにとっても役に立つ。それに愉快なやつでもある。

それから、二年前、アレクサンドリアでわたしが女王と関係を結んだことは、秘密でもなんでもない。しかし言っておくが、あれは二年も前のこと、つまり、きみもわたしも将来義兄弟になろうとは夢にも思っていなかったころのことだ。クレオパトラが産んだふたごの話をきみが持ち出す必要はないだろう。子供の父親はわたしであるかもしれないし、そうではないかもしれない。どうでもいいことだ。わたしはまた、各地で子を産ませてきたことも隠していない。わたしにとって新たに生まれた赤ん坊は、ほかの子以上でも以下でもない。任務から解放されたときには、したいことをする。どこであろうと、欲望は満たせる場所で満たす。これから先もそうするつもりだ。親愛なる弟よ、少なくともわたしは自分の性癖を隠さない。わたしは偽善者ではない。だがきみ自身の情事は、きみが思っているほど、うまく隠せていないと言わざるをえない。

わたしとクレオパトラとの関係が、エジプトにおける彼女の主権の確立に影響したと考えるのはやめたほうがいい（もしきみが見かけどおり、本気でそう思っているとしたら）。この主権確立に、わたしに利するところがあるとすれば、きみにもあるからだ。エジプトは東方で最も豊かな国だ。われわれが望めば、その富は開かれるだろう。しかもエジプトは、東方で唯一、軍隊らしきものを持った国でもある。われわれは、少なくともその一部を自由に使えるのだ。最後に、みずからの地位がいくらか安泰だと感じている強力な支配者ひとりを相手にするほうが、不安におののく数人の弱い支配者よりも楽に対応できる。

きみは決してばかではないから、これらのこと、その他多くのことを明確に理解しているはずだ。きみがどんな取引をもくろんでいるにしろ、わたしとしては、どんな条件ものむ気はない。

2　書簡――マルクス・アントニウスよりガイウス・センティウス・タウスへ（紀元前三八年）

あのいまいましい偽善者め！　けしからん！　笑いたいような、怒りたいような気持ちだ。やつの偽善を笑い飛ばしたいが、あの偽善の裏に隠されたものには腹が立つ。

ここアテナイには、なんの情報源もないとでも思っているのだろうか。やつのすることには驚かないし、やつのいかにも品行方正ぶった物言いにも動じることはない。やつがスクリボニアみたいな女を何人離縁しようが知ったことではないし、（スクリボニアのように）やつの娘にまちがいない子を産んだその日に家から追い出そうがかまわない。離縁から一週間も経たないうちに、前夫の子を身ごもった女を新しい妻に迎えるのもやつの勝手だ。こういうおおっぴらな醜聞（それに、おまえが知らせてくれる隠れた醜聞）だって、おれは諫めはしない。思う存分、突飛なことをやればいい。

だが、おれは先ごろ〝弟〟になったあの男のことをよく知っている。何ひとつとして、情熱や気まぐれでやらかす手合いではないのだ。あの魚並みの冷血ぶりは、褒めてやりたくなるほどだ。

スクリボニアとの離縁は、もはやわれわれと彼女の親戚、セクストゥス・ポンペイウスとが友好関係にないことを示している。それは誰の目にも明らかだが、おれはどう解釈すべきなのだろうか。なぜおれに相談しなかったのだ？　われわれがポンペイウスに戦争を仕掛けるということか。それとも、オクタウィウスがひとりでやるのか。

それに、やつの新妻、リウィアのことはどうだ？　おまえの情報によれば、オクタウィウスは彼女の夫を流罪にしてイタリアから追放したことがあるという。その男が共和派で、ペルシアでオクタウィウスに刃向かったためだ。この新しい結婚によって、やつはふたたび共和派の残党の支持を得ようとしているのか。何を意味しているのか、おれにはさっぱり見当がつかない……。センティウス、たびたび手紙をくれ。つねに新しい情報が必要だが、最近では、信頼に足る者がほとんどいない。ローマに戻れるものなら戻りたいが、この地での任務を放り出すわけにはいかない。

おれは、いま送っている人生は苦労に値するのだと、自分に言い聞かせようとしてきた。いまの妻は、冷たくて堅苦しい女だ。彼女の弟はそのふりをしているが、彼女はほんとうにそうなのだ。女には不自由していないが、慎重にやらなくてはならないので、楽しみが無に帰してしまう。毎日のように、おれは妻を追い出したくなるが、理由がない。しかも妻は身ごもっている。いま離縁すれば、彼女の弟とのあいだに、修復できない亀裂を生じるだろう。

3

報告書からの抜粋――ヘリオポリス大司祭、エピマコスより、イシス女神の化身にしてエジプト世界の女王、クレオパトラへ（紀元前四〇―三七年）

敬愛する女王にご挨拶をお送りします。本日、はじめは戯れに、やがては真剣に、マルクス・アントニウスとオクタウィウス・カエサルが賽の投げ合いをしました。三時間近く勝負したでしょうか、アントニウスは負けてばかり。おそらく、四回に一回しか勝てなかったと思います。オクタウィウスは上機嫌でしたが、アントニウスはたいそうむくれておりました。わたくしは砂を撒いて入神状態に入り、ミケーネ王エイリュステウスと、神々の背信のせいで彼に仕えるはめになったあのヘラクレスの話をしました。アントニウスに送られる次のお手紙で、それに似せたお話をなさいませ。夢を見たとおっしゃればよいのです。アントニウスが、彼よりも弱くて価値のない者のために、過酷な任務を果たさなくてはならなかったという夢を。わたくしは、憂わしげに、おごそかに話しておきました。女王はおどけた軽やかな文章でお伝えになりますように。

わたくしの占いは外れました。彼はみずからの敵の姉、オクタウィアと結婚しました。この取り決めは人民と兵士を満足させたようです。

女王に蠟人形を二体、お送りしました。宮殿の中の、人があまり近づかないところに、扉がひとつきりの部屋を見つけてください。この部屋の扉側の壁にアントニウスの人形を据え、その向かい側の壁にオクタウィアの人形を立たせてください。必ずご自身の手でお願いします。人の手を借りてはなりません。次に、このふたつの人形のあいだに、床から天井までの厚い壁を築きます。裂け目が生じないようにしてください。その後は毎日、日の出と日の入りのころに、部屋の外でわたくしの司祭、エピクテタスに呪詛の儀式をおこなわせてください。手順は彼が心得ているはずです。

わたくしたちは、オクタウィアといっしょにアテナイに行きます。オクタウィアは身ごもっていて、三か月後に出産の予定です。わたくしはアントニウスに、二頭のまったく同じ猟犬を贈りました。彼は二頭に競走をさせ、たいそう気に入ってくれました。わたくしは、オクタウィアの子が生まれる日に、犬をどこかへ隠してしまいます。女王は二、三週間のうちに彼に手紙を書いて、ふたごの夢を見たとお伝えになってください。

オクタウィアは女の子を産みました。彼の名を継ぐ可能性のある者はおりません。太陽神はわたくしたちの思いを受け入れ、わたくしたちの願いをお心に留めてくださったのです。

アントニウスがオクタウィウスと口論しました。オクタウィアが夫に味方をして弟をたしなめ、仲直りをさせました。アントニウスは妻に対する疑念をほぼ捨て去り、いまでは不承不承ながら彼女に心を寄せつつあります。もっとも、彼女の穏やかさ、冷静さには、いまだにいらだちを禁じ得ないようです。エピクテタスは、女王のご指示どおりに、きちんと儀式を執りおこなっておりますでしょうか。

アントニウスが夢を見ました。燃えさかる天幕の中にいて、臥台〔寝椅子〕に縛りつけられていたそうです。兵士たちが、彼の呼ぶ声など聞こえなかったかのように、素知らぬ顔で、燃える天幕のそばを通り過ぎていったとのことです。彼はついにみずから縛め(いまし)を解きましたが、まわりの火の勢いが激しく、どちらに逃げるべきか、見極めがつきませんでした。そこで恐怖に目覚めて使いを寄越し、わたくしを呼び出したのです。

わたくしは三日間の断食をしたのち、夢解きをしました。火は、ローマで陰謀が起きていることを表す。薪を積み、焚きつけたのはオクタウィウス・カエサルである、と。天幕は、ふたつのものを表している。ひとつは、彼の地位（アントニウスはローマ世界では確固とした永続的な地位を持っていません）。もうひとつは、彼の天性（戦士であること）。臥台に縛りつけられていたのは、活動していないことによって、彼の天性が活かされていないことを象徴する。弱くなり、自分を狙う陰謀にも、破滅につながる状況にも、対処できずにいることを。兵士たちが彼の呼びかけに応じなかったのは、天性が活かされていないために、部下への統率力を失ったことを表す。彼は本来は行動の人であり、雄弁家ではないこと。兵士たちは彼の行動につき従うのであって、言葉に従うのではないこと。

彼はしきりと考え込み、地図を調べています。わたくしは何も言いませんでしたが、彼はふたたび軍を率いて、パルティア遠征に乗り出すことを検討しているのだと思います。そのためには、女王のご支援が必要であると思うようになるでしょう。いつでも力を貸すとそれとなく彼にお伝えなさいませ。またしても彼をわれわれの大義に惹きつけることができるやもしれません。さすれば、エジプトの未来の栄光は確実なものとなりましょう。

4　書簡――アレクサンドリアのクレオパトラより、マルクス・アントニウスへ（紀元前三七年）

親愛なるマルクス、長らくのご無沙汰をお許しください。わたくしも、あなたからご連絡のないことを許します。また、今回はわたくしが、あなたの誠実な盟友――いついかなるときもお力を貸すことのできる一国の女王――としてではなく、ひとりの女としてお手紙をさしあげますことをお許しください。ここ数か月ほど、わたくしは重い病に伏せっており、あなたにご心配をおかけしたくないと思っておりました。ほんとうは、いまもお手紙を書くべきではないのですが、弱り切った心と体が、女王の威厳に打ち勝ちました。

眠りにまぶたが重くなることも稀になりました。高熱が続き、医師のオリュンポスの腕をもってしても鎮めることができず、体力が奪われていきます。食事もほとんど喉を通りません。そして絶望が蛇のように、わたくしのうつろな心に忍び込んでくるのです。

ああ、マルクス、こんな話、あなたにとってはさぞ退屈でしょう！　けれどもわたくしはあなたのおやさしさを存じております。きっと旧友の弱音を寛容に受け止めてくださることでしょう。その旧友は、折に触れてあなたに思いを馳せ、さまざまな思い出に浸っております。

たぶん、オリュンポスの助言よりも、そのような追憶のせいでしょう、わたくしはアレクサンドリアを離れてテーベへ旅をすることにしました。オリュンポスは、テーベの神殿に詣でれば、最高神アメン・ラーが、病を追い払い、力を回復させてくれると言います。あなたは、わたくしがこうしたエジプトの神々を敬うことを、よくからかわれたものです。きっと多くのことと同様、これについても、あなたのお考えが正しかったのだと思います。ですから、わたくしはいったんは拒みかけたのです。けれども、（いまとなっては遠い昔の）ある春の日に、あなたとふたりでナイル川を船でさかのぼる旅をしたときのことを思い出したのです。並んでひとつの臥台に横たわり、肥沃な岸辺が通り過ぎるのを眺めながら、涼しい川風を肌に感じていました。農民や牧童がひざまずき、山羊や牛までがわたくしたちに敬意を表するかのように立ち止まり、頭を上げて、川面を滑る船を眺めていました。メンフィスでは、わたくしたちのために闘牛を催してくれました。ヘルモポリスとアケトアトンでは、わたくしたちをオシリス神とイシス女神のように迎えました。それから、百門のテーベ〔ギリシアのテーベと区別するためにこう呼ばれた〕。そして、昼間のけだるさと夜ごとの楽しさと……。

こうして追憶にふけるうち、わたくしは力が戻ってくるのを感じました。そこでオリュンポスに、テーベに旅をしてアメン・ラーの神殿に行きたいと告げました。けれども、わたくしが健康を取り戻せるとすれば、それは旅の途上で、何よりたいせつな思い出がよみがえり、心に滋養を与えてくれるからでしょう。

5 書簡——マルクス・アントニウスよりオクタウィウス・カエサルへ（紀元前三七年）

きみは、セクストゥス・ポンペイウスとの条約を破った。わたしが守ると約束した条約を。きみが彼に戦争を仕掛けるつもりだという噂が流れているが、その件に関して、わたしは何も相談されていない。きみはわたしの評判を損なうようなことばかり企てる。こちらは、きみやきみの姉上を傷つけるようなことは何もしていないのに。きみは、イタリアでわたしが維持しているわずかな力を取り上げようとするが、きみがいま手にしている力の多くは、わたしが誠意のあかしとしてきみに与えたものだ。つまり、きみは恩を仇で返したのだ。わたしの敬意に、背信をもって報い、わたしの寛大さに、利己心をもって応えた。

ローマではなんでも好きにするがいい。わたしはもはや干渉する気はない。今年のはじめに、三頭政治の拡大に合意したときには、これでようやく三人で協力していくことができると期待した。だがそれはできない。

姉上と子供たちをきみのもとへ帰す。彼女が着いたら、二度と戻ってくるなと伝えてくれ。オクタウィアはいい人だが、カエサル家との縁を切りたい。離婚するか否かについては、きみの判断にまかせる。きみのことだ、きっと自分の利益に鑑みて決めるのだろう。わたしの知ったことではない。

きみには嘘をつかない。その必要がない。きみのことも、きみのたくらみも、恐れていないからだ。この春にはパルティア遠征に向かう。きみがわたしのもとへ送ると約束した軍団なしで戦うつもりだ。結局、きみが約束を果たさなかったからだ。クレオパトラをアンティオキア〔シリア属州の首都〕に呼び出した。必要な兵は彼女が派遣してくれる。

ローマは、きみが仕掛けた網の中で死にかけているのだろうが、エジプトは、わたしが与える力によって繁栄を続けるだろう。死体はきみにくれてやる。わたしは生きた体のほうがいい。

6 書簡――マルクス・アントニウスよりクレオパトラへ（紀元前三七年）

この世の輝きを統べるナイルの女王、わが愛しの友へ。この手紙をフォンテイウス・カピトよりお受け取りください。必ず、直接あなたに手渡すよう頼んであります。フォンテイウスのことは、わたしと同等にご信頼ください。手紙で触れていない事柄についても、なんなりと彼にお尋ねください。わたしは――あなたが賢明にもしばしばお気づきのように――行動する男であって、雄弁家ではありませんから。

それゆえ、あなたがご病気だと知ったときのわたしの絶望は、どんな言葉を用いても言い表すことができません。また、われわれの思い出の地であるテーベから戻られたころには、小鳥が巣に帰るがごとく、あなたのご健康が快復に向かわれていたと知ったときの喜びも。それがいかに悲しみを圧倒してくれたかも、言い表すことができません。どうしてわたしがそのことを知ったか、不思議にお思いでしょうか。白状しましょう。わたしは、あなたがたの中に、密偵を潜り込ませていたのです。その者は、わたしたちふたりへの愛から、そしてわたしの深い孤独を思う気持ちから、あなたがどうしておられるか、逐一、知らせてくれていたのです。お会いすることができない状況でしたが、あなたを思う気持ちは、ひとときたりとも揺らぐことはありませんでした。ときにお手紙を書かない時期があったとすれば、それは、ふたりの過ぎ去った幸福な日々を思い出し、耐えられないほどの喪失の悲しみに沈んでいたからです。

しかしフォンテイウスが申しあげるように、わたしはいま、夢から覚めたような気持ちなのです。ああ、わたしのかわいい人、長い離別がわたしをどのように苦しめていたか、ご存じでしょうか。もちろん、ご存じでしょう――そしてご理解くださると思います。以前、あなたからうかがったことを思い出します。まだあなたが少女だったころ、父上が王朝のため、プトレマイオスの血筋を存続させるため、あなたと弟君とを結婚させようとされたことを。しかしあなたの女性らしさが勝ちました。イシスもひとりの女となり、ヘラクレスはひとりの男になるときが必要です。いつもいつも、神と女神、王と女王でいるのは、重荷でしょう。

フォンテイウスに手配させますので、アンティキオアへ来ていただけないでしょうか。わたしは現地でお待ちします。わたしへの愛がすでに消えていたとしても、もう一度お会いしたいのです。お元気になられたお姿をこの目で確かめずにはいられません。それに、心の問題を語り合うことはかなわなくとも、国の問題について、ご相談したいことがあるのです。わたしのもとへ来てください。ただふたりの思い出に敬意を表するためでもかまいません。

7　マルクス・アグリッパの回顧録――断簡（紀元前一三年）

……フィリッピの戦いのあと、三人委員のひとり、アントニウスは、東方世界での冒険に夢中になった。内戦による傷の修復とローマに秩序をもたらす役目は、カエサル・アウグストゥスが一手に引き受けざるをえなかった。彼は同僚アントニウスの背信行為に遭遇したときにも、決してたじろがなかった。ペルシアでアントニウスの弟ルキウスが反乱を起こしたときには、わたしの指揮する部隊がこれを鎮圧した。重大な罪であったが、カエサル・アウグストゥスはルキウスに情けをかけ、彼を処刑しなかった。

しかし、ローマ救済に必要な秩序の回復を妨げた要因のうちで、最も大きな危険をはらんでいたのは、裏切り者の海賊、セクストゥス・ポンペイウスの所業だった。シキリア、サルディニアのふたつの島を不法に占拠して、船団を組み、あたりの海を勝手気ままに航行して、ローマの食糧となる穀物を運ぶ商船を襲っては、略奪を働き、破壊する。こうした目にあまる海賊行為のため、ローマは飢饉に瀕した。人々は恐怖から自暴自棄となり、そこかしこの通りで暴動が発生した。目的などなく、ただ忍び寄る絶望をいっとき忘れるために騒ぎを起こしたのだ。カエサル・アウグストゥスは、市民を哀れみ、ポンペイウスに取引を申し出た。なぜなら、われわれには彼と戦えるだけの力がなかったからだ。条約が結ばれ、しばらくのあいだは、またローマに穀物が運ばれてくるようになった。カエサル・アウグストゥスは、わたしをガリア・トランサルピナ属州〔アルプス山脈の向こう側、現在の南フランス一帯。のちのガリア・ナルボネンシス属州〕の総督に任命した。わたしはその地で、ローマに敵意を募らせる諸部族に対抗するため、ガリア軍団を組織し、翌年、執政官としてローマに戻ることになっていた。

しかし、まだ条約の調印もすまないうちに、セクストゥス・ポンペイウスがアントニウスと結託して陰謀をたくらみ、ほどなく、条約が破棄される結果となった。するとまたしても、ポンペイウスが海賊・略奪行為を働きだした。カエサル・アウグストゥスは、その年のうちに、わたしをローマに呼び戻した。ローマを飢えから救うには、戦争の準備をはじめるよりほかに手がなかったのだ。

ローマの真髄は、その土地、その土にある。海にいて居心地のいい思いをしたことはない。しかしセクストゥス・ポンペイウスに勝つためには、海上でも楽々と行動できなくてはならない。なぜなら、彼は奇怪な生き物のように、海を生息地としていたからだ。たとえ征服した土地を追い出されても、海に潜むだけのことだ。カエサル・アウグストゥスと元老院は、わたしをローマ海軍の提督に任命し、ローマ史上初の大艦隊を組織するよう命じた。すでにカエサル・アウグストゥスの指揮下にあった少数の船から成る艦隊を増強するため、三百隻の船を建造することになった。アウグストゥスは、これらの船に乗り組む人員を確保するため、奴隷二万人を対象に、忠実に任務を果たすことを条件に、自由を与えた。外海で訓練をおこなうことはできなかったので――ポンペイウスの船がたびたび、イタリアの海岸から目視できるところを航行していたからだ――わたしは、ネアポリスにほど近い湾岸の町、ミセヌムのルクリヌス湖とアウェルヌス湖とのあいだに深い運河を掘って、特別な水域を設けた。また、ルクリヌス湖と海を結ぶヘルクレアナ道（ヘラクレスが造った道と言われている）をコンクリートで補強して、これも水路にし、先端が海に開けるようにした。今日、わが指揮官にして友人の名にちなみ、ユリウス港と呼ばれている軍港は、このようにして完成した。

　ユリウス港は、周囲を陸地に囲まれ、雨風や敵の船から守られていた。ここでわたしは、執政官の任にあったその年から翌年にかけて、百戦錬磨のポンペイウス軍と戦うべく、海軍の訓練をおこなった。そして夏には準備が整った。

　神君ユリウスにちなむ名を冠したその月〔七月〕のはじめ、わが軍は南のシキリアに向けて出航した。東方のアントニウス、北方のレピドゥスも補助艦隊を送り、そこで合流する手はずになっていた。われわれは、季節外れの暴風雨に見舞われ、損失をこうむった。アントニウスとレピドゥスの艦隊は安全な海域に避難したが、アウグストゥスとわたしの指揮下にあったローマ艦隊は、嵐を衝いて突き進んだ。遅くなりはしたが、やがてシキリア北岸ミュラエの沖合で、敵の船に遭遇した。わが軍は激しい攻撃を加え、敵船はやむなく、浅瀬に退避した。われわれはそこまで追っていけなかったので、代わりにミュラエの町を包囲した。海賊艦隊がここから多くの物資を調達していたからだ。

　ポンペイウスの艦隊は、わが軍の予想外の規模に驚き、こちらが攻撃してもいないうちに総崩れとなった。わが軍は、わたしが考案した四爪錨（よつづめいかり）を使って、多くの敵船を引き寄せ、中へ乗り込んだ。沈めた数よりも多くの船を捕らえ、規模を拡大しつつあったわが軍の艦隊に組み込んだ。そして海岸の要塞都市、ヒエラとチュンダルスを占領した。ポンペイウスは追い込まれた。決定的な勝利をおさめてわが軍の船を破壊しなければ、沿岸部の物資調達拠点をすべて奪われてしまう。そうなれば彼の負けだ。

そこでポンペイウスは、全艦隊を自軍に有利な海域に結集し、港湾都市ナウロクスの守りを固めた。わが軍が最初に占領したミュラエは、その数マイル南西にある。ポンペイウスにこれを奪還されないようにするためには、なんとしてもナウロクスを掌中におさめねばならなかった。

ポンペイウスは手練れの戦略家ではあったが、わが軍の重量級の船には太刀打ちできなかった。機動性ではこちらにまさっていたものの、最後には、わが艦隊を動かしている櫂を払いのける程度のことしかできなくなった。しかもそれにより、ポンペイウス軍の船は損傷を負っただけではなく、多くが沈没する結果となった。二十八隻が乗員もろとも、海の藻屑と消えた。残った船は捕らえられた。損傷がひどく、使いものにならない船もあった。全体のうちわずか十七隻がわれわれの攻撃を免れ、みじめな指揮官と成り果てたセクストゥス・ポンペイウスを乗せて、東へ逃げ去った。

ポンペイウスが東方へ向かったのは、ローマを留守にしていた三人委員のひとり、アントニウスを訪ね、もう一度彼を焚きつけて、カエサル・アウグストゥスに敵対させようともくろんでいたからだと伝えられる。あるいは、東方属州と戦争をしていたパルティアのフラーテス王と同盟を結びたかったのかもしれない。いずれにせよ、彼はアシア属州に逃れ、ふたたび、強盗と略奪の日々を送りはじめた。そこで彼は、かつて自分が命を助けてやったことのある百人隊長、ティティウスに捕らえられ、ごくふつうの無法者のように処刑された。狼藉のかぎりを尽くした海賊は、ついにイタリアを囲む海域で最期を迎えたのだった。

わが軍は戦いに疲れていたが、ポンペイウスが物資調達拠点としていたほかの沿岸都市を攻略する任務が残っていた。その中で最も主要な都市、メッサナ〔現メッシーナ〕には、ポンペイウスの陸軍の大半が駐留していたのだった。カエサル・アウグストゥスの命により、われわれはこの都市を封鎖し、彼の到着を待ち受けた。必要とあらば、戦闘に臨むつもりだった。しかしこのときになってようやく、三人委員のひとりで、ただの一度も海戦に参加してこなかったレピドゥスが艦隊を率いてメッサナに現れた。わたしがカエサル・アウグストゥスの命令を伝えたにもかかわらず、レピドゥスは現地部隊の指揮官と交渉をはじめた。そのうえ、アフリカからの平穏な船旅を終えて勢いづいたのだろう、みずからの権限により、わたしを司令官の任から解くと言い出した。そしてメッサナで、ポンペイウスの全軍団の降伏を受け入れ、彼個人への忠誠を誓わせると、これらの軍団を自分の支配下に置いた。われわれは疲労と苦悩に苛まれながら、カエサル・アウグストゥスの到着を待った。

8　軍事命令（紀元前三六年九月）

メッサナ駐留ポンペイウス軍団司令官、L・プリニウス・ルフスへ
ローマの最高司令官（インペラトル）にして国家再建三人委員、アフリカ属州総督、アフリカ軍団司令官、執政官代理にしてローマ元老院大神官、マルクス・アエミリウス・レピドゥスより
シキリアにおけるポンペイウス軍団の降伏に関して

本日、敗北したセクストゥス・ポンペイウスの軍団は、このわたし、マルクス・アエミリウス・レピドゥスただひとりの権威に対し降伏した。貴殿指揮下の軍団のすべての士官および兵に対し、以下を通達されたし。

1　今日までに、ローマの合法的権威に対して犯した罪はすべて特赦される。わたしをふくめ、いかなる者の手によっても、処罰されることはない。

2　わたしの指揮下にない軍団の士官および兵との交渉・対話を禁ずる。
3　わたしの責任において、すべての士官および兵の安全・安寧を保証する。今後は、わたしか、わたしが任命した指揮官以外の命令には、いっさい従ってはならない。
4　わたしの指揮下にある軍団とは自由に交流してもよい。たがいを敵ではなく、戦友と見なすこと。
5　メッサナは征服された都市である。わたしの指揮下にある兵士にも、貴殿指揮下の兵士にも同様に、この都市で富を追求する自由を与えるものとする。

9　書簡——ガイウス・キルニウス・マエケナスよりティトゥス・リウィウスへ（紀元前一二年）

親愛なるリウィウス、けさ知らせが届いた。マルクス・アエミリウス・レピドゥスがキルケイー〔ローマとナポリの中ほどにあった町〕で亡くなったそうだ。彼は引退後——おそらく失意のうちに——二十数年ものあいだをそこで暮らしていたらしい。彼はわれわれの敵だった。だが長い歳月を経てみれば、旧敵の死が、なぜか旧友の死のように感じられる。不思議なものだ。胸が痛む。このことを知らせてきたわれらが皇帝も同じ気持ちのようだ。ローマで公の葬儀を——遺族が希望すれば、旧来の形式に則って——執りおこなうことにしたと言ってきた。つまりレピドゥスは、長い流刑生活を経てようやくローマへ戻り、四半世紀前のあの日、シキリアで失った名誉を回復したわけだ……。

そう言えば、あれもまた、きみに聞かせていないできごとのひとつだ。一週間前にでも話していれば、もう少し軽い気持ちで語れたにちがいない。いくらか滑稽な思い出のひとつなのだが、彼が死んだと聞いて、また異なる色合いを帯びてきた。いまとなっては、妙に悲しい。

陰惨な血なまぐさい戦いが延々と続いた末に、海賊セクストゥス・ポンペイウスは、マルクス・アグリッパとオクタウィウス指揮下の艦隊と軍団によって倒された。いちおうレピドゥスも支援したことになっている。レピドゥスとアグリッパは協力して、シキリア海岸の都市、メッサナを封鎖する手はずになっていた。アグリッパとオクタウィウスの攻撃を受け、ちりぢりになったセクストゥス・ポンペイウスの艦隊が、安全な港で損傷を修復できないようにするためだ。しかしプリニウスという名のメッサナの指揮官は、ポンペイウスが手痛い敗北を喫したことを耳にしていた。彼はレピドゥスから降伏を命じられると、戦いもせずにこれに従い、ポンペイウスの八個軍団と都市を引き渡した。レピドゥスは降伏を受け入れ、アグリッパが諫めたにもかかわらず、これらの軍団を自分の指揮下に組み入れた。そして降伏によってみずからの保護下に置いたこの都市を、ポンペイウスの軍団と自分の十四個軍団の兵士たちに開放し、存分に略奪を働くことを許したのだった。

親愛なるリウィウス、きみにはわかるだろう。戦争は決して美しいものではない。兵士による暴力もある程度は覚悟しておかなければならない。しかしアグリッパがオクタウィウスとともに市内に入ったのは、夜に略奪行為が起きたあとだった。オクタウィウスはそれについては、ひとことも口にしなかったが、アグリッパがわたしに少し話してくれた。

貧富にかかわらず、また、理由もなく、家という家に火が放たれていた。ポンペイウスの軍団に町を占領された不運のほかには、なんの落ち度もない何百人もの無辜の市民が――老人、女性、子供にいたるまで――兵士の手で拷問され、惨殺されたのだ。虐殺の翌朝、すでに日がのぼったころに、アグリッパはオクタウィウスとともに市内に馬を乗り入れたのだが、そのときでさえ、傷ついた人、死に瀕した人のうめき声が、ひとつの音のように聞こえたそうだ。

オクタウィウスは、すぐに配下の者を多数送り出し、怪我人(けがにん)の手当てにあたらせた。ようやくレピドゥスに対面したときには、悲しみに胸が張り裂けそうで口もきけなくなっていた。哀れなレピドゥスは何もわかっておらず、その沈黙を弱気のあかしと誤解した。十分に休んで腹を満たした二十二個軍団がにわかに自分の指揮下に入ったことで、無敵になったような錯覚を起こしたのだろう、興奮もあらわに横柄きわまる態度で、オクタウィウスに向かって命令した。侮蔑を込めて脅すように、シキリアを去れ、と言ったのだ。そして、三人委員会に残りたければ、アフリカ属州をくれてやるから、それだけで満足しろと言い放った。とんでもない演説をぶったそうだ……。

〝哀れなレピドゥス〟と、わたしは言った。摩訶不思議な幻想をいだいたものだ。レピドゥスのばかげた要求に対し、オクタウィウスは何も言わなかった。

その翌日、アグリッパと六人の護衛兵のみを連れて、オクタウィウスは市内に入った。そして小さな公共広場に、レピドゥスの兵士とポンペイウスの降伏部隊の兵士を集めて、話をした。レピドゥスの約束は、オクタウィウスの同意がなければ効力がないこと。今後も兵士たちが偽の指導者につき従うのなら、ローマの保護が受けられなくなる恐れがあること。オクタウィウスはカエサルの名を持つこと。おそらくそれだけでも、兵士たちの目を覚ますのに十分だったろう。レピドゥスが致命的な過ちを犯さなかったとしても……。だがレピドゥスの護衛兵のひとりがいきなり、彼の面前でオクタウィウスに襲いかかったのだ。オクタウィウスの護衛兵のひとりが前に立ちはだからなければ、彼は重傷を負ったか、あるいは死んでいただろう。その護衛兵は槍を胸に受けて即死した。

アグリッパによれば、その護衛兵がオクタウィウスの足もとに倒れ伏した瞬間、兵士たちのあいだにさっと奇妙な沈黙が降りたのだという。レピドゥスの護衛兵たちでさえ身じろぎもせず、有利な立場を利用しようとはしなかったという。オクタウィウスは悲しみをたたえて、倒れた護衛兵の亡骸を見つめてから、目をあげ、集まった兵士たちを見渡した。

静かに、だが全員の胸に染み入るような声で、彼は言った。「マルクス・アエミリウス・レピドゥスの許可により、こうして勇敢で忠実なローマ兵がまたひとり、外地で命を落とした。戦友を傷つけるようなことは何もしていないのに」

彼はほかの護衛兵たちに命じて、遺体をかかえあげ、高く掲げさせた。そして、その前に出ると、葬列を率いるようにして、誰にも警護されることなく、先頭に立って群衆の中に分け入った。兵士たちは、風に吹かれた麦のように、急いで彼らに道をあけた。

ひとり、またひとりと、ポンペイウスの兵士がレピドゥスのもとを離れ、わが軍に従って市外へ出ていった。レピドゥスの軍団も、何もできずにいる司令官の無能さにあきれ果て、われわれについてきた。レピドゥスは、わずか数名の忠実な部下とともに、なすすべもなく市の防壁の内側に取り残された。

レピドゥスは捕らえられて処刑されるものと思っていただろうが、オクタウィウスはなんの行動も起こさなかった。このような状況であれば自害を選んでも不思議はないが、レピドゥスはそうはしなかった。彼はオクタウィウスに使者を送って許しを乞い、命だけは助けてくれと嘆願した。オクタウィウスは同意し、ひとつ、条件をつけた。

初秋のよく晴れた寒い朝、オクタウィウスは、レピドゥス、ポンペイウスの軍団と、わが軍団のすべての士官、百人隊長をメッサナの公共広場に招集した。彼らが見守るなか、レピドゥスが命乞いをした。

薄くなった灰色の髪を風になびかせ、地味なトガに身を包み、職位を示す色もいっさいまとわず、従者も連れずに、彼はゆっくりと広場を突っ切っていき、オクタウィウスの待つ壇上へあがった。そしてひざまずき、みずから犯した罪への許しを乞い、すべての権力を手放すことを公に誓った。アグリッパによれば、彼の顔からは血の気が失せ、表情もなかったそうだ。催眠術にでもかかっているかのような声でしゃべっていたという。

オクタウィウスは言った。「彼は許された。諸君のあいだを安全に歩くことができる。誰も危害を加えてはならない。彼はローマから追放されるが、ローマの保護下に置かれる。すべての肩書きが剝奪されるが、大神官の称号だけは残す。なぜなら、それを取り上げることができるのは、神々のみだからだ」

レピドゥスはもうそれ以上は何も言わずに、あてがわれた宿舎に戻った。アグリッパがわたしに興味深いことを話してくれた。アグリッパはレピドゥスが歩き去るのを見送りながら、オクタウィウスにこう言ったそうだ。「あなたは彼に、死よりも重いものを背負わせました」と。

オクタウィウスは微笑み、「おそらく」と言った。「しかし、ある種の幸福を与えたのではないかとも思う」

……彼の晩年はどのようなものだったのだろう。キルケイーでの流刑生活は。幸せだっただろうか。手にした権力を維持することに失敗し、それでもなお生きながらえた者は――どんな余生を送るのだろう。

10　マルクス・アグリッパの回顧録――断簡（紀元前一三年）

……かくしてわれわれはローマに戻り、わが軍が飢餓から救ったローマの人々の感謝に迎えられた。北のアッレティウムから南のウィボまでのイタリア全土で、都市の神殿にオクタウィウス・カエサルの像が建てられ、彼はかまどの神として祭られた。ローマでは、ふたたび海と陸に秩序が戻ったことを記念し、公共広場に黄金の像が建立された。

オクタウィウス・カエサルは祝儀として、市民の負債と税をすべて免除した。そして、マルクス・アントニウスが東方のパルティアを征服すれば、永遠の平和と自由がもたらされるのだと明言した。それから、ローマの不動の信念に感謝を述べたあと、わたしの頭に黄金の冠を授けた。その冠には、わが軍の船を象（かたど）る飾りがついていた。あとにも先にも、この名誉にあずかった者は、わたしのほかには誰もいない。

アントニウスがはるか遠い東方でパルティア人を追いまわしているあいだに、オクタウィウス・カエサルはイタリアで、長らく内乱のためにおろそかにされてきた国境の守りを固める任務に専心した。われわれはパンノニア地方の部族を征服し、ダルマティア海岸地方〔現クロアチア南西部〕への侵入をくり返していた部族を追い払った。そうして北からの脅威をことごとく排除し、イタリアの安泰を確固たるものにした。これらの作戦では、オクタウィウス・カエサルみずからが兵を率いて戦い、たびたび名誉の傷を受けた。

第六章

1

書簡——ダマスクスのニコラウスより、アマセイアのストラボンへ、アンティオキアおよびアレクサンドリアにて（紀元前三六年）

わが親愛なるストラボンへ。ぼくはあるできごとを目撃した。その重みは、最もたいせつな友であるきみにしか理解できないだろう。きょうこの日、ローマの国家再建三人委員のひとりであるマルクス・アントニウスが、エジプトのインペラトルに就任した。事実上の国王だが、アントニウス自身はそのようには自称していない。彼はあのクレオパトラを妻にしたのだ。女神イシスの化身にして、エジプトの女王、ナイル全土を統べる女帝を。

このことは、おそらくローマではまだ誰も耳にしていないと思う。たぶん、きみが手紙の中で何度も言及し、称賛していたあのローマ世界の若き支配者もまだご存じないだろう。ほんとうに急に決まったことで、この東方世界でも、挙式のほんの数日前に公示されたのだ。この瞬間、きみの顔に浮かんだ表情を見るためなら、きみとともに努力を重ねて獲得してきた知識を少しばかり手放してもいい！　さぞかし驚いたことだろう——そして少々悔しいのじゃないか？　きみをたしなめたり、からかったりするぼくを許してくれ。ぼくがつねづね、きみの幸運に対していだいてきた羨望の念を、きみの胸の内に掻き立ててみたい誘惑に勝てないのだ。きみがローマから書き送る手紙が、どれほどぼくをうらやましがらせていたか、気づかなかったわけではあるまい。きみといっしょにローマにいられたらいいのに、と、ダマスクスで何度思ったことか知れない。ぼくもきみの言う〝世界の中心〟にいて、きみが頻繁に、そしてたいそう親しみを込めて語る偉大な人々と言葉を交わしてみたいものだと思っていた。じつはぼくもこのほど、そのような世界に足を踏み入れたのだ。いまだに信じられないほどの幸運に恵まれ、驚くべき地位を与えられた。なんとぼくはいま、クレオパトラの子供たちの家庭教師であり、王室図書館の館長であり、王立教育機関の校長なのだ。

すべてがあれよあれよというまに決まっていき、なぜ自分が選ばれたのか、まだよくわかっていない。おそらく決め手は、ぼくがユダエア〔ユダヤ〕人でありながらも哲学者で、精神的な問題がないこと、それから、父とヘロデ王の宮廷とのあいだに、いくらか仕事上のつながりがあったことだろう。ヘロデ王との平和共存を望むマルクス・アントニウスが、最近、彼をユダエア王国全土の正当な統治者と認めたのだ。ぼくのように政治に無関心な者に、政治がわかるわけがない。ぼくが謙遜しすぎているのであればいいのだが……。選任にあたって最終的に重視されたのは、学者としての実績であったと思いたい。

ともかく、ぼくは女王の使者から打診されたのだ。それは、父に仕事上の用を頼まれて、アレクサンドリアに行ったときのことだ。ついでに王立図書館を利用しようと立ち寄ったところ、その使者が接触してきた。ぼくはすぐに指名を受け入れた。もちろん、この地位の実質的な利点（それはもう、相当なものだ）に心を惹かれたからだが、何より、王立図書館がそれまで見たことのないほどにすぐれた施設だったからだ。ごく少数の者しか利用したことのない——見たことさえない——文献を、いつでも自由に閲覧できるのだからね。

こうして王室の廷臣となったぼくは、女王がお出ましになるところへは、どこでもつき従うようになった。そんなわけで、ぼくは三日前からここアンティオキアに来ているのだが、女王の子供たちはアレクサンドリアの宮殿に残っている。なぜアレクサンドリアの宮殿ではなく、この地で結婚式が執りおこなわれたのか、ぼくにはよくわからない。おそらくアントニウスが、東方ではさんざんしたい放題をしてきたくせに、この件に関しては、公然とローマの法を踏みにじることにためらいを感じたからだろう（わずかでもローマ法にかなっているのか、ぼくは疑問に思う。なぜなら、噂によれば、アントニウスは前妻との合法的な離婚さえ成立させていないからだ）。あるいはただ、エジプト人に対し、彼らの女王の権威を侵害する意図のないことを明示したかっただけかもしれない。あるいは、なんの意味もないのかもしれない。

理由はどうであれ、儀式は執りおこなわれた。そして東方世界の全域に向かって、女王とマルクス・アントニウスが夫婦になったことを知らしめた。ローマがどう思おうと、彼らはこの世界の共同統治者となったのだ、と。マルクス・アントニウスは、カエサリオン（彼のかつての友、ユリウス・カエサルの子であることは衆知の事実だ）がクレオパトラの王位を継承すること、女王が産んだふたごは自分の嫡子と見なすべきことを発表した。彼はさらに、エジプトの領土を何倍にも増やした。いまやアラビア全土が女王の統治下に置かれている。これには、ペトラとシナイ半島もふくまれる。つまり、死海からエリコまでのヨルダン川流域の一部と、ガリラヤとサマリアの一部、フェニキアの海岸地方、レバノン、シリア、その北のキリキアの最も豊かな地域、キプロス島の全域とクレタ島の一部だ。かつてのぼくはシリア生まれのローマ人だったが、いまではシリア生まれのエジプト人と言えるのかもしれない。だがぼくはどちらでもない。友よ、ぼくはきみと同じように、哲学者を夢見て研鑽を積んでいる。ローマ人でもエジプト人でもない。われらがアリストテレスがギリシア人ではなかったのと同様、そして彼が生涯、生まれ故郷のイオニア地方への愛と誇りを失わなかったのと同じだ。ぼくもあの最も偉大な哲学者を見習い、ダマスクス人であることに満足していたいと思う。

だが、きみ自身がたびたび言ってきたように、確かに、さまざまな事象に彩られた現実の世界は興味深い。おそらくきみもぼくも、若さゆえの尊大さを割り引いても、勉学にかまけて、そうした世界からかなり隔絶していたのだろう。学びの道は長く、目標とする到達点ははるかかなたにある。ようやくたどり着いたときに、そこが目的地であることがわかるためにも、旅の途上では多くの土地を訪れておく必要がある。

女王のお姿は遠くから見たことがあるが、まだ拝謁する機会には恵まれていない。マルクス・アントニウスはいたるところで見かける。陽気で気さくで、近づきがたい印象はまったくない。やや子供じみたところもあると思う——髪には白いものが混じり、少し太ってきてはいるが。

学生時代のように、またアレクサンドリアで楽しく過ごせるものと思っている。

この前の手紙に書いたと思うが、ぼくは女王のお姿は遠目に見たことがあるだけだった。マルクス・アントニウスとの——ローマの権勢との——結婚式でね。あの式には、王室の関係者のみが出席を許されていたのだ。

アンティオキアの宮殿は、アレクサンドリアの宮殿ほどの威容は備えていなかったが、それでもじつに壮麗だった。結婚式では、ぼくは長い廊下の後ろのほうにいた。クレオパトラとアントニウスは、用意された黒檀の壇の上に立っていたものの、ぼくにはほとんど見えなかった。目にしたものと言えば、宝石をちりばめた女王のガウン、松明(たいまつ)の灯に照らし出されたその輝きと、王冠の上にあしらわれた、太陽を象徴する巨大な黄金の円盤くらいのものだった。女王の物腰は、その称号どおりの女神であるかのように、ゆったりとして威厳があった。儀式はきわめて複雑な手順で進められ(とはいえ、ぼくの新しい友人たちの中には、かなり簡素だと言う者もいた)、ぼくにはその重要性が皆目わからなかった。祭司たちが、彼らのみに理解できる古い言葉でさまざまな呪文を唱えて歩きまわった。それから、いろいろな油を塗り、杖を振る。何もかもが不可解で（正直なところ）いささか文明的でないというか、ほとんど蛮族の風習のように感じられた。

だからはじめて女王との拝謁に臨んだときには、あたかもメデイアかキルケ〔ともにギリシア神話に登場する魔女〕――女神とも女性とも言えない、何かそれより奇怪なもの――に会いにいくような、妙な気持ちがしていた。

しかし親愛なるストラボン、ぼくがどれほど幸福な驚きに打たれたか、とうてい言葉では言い尽くせない。その驚きに、どれほど喜びを感じたか……。ぼくは当初、市場で見かけるような浅黒い肌のがっしりした体つきの女を想像していた。ところが、ぼくが目にしたのは、抜けるような白い肌に、やわらかい栗色の髪、大きな瞳を持つ、ほっそりした女性だった。泰然としていて気品があり、しかも並々ならぬ魅力を備えておられた。女王はたちまちぼくの緊張を解き、ごくふつうのあたたかい家庭に客を迎えたかのように、近くの臥台を――女王ご自身の臥台と同等にりっぱな椅子を――すすめてくださった。それからぼくたちは、このような会見にふさわしい話題について長いこと話をした。女王の話すギリシア語は完璧で、ラテン語も、少なくともぼくと同程度には流暢だ。召使いに何か指示をなさるときには、ぼくの知らない方言にさっと切り替える。幅広い知識と高い教養の持ち主で、女王は静かな声でよくお笑いになった。聞き手に細やかな気遣いを見せるかたであることもわかった。ぼくと同様、かのアリストテレスを心から尊敬しておられることもわかった。女王は、彼の哲学についてぼくが書いた著作もご存じで、その知識によってさらに理解が深まったと言ってくださった。

きみも知っているように、ぼくは虚勢を張る男ではない。たとえそうだったとしても、この比類なき女性に対する感謝と崇拝の念のあまりの大きさに、虚栄心などたちまち霧散していたことだろう。これほど魅力的な人が、世界で最も豊かな国のひとつを治めることもできるとは、とうてい信じられない。

ぼくは三週間前にアレクサンドリアに戻ってきて、自分の任務に着手した。マルクス・アントニウスと女王はアンティオキアに残り、アントニウスは近々出発するパルティア遠征の準備を整えている。ぼくの任務は重いものではない。女王の図書館の運営には、必要な人数の奴隷を使うことができる。子供たちに時間を取られることもあまりない。

ふたご——アレクサンドロス・ヘリオスとクレオパトラ・セレネ〔ヘリオスはギリシア神話の太陽神、セレネは月の女神の名〕——は、まだ三歳と数か月で、教育を受けられる時期ではない。しかしぼくは、少なくとも一日に数回は、ギリシア語のほか（女王のたっての要請で）ラテン語でも、話しかけるようにと仰せつかっている。大きくなったときに備えて、言語の響きに耳を慣らしておくのだそうだ。

しかし、プトレマイオス・カエサル——一般にはカエサリオンと呼ばれている——はもうすぐ十二歳になるので、同じようにするわけにはいかない。ぼくは、たとえそうとは知らずとも、この子はあの偉大なユリウス・カエサルの息子ではないかと思っただろう。彼はみずからの運命を知っていて、覚悟もできている。彼は、カエサルが暗殺される直前、ローマに住んでいた母親の家で父に会ったことを覚えていると言い張るが、あのころにはまだ四歳にもなっていなかったはずだ。おもしろみのない、とても生真面目な子で、何をするにもおかしなまでに懸命になる。あたかも子供時代など経験せず、それを望みもしなかったかのようだ。女王のことを話題にするときには、自分の母親ではなく、強大な権力を持つ君主と思っているような口ぶりで話す。そしてひたすら、王位継承の日を待っている。それも、待ち遠しいわけではなく、日の出でも待つような確信に満ちた態度なのだ。女王の手の内にある権力があの子の手に渡る日が来たら、たぶん、ぼくは少々恐怖をおぼえるだろう。

しかし彼はいい生徒だ。教えるのは楽しい。

凶兆を信じる人々にとっては、不吉な冬だった——ほとんど雨が降らなかったので、今年は不作を覚悟しなければならなかった。そのうえ、東方からサイクロンが次々にやってきてはシリアとエジプトで大暴れをし、村という村を破壊したあと、海に抜けて消えていった。アントニウスは、アンティオキアを出てパルティア遠征に向かった。その兵力は、マケドニアのアレクサンドロス大王（クレオパトラはその血を受け継いでいると伝えられる）以来、最大規模と言われている。軍団兵六万、ガリアとヒスパニアからの騎兵一万、正規の軍団兵を補佐するために東方属州の王国から新たに召集した補助兵三万。ぼくの教え子カエサリオンは、若さゆえの無邪気な冷酷さを見せて（最近彼は兵法に興味を持ちだしたのだ）このような軍隊で東方を攻略するのは無駄だと断じてみせた。もし自分が王なら――と、いまのところ戦争を遊戯のように思っているらしく、ほんとうに遊戯の必勝法でも解説するように――略奪してもしきれないほどの富がある西へ軍隊を差し向けると言ってのけた。

女王は、アンティオキアからダマスクス経由で帰国し、アントニウスがパルティア遠征を終えるまで、アレクサンドリアにとどまるご予定だ。ダマスクスがぼくの故郷であることをご存じだった女王は、土産話を聞かせようと、居室にぼくを呼んでくださった。なんと思いやりの深い、人情味にあふれたかたなのだろう。信じられないほどだ。女王はダマスクスでヘロデ王に会い、バルサム樹園の賃貸料について事務的なことを話し合われた。そしてぼくと交わした会話を思い出され、父の健康状態について問い合わせてくださり、ぼくと女王からの父への伝言を王に託してくださったのだ。

その後、父からはなんの便りもないが、きっと喜んでいると思う。父も齢（よわい）を重ね、次第に弱ってきた。そのようなときには、来し方を振り返り、真に価値ある人生であったろうかと、自問するのではなかろうか。ええ、むろん、価値ある人生でしたとも、と、断言してくれる声のあたたかさが恋しくなるのではなかろうか。

2　書簡——マルクス・アントニウスよりクレオパトラへ、アルメニアにて（紀元前三六年十一月）

愛しい妻よ、わたしはいま、みずからの願望とあなたの決意に屈して、あなたをこの遠征に伴わなかったことをローマとエジプトの神々に感謝しています。予想をはるかに超える苦戦が続いているのです。この秋には決着がつくと思っていましたが、どうやら春まで待たねばならないようです。

パルティア軍は、狡猾にして機略縦横の敵であることがわかりました。彼らは予想以上に巧みに地形を利用してきます。かつてこの地でパルティアと戦ったクラッススやウェンティディウスが作製した地図はどれもまったく役に立ちません。いくつかの属州軍団が裏切り行為に出て、わが軍の士気を著しく傷つけました。そのうえ、辺鄙（へんぴ）な土地では十分な食糧調達もままならず、兵士たちが健康に越冬できる見込みが薄くなってきました。

そこでやむなく、わたしはフラースパ〔パルティアの半支配下にあったアトロパテネ王国の首都〕の攻囲を解きました。そこでは寒さに耐えられないだろうと判断したからです。われわれはカスピ海付近から、二十七日をかけて山野を行軍し、いまは比較的安全なアルメニア王国で休息をとっています。しかしみな、かなり疲れていて、野営地内では病に倒れる者が続出しています。

とはいえ、全般的にみて、遠征は成功したとわたしはみています。もっとも、くたびれ果てた兵士たちはそのように思っていないかもしれません。いまでは、パルティア人の策略がどのようなものかわかりました。地形を正確に反映した地図も作りましたから、来年には十分、役立てることができるでしょう。われわれが勝利したという知らせをローマに送ったところです。

しかしあなたにはご理解いただきたい。戦術上は成功したものの、わたしはいま窮地に陥っています。わが軍は、このままアルメニアにとどまるわけにはいきません。われわれを迎え入れてくれたアルタウァスデス王は、信頼のおける人物とは言いがたいからです。彼はパルティア討伐に協力しておきながら、肝心な局面でわたしを置き去りにして逃げたのです。しかしこうして王の客人となった以上、いま彼を非難することはできません。ですからわたしは二、三の軍団を引き連れてシリアに向かい、残りの兵には、十分に疲労が回復してから合流してもらうことにしました。

シリアでも、越冬にはそれなりの備えが必要です。いまのわれわれは物乞いも同然です。食糧と衣類、それに損傷を受けた攻城兵器の修理に使う資材も必要です。戦闘や荒天のために馬を失ったので、これも新たに補充して、来春に向けて訓練しなければなりません。金もいります。兵士たちには何か月も給料を払っておらず、反乱を起こすと脅す者もいます。こういったものを早急に手配していただかなくてはなりません。どうしても必要なものを詳細な一覧表にし、今後、冬のあいだに必要になりそうなものについても、別途付表にまとめました。この手紙に添付しておきます。われわれがどれほど切羽詰まっているかは、とても言葉では言い表せません。

われわれは、ベイルートの南にあるレウケ・コメという小さな町〔紅海をはさんでエジプトの対岸にあったローマの属国、ナバテア王国の港町〕で冬を越そうと思います。名をお聞きになったことはないかもしれませんが、そこなら、お遣わしくださる船団を迎えるのに十分な船渠施設があります。お気をつけください。あなたがこの手紙を受け取られるころには、パルティア人が沿岸部をうろついているかもしれません。しかしレウケ・コメの港が封鎖される恐れはないはずです。冬の海がどんなに荒れようとも、この手紙がすみやかにお手元に届くものと信じています。食糧その他の物資がなくては、あと何週間も持ちこたえることはできません。

いま天幕の外では雪が降っていて、視界が利かず、われわれが野営地としているアルメニアの平原はよく見えません。ほかの天幕も見えず、なんの音も聞こえません。そして寒いです。静けさの中では、いっそう強く――きっとあなたには想像もつかないほどの――孤独を感じます。あなたのあたたかい腕、愛情のこもった声がどれほど恋しいことか。船団とともにシリアへ来てください。わたしは兵士たちのそばにいなくてはなりません。さもなければ、彼らは春が来る前に四散してしまうでしょう。となれば、これまでの犠牲がすべてむだになってしまいます。けれども、あなたに会えないままに、さらに一か月を過ごすことには耐えられない。どうか来てください。あなたとふたりなら、ベイルートが第二のアンティオキア、あるいはテーベ、アレクサンドリアとなることでしょう。

3　報告書——ヘリオポリス大司祭、エピマコスよりクレオパトラへ、アルメニアにて（紀元前三六年十一月）

わが敬愛する女王へ。女王の配偶者となる名誉を賜り、ともに世界を統べる身となったマルクス・アントニウスは、この世の誰より勇気ある男でございます。後先を考える分別などなきがごとく勇敢に戦い、百戦錬磨の熟練兵でさえ音をあげる窮乏、困苦にも耐え抜きます。しかし将軍としては失格と言わざるをえません。遠征は大失敗だったのです。

わたくしのご報告は、ほかの者が女王のお耳に入れた情報とは異なるやもしれません。仮にそうだとしても、わたくしがアントニウスへの友情ゆえに、そして女王への敬愛ゆえに、さらにはエジプトとその将来を案ずるがゆえに、お知らせせずにはいられないのだとご理解いただきたく存じます。

この春、われわれはアンティオキアから、ユーフラテス川に沿ってゼウグマまで進み、そこからさらに、食糧が豊富に手に入るこの川をつたって北をめざしました。ユーフラテス川とアラクセス川の分岐点に達したところで、南へ進路を転じ、パルティア王国のフラースパの要塞に向かったのですが、フラースパの手前で、マルクス・アントニウスは時間を節約するためと称して軍を二手に分けました。食糧や携行装備を運ぶ補給部隊、それに破城槌（はじょうつい）と移動式攻城塔を運ぶ部隊を、比較的平坦な道へと送り出し、その他の大半の部隊は近道を使って目標へ向かうことにしたのです。

しかしそれらの突撃組が安全に前進しているあいだに、パルティア軍は、ゆっくり進む後発部隊に山上から襲いかかりました。攻撃を受けたとの知らせを受けて駆けつけたときにはすでに遅く、何も救い出すことができませんでした。警護部隊は惨殺されて全滅、物資は燃やされ、攻城塔も破城槌もすべて破壊されていました。わずかに数名の兵士が、急ごしらえの防塁でどうにか攻撃をしのいで無傷で生き延びたのみです。われわれはなおも攻撃を続けていたパルティア兵を追い散らしました。彼らはこちらに打撃を与えたことに満足したのか、賢明にも、勝手知ったる山中へと引き揚げました。われわれも危険を冒して追撃するようなことはしませんでした。

マルクス・アントニウスがローマに報告した〝勝利〟とは、このようなものだったのです。パルティア側の死者は、数えてみたところ、八十人でした。

攻城兵器も補給物資も、食糧もすべて失ったにもかかわらず、マルクス・アントニウスは、パルティア王国の都市、フラースパを包囲すると主張しました。たとえフラースパ側に、迎撃準備ができていなかったとしても、この作戦が成功する見込みはきわめて薄かったと思います。なぜなら、わが軍には、身に帯びた武器のほかには何もなかったのですから。彼らをおびき出して戦闘に持ち込むことはできませんでした。分遣隊を送って食糧を徴発しようにも、どこからともなくパルティア人の弓騎兵が現れ、いっせいに矢を射かけて隊員たちを殺し、また姿を消してしまいます。そうこうするうちに、冬が近づいてきました。われわれは二か月間、粘りました。そしてようやく、アントニウスがパルティアのフラーテス王から確約を引き出したのです。わが軍が彼の国から撤退することを許す、パルティア側はそれを妨害しない、と。こうして十月の半ば、空腹をかかえ、疲弊しきったわたくしたちは、五か月前に出発した地点へと退却する運びとなったのです。

厳寒の中、二十七日をかけ、吹きだまりの雪や渦巻く風を衝いて山を越え、何も身を守ってくれるもののない平原を歩き、あえぎあえぎ進みました。その間、不実なフラーテス王の弓騎兵部隊が、十八回にもわたって攻撃してきました。彼らはどこからでも奇襲をかけてくるのです――背後から、側面から、前方から。身構える隙も与えず、いきなり矢を射かけ、犠牲となった哀れな兵士が、やみくもによろよろと歩いている間に、未開の闇に身を隠します。

こうした恐ろしい退却の日々を送る中、女王のご夫君、マルクス・アントニウスは本領を発揮しました。彼は、配下の兵が味わった苦難のすべてに耐えました。ともに戦った仲間と同じ食べ物しか口にせず、木の根をかじり、腐った倒木から虫をほじくり出して食べさえしました。彼はまた、仲間の衣服よりもあたたかい服を着ようとはしませんでした。

われわれはいま、アルメニア王国に滞在しておりますが、長居はできません。この国の王は、名目上はこちらの同盟者ですが、敵も同然に信用ならない男です。それでも、わずかばかりの食糧を提供してくれました。われわれはもうすぐシリアに向けて旅立ちますが、わが軍の損失を計算してみましたので、女王にはご報告しておきます。

この五か月間の死者は四万人にのぼります。多くはパルティア軍の矢に倒れましたが、さらに多くの者が、寒さや病のために命を落としました。これらの死者のうち、二万二千人は、アントニウスに従ってローマからやってきた熟練兵です。いずれも世界一の有能な戦士であったと言われています。しかも、彼らに代わる人材を補充することは、オクタウィウス・カエサルが同意しないかぎり不可能です。しかも、彼が同意するとは思えません。馬については、ほとんど全頭を失いました。補給物資も残っていません。衣類も、いま身に着けているぼろのほかには何もありません。食糧も、いま腹におさまっているものがすべてです。

女王陛下、このような状況ですが、敗残兵であっても助けてやりたいと思し召しならば、どうぞご夫君の要請に応じて、物資をお送りください。彼が自尊心ゆえに、みずからがいかなる窮境にあるか、女王にしかと伝えていないのではないかと心配しております。

4　覚書――クレオパトラより軍需大臣へ（紀元前三六年）

左記の物資を手配し、マルクス・アントニウスに宛てて、シリアのレウケ・コメ港に送る権限を貴殿に付与する。

ニンニク：三トン
小麦、または代用としてスペルト小麦：三十トン
塩漬け魚：十トン
（山羊の）チーズ：四十五トン
蜂蜜：六百樽
塩：七トン
羊（食べごろのもの）：六百頭
酢：六百樽

以上に加え、サイロに余剰の乾燥野菜が十分にあれば、その余剰分を荷にふくめること。余剰分がなければ、送る必要はない。

さらに、次のものを手配すること。冬物マント六万人分の仕立てに必要な二級品の厚手の毛織生地（二倍幅の布を二十四万ヤード分）。同数の軍服用トゥニカの仕立てに必要な目の粗い亜麻布（中幅を十二万ヤード分）。同人数分の靴を作るための馬か仔牛の鞣し革（二千枚）。

早急な対応が鍵である。十分な人数の仕立職人、靴職人を集めて適切な船に乗せ、船上で作業に従

事させて、八日から十日のちの現地到着時までに仕上げさせること。

船（王家の波止場に十二隻が停泊している）は三日以内に出帆準備を整える予定である。それまでに、すべての品の調達と積載を完了のこと。女王の不興は貴殿の失脚を招くであろう。

5　覚書——クレオパトラより財務大臣へ（紀元前三六年）

マルクス・アントニウス、あるいは彼の代理人から、いかなる命令または要請を受けようとも、女王が明確に承認・認可しないかぎり、王家の金庫から出金してはならない。このような承認・認可は、女王自身が任命した代理人の手で届けられた命令書によってのみ、有効となる。王家の印章のない書状は無効である。

6　覚書——クレオパトラよりエジプト軍将軍各位（紀元前三六年）

マルクス・アントニウス、あるいは彼の代理人から、いかなる命令または要請を受けようとも、女王が明確に承認・認可しないかぎり、エジプト軍からいかなる部隊をも派遣してはならない。派遣を約束することも禁ずる。そのような承認・認可は、女王自身が任命した代理人の手で届けられた命令書によってのみ、有効となる。王家の印章が捺(お)されていない書状は無効である。

7　書簡——アレクサンドリアのクレオパトラより、マルクス・アントニウスへ（紀元前三五年冬）

愛しいだんなさま、女王は、あなたの勇敢な軍隊の必要を満たすよう命じました。震えおののく少女のようなあなたの妻は、あなたのもとへ飛んでまいります。むら気な冬の海のご機嫌次第ではありますが、できるかぎり早くうかがいます。この手紙をお読みになるころには、きっと補給船団の先頭を率いる船の舳先に立ち、愛する人の待つシリアの海岸が見えてこぬかと、目を凝らしていることでしょう。冷たい風に吹かれながらも、恋しい人の腕が待っていると思えば、心はぬくもりに満たされていることでしょう。

　女王としては、あなたの成功をうれしく思います。ひとりの女としては、あなたのおそばにいられないことが悲しくてなりません。あなたのお手紙をいただいてから、忙しい日々を送るうちに、ようやく、女としてのわたくしと、女王としてのわたくしがひとつになったと思うことができました（わたくしはまちがっているでしょうか）。

　ぜひわたくしといっしょに、あたたかくて快適なアレクサンドリアへお戻りください。パルティアでのご成功の完結は、また機を改めることにして……。ひとりの女としては、こうして説得を試みるのは、喜びです。女王としては、それが義務だと思っています。

　東方であなたが目の当たりにされた背信は、西に根を持つものです。オクタウィウスはいまもあなたを陥れようとたくらみ、あなたへの愛を救いとする人々の耳に、あなたを中傷する言葉を吹き込んでいます。わたくしは、彼がヘロデ王の転覆を謀ったことを知っています。こちらに集まった情報から判断したかぎりでは、いくつかの属州軍団がパルティアで離反して、あなたのご成功を阻んだのも、オクタウィウスの差し金のようです。パルティアと同様、ローマにも奸徒がいると言わざるをえません。あなたの誠意と善意を利用した彼らの策謀は、パルティアのどんな矢よりも危険です。東方にあるのは略奪に値する財産や土地だけですが、西には世界があり、真に偉大な者だけが想像しうる強大な権力が存在します。

　けれども、いまでさえわたくしの心は、自分の言葉を離れてさまよっています。世界最強の男性であるあなたを思うとき――わたくしはふたたびひとりの女に戻り、王国や戦争や権力など、どうでもよくなるのです。ついにあなたにお目にかかれるのだと思うと、いまは一時間が何日にも感じられます。

8　書簡――ガイウス・キルニウス・マエケナスよりティトゥス・リウィウスへ（紀元前一二年）

親愛なるリウィウスへ。きみはなんと繊細に表現するのだろう。しかも、その繊細な言葉の下に、なんと明瞭に辛辣な響きが聞き取れることか！　あなたがたは「だまされた」（つまり、ばかだった）のですか、それとも、なんらかの情報を「差し控えた」（つまり、嘘をついた）のですか、と。きみの質問には、そのような繊細さのない形で答えることにしよう。

いや、友よ、パルティアの件では、われわれはだまされなかった。欺かれるはずがないだろう。アントニウスから遠征の報告を受ける前から、真相を知っていたのだから。われわれはローマの市民に嘘をついたのだ。

白状しておこう。わたしはきみの質問より、その背後に感じ取ったものに、かなり気分を害したのだ。わたしが芸術家であることは忘れてくれ。ふつうの人々にとっては最も侮辱的でぶしつけに思える事柄でも、尋ねなくてはならない場合があることはわかっている。わたし自身、自分の芸術のためには、いささかのためらいもなくそうするだろう。そのようなことにどうして腹を立てたりするものか。いや、わたしが気分を害したのは、きみの質問に、あるものを嗅ぎとったからだ。それは（当方の勘違いであってほしいが）道徳家（モラリスト）のにおいだよ。わたしは、モラリストとは、この世で最も役に立たない、軽蔑に値する生き物だと思っている。役立たずと思えるのは、彼らが知識の獲得より、批判に力を注ぐ点だ。批判はたやすいが、知識を蓄えるのは困難だからね。軽蔑に値すると感じるのは、彼らが無知と傲慢さゆえに、身勝手な持論を世間に押しつけ、それを根拠に批判を展開するからだ。お願いだ、どうかモラリストにはならないでくれ。そんなことで、きみの芸術と心を損なわないでほしい。どんなに深い友情も、その重荷には耐えられないだろう。

先述したように、われわれは嘘をついた。理由を明かすとしても、弁解するための説明はしないつもりだ。この世界に対するきみの理解と知識を広げるために説明したいと思う。

パルティアでの完敗のあと、アントニウスは元老院に使者を寄越し、「勝利」を報告した。そして、彼自身は不在ではあるが、凱旋式を執りおこなうよう求めてきた。われわれはその嘘を受け入れ、その嘘が広まることを許し、彼の勝利を讃える儀式を挙行した。

イタリアは二世代にわたって内戦に苦しめられてきた。強靭かつ誇り高き人々の直近の歴史は、敗北の歴史だった。なぜなら、内戦では誰も勝者になれないからだ。セクストゥス・ポンペイウスを成敗したのちは、平和の訪れが期待できるかに見えていた。そこへこのような圧倒的敗北を喫したという知らせがもたらされれば、政府の安定と人心に破滅的な影響が生じるかもしれない。国民は、信じがたいほどの手痛い失敗が絶え間なく続いてもがまんしてくれるだろうが、いったん休息を与えて、未来への希望を持たせてしまったら、期待に反してその望みが絶たれたときには耐えられないかもしれない。

この嘘には、さらに特別な理由もあった。パルティアからの知らせが届いたのは、セクストゥス・ポンペイウスの討伐に成功してまもないころだ。補助軍団は解散され、兵士たちは約束どおりの土地をもらい、身を落ち着けたばかりだった。ふたたび徴集される可能性が出ていれば、ローマ市外の地価がことごとく下落し、ただでさえ不安定だった経済が、壊滅的な打撃をこうむっていたことだろう。

それから最後に、最も明白な理由は、アントニウスが東方に自分の帝国を築く夢をあきらめて、ひとりのローマ人に戻ってくれることを、われわれがまだあきらめていなかったことだ。実現性は薄かったが、当時は妥当だと思われたのだ。凱旋式の挙行をことわっていれば——きみの言う「真実」をすべての市民に話していれば——彼は二度と堂々と、あるいは平穏にローマへ戻ることができなくなったことだろう。

いまこうして当時のことを綴るなかで、わたしは「われわれ」という語を使ってきた。しかしじつは、セクストゥス・ポンペイウスを成敗してから三年近くのあいだ、オクタウィウスとアグリッパがローマにいることは稀だった。彼らはほとんどの時間をイリュリア〔現在のアルバニアを中心とする地域〕で過ごして、国境地帯の安全確保と敵対する部族の平定に力を尽くしていた。ダルマティアの海岸地方の部族が、たびたびイタリアに渡ってきてはアドリア海沿岸の村々で略奪を働きさえしていたのだ。その間、わたしはオクタウィウスの公的な印章をあずかっていた。前述の決定はすべてわたしが下したが、誇りをもって伝えておくと、事後承諾の場合もあったにせよ、つねに必ず皇帝じきじきの承認を得ていた。彼がイリュリアの部族との戦いで負傷し、療養のためにしばらくローマに戻っていたときのことを思い出す。彼は——半ば冗談だったのだと思うが——わたしにこう言った。アグリッパに軍の指揮をまかせ、たとえ非公式にせよ、きみに政治の舵取りをまかせていると、国家安泰のためには、自分がいずれの地位にもあるふりをするのはやめようかという気になってくる、と。きみの支援する詩人集団の世話役でも引き受けて楽しみとしたほうがいいかもしれない、と。

マルクス・アントニウス……非難、反駁の応酬が何年続いたことだろう！　しかしその裏には、世間の人々が決して知り得ない真実があったのだ。われわれは計略を仕掛けたわけではない。その必要はなかった。どうしたわけか、古くからの閥族議員が、過去を取り戻すにあたってアントニウスこそが唯一の希望の星だと思い込み、われわれを見限って彼を支持しはじめたのだ。しかし、市民はわれわれの味方だった。それにわれわれには、軍隊があった。そして元老院内でも、少なくとも最重要命令を遂行するのに必要なだけの勢力を維持していた。

マルクス・アントニウスがローマ人でいるかぎり——たとえ略奪を働くローマ人であったとしても——われわれは、彼が東方の太守（サトラップ）気取りでいようが、最高司令官を自任しようが、大目に見てやっただろう。たとえ彼が向こう見ずな野心家としてローマにいても、がまんできたと思う。しかし彼がアレクサンドロス大王の夢をわが夢とし、そのせいで心を病んでいることに、いやでも気づかされる時が来てしまったのだ。

　われわれはアントニウスの勝利を讃える凱旋式を執りおこなった。その結果、元老院は彼への支持を強めたが、彼の心をふたたびローマに引きつけることはできなかった。われわれはアントニウスに執政官の地位を用意したが、彼はことわり、ローマへは戻ってこなかった。われわれは来るべき事態をなんとしても回避しようと必死だった。最終的な策として、セクストゥス・ポンペイウス討伐に際して彼が提供してくれた軍船七十隻を返還し、パルティア討伐で弱体化した彼の兵力を増強するために、二千人の兵士を送ることにした。彼の妻、オクタウィアが船に乗り、これらの軍船と兵士をアテナイまで送り届けた。アントニウスが途方もない野心を捨てて、ふたたび彼女の夫として、ローマ人として、三人委員のひとりとして義務を果たしてくれるよう説得するつもりだった。

　アントニウスは船を受け取った。兵士は軍に受け入れた。しかしオクタウィアに会うことは拒んだ。アテナイに滞在する屋敷さえ用意せず、そのままローマへ送り返した。そして、ローマを侮辱する意図をまざまざと見せつけるかのように、アレクサンドリアで——こともあろうにあのアレクサンドリアで——凱旋式を執りおこない、勝利のあかしとして数人の捕虜を、元老院ではなく異国の君主に、黄金の玉座から彼を見下ろすクレオパトラに捧げたのである。凱旋式のあとには、目を覆いたくなるような野蛮な儀式がおこなわれたと言われる。アントニウスがローブをまとってオシリス神に扮し、かの最も奇妙な女神、イシスに扮したクレオパトラと並んで座った。彼は、クレオパトラがすべての王を統べる女王になったと宣言し、彼女の息子カエサリオンをエジプトとキプロスの共同統治者とすると発表した。アントニウスは、片面に自分の似顔を、もう片面にクレオパトラの似顔を打刻した硬貨まで鋳造した。

それから、あとで思いついたかのように、オクタウィアに離縁状を送り、儀式も警告もなく彼女をローマの屋敷から追い出した。

こうなっては、こちらも覚悟を決めざるをえなくなった。オクタウィウスがイリュリアから戻ると、われわれは東方から迫り来る嵐に備えて準備をはじめた。

9 元老院議事録、ローマ（紀元前三三年）

本日、執政官代理にしてローマ艦隊提督、ローマ元老院造営官であるマルクス・アグリッパが、ローマ市民の健康と繁栄のため、ローマの栄光のため、下記のとおり宣言した。

1 マルクス・アグリッパは、財務当局の依頼によらず、私財を投じ、倒壊して放置されたすべての公共建物の再建・修理、およびローマの汚水をティベリス川〔現テヴェレ川〕へ運ぶ公共下水道の美化・補修に着手する。

2 マルクス・アグリッパは私財を投じ、ローマで自由民として生まれた住人全員に、向こう一年分のオリーブ油と塩を供給する。

3 男女を問わず自由民と奴隷のすべてに、向こう一年間、公共浴場を無料で開放する。

4 だまされやすい者、知識に乏しい者、貧しい者を守るため、そして異国の迷信の流布を防ぐため、占星術師、東方の占い師、呪術師の市内立ち入りを禁止する。現在、こうした不埒な商売を営む者には、ローマ市外への退去を命じる。従わない場合は、家土地をふくむ全資産を没収のうえ、死刑に処すものとする。

5 セラピス神とイシス女神の名を冠した神殿では、今後、エジプトの迷信に関わる小間物の売買を禁止する。違反した場合は、売り手も買い手も流刑に処する。神殿自体はユリウス・カエサルのエジプト征服を記念して建設されたものであるから、歴史的建造物と位置づけられる。ローマ市民およびローマ元老院がエジプトの邪神を認めたしるしではない。

10 請願書――百人隊長、クイントゥス・アッピウスより、マルクス・アントニウス最高司令官隷下のアシア軍団司令官、ムナティウス・プランクスへ、エフェソスにて（紀元前三二年）

わたしは、カンパニア地方のコルネリウス氏族の出身で、ルキウス・アッピウスの息子です。父は農民として生き、ウェリトラエの近くに数エーカーの土地を遺してくれました。わたしはその農場で十八歳から二十三歳まで、土地を耕し、細々と生計を立てておりました。家はいまもそこにあり、若いころに結婚した妻が留守を守っております。妻は自由民ですが、貞淑で信心深い女性です。農場を切り盛りしているのは、いまも存命の三人の息子たちです。わたしは息子をふたり失いました。ひとりは病のため、もうひとりである長男は、何年も前にユリウス・カエサルさまの軍団に加わってセクストゥス・ポンペイウスとの戦いに赴き、ヒスパニアで戦死を遂げました。

イタリアとわが子のため、わたしは二十三歳のときに兵士になりました。当時の執政官はトゥリウス・キケロさまとガイウス・アントニウスさまでした。ガイウスさまは、現在、わたしの主人であるマルクス・アントニウス閣下の叔父上にあたります。わたしは一兵卒として、二年間、ガイウス・アントニウスさまの軍団に在籍し、名誉ある戦いにおいて、ローマ転覆を謀ったルキウス・セルギウス・カティリナを打ち破りました。三年目にはユリウス・カエサルさまのもとで、カエサルさまにとって初のヒスパニア遠征に参加しました。まだ若かったのですが、勇敢な戦いぶりがユリウス・カエサルさまのお目にとまり、褒美として、第四軍団の下位百人隊長のひとりに任ぜられました。軍務についで今年で三十年になります。これまで十八の戦役に参加し、そのうち十四の戦いで百人隊長を、ひとつの戦いで臨時の師団長を務めました。元老院で正式に選ばれた執政官の人数で言いますと、六人の指揮下で戦ったことになります。遠征に赴いた地域は、ヒスパニア、ガリア、アフリカ、ギリシア、エジプト、マケドニア、ブリタンニア、ゲルマニアと、広範におよびます。凱旋式の行進を三たび経験し、戦友を救った功績により、五たび月桂冠を賜りました。戦闘での勇敢な活動に対して授与された勲章は二十個にのぼります。

若き兵士として立てた誓いにもとづき、わたしはこの国を守るため、政務官、執政官、元老院の権威に仕えてきました。誓いに忠実に、ローマのために働き、それを名誉としてきました。そのわたしもいまや五十三歳、そろそろ軍務を解いていただき、ウェリトラエに戻ってひっそりと静かに余生を送りたいと思うようになりました。

これだけの年齢になり、これだけの実績があっても、法律上、司令官閣下はわたしの申請を却下できるお立場にあります。それは承知しております。そもそも、わたしは自由意志で志願したのですから。また、これから申しあげることにより、われとわが身を危険にさらす恐れがあることも承知しております。どのような事態にいたろうとも、自分の運命として受け止める覚悟はできています。

わたしは、マルクス・アグリッパさまの軍団からアテナイへ派遣されたときにも、そこからアレクサンドリアへ、そして最後にここエフェソスのマルクス・アントニウス閣下の軍へ送られたときにも、いっさい逆らいませんでした。それが兵士の宿命であり、わたしはそれに慣れていたからです。以前にパルティア人と戦った経験もあり、彼らを恐れてはいませんでした。しかし過去数週間の展開を見ているうちに、わたしの心に強い疑念が芽生えたのです。そこでどうしても、かつてユリウス・カエサルさまの軍団でともにガリアで戦った司令官閣下にお伝えせずにはいられない気持ちになりました。

わたしに対し、つねに敬意のこもった対応をしてくださる司令官閣下なら、厳しい判断を下される前に、きっとわたしの言葉に耳を傾けてくださると思ったからです。

　われわれが今後、パルティア人ともメディア人とも、東方の誰とも戦わないことは明白です。にもかかわらず、われわれは武装し、訓練をし、攻城兵器を造っています。

　わたしは、ローマ市民が選んだ執政官と元老院に誓いを立てました。その誓いを破ったことは一度もありません。

　しかし、元老院はいまどこにあるのですか。わたしはどこに対して誓いを果たすべきなのでしょうか。

　議員三百人と今年の執政官二名がローマを捨て、いまここエフェソスに来ています。最高司令官となったマルクス・アントニウス閣下が、ローマに残った七百人の議員に対抗するため、彼らを呼び寄せたのです。ローマではすでに代わりの新しい執政官が選任されています。

　では、わたしは誰に対して忠誠の誓いを果たすべきなのでしょう。元老院が代表しているはずのローマ市民はどこにいるのですか。

　わたしはオクタウィウス・カエサルさまを憎んではいませんが、それがわたしの義務であれば、彼と戦います。わたしはマルクス・アントニウス閣下を愛してはいませんが、それがわたしの義務であれば彼のために命を捨てることも厭いません。兵士は政治を考える立場にはありません。兵士にとっては愛も憎しみも関係ありません。誓いを果たすのが義務なのですから。

　わたしはローマ人でありながら、ローマ人と戦ったことがあります。悲しみを胸に秘めつつ、同胞に刃（やいば）を向けました。しかし、異国の女王の旗印のもとでローマ人と戦ったことはありません。自分の祖国と同胞を、あたかも体に絵の具を塗りたくった異境の蛮族であるかのように見なし、略奪すべき対象、屈服させるべき対象と見立てて進軍したことはないのです。

わたしは年をとりました。そして疲れました。どうか軍務を解いて、静かに故郷へ帰らせてください。しかし閣下はわたしの指揮官です。あなたの権威に逆らうようなことはいたしません。退役を許可しないというご判断であれば、人生の根幹としてきた信義を貫き、誇りをもって任務を果たす所存です。

11　書簡――アジア軍団司令官、ムナティウス・プランクスよりオクタウィウス・カエサルへ、エフェソスにて（紀元前三二年）

わたしはあなたとは異なる考え方をしてきましたが、あなたの敵であったというよりは、むしろマルクス・アントニウスの友であったと言ったほうがいいでしょう。アントニウスとはともに、あなたの亡くなられた父上、いまでは神と崇められるユリウス・カエサルの信頼を受けた将軍であったころからのつきあいです。これまでの長きにわたり、わたしはローマに忠実であろうとしてきましたが、友としてきた男にも誠を尽くそうとしてきました。

しかしもはや両方に対して忠誠を守り続けることができなくなりました。マルクス・アントニウスは魅入られたように何も考えずに、クレオパトラに導かれるままに行動しています。その野心とは、世界を征服すること、その世界の王たる地位を、みずからの子孫に継承させる体制を作ること、そしてアレクサンドリアをその世界の首都にすることです。わたしは、この破滅への道を進もうとするマルクス・アントニウスを引き留めることができませんでした。アントニウスがローマに差し向けようともくろむ嘆かわしいかぎりのローマ軍団に加わろうとして、いまもエフェソスには、アジアの全属州から、続々と兵が集まってきております。クレオパトラはイタリアに戦争を仕掛けるため、金庫の扉を開け放ちました。彼女はマルクス・アントニウスのそばを離れず、あなたがたを破壊してみずからの野心を満たす道へと懸命に彼を追い立てています。今後は、クレオパトラがアントニウスと肩を並べて進軍し、戦闘でも指揮を執ると言われています。わたしだけではなく彼の友人のみんなが、クレオパトラをアレクサンドリアに送り返せとせっつきました。アレクサンドリアでなら、彼女の存在がローマ兵の憎しみを掻き立てることはないからです。しかしアントニウスは動こうとはしません。いや、動けないのです。

こうして、わたしはひとりの男への薄れゆく友情と、国への揺るぎない愛のどちらを選ぶべきか、選択を迫られたのです。わたしは東方での冒険を放棄してイタリアへ戻ることにしました。わたしひとりではありません。わたしはローマの兵士と生涯をともにしてきました。彼らの思いは十分に理解しているつもりです。多くの者が、異国の女王の旗下では戦わないでしょう。どうすればいいかわからない者は戦うでしょうが、悲しみをこらえ、しぶしぶ戦場に赴くことになるでしょう。当然、彼らの力、兵士としての決意は鈍ることでしょう。

わたしは友情をもって、あなたのもとへ向かいます。そして、あなたにお仕えしたいと思います。友人として受け入れていただくことはかなわなくとも、戦力としてのわたしには、利用価値を見いだしていただけるものと信じております。

12　マルクス・アグリッパの回顧録——断簡（紀元前一三年）

……さて、アクティウムの海戦と、ついにローマが長らくあきらめていた平和の到来へとつながった一連のできごとについて語るときがきた。

マルクス・アントニウスと女王クレオパトラは、東方で兵力を集め、エフェソスからサモス島へ、アテナイへと移動してきた。イタリアと平和が脅かされていた。カエサル・アウグストゥスが二度目の執政官を務めたときには、わたしはローマの造営官だった。ともに任期を終えると、われわれは東方の反逆者の脅威を取り除くため、軍隊の再建に着手した。そのため、何か月もローマを離れている必要が生じた。戻ってくると、ローマの敵たるアントニウスの支持者によって、元老院が正常に機能しなくなっていた。われわれは対応に乗り出し、イタリアの秩序転覆を謀る敵は、計略がうまくいきそうにないことを悟った。ふたりの執政官と国への忠誠も愛着もない議員三百人がローマを捨ててイタリアを去り、アントニウスのもとへ向かった。カエサル・アウグストゥスは邪魔立てもせず、脅しもせず、怒りもせずに、悲しみに胸をふさがれつつ、彼らを見送った。

ほどなく東方にいた忠実なローマ兵が、最初は十人単位で、やがては百人単位で、異国の女王のくびきをきらってイタリアへ戻ってきた。彼らの話から、戦争は避けられないことがわかった。開戦のときが迫っていることもわかった。兵士の相次ぐ離反により、アントニウス軍の兵力は弱まりつつあった。これ以上開戦が遅れれば、気まぐれで戦争経験のない蛮族軍団と、アシア出身の司令官に全面的に頼るよりほかはなくなるだろう。

こうしてカエサル・アウグストゥスは、二度目の執政官を務めた翌年の晩秋、元老院とローマ市民の同意を得て、ローマ市民とエジプト女王クレオパトラが戦争状態に突入する旨の宣言をおこなった。カエサル・アウグストゥスに率いられ、厳粛な雰囲気のなか、元老院議員たちは市外のマルス広場まで行進した。そこに建つベロナ神殿で、伝令官が宣戦布告書を読み上げ、祭司が雌の仔牛を生け贄として戦争の女神ベロナに捧げ、すべての戦いにおけるローマ軍の無事を祈った。

セクストゥス・ポンペイウスの討伐後、アウグストゥスはこれで内戦は終結したとローマの人々に報告し、二度とイタリアの地でその息子たちが血を流すことはないと誓っていたのだった。その冬、われわれは兵士を訓練し、船を修理し、数を増やし、天候が許せば海上で演習をおこなった。春になると、マルクス・アントニウスがコリンティアコス湾の出口付近に、艦隊や陸軍部隊を集結させていることがわかった。そこから一気にイオニア海を突っ切り、イタリアの東海岸に攻めかかろうという計画だ。イタリアを傷つけられてなるものか。われわれはただちに行動を起こした。

われわれの前に、東方世界最強の軍隊が列を成して現れた。兵は十万、うち三万がローマ兵だった。ギリシアの海岸線には、軍船五百隻が配備されていた。さらにエジプトとシリアに、予備兵八万が待機しているという。これを迎え撃つわが軍は、ローマ兵が五万五千人。そのうちの多くはポンペイウスとの海戦を戦った熟練兵だった。軍船は、わたしの指揮下に置かれた二百五十隻のほか、補給船百五十隻が揃っていた。

ギリシア海岸には、防御態勢の整った港がほとんどないので、われわれは難なく、アントニウスと陸地で戦う兵士を上陸させることができた。わが軍の艦隊が海上封鎖をおこない、シリア、エジプトからの補給路を断った。これでアントニウスとクレオパトラは、自分たちが侵略した土地からしか、食糧や物資を補給できなくなった。

ローマ人の命を奪いたくなかったので、その春のあいだは、小競り合い程度の衝突をくり返していた。戦闘ではなく海上封鎖によって勝利をめざしたかったのだ。夏になると、われわれは大挙して、敵の最大戦力が集中しているアクティウム湾に向けて移動した。侵攻すると見せかけて、敵をおびき寄せる作戦だった。これは成功した。アントニウスとクレオパトラは全艦隊を率い、われわれが攻撃するつもりのない船と人員の救出にやってきた。彼らが近づいてくる前に、われわれは後方へ下がり、彼らを湾内に通した。いずれ彼らは出ていかざるをえない。そうすれば、陸戦を得意とする敵軍を、海戦に誘い込むことができる。

アクティウム湾は、出入り口の幅が一マイル半にも満たないのに、奥へ行くほど広くなり、敵の船が余裕をもって停泊することができる。船を湾に休め、敵軍の兵士たちが海岸で野営を張っているあいだに、カエサル・アウグストゥスは、歩兵と騎兵に周囲を取り囲ませ、その輪を補強した。これで、敵が内陸部に退却しようとすれば、大きな犠牲を払うことになる。われわれはただひたすら待った。敵兵が飢えと病に苦しんでいて、陸の上を退却する体力が残っていないことを知っていたからだ。きっと海で戦おうとするにちがいない。

セクストゥス・ポンペイウス討伐後に、われわれがアントニウスに返した船は、艦隊の中でも最大級のものだった。われわれが入手していた情報によると、アントニウスが今回の戦争に備えて建造させた船はさらに大きく、十層もの櫂を備え、衝突に耐えられるよう、鉄の帯を巻いて補強されているという。そのような船が自由に動ける余地のない海域で小さな船とまともに戦えば、ほぼ勝ち目はない。そこでわたしは早くから、より軽くて機動性に富んだ船を多数用意して、これを頼みとしようと決めていた。櫂も二層から六層程度で、それ以上大きな船は一隻もなかった。辛抱強く待ち、東方の艦隊を外海へおびき出そうと考えていた。ポンペイウスと戦ったナウロクス沖の海戦では、敵の艦隊と海岸付近で対戦しなければならず、そこでは機動力がまったく無意味だったからだ。

われわれは待った。九月の第一日、軍船が列を成して近づいてくるのが見えた。漕ぎ手のいない船には火が放たれていた。われわれは翌日に備えて、準備を整えた。

次の日の朝は快晴だった。港もその外の海も、透明な石でできたテーブルのように平らに見えた。東方の艦隊が帆を揚げた。風が吹いてきたら、われわれを追跡してやろうとでもいうように。漕ぎ手が櫂を水に浸した。すると艦隊が、強固な壁のように、水面をゆっくりと滑りだした。アントニウス自身は、三つの小艦隊のうち、最もこちらに近い右舷の隊の指揮を執っていた。あまりに間近だったので、たがいの櫂がぶつかりあうほどだった。クレオパトラの艦隊は中央の隊の後方から、少し距離をおいてついてきた。

わたしの小艦隊は、アントニウスの隊を正面から迎えた。カエサル・アウグストゥスの率いる部隊は左舷に位置を占めていた。われわれは湾のはるか外で、弧を描くようにして横一列に並んで散開していた。だから、後ろに船がなかったのである。

敵が向かってきても、われわれは動かなかった。敵は湾の出口で止まった。数時間のあいだ、一本の櫂も水面に差し入れられなかった。敵はこちらに攻撃させたがっていた。われわれは動かず、ただ待ち続けた。

やがてついに、忍耐が尽きたのか、強気を抑えることができなかったのか、敵の左舷部隊が前に出てきた。カエサル・アウグストゥスが、危険を避けようとするかのように、後退した。敵の左舷部隊はためらうことなくそれを追いかけ、東方のほかの艦隊もあとに続いた。わが軍の中央の部隊も後退し、弧を描いていた船列が長く伸びた。敵の艦隊は、魚が網にかかるように、その弧の奥へと突き進んだ。われわれは彼らを包囲した。

戦闘は、たそがれどきが近づくころまで続いたが、いっときたりとも、勝利を疑うことはなかった。われわれは帆を揚げなかったので、重装備の敵艦のまわりを機敏に動くことができた。敵は帆を揚げていたがために、甲板が狭くなり、投石兵や弓兵が思うように動ける余地がなかった。しかも帆は、わが軍の弩（いしゆみ）から放たれる火矢の恰好の標的となった。こちらの甲板にはなんの障害物もなかったので、錨鉤（いかりかぎ）を引っかけて敵艦を捕らえることができれば、力でまさるわが軍の兵士が乗り込み、やすやすと敵兵を圧倒することができたのだ。

敵はわれわれの戦列にくさびを打ち込んで、突破口を作ろうとした。しかしわが軍が即座に対応して、敵の隊形を崩し、各艦が単独で戦わざるをえない形にした。敵はふたたび隊形を整えようとしたが、わが軍はまたもそれを突き崩した。しまいには、一隻一隻の敵艦が、みずからの生き残りのみを賭けて全力で戦っていた。燃え上がる敵艦が海面を照り輝かせ、ごうごうという炎の咆哮（ほうこう）に混じって、船とともに身を焼かれる男たちの悲鳴が聞こえた。あたりの海は血に染まって黒ずみ、甲冑をかなぐり捨てて火から逃れようと弱々しく抗う兵士や剣や槍や矢であふれていた。敵対はしたが、彼らも同じローマ兵なのだ。それを考えると、断腸の思いがした。

戦いのあいだ、クレオパトラの艦隊は、はるか後方の港にとどまっていた。やがてついに風が起こると、彼らはいっせいに帆を揚げ、戦闘のただなかにあるほかの船を迂回して、われわれが追撃できない外洋へと去っていった。

戦闘中には、どさくさにまぎれて、そのような奇妙な瞬間が訪れることはめずらしくない。兵士なら誰にも経験がある。ちょうどカエサル・アウグストゥスを乗せた船がわたしの船のすぐそばに来ていたので、われわれはたがいに目を見交わすことができた。叫べば、たがいの声が聞こえただろう。彼女の艦隊が追跡を振り切って逃げ去ったとき、三十ヤードと離れていないところに、マルクス・アントニウスの艦があった。おそらく、われわれ三人が同時に、クレオパトラを乗せた旗艦の紫色の帆を目にしたのだと思う。誰も動かなかった。アントニウスは船首像と化したかのように舳先に立ち、去りゆく女王を見送っていた。やがてこちらに向き直ったが、われわれふたりとわかったかどうかは定かではない。彼の顔は、死人のように表情を失っていた。アントニウスはこわばった動作で片腕をあげ、そしておろした。帆が張られ、巨大な船がゆっくり舳先をめぐらしたかと思うと、急激に速度を増した。マルクス・アントニウスは、クレオパトラを追っていった。われわれは、殺戮を免れた敵艦の哀れな残骸を眺めていた。追跡しようとはしなかった。わたしはその後、マルクス・アントニウスの姿を見ていない。

見捨てられ、取り残された船はすべて降伏した。われわれは負傷した敵兵の手当てをした。彼らは同胞でもあったのだ。残ったアントニウスの軍船はすべて焼却した。カエサル・アウグストゥスは、敵として戦ったローマ兵を、勇敢さゆえに処罰するつもりはないと言い、名誉を回復して無事にローマへ帰してやると約束した。

われわれは、世界を征服したことを知っていた。だがその夜、勝利の歌が歌われることはなかった。

また、喜びに浸った者はひとりもいない。夜が更けても、燃える船体を海水が洗い、しゅうしゅうと蒸発する音、傷兵の低くうめく声のほかには、何も聞こえなかった。火明かりが煌々と港を照らしていた。カエサル・アウグストゥスは、その明かりを浴びて赤らんだ顔に険しい表情を浮かべ、自分の船の舳先に立ち、勇敢な男たちをのみ込んだ海を見つめていた。敵も味方もなかったかのように。

13　書簡――ガイウス・キルニウス・マエケナスよりティトゥス・リウィウスへ（紀元前一二年）

きみの質問に答えよう。

マルクス・アントニウスは命乞いをしたのか。ああ、いかにも。そのことは忘れてやるのがいい。わたしはその手紙の写しを保管していたことがある。だが廃棄した。オクタウィウスは返事を書かなかった。アントニウスは殺されたのではない。彼は自害したのだ。もっとも、しくじってじわじわと死を迎えるはめになった。そっとしておいてやろう。この問題はあまり深く追うな。

クレオパトラについて。（1）ちがう。彼女はオクタウィウスの差し金で暗殺されたのではない。（2）そのとおり、オクタウィウスは、彼女がみずから命を絶つ前に、アレクサンドリアで本人と話をした。（3）できるものなら、彼女の命は助けたことだろう。オクタウィウスは彼女の死を望んでいなかった。有能な為政者だったからだ。名目上の女王として、エジプトを統治させる手もあった。（4）アレクサンドリアで彼らが何を話したのかは知らない。オクタウィウスは話してくれなかった。

カエサリオンの処遇について。（1）そのとおり、彼はまだ十七歳だった。（2）そのとおり、われわれが彼を処刑することを決めた。（3）彼がユリウスの息子だというのは、わたしの判断だ。（4）いいや、彼はその名前ゆえに処刑されるのではなく、野心ゆえに命を絶たれることになった。これについては異論はない。わたしがオクタウィウスに、彼はまだ若いと言ってみたところ、オクタウィウスは、自分もかつては十七歳だったことがあり、しかも野心を持っていたと答えた。

マルクス・アントニウスの息子、アンテュッルスについて。オクタウィウスは彼を処刑した。彼もまた十七歳で、父親にそっくりだった。

オクタウィウスのローマへの帰還について。（1）彼は三十三歳だった。（2）五度目の執政官就任にあたり、三度の凱旋式を挙行した。（3）同じ年に彼は病に倒れ、われわれはまたもや、彼が死ぬのではないかと心配した。

親愛なるリウィウスよ、そっけない回答ぶりを許してくれ。わたしは気を悪くしているのではない。ただ疲れたのだ。わたしは、他人の身に起きたことのように、こうして過去を振り返っている。あたかも現実ではないかのように。真実は明らかになるだろうが、わたしは思い出すことに飽きてしまった。たぶん、あしたはもう少し気分がよくなると思う。

第二部

第一章

1　口述記録――ヒルティアより息子クィントゥスへ、ウェリトラエにて（紀元前二年）

わたしはヒルティアです。わが母クリスピアは、大ガイウス・オクタウィウスさま〔オクタウィウスの実父〕の妻、アティアさまの家内奴隷でした。アティアさまは、神君ユリウス・カエサルの姪御さまで、いまはアウグストゥスとして知られるあのオクタウィウスさまの母上です。わたしは読み書きができないので、ここウェリトラエで、アティウス・サビヌスさまの地所の管理をまかされている息子のクィントゥスに語り聞かせることにしました。子孫が自分たちの前の代のこと、その時代に祖先が演じた役割のことを伝えるため、クィントゥスがわたしの言葉を書き取ってくれます。わたしは七十二歳です。生涯を閉じる日も近づいています。神々が永遠にわたしのまぶたを閉じるまでに、これらの言葉を残しておきたいと思うのです。

三日前、息子がローマへ連れていってくれました。わたしの目がかすんで見えなくなる前に、もう一度、若き日々を過ごした思い出の都市を見せておきたいと考えたからです。すると、あるできごとをきっかけに、二度と戻ることはないと思っていた遠い過去の記憶がよみがえりました。五十年以上の歳月を経て、いまこの世界の支配者となり、わたしの乏しい記憶力では覚えきれないほど多くの称号を持つかたのお姿を、わたしはふたたびこの目で拝したのです。けれども、かつてわたしはそのかたを〝タウィウス〟と呼び、わが子のように、この腕に抱いたことがあります。それについてはのちほど話すことにして、いまはもう少し前の思い出を語りたいと思います。

わたしの母は、ユリウス氏族の家内奴隷として生まれました。母は幼いころ、遊び相手としてアティアさまに与えられ、長じてからは召使いとしてお仕えしました。けれども母は若くして、年に似合わぬ誠実な仕事ぶりを認められ、自由の身にしていただきました。すでに自由民であったヒルティウスと合法的に結婚できるようにとのご配慮をいただいたのです。ヒルティウスはのちに、わたしの父となりました。父は、ウェリトラエにあったオクタウィウス家の地所内のすべてのオリーブ園を管理する仕事をしていました。わたしが生まれた家は、オリーブ園を見晴らす丘の上の、別荘の近くにありました。わたしはその家であたたかい心に包まれ、人生最初の十九年間を暮らしました。いまわたしは、ウェリトラエに戻っています。神々がお許しくださるならば、この家で、子供のころと同じ満ち足りた気持ちのうちに、最期を迎えたいと思っています。

アティアさまご夫妻は、たびたび別荘に滞在されていたわけではなく、ローマにお住まいでした。大ガイウス・オクタウィウスさまは、当時、政府内で重要なお役目を務めておられました。わたしが十歳のとき、母から、アティアさまが男のお子さまを出産なさったと聞かされました。病弱なお子でしたので、アティアさまは、悪臭と煙の漂う都市で育てるより、空気のきれいな地方で幼少期を過ごさせたいとお考えになりました。わたしの母は、ほんの少し前に死産したばかりでしたので、アティアさまのお子にお乳をあげることができました。母はわが子のようにこのお子のお世話をし、わたしも同じようにかわいがりました。自分が母となる日を夢見て、心震える思いの芽生える年ごろでした。

わたし自身もまだ子供でしたが、それでも、赤ちゃんの体を洗ったり、しっかりと布でくるんでさしあげたりしました。はじめて歩きだしたときには、その小さなお手をとりました。そうして成長を見守ったのです。お母さんごっこをさせていただくなかで、わたしはあのかたを〝タウィウス〟と呼んでいました。

そのタウィウスが五歳のとき、長らくマケドニアの地に赴（おもむ）かれていた旦那さまがお戻りになり、別荘で何日かをご家族と過ごされました。旦那さまは、南のノーラにある別荘へみんなで移り、そこで冬を越そうとお考えでした。けれども突然ご病気になり、計画を果たせないうちに亡くなられてしまったのです。わたしのタウィウスは、お父上を失いました。決して知ることのなかった父親を。わたしはタウィウスを抱きしめて慰めようとしました。小さな体が震えていたのを覚えています。でもタウィウスは泣きませんでした。

その後四年ほどのあいだ、タウィウスのお世話はわたしたちにゆだねられました。ローマから派遣された家庭教師もいて、奥さまもたびたび訪ねてこられました。わたしが十九歳のとき、母が亡くなりました。するとアティアさまは――喪に服されたあと、ご自身の義務を果たすため、すでに再婚しておられました――タウィウスをローマに帰して、一人前の成年男子となる準備をはじめる頃合いだと判断なさったのです。アティアさまは、わたしのことをお気にかけてくださり、将来を考え、食べるに不自由することのないよう、十分な土地を持たせてくださいました。それから、わたしの幸せを祈って、お身内の自由民男性との縁組みを整えてくださいました。ローマの北、ムティナの近くの山里で羊を飼い、ささやかながら安定した生活を送っていた人でした。

こうしてわたしは少女時代を卒業してひとりの女となり、その過程で、わが子と思おうとしてきたタウィウスに、別れを告げなくてはなりませんでした。お母さんごっこの日々は終わったのです。けれども、タウィウスとお別れするときにさめざめ泣いたのはわたしのほうでした。タウィウスは、小さな子供を慰めるようにしてわたしを抱きしめ、決しておまえのことを忘れないと言ってくれました。

わたしたちは、いつかまた会おうと誓いました。でも、会えるとは思っていませんでした。わたしのタウィウスであったおかたは、ご自分の道を進まれて、世界の統治者になられました。そしてわたしは、神々に賜った幸福と、自分の定めの意味を知りました。

学のない老婆には、ご幼少のころを存じ上げていたおかたの偉大さなど、理解できるものではありません。よちよち歩きの赤子だったころや、遊び友だちと歓声をあげて駆けまわっておられた少年のころしか記憶にありません。そのかたは、いまやローマ市外では、どこの村でも町でも、神と崇められておいでです。わたしの暮らすムティナの町でも、お名前を冠した神殿が建立されました。よその町にもあると聞いています。田舎(いなか)では、どこの家でも暖炉の上にあのかたの姿絵が飾られているのです。

わたしは、世の習わしも神々の道もよく知りません。自分のお腹を痛めたわけではなくとも、わが子も同然と思っていた男の子のことを覚えているだけです。そして自分の覚えていることを語らずにはいられないのです。小麦の穂よりも明るい色の髪、決して日に焼けることのない白い肌。快活にふるまうこともあれば、静かに心の扉を閉ざしていることもある。かっとなりやすいところもあるけれど、すみやかに怒りを鎮める術(すべ)も心得ている。わたしはあのお子を愛していましたが、ほかの子供となんら変わりのない少年だったのです。

世に知れ渡ったあのかたの偉大さは、すでにあのころから神々によって授けられていたにちがいありません。けれども仮にそうだとしても、あのかたはお気づきになっていなかったと思います。遊び友だちとは誰とでも――最も低い階級の奴隷の子とでも――対等に接しておられました。多くを与え、多くを与えられるお子でした。課題に取り組むときでも遊ぶときでもです。そう、神々はきっとあのかたに手を触れられたのでしょう。けれども賢明にも、ご本人にはそのことを知らせないようにされたのだと思います。わたしはのちに、あのかたのご出生に先立ち、多くの前兆があったという話を聞きました。アティアさまが夢の中で、蛇に姿を変えた神と交わり、あのかたを身ごもられたとか。旦那さまが奥さまの腰から太陽がのぼる夢をごらんになったとか。また、あのかたがお生まれになる瞬間には、イタリア全土で、理解を超える奇蹟が起きたとか。わたしは自分が耳にしたことを述べているだけです。あの時代の記憶を語っているにすぎません。

さて、そろそろ、このようなことを思い出すきっかけとなった出会いについてお話しすることにいたしましょう。

息子のクィントゥスは、ローマのりっぱな公共広場をわたしに見せたいと考えました。彼は雇い主の代理で仕事上の用を足すため、たびたびそこを訪れていたのです。その日の朝早く、息子はわたしを起こしました。混んでくる前に通りを歩いていけるようにとの心遣いでした。わたしたちは、新しい元老院議事堂を見てから、聖なる道(ウィア・サクラ)と呼ばれる通りを歩き、朝陽を浴びて山の雪のように白く輝くユリウス・カエサル神殿へと向かいました。いまは神となられたカエサルさまですが、子供のころにそのお姿を拝したことを思い出し、わたしの住むこの世界はなんと偉大になったことかと改めて感じ入りました。

わたしたちは、その神殿のそばでしばし足を止めて休むことにしました。この歳ですから、すぐに疲れてしまうのです。休憩していると、一団の人々が通りをこちらへやってくるのが見えました。すぐに元老院議員のお歴々とわかりました。紫色の縁取りのついたトガをお召しだったからです。頭(こうべ)を垂れていると、真ん中を歩いておられた華奢(きゃしゃ)な体つきの男性が会釈を返してくださいました。つばの広い帽子をかぶり、片手に杖をお持ちでした。ほかの議員がそのかたに何か言葉をかけておられるようでした。わたしは目が弱っているので、お顔立ちはよくわかりませんでしたが、ふいに知の力のようなものを感じて、クィントゥスにこう言いました。

「あのかたよ」

クィントゥスはわたしに笑みを見せて尋ねました。「あのかたって？　誰なんだい、母さん」

「あのかたなのよ」わたしは震える声でくり返しました。「いつも話しているご主人さま。昔、お世話をさせていただいた……」

　クィントゥスはもう一度あのかたを見てから、わたしの腕をとり、もっとお姿がよく見えるようにと、通りの近くまで連れていってくれました。ほかの市民もあのかたが歩いてこられるのに気づき、わたしたちはたちまち、人山にのまれてしまいました。

　わたしは話しかけようとは思っていませんでした。けれどもあのかたが前をお通りになった瞬間、子供のころの思い出が一気によみがえり、思わず声が出ました。

「タウィウス！」

　ささやきが漏れた程度の声でしたが、ちょうど前を通られるときだったからでしょう、あのかたは立ち止まり、不思議そうなお顔でわたしをごらんになりました。それから、周囲の議員に、その場で待っているようにと手振りで指示なさり、こちらに歩み寄られました。

「呼びかけたのはあなたですか」

「はい」わたしは答えました。「申しわけありません」

「いまのは、わたしの子供のころの呼び名だった」

「わたしはヒルティアです。あなたさまがまだお小さかったころ、ウェリトラエで母が乳母を務めておりました。覚えていらっしゃらないでしょうが」

「ヒルティア」と、あのかたはおっしゃり、微笑(ほほえ)まれました。そしてさらに近づき、わたしの顔をしげしげとごらんになりました。お顔にはしわが刻まれ、頬はこけていましたが、そこには、わたしが知っていたタウィウスの面影がありました。「ヒルティア」あのかたはもう一度言い、わたしの手をとられました。「覚えているよ。何年になるだろう……」

「五十年以上も経ちました」

お連れのかたが何人かこちらに向かってこられましたが、あのかたは、来なくていいというように、手を振られました。

「五十年か……。周囲の人はみな、よくしてくれましたか」

「わたしは五人の子を育てました。そのうち三人が生きており、元気にしております。夫はいい人で、わたしたちは何不自由なく暮らすことができました。夫は神々に召され、わたしも幸福のうちに、お迎えを待つ日々を送っております」

あのかたはわたしをごらんになりました。「お子さんの中には、娘さんもいますか」

妙なことをお尋ねになると思いました。「いいえ、わたしは息子のみに恵まれました」

「息子さんたちはあなたをだいじにしてくれましたか」

「ええ、だいじにしてくれました」

「では、あなたはいい人生を送ってきたのですね。きっとあなた自身が気づいている以上にいい人生を」

「天に召される日を心穏やかに待っております」

あのかたはうなずき、ふっと表情を曇らせると、わたしには理解できない苦悩を秘めた声でこう言われました。「ならば、わたしよりも幸運かもしれない」

「けれども、あなたさまは――ほかの人とはちがいます。地方ではどこの家でも、あなたさまの似姿が飾られ、炉を守っています。辻でも神殿でも。世界中の尊敬を集めていらっしゃるのに、お幸せではないのですか」

あのかたはしばらくわたしに目を注いでおられましたが、何もお答えになりませんでした。やがてそばに立っていたクィントゥスのほうを向かれました。「息子さんですね。面差しがあなたにそっくりだ」

「クィントゥスと申します」わたしは言いました。「ウェリトラエでアティウス・サビヌスさまのすべての地所の管理をまかされております。わたしは夫が亡くなって以来、クィントゥスとその家族といっしょに暮らしております。みんないい人ばかりです」

あのかたは何も言わずに長いあいだクィントゥスを見ておられました。「わたしは息子を授からずじまいだった。娘がひとり、ローマにいますが」

わたしは言いました。「すべての人があなたのお子です」

あのかたは微笑まれました。「自分をだいじにしてくれる息子が三人いたほうがよかったと思いますよ」

わたしはなんと答えていいのかわからなくて、黙っていました。

「あの……」息子が言いました。声が震えていました。「わたしどもは身分の卑しい者です。それ相応の人生を送ってきました。きょうは陛下が元老院で演説をなさると聞きました。ローマ世界に、知恵と助言をお授けになるために。陛下のご幸運に比べれば、わたしどもの運命など、取るに足らないものです」

「クィントゥスといったかな？」あのかたがお尋ねになり、息子はうなずきました。「クィントゥス、きょう、わたしはみずからの判断で、提言をしなければならない——元老院に、わたしがこの生涯で最も深く愛してきたものを、わたしから奪うよう命じなければならないのだ」つかのま、あのかたの目が曇りました。けれどもすぐに表情をやわらげて、こうおっしゃいました。「わたしはローマに自由を与えた。だがその自由をわたしだけが享受できないのだ」

「お幸せではないのですね」わたしは申しあげました。「あなたさまはみなを幸せになさったのに」

「それがわたしの人生だったのです」と、あのかたは応じられました。

「お幸せになられることをお祈り申しあげます」

「ありがとう、ヒルティア。あなたのためにできることはありますか」

「わたしは満足しております」わたしは答えました。「息子たちも」

あのかたはうなずかれました。「わたしは自分の義務を果たさなければなりません」そう言われたあとは、長いあいだ黙り込んでおられて、立ち去ろうとなさいませんでした。「わたしたちはまた会えたのですね、昔の約束どおりに」

「はい」

あのかたは微笑まれました。「当時、あなたはわたしをタウィウスと呼んでいた」

「ええ、タウィウスと」

「では、さようなら、ヒルティア。この次はおそらく――」

「もう二度とお目にかかることはないでしょう。わたしはウェリトラエに戻ります。ふたたびローマを訪れることはないと思います」

あのかたはうなずくと、わたしの頰に唇を触れ、通りのほうへ向き直られました。そしてゆっくりとウィア・サクラを歩いて、待ち受けている議員たちのもとへ向かわれました。

わたしは九月の十日に、以上の言葉を息子のクィントゥスに書き取ってもらいました。息子たちと、その子供たち――いまいる孫とこれから生まれてくる孫――のために。かつてわが一族がローマと呼ばれた世界でどんな位置を占めていたのか、子々孫々、末代にいたるまで、語り継いでもらえるように。

2　ユリアの手記、パンダテリア〔現ヴェントテーネ〕島にて（紀元四年）

窓の外では、午後の明るい日射しのなか、陰気な灰色の岩が、あとからあとから海に向かって転がり落ちていく。それらの岩は、パンダテリア島のあらゆる岩と同様、もとは火山の爆発によって噴出されたものだ。いくらか多孔質で軽くて、その上を歩くときには、気をつけていないと、隠れた鋭い角で足を切ってしまう。島にはほかの住人もいるが、わたしは会うことを許されていない。つき添いも監視もつけずに、細長く延びる黒っぽい砂浜まで、百ヤードほどを歩いていくことは認められている。五年前からわたしが暮らしているこの小さな石造りの小屋を中心として、半径百ヤード以内のところなら、どこまで歩いていってもかまわないとされている。草木も生えないこの一画のことは、これまでに見てきたどんな土地の形状よりよく知っている。もちろん、生まれ育ったローマよりも――ほぼ四十年にわたり、惜しみなく愛を注いできた故郷よりも知り尽くしている。今後わたしがほかの土地を知ることはないようだ。

空が晴れわたり、海から立ちのぼる霧が日射しや風に吹き払われた日には、東の方角に目を凝らす。ときおり、イタリア本土が見えたような気持ちになる。穏やかな湾に守られたネアポリス近郊の街まで見えたような……。けれども、確信はない。水平線を翳(かげ)らせる黒い雲を目にしただけかもしれない。もっとも、雲だろうが陸だろうが、わたしにはこれ以上近づくことはできない。

下の台所では、母が、わたしたちに許された唯一の召使いを怒鳴りつけている。鍋やフライパンをたたく音が聞こえたかと思うと、また叱責の声が続く。ここへ来てからの数年、毎日午後にくり返される無意味な日課だ。召使いは何も言わない。耳が聞こえないのではなく、わたしたちの話すラテン語がわからないらしい。けれども母は飽くことなく、その女に向かってわめき散らす。必ず自分の不満は相手に伝わる、それが肝要なのだという楽観的な考えを手放さない。母のスクリボニアには驚かされる。もうすぐ七十五に手が届こうかというのに、若い女のような活力と意志によって、一度も自分を満足させたことのないこの世界に、何か奇妙な秩序をもたらそうと躍起になっている。その世界が何かの原則に従おうとしないこと、母とこの女だけを置き去りにしていることを激しく非難しているのだ。母はわたしといっしょにパンダテリア島にやってきた。母親としての愛情からではなく、生存することの不快を再確認できる環境に、なんとしてでも身を置きたかったからだと思う。わたしが母の同行を承諾したのは、適度の無関心からだ。

わたしは母のことをほとんど何も知らない。幼いころにはほんの数回しか会っていない。少女時代に面会した回数はさらに少ない。成人してからは、たまに公式の行事や集まりで顔を合わせる程度になった。母を好きだと思ったことは一度もない。この五年間は親密な関係を強いられてきたが、気持ちは変わっていない。そのことがわかり、いくらか慰めになっている。

わたしはユリア。オクタウィウス・カエサル――アウグストゥス――の娘だ。四十二歳になったいま、わたしは、かつての家庭教師、アテノドロスが眉をひそめるような目的でこの手記を書いている。なぜならそれは、自分のため、自分が読むためだからだ。ほかの目的で書いたとしても、これが他人の目に触れる機会はおそらく来ないだろう。わたしは別の目的を持とうとは思わない。世間に対して、自分のことは説明しない。世間に理解してもらおうとも思わない。どちらにも関心がなくなった。長年、この体には入念な手入れをし、この体で数多くの芸術に触れてきた。だがこの先、この体で何年生きようとも、わたしの人生のたいせつな部分はもう終わってしまったのだ。だからわたしは、学者のように冷徹に、みずからの人生を眺めてみようと思う。昔、アテノドロスは、わたしが男に生まれていたなら、そして神と崇められる皇帝の娘でなければ、学者になれたかもしれないと言っていた。

けれども、身に染みついた習慣の力は、驚くほどに強い。この手記を書きはじめたいまも、自分自身という、誰より奇妙な読者しか想定していないのに、ふと気づくとペンを止め、適切な主題を探して議論を組み立てようとしている。適切な議論の進め方から、議論の構成、構成要素の効果的な並べ方、その要素を運ぶ文体にいたるまで、どう工夫したものかと考え込まずにはいられない。わたしが論説の力で説き伏せ、真実を認めさせようとする相手は、わたし自身であり、思いとどまるよう忠告する相手も、わたし自身なのに。愚かなことではあるけれど、害はない。少なくとも、そうしていれば、毎日を退屈せずに過ごすことができる。わたしが幽閉されているこの島の、岩がちの海岸に寄せては砕ける波を数えて過ごすのと同程度には。

そう、わたしの人生はもう終わっているのだ。けれども、それがどこまでほんとうなのか、完全には理解できていなかった。きのう、ほぼ二年ぶりにローマからの便りを受け取ることを許され、はじめてそれを思い知った。息子のガイウスとルキウスが死んだというのだ。ガイウスは怪我(けが)をしてアルメニアで、ルキウスはヒスパニアに向かう途中、原因不明の病に倒れ、マッシリア〔現マルセイユ〕で……。手紙を読んだときには、頭の芯がしびれたようになった。これはあまりの衝撃を受けたせいだと、どこか他人事のように思った。悲しみが込み上げてくるのを待ってみたが、そんな感情は湧かなかった。そこでわたしは人生を振り返り、あたかも関心がないかのように、生きていくうえで区切りとなったさまざまな瞬間を思い出していった。そして、自分の人生が終わったことを悟ったのだ。自分自身のことを気にかけないのは、たいしたことではない。けれど、かつて自分が愛した者のことが気にかからないのは、また別の問題だ。何もかもに興味を失い、たいせつなことがなくなってしまった。こうして習い覚えた方法で言葉を書き連ねようとするのは、茫々(ぼうぼう)たる無関心に落ち込んだ自分をふたたび奮起させられるかどうか、確かめたいからだと思う。できるかどうかはわからない。それは、あそこに見える巨岩を押して、斜面を転がし、暗い波間に落とし込んで海の関心を呼び覚まそうとするようなものだ。わたしは自分の疑念にさえ関心が持てない。

わたしはユリア。ガイウス・オクタウィウス・カエサル――アウグストゥス――の娘。ルキウス・マルキウスとガイウス・サビヌスが執政官を務めた年の九月の第三日に、ローマで生まれた。母はあのスクリボニアだ。母の姪は、海賊セクストゥス・ポンペイウスの妻だった。わたしが生まれてから三年後、わたしの父は、ローマの安全を守るため、ポンペイウスを滅ぼした。

それがあのアテノドロスでさえ――気の毒なアテノドロスでさえ――称賛したであろう歴史のはじまりとなった。

3　書簡――ルキウス・ウァリウス・ルフスよりプブリウス・ウェルギリウス・マロへ、ローマにて（紀元前三九年）

親愛なるウェルギリウス、病が悪化していないことを信じている。ネアポリスの太陽のあたたかさが、きみの健康を大きく増進してくれたはずだ。友人たちから、よろしく言ってほしいと頼まれた。きみの幸福こそが、われわれの幸福なのだと伝えて、きみを勇気づけてほしい、とね。きみが元気なら、ぼくらも元気になれる。彼らはまた、きみが昨夜、クラウディウス・ネロ邸で開かれた饗宴に出席できなくて残念だったとも思っている。ぼく自身、きょうの午後になってようやく、あの興奮の余韻から回復しはじめたところだ。すばらしい夜だった。どんなようすだったか、少しばかり書いてみれば、きみの不快な気分もいっとき晴れるかもしれない。

きみを招待したがっていたクラウディウス・ネロを知っているかい？　いくらか親しいような口ぶりできみのことを話していたから、少なくとも面識はあるものと推察している。もしきみが彼を知らなければ、ほんの二年前、ペルシアでオクタウィウス・カエサルに刃向かったがために、シキリアへ島流しになった男だと言えば思い出すのじゃないか。いま彼は政界を退き、オクタウィウスと親友同士になっているようだ。けっこう年を食っていて、奥方のリウィアは妻というより、娘に近い年ごろだ。それがどんなに幸運なことかは、きみもほどなくわかるだろう。

きのうは、文学の夕べになったが、クラウディウスがそのように取り計らったとは思えない。彼はいい人だが、学識がない。実際はオクタウィウスが陰でお膳立てしたらしいことがわかった。クラウディウスはいわば、名目上の主催者だったわけだ。饗宴は、われらが友、ポッリオ〔詩人で平民出身の政治家〕を讃えるために開かれた。彼はついに、平民のあいだでも学問が盛んになるよう、ローマの人々にみずから約束していたあの自由を与えるのだ。

雑多な面々が集まっていたが、どちらかと言えば、幸運な顔ぶれであることが判明した。ほとんどはぼくらの友だちだ。ポッリオ、オクタウィウス、それから(あのいまいましい)スクリボニア、マエケナス、アグリッパ、ぼく、アエミリウス・マケル。それにきみの〝崇拝者〟にして三流詩人のメウィウス――あいつはクラウディウスにしつこくせがんで招待を引き出したにちがいない。クラウディウスは自分から招待するほどばかじゃないからね。それから、ぼくらの知らない客もひとり。アマセイア出身のストラボンとかいう風変わりな男で、哲学者か何からしい。そのほかには、場に華を添えるためだろう、貴族のご婦人も数人招かれていたが、名前は思い出せない。それに、驚いたことに(きみにとってはたぶん、おもしろいことに)あのぶっきらぼうだが魅力的な若者、ホラティウスも来ていた。きみは彼の詩をあたたかく評価していたね。彼が招待された裏には、マエケナスの力添えがあったのだと思う。数か月前には、ホラティウスがマエケナスに無礼を働いたばかりだというのに。

オクタウィウスがすこぶる上機嫌だったことも報告しておかねばなるまい。スクリボニアは相変わらずの仏頂面を決め込んでいたが、オクタウィウスは冗舌と言っていいほどだった。きみも知ってのとおり、オクタウィウスはガリアから戻ったばかりだ。現地で過酷な数か月を過ごし、洗練された交流に飢えていたのだろう。それに、マルクス・アントニウスとセクストゥス・ポンペイウスの問題も、まだ完全に片づいたわけではないものの、小休止といったところだからな。あるいは、あんなに機嫌がよかったのは、クラウディウスの奥方、リウィアのせいかもしれない。ずいぶんと彼女が気に入ったようだったから。

それはともかく、オクタウィウスは、みずからワイン・マエストロの役を務めると言い出し、いつもより濃いめに、ワインをほぼ等量の水で割った。だから最初の料理が出てくる前から、ほとんどの客がほろ酔い気分になっていた。オクタウィウスは、クラウディウスの隣の主賓席にポッリオを座らせ、自分はテーブルの下座でゆったりとくつろいでいた。リウィアを侍らせてね。

　これまでの経緯を考えれば、オクタウィウスとクラウディウスは、おたがいに、異例なまでに品位ある態度をとっていたと言わざるをえない。なんらかの和解を果たしたものと誰もが思っただろう。スクリボニアは別のテーブルにいて、ご婦人たちと雑談をしながら、ぼくらのテーブルをにらみつけていた――もっとも、なぜにらんでいるのかはわからなかった。彼女はオクタウィウス同様、この結婚をいやがっている。オクタウィウスの子が生まれ次第、離婚が成立する見通しであることは、秘密でもなんでもない……。どうしてあんな芝居を打たなくてはならないのだろう、権力者は！　ムサたち〔文芸の姉妹女神〕の目には、さぞかし滑稽に見えることだろう！　最も神々に近い者が、最も神々に翻弄されるにちがいない。ウェルギリウスよ、ぼくらは幸運だ。子孫を残すための結婚をしなくてもいいのだから。しかも自分の魂の子供たちを、美しいままで未来に届けることができる。どんなに時が経とうと、彼らは決して変わらず、死ぬこともない。

　クラウディウスはすばらしい晩餐を用意してくれた。食前には、カンパニア産の極上ワイン、食後には上質のファレルヌム〔イタリア中西部産の銘酒〕がふるまわれた。料理は、これみよがしに凝ったものでもなく、わざとらしく簡素さを気取ったものでもない。牡蠣、卵、小タマネギではじまり、仔山羊の炙り焼き、鶏肉と魚の網焼き、それにとりどりの新鮮な果物が出された。

　食事のあと、オクタウィウスがムサたちのために乾杯しようと提案し、それぞれの女神の役割について話をしようと言い出した。だが、昔の説に従って三姉妹に乾杯すべきか、それとも最近の九姉妹説を採用すべきかと迷いだした。さんざん悩んだふりをしてみせたあと、ようやく彼は後者に決めた。「しかし」オクタウィウスは言い、ちらっとクラウディウスを見て微笑んだ。「女神たちには、さらに敬意を表するとしよう。政治の話などして彼女たちを穢してはならない。そういう話題には、われわれみなが困惑するかもしれないからな」
いっせいに、こわばった笑い声があがった。ふいにぼくは、古今の敵の多くが同じ部屋にいることに気づいた。クラウディウスからして、わずか二年足らず前に、オクタウィウスによって流刑に処せられたばかりだ。主賓のポッリオはマルクス・アントニウスの旧友だった。若きホラティウスはほんの三年前には裏切り者ブルトゥスの側について戦っていた。そしてメウィウス——哀れな男。やつの嫉妬心はあまりに根深い。誰も彼もを、追従という背信行為の餌食にせずにはおかない。墓穴を掘ることもあるのに。

主賓のポッリオが口を開いた。ことわるようにオクタウィウスに向かって頭を下げると、記憶を司る女神、ムネメを讃えはじめた。そしてすべての人類をひとつの身体にたとえ、人類全体の集合的経験を、その身体に宿る知力になぞらえた。それから、まずまず巧みに（見え透いてはいたが）、彼がローマに建設しようとしている図書館のことに触れ、それを記憶という最も重要な知力になぞらえた。そして最後には、記憶の女神が慈悲をもって、みなをお守りくださるのだと締めくくった。

するとメウィウスが呼気を震わせながらため息をつき、聞こえよがしに、誰かにささやいた。「美しい。ああ、なんとすばらしい！」ホラティウスがちらっと彼を見て、胡散臭そうに眉を上げた。

アグリッパは、歴史の女神クレイオを讃えた。するとメウィウスは、じつに男らしいとか勇敢だとかいったことを大きな声でささやいた。ホラティウスはこわい顔をして、メウィウスをにらみつけた。ぼくの順番が来て、叙事詩と雄弁の女神カリオペについて語ったが、あまりうまくいかなかった。オクタウィウスに政治の話を禁じられたので、たとえ詩であっても、惨殺されたユリウス・カエサルのことを書いた自分の作品に触れるわけにいかなかったからだ。

全体にさえない出来だったと思うが、オクタウィウスは、松明の灯を浴びて、リウィアのそばでゆったり椅子に背中をあずけ、満足そうにしていた。彼が生き生きと楽しそうにしていれば、どんなにありえないことも可能になる。

次にオクタウィウスは、メウィウスを指名し、喜劇の女神タレイアについて語るよう命じた（少々露骨だと思ったが、メウィウスは自分のことで頭がいっぱいで気づかなかったようだ）。メウィウスは選ばれたことがうれしかったらしく、古き時代のアテナイの成り上がり者——奴隷、自由民、商売人——をめぐる長々しいばかげた物語を語りはじめた（たぶん、アテナイの喜劇作家、アンティファネスからの剽窃だと思う）。その成り上がり者たちは、自分は身分の高い人々と対等な地位にのぼり詰めたと思い込み、策を弄して名士の屋敷への招待を取りつけたあげく、宴席でがつがつと料理をむさぼり食って、主人の厚意と温情を踏みにじった。すると喜劇の女神タレイアが、この厚顔無恥の輩を懲らしめるため、彼らに苦難を与えて、卑しい身分があらわになるように仕組み、高貴な人々を守ろうとした。メウィウスによれば、ある者は子供のように小さな体に姿を変えられ、また、馬小屋で生まれた者は、干し草のようなさんばら髪を与えられて馬のようにしかふるまえなくなった。そんな話が延々と続いた。

きみの友人、ホラティウスへのあてこすりであることは明白だった。だがなぜそんなことをするのか、誰にも見当がつかなかった。どう反応したらいいのかもわからなかった。オクタウィウスはまったくの無表情のままだ。マエケナスは関心がなさそうにしていた。ホラティウスの隣に座っていたぼくのほかには誰も、ホラティウスの顔を見ていなかった。揺れる灯りの中で、彼は真っ青な顔をしていた。

やがてメウィウスが話を終え、悠然と席に着いた。パトロンに取り入り、好敵手と目する相手をやり込めたと思って満足しているようだった。そこかしこでささやきが交わされた。オクタウィウスはメウィウスに礼を述べ、こう言った。

「では、詩の女神、エラトのために語る者はいるか」

すると、首尾よく事が運んだと思い込んで図に乗ったのだろう、メウィウスが言った。「ああ、それはもちろん、マエケナスさまでしょう。詩の女神に言い寄り、その心を勝ち得たおかたですから。マエケナスさまでなくてはなりません」

マエケナスはけだるそうに手を振った。「わたしは遠慮しておくよ。女神は数か月前にわたしの庭から出ていったきり、戻ってこない……ここはわが若き友、ホラティウスにまかせたい」

オクタウィウスは声を立てて笑うと、深い敬意を込めて、ホラティウスのほうを向いた。「この客人には、今夜はじめて会ったばかりだが、そのわずかな面識を頼みにお願いしたい。話してくれるか、ホラティウス」

「はい、それでは……」ホラティウスは答えたが、長いあいだ黙っていた。給仕を待たずに、自分でワインを注ぎ、水で割らずに一気に飲んだ。それから語りだした。ぼくが覚えているとおりに、きみにその言葉を伝えよう。

「みなさまは、ギリシアのオルフェウスの物語をご存じでしょう。きょうここに来ていないウェルギリウスが彼の生涯を美しく書き綴りました。オルフェウスは、太陽神アポロと女神カリオペのあいだに生まれ、アポロによって、人間の男として生き、黄金の竪琴の継承者となる名誉を与えられました。この竪琴は世界中に光を放ち、石や樹木さえ輝かせました。それは誰も見たことがないほどに美しかったと言われます。みなさまは、彼が森の妖精、エウリュディケを深く愛したこともご存じでしょう。オルフェウスはその思いを清らかに雅(みやび)やかに歌いあげました。エウリュディケはそれを聞いて、みずからが彼の魂の一部になったように感じ、すすんで彼の妻となりました。ところがふたりの結婚に際し、婚姻の神ヒュメーンは、誰にも想像のつかない運命を嘆くかのように激しく泣きました。みなさまは、エウリュディケがついには、夫の魔力がおよばない領域にさまよい出る愚を犯したことについてもご存じでしょう。彼女は、大地の腹から出てきた蛇に噛まれて、光に満ちた生の世界から冥府の闇へと引きずり込まれました。オルフェウスは矢も楯もたまらず、想像を絶する闇をものともせず、妻を追っていきました。彼は美しい声で歌い、闇に光を与えました。亡霊でさえ涙を流し、イクシオンを罰する恐怖の車輪〔イクシオンはある国の王子だったが、ゼウスの妻に求愛して彼の怒りを買い、冥府で永遠に回転する火焔車に縛りつけられた〕も動きを止めました。夜の悪魔たちも心をやわらげ、エウリュディケを夫とともに光の世界へ帰してやってはどうかと言いだしました。ただし目隠しをすること、振り返って、あとからついてくる妻を見ないことを条件に……。

伝説では、なぜオルフェウスがこの誓いにそむいたのかは語られません。ただ、彼が振り向いてしまったこと、自分がさっきまでいたところを見て、エウリュディケが地中に引き戻されるのを見たこと、彼女をのみ込んだ大地がふさがって、あとを追えなくなったことだけが伝えられています。伝説によれば、それ以来、オルフェウスは自分の悲しみを歌って過ごしたといいます。けれども、光の世界でしか生きたことのない娘たちには、彼が味わった苦難を思いやることができません。彼のもとへやってきて、しばし悲しい思い出を忘れさせてあげようと言い寄りますが、彼はことわります。すると娘たちはたいそう怒り、大声で彼の歌をやめさせて、自分たちにかけられた魔法を解きました。そして激情にまかせて彼の体を八つ裂きにし、ヘブルス川に投げ込みました。切り取られた彼の頭部は、言葉のない歌を歌い続けました。すると歌う頭部が安全に海へ出られるようにと、両岸が大きく開いて、川が広がりました……。これが、ウェルギリウスによって語られ、これまでわたしたちが聞いてきたギリシアのオルフェウスの物語です」

沈黙が部屋を包んでいた。ホラティウスは、ワインの甕（かめ）に盃を浸して酒を汲み、また飲んだ。

「賢明な神々は、わたしたちが耳を傾けさえすれば、ありとあらゆる人生について語ってくださいます」彼は言った。「わたしはこれから、別のオルフェウスの話をしたいと思います。神と女神の子ではなく、奴隷を父に、名もなき女を母に持つイタリアのオルフェウスのことを。きっとそのようなオルフェウスをばかにする人もいることでしょう。しかし忘れてはなりません。ローマの人々がすべて同じひとりの神の子孫であり、彼の子の名を名乗っていることを。そして、人間の女から生まれて母親の人間性を受け継いでいることを。ですから、たとえ干し草のようなさんばら髪の小男であっても、軍神マルスが愛した大地から生まれたのであれば、神が手を触れた者かもしれないのです……。わたしが語るオルフェウスは、黄金の竪琴は賜らず、ただ、身分の卑しい父親からわずかばかりの知の光を与えられました。その父は、息子の夢をかなえるためなら、命も惜しまぬ人でした。ですから、このオルフェウスは、幼少時代には富と権力を持つ人々の息子たちと同じように、ローマの光を見る機会を与えられました。青年のころには、父の資力により、あらゆる知識の母とされるアテナイに学び、すべての人類を照らす光の泉に触れることができました。彼が愛するものは女性ではありませんでした。彼にとって歌を捧げるべきエウリュディケは、知識であり、世界の夢でした。しかし、彼にとって夢であった光の世界は、内戦によって覆い隠されてしまいました。光を失った若きオルフェウスは、夢を取り戻そうと、闇に入りました。そして歌を忘れ、フィリッピで、あらゆる闇の力の象徴と信じた者を相手に戦いました。しかし神か悪魔が――いまもどちらだったのかわかりません――臆病風という風を送り込み、彼が夢と知識の力で戦場から逃げられるようにしてくれたのです。自分が何から逃げたのかは、決して振り返るなと禁じて。しかしもうひとりのオルフェウス同様、彼もあと少しで安全に逃げおおせるというところで、振り返ってしまったのです。すると彼の夢は、時間と状況という闇の中に、煙のように吸い込まれて消えてしまいました。彼は世界を見て、自分はたったひとりなのだと気づきました。父もいない、財産も希望も、夢もない……。と、そのとき、神々が彼に黄金の竪琴を授け、神々の望みどおりにではなく、彼が望むままに弾くようにと言われたのです。神々は冷酷なときでさえ賢明です。以前なら歌わなかったであろう彼がいまは歌っています。トラキアの乙女たちが彼に媚びたり、誘惑を試みたりすることもありません。彼としては、正直者の娼婦を適正な金で買えれば十分です。彼が歌うときには、世界中の犬どもがきゃんきゃんと吠えかかり、彼の声をかき消そうとします。彼が歌えば歌うほど、その数は増えていきます。おそらく吠える声に負けじと歌っていれば、彼もまた手足を食いちぎられ、歌を歌いながら、あらゆる者を受け入れる忘却の海へと流されていくのでしょう……。名士にして有力者のみなさま、地元のオルフェウスをめぐる長い物語はこれでおしまいです。彼の亡骸(なきがら)とともに、どうかお幸せに」

親愛なるウェルギリウスよ、そのあとに続いた沈黙がどれほど長かったことか！ あの沈黙の原因はなんだったのだろう。驚きだったのか恐怖だったのか、あるいは誰もがただ（ぼくのように）オルフェウスの奏でる竪琴を聴きでもしたように魅了されていただけなのか。ぼくにはわからない。小さくなった松明の炎が、ちらちらと揺れていた。一瞬、われわれみんなが実際にホラティウスが語った地下にもぐり、そこから出てこようとしているような錯覚に陥った。こわくて後ろを振り返れずにいるような……。するとメウィウスが身じろぎをし、誰かに聞かせようとして、耳障(みみざわ)りな声で熱っぽくささやいた。

「フィリッピ」彼は言った。「闇の力！ これは三頭政治に対する裏切りではないのか。裏切りだろう？」

オクタウィウスは、ホラティウスが語っているあいだ、じっと動かずにいた。彼は臥台から身を起こすと、リウィアのそばに座った。「裏切りかね？」彼は穏やかな声で言った。「裏切りではないぞ、メウィウス。私の前で二度とそのようなことをしゃべるな」彼は臥台から立ち上がると、ホラティウスのテーブルまで歩いていった。「ホラティウス、わたしも加わらせてもらっていいか」

ぼくらの若き友は無言でうなずいた。オクタウィウスは彼の隣に座り、ふたりで静かに語らいはじめた。メウィウスはその夜はもう、何も言わなかった。

親愛なるウェルギリウス、すでにぼくらに愛されているホラティウスは、かくしてオクタウィウス・カエサルの友人になった。全体としては、実りある夜だったと言えるだろう。

4　書簡——メウィウスより詩人フリウス・ビバクルスへ、ローマにて（紀元前三八年一月）

わが親愛なるフリウスへ。九月にクラウディウス・ネロの屋敷で過ごした不快きわまる夜のことは、いささかなりともあなたにお伝えする気持ちになれませんでした。唯一、愉快だったのは、われらが〝友〟、ウェルギリウスが欠席していたことです。しかしおそらく、そのほうがよかったのでしょう。あの夜以来、いくつかのできごとが明らかになり、何もかもが、あのときよりもいっそう滑稽に思えてきたからです。

わたしは出席者の顔ぶれをすべて覚えているわけではありません。オクタウィウスはもちろん、彼の風変わりな友人たち——宝石を身に着け、香水のにおいを振りまいていたエトルリア人のマエケナスと、汗と革のにおいが染みついているアグリッパ——も来ていました。表向きは文学の夕べと見えましたが、ああ、われらの文学はなんと低俗なものに成り下がったことでしょう！　あの連中に比べれば、あのめそめそ泣いてごまかす詐欺師のカトゥルス〔すぐれた恋愛詩で知られる抒情詩人〕でさえ、詩人に見えたかもしれません。気取り屋の痴れ者（しれもの）、ポッリオも来ていました。誰もが、彼の富と政治力を目当てに取り入ろうとしているにちがいありません。やつの開く宴会に出席するような愚か者は、延々とやつの詩を聞かされ、やつが語る悲劇に笑いをこらえ、感動したふりをするはめになるのです。マエケナスもまた、ひどく悲しげな詩を、ほとんど異国の言葉に聞こえるようなラテン語で書き綴ります。アエミリウス・マケルは十人目のムサ——鈍感の女神——を見つけました。それから、あの突拍子もないちびの成り上がり者、ホラティウス。きっとお喜びいただけると思うのですが、わたしは宴（うたげ）のさなかに、やつを徹底的に打ちのめしてやりました。冗舌な政治家と、かまびすしいおしゃべり屋、無学な農民が、ムサの庭を穢しているのです。この中であなたとわたしが生き延びる勇気を残していることは驚きに値します。

　オクタウィウスの女癖については、誰もが耳にしております。あの夜を迎えるまでは、そのような噂は信憑性に乏しいものと思い、気にかけていませんでした。オクタウィウスは小柄で顔色が悪くて、盃一杯のワインか、ただ一度の熱い抱擁だけで、先祖（それが誰にしろ）のいるあの世に逝ってしまいそうな印象がします。しかしいまやわたしは、そうした報告に真実がふくまれているかもしれないと思うようになりました。

　饗宴の主催者の妻は、リウィアといい、由緒ある保守的な共和派一族の出身です（彼女の父親はフィリッピでオクタウィウス軍によって殺されたと聞いたことがあります）。ああいう女性が好みの手合いにとっては、すこぶるつきの美人と言えます。控えめできちんとしていて、髪はブロンド、完璧なまでに整った顔立ちをしていて、唇はどちらかと言えば薄い。やわらかい声でしゃべる……などど、いわゆる〝貴族(パトリキ)の理想〟にかなっているのです。とても若い――たぶん十八歳くらい――ですが、三倍ほどの歳の夫とのあいだに、すでに息子がひとりおります。そして外見からほぼ明白に、次の子を身ごもっています。

　宴を囲んだ者は誰もがみんな、浴びるように酒を飲んでいました。それでもオクタウィウスの態度には目にあまるものがありました。彼は恋煩(こいわずら)いのカトゥルスのように、リウィアにのぼせあがり、彼女の手を撫(な)で、耳に唇を寄せて何ごとかささやき、少年のように（もちろん、ご本人は少年となんら変わりません。重要人物らしい貫禄を取り繕ってはいますが）声をあげて笑うなど、ばかげたふるまいにおよんでいたのです。しかも自分の妻の面前で（スクリボニアも妊娠していたとはいえ、こっちは問題ありません）、それから、リウィアの夫の見ている真ん前で。クラウディウス・ネロは、気づいていないか、あるいは寛大なところを見せて微笑んでいるようでした。名誉を傷つけられた夫というよりは、野心を持った父親のように見えました。いずれにせよ、わたしはそのときは大して気に留めなかったのです。少々品の悪いふるまいだとは思いましたが、小さな町の凡庸な両替屋の孫に何が期待できるだろう、と、自問したのです。彼が一台の馬車を満員にしておきながら、別の満員馬車にも乗りたいと望んだとしても、わたしの知ったことではありません。

しかしあの夜から四か月が経ち、いまやローマのいたるところで、とんでもない醜聞がささやかれています。もしそれについてお知らせしなければ、あなたはわたしを許してくださらないでしょう。

二週間足らず前に〔本書の設定では四か月前。この人物は嘘をついている〕、彼の元妻、スクリボニアが女の子を産みました。神の〝養子〟なのですから、男子が誕生するよう仕向けられそうなものですがね。ところがオクタウィウスはその日のうちに、スクリボニアに離縁状を送りつけました。それ自体は驚くにはあたりません。事前に話はついていたと言われていますから。

しかし——醜聞はここからです——翌週、なんとティベリウス・クラウディウス・ネロもリウィアを離縁しました。そしてその翌日に、十分な持参金を持たせて、彼女を（まだ妊娠中であったにもかかわらず）オクタウィウスに嫁がせたのです。何もかもを元老院は認可し、祭司が生け贄を捧げるなどして、一連の愚かしい儀式を執りおこなったそうです。

こんな男が尊敬に値するとはとても思えません。しかるに、誰もが彼に敬意を捧げているのです。

5　ユリアの手記、パンダテリア島にて（紀元四年）

わたしの誕生をめぐるいきさつは、わたしが知らされるよりもずっと以前から、ローマ世界の全土で知られていた。ようやくわたしがそのいきさつについて理解できるようになったときには、父はすでにこの世界の統治者になり、神となっていた。そのおこないは、一般の人々にはいかに奇妙に思えようとも、彼自身にとっては自然なのだということ、彼を崇拝しなければならない人々にとっては、いずれは当然のように思えてくることを、世界はもうかなり前から知っていた。

だからリウィアがわたしの母親であり、スクリボニアがたまに家に訪ねてくる客にすぎないこと——みんながなぜか義務感から、がまんしてつきあっているたいせつな遠い親戚だということ——は、わたしにとってなんの不思議もなかった。当時の記憶はぼんやりとしていて、あまり信用はできないが、いまでは、ごくふつうに楽しい日々であったように思う。リウィアは強い信念を持っていて、威厳があり、いつも冷静に見えてじつは愛情深い人だった。その愛情をわたしは期待するようになった。

父はあのような高位にある男性にしてはめずらしく、わたしを昔ながらの方法で育てるよう命じた。自分の屋敷で、乳母にまかせるのではなく、リウィアの手で養育させたのだ。そして古くからのやり方に従って、織物や裁縫、料理といった家事を習わせた。そのうえで、皇帝の娘にしか受けられないような教育を授けた。だからわたしは幼いころから、家内奴隷たちといっしょに織物をし、父の奴隷だったパイドロスから、ラテン語とギリシア語の読み書きを習った。のちに、父の旧友で恩師でもあったアテノドロスの指導のもとで学び、知識を身につけた。その当時は知らなかったが、わたしの人生に関わる最も重要な事実は、父の血を引く子がほかにはいなかったことだ。それがユリウスの家系の欠陥だった。

そのころのわたしはほとんど父と会っていなかったはずだが、わたしにとって父の存在は絶大だった。わたしは、毎日読んでもらう父の手紙から、地理を学んだ。ガリア、シキリア、ヒスパニア、ダルマティア、ギリシア、アシア、エジプトなど、父は行く先々から、手紙の束を送って寄越した。

先にも述べたように、わたしは父とはあまり会っていないはずだ。けれどもいまでも、父がいつもそばにいてくれたような気がしている。目を閉じれば、この体が高く放りあげられたときの感覚がよみがえる。だいじょうぶとわかっていてもこわくて、でもうれしくて、きゃっきゃと笑う子供の声も、宙を舞ったわたしを抱き止める手の感触も思い出せる。深みのある低い声、元気づけられるようなあたたかい声を聞きながら、やさしく頭を撫でてもらったことも。毬投げや、石蹴りをしたことも。パラティヌスの丘にあった屋敷の裏庭の小山を、足を踏ん張ってのぼったときのことも、ローマが巨大なおもちゃのように、眼下に広がる光景が見える地点まで歩いていったことも。それでもわたしはあのときの〝顔〟を思い出すことができない。父はわたしをローマと呼んだ。〝わたしの小さなローマ〟と。

記憶にはっきり残る父の最も若い姿は、わたしが九歳のときのものだ。父は五度目の執政官を務めていて、ダルマティア、アクティウム、エジプトの戦いで勝利をおさめ、三つの凱旋式を執りおこなったばかりだった。

それ以後は、ローマでそのような軍功を讃える儀式はおこなわれていない。のちに父が説明してくれたところによると、父が参加したその式典でさえ、下劣で野蛮なものだったが、当時は政治上必要とされていたのだという。わたしが目にした儀式は、その後二度とおこなわれなかったため、唯一無二の思い出となった。そのせいで壮麗さが強調されて記憶に残ったのか、あるいは、ほんとうに記憶どおりの壮麗な儀式だったのか、わたしにはわからない。

わたしは当時、一年以上も父に会っていなかった。父は父で、凱旋行進をして市内に入るまで、ローマを訪れる機会もなかった。リウィアとわたしと家のほかの子供たちは、市の門のところで父に会えるよう手はずが整えられた。わたしたちは、元老院議員たちの行進についていき、貴賓席に座らされて父がやってくるのを待つことになった。おもしろそうだと思った。リウィアには、わたしたちも行進に参加するので、あなたはおとなしくしていなくてはいけないと言われていた。けれどもわたしは自分を抑えきれず、椅子からさっと立ち上がり、目を凝らして、くねくね曲がった道を父がやってくるのを見ようとした。ようやく父の姿が見えると、わたしは笑って手をたたいた。あやうく駆け出しそうになったが、リウィアに止められた。父は兵士たちを引き連れて近づいてきた。わたしたちの姿を認めると、馬に拍車をあてて一気にこちらに駆け寄り、わたしを抱き上げて笑い、それからリウィアを抱きしめた。すっかり父の顔に戻っていた。おそらく彼をふつうのお父さんと思うことができたのは、それが最後だっただろう。

なぜなら、元老院の法務官たちが父をさっと連れ去り、金色と紫のマントをまとわせるなり、特別に飾り立てた戦車に乗せたからだ。リウィアとわたしも父のそばに立つように言われた。そして、フォルム・ロマヌムをめざし、ゆっくりとした行進がはじまった。あのときに感じた恐怖と失望を思い出す。父はすぐそばにいてわたしの肩に片手を置き、やさしく支えてくれていたが、もはや見知らぬ人のようだった。行列の先頭で、角笛とラッパが戦闘開始を告げる音を吹き鳴らし、先導警吏が、斧の柄に月桂樹の枝を巻きつけた儀杖を掲げ、ゆっくりと歩きだした。そうしてわたしたちは市内に入った。途中の広場では、どこでもおおぜいの人が詰めかけていて、わたしたちが前を通ると、角笛の音さえかき消えるほどの大きな歓声をあげた。ようやくフォルム・ロマヌムに着くと、そこはローマ市民であふれかえっていて、地面に落ちた小石一個さえ見えないほどだった。

祝祭は三日間続いた。わたしは機会を見つけては父に言葉をかけた。父が演説するときも、生け贄の儀式や授与式のあいだも、リウィアとわたしはほぼつねに父のそばにいたが、父はそこにはおらず、わたしがはじめて目にする世界の住人となっているのを感じていた。

けれども、父は一貫して、わたしにはやさしくしてくれ、話しかければ、それまでと同様、わたしをたいせつに思っているかのように応じてくれた。式典のさなか、わたしはある行列の中に、まばゆいばかりの黄金と青銅の台車が引かれてくるのを見つけた。その上には、黒檀と象牙の臥台が据えられ、ある女性を象った大きな彫像が飾られていた。その両わきに、子供がふたり横たわり、眠っているかのように目を閉じていた。わたしは父に、あの女の人は誰なのかと尋ねた。父は長いあいだわたしを見つめてから、答えた。

「あれはクレオパトラだ。偉大な国の女王だった。ローマの敵だったが、勇敢な女性で、自分の国を愛していた。ローマ人が国を愛するのと同じだ。クレオパトラは国が負かされるのを見たくなくて、命を絶ったんだ」

これだけの歳月が経ったいまでも、わたしはあの場であの名前を聞いたときの奇妙な感覚を覚えている。もちろん、知っている名前だった。何度も耳にしたことがあったから。そのときわたしは、伯母のオクタウィアのことを思った。実際は、リウィアと共同で家のことを切り盛りしているが、以前には、死んだ女王の夫の、亡きマルクス・アントニウスと結婚していたことを知っていたからだった。それから、オクタウィアが面倒を見ていた子供たち――わたしが毎日いっしょに遊び、働き、勉強していた子供たち――のことを考えた。オクタウィアと最初の夫とのあいだに生まれたマルケッルスとそのふたりの妹。アントニウスとのあいだにもうけたアントニアと、その妹の小アントニア。それから、アントニウスと先妻の子、ユッルス。それに、わが家の新しい人気者、クレオパトラ・セレネ――アントニウスと女王のあいだに生まれた娘〔ユリアと同い年だった〕。

けれども、喉元に心臓がせり上がってくるような感覚を引き起こしたのは、そうした知識の異様さではない。当時は、それを表現する言葉を持たなかったが、わたしはそのときはじめて、女でさえ、この世界で起きる事件に巻き込まれる場合があること、そしてその世界に殺される場合もあることを知ったのだった。

第二章

1　郵便小包――オクタウィウス・カエサルに宛てた三通の手紙、ローマよりガリアへ（紀元前二七年）

リウィアからだんなさまにご挨拶を送り、御身の安全をお祈りします。ご指示により、案じておられた問題についてご報告します。

北方へご出立になる前に着手なさった工事は、ご命令どおりに進んでおります。フラミニア街道の改修は、あなたがマルクス・アグリッパに課された日程より二週間も早く終了しました。工事の全容については、アグリッパがお手紙に書いて、次の郵便であなたに送ることになっています。マエケナスともアグリッパとも、毎日、顔を合わせています。おふたりから伝言をあずかりました。こちらにお戻りになる前に必ず人口調査を完了しておくのでご安心ください、とのことです。マエケナスは、これによって課税標準額を改定すれば、予想していた以上に税収が増加するとみています。

マエケナスはまた、ブリタンニアを侵攻しないというあなたのご決断を支持すると伝えてほしいそうです。彼は交渉によって同じ効果が期待できると確信しています。交渉がうまくいかなかったとしても、征服にともなう犠牲に比べれば、未納の貢ぎ物を取り立てる負担のほうがはるかに軽くてすむからだそうです。わたしもあなたのご決断をうれしく思いますが、それは、御身が危険にさらされずにすむからという、マエケナスよりも愛情深い理由からです。

以上のご報告は簡潔にまとめました。いずれ詳細をより完璧に把握した者がご報告することがわかっているからです。それに、わたしからお聞きになりたいのは、ほかのことでしょうから。お嬢さまはお元気です。そしてあなたに愛を送ります、とのことです。もちろん、あなたのお手紙を毎日読み聞かせています。ユリアはあなたのことをよく話します。

まず、きっとお喜びいただけることをひとつ。先週、ユリアの召使いへの態度に、明確な進歩が見られました。あなたがお手紙にこの件についてお書きになったことが功を奏したようです。けさユリアは二時間近くも糸を紡(つむ)いで過ごしましたが、ともに作業している者に不平を述べたり、無礼な口をきいたりすることは一度もありませんでした。ようやく、ひとりの女性であると同時に皇帝の娘でもあるという自覚が芽生えてきたのだと思います。健康状態はすこぶる良好です。お戻りになるころには、見違えるほどの成長を遂げていることでしょう。

あなたがぜひ受けさせたいと望まれ、わたしがしぶしぶ承知したほかの領域の教育については、別の者にお伝えしてもらうことにしました。同封のお手紙をごらんください。

あなたにとっては喜ばしい、そして愉快なご報告もあります。マエケナスに伝言を頼まれました――ついに、あなたの希望に添って妻を娶(めと)ることにした、と。わたしに頼んだのは、自分から切り出すのはあまりに苦痛だからだそうです。ご想像がつくと思いますが、彼は打ちひしがれたようすを大げさに装っています。けれどもわたしには、どちらかと言えば楽しんでいるように思えます。お相手はテレンティアというかたで、取り立ててりっぱなお家柄のご出身ではありません。マエケナスはふんと鼻を鳴らし、自分がふたりぶんの高貴な身分なのだから、一向に差し支えないと言っています。テレンティアはとてもかわいらしいかたで、この結婚に満足なさっているようです。マエケナスの性格を何から何まで理解し、そのすべてをまるごと受け入れようとしておられます。テレンティアはきっとあなたのお気に召すでしょう。

最後に、お姉さまからのご伝言です。あなたに愛を込めて挨拶を送ります、と仰せです。どうかわが息子、マルケッルスを気にかけてやってください、彼が叔父さまのよき話し相手を務めているものと信じています、とのこと。わたしもあなたに愛を送ります。そして、わが息子、ティベリウスに目をかけてやってくださるよう、お願いいたします。あなたの家族がローマでお帰りをお待ちしております。


ガリア・ナルボネンシスのガイウス・オクタウィウス・カエサルさまへ、僕(しもべ)にして忠実なる友、パイドロスより。日常のようすをお伝えするため、ガイウスさまにお便りを送ります。

ご令嬢のユリアさまは、いまや急速に、わたくしがご期待どおりのお役目を果たせない領域に近づきつつあります。このように申しあげるのは、じつは気が進みません。なぜなら、ご承知のとおり、わたしはユリアさまをわが子のようにいとおしく思っているからです。ガイウスさまのお見通しどおり、わたくしはまちがっておりました。わたくしは、女の子が同等の身分の男の子と同じように、学習面で急激にめざましい進歩を見せることなど、ありうるものかと疑っておりました。男子と同じように、努力し、理解する能力があるとは、思ってもみなかったのです。わたくしはガイウスさまのお計らいで、男女を問わず、お身内のお子さまたちの多くを指導させていただいてきましたが、実際、ユリアさまほど短期間のうちに力を伸ばされたかたはひとりもいらっしゃいません。十一歳にしてすでに、ほかの指導者のもとで学ぶべき段階に着々と到達しつつあるのです。ユリアさまはやすやすとギリシア語で文章を綴られます。修辞法の基本を手ほどきしますと、たちどころに習得されました。もっとも、そのように、女性に似つかわしくない科目をお教えしたがために、わずかながらほかの生徒たちの反感を買うことにもなりました。不定期ではありますが、ガイウスさまのご友人、ホラティウスが、彼の母国語による詩作の指導を引き受けてくれています。わたくしはラテン語の読み書きには不自由しませんが、ユリアさまをきちんとご指導できるほどではありません。ただし、ユリアさまは、女子向きとされる教科は、あまりお好きではないようです。音楽技能はかろうじて及第点、生まれついての優雅な容姿に恵まれておられますが、舞踊の稽古の形式的な要素にはなじめずにおられるようです。しかしそのような当世風の芸能に秀でようが秀でまいが、ガイウスさまにはさしてご興味のないことでしょう。もしわたくしが、お追従でガイウスさまを喜ばせようとする愚か者でしたなら、驚いていないふりをし、世界の皇帝、太陽の子の娘なのだから、このくらいはあたりまえだというふりをしたことでしょう。しかしわたくしはガイウスさま同様、ユリアさまの個性はご自身のものであり、しかも非常に強いものであることを知っております。

ですから、近い将来、ユリアさまのご教育は、わたくしよりもすぐれた知恵と教養を身につけた賢者、かつてガイウスさまをご指導され、いまはご友人となられたアテノドロス先生に託されることをお勧め申しあげます。先生はユリアさまのご気性をよくご存じで、しかも相性もいいようです。わたくしが僭越ながらご提案しました件についても、快く同意してくださいました。近々、先生が別件についてガイウスさまにお手紙をさしあげるそうですので、その際に、この件についてもお考えをお伝えになるものと推察しております。

ガリアでの旅を一日も早く終え、お嬢さまのもとへお帰りになることを願っております。ユリアさまにとって、唯一、お勉強の妨げとなっているのは、お父さまのいない寂しさです。ガイウス・オクタウィウスさまの忠実な僕にして、友と信じるコリントのパイドロスより。

アテノドロスよりオクタウィウスさまへ。ガリアの地に学校制度を整備するというご決断に称賛の拍手を送ります。わたしが感銘を受けることはご存じだったのでしょう。あなたのお考えは正しい。もしかの地の人々がローマの一部になるとすれば、この先、彼らが富み栄えていく国の歴史と文化を学ぶためにも、ローマの言葉を習得する必要があります。ここローマ上流社会の――中には、あなたが喜んで友と呼ぶ人もいるようですが――有象無象の輩にも、遠隔地の民の教育に心を砕くあなたを見習って、わが子の教育に関心を払ってもらいたいものです。このままでは、国の中心で暮らしてきた住人より、外地の人々のほうがローマ人らしくなってしまうかもしれません。

学校に派遣する教師を見つけるのはむずかしくないでしょう。お望みなら、わたしがこれはと思う人を推薦いたします。あなたがこの国に平和と、いくばくかの繁栄をもたらしてくださって以来、教師を輩出しうる階級で、学問の興隆が見られるようになりました。もっとも、興隆という言葉は少し大げさかもしれません。おおむね、わたしは次のようにご提案します。(1)安易な理想主義に燃える富裕層の若者を信頼しないことです。属州に下り、孤独を感じるようになれば、彼らの熱意はほぼ確実に消失することでしょう。(2)可能なかぎり、ローマ人の教師を選び、ギリシア人やエジプト人などに頼らないことです。生徒たちにローマの文化を真に理解させるには、少なくもローマ人がどのような姿形をしているかを見せる必要があります。(3)あなたが教職階級と呼ぶものを形成するにあたっては、奴隷に人材を依存しないことです。自由民にさえ頼りすぎてはいけません。この助言の理由をご理解なさる必要があると思います。ローマでは伝統的に、学識さえ十分であれば、奴隷でも紳士より好遇を受けることができます。それゆえ奴隷は、裕福になれさえすれば、そのままの身分で満足していられます。ローマにいれば、ある種の金銭的不正に手を染める機会も見つかるでしょうが、ガリアではそのようなことは不可能ですから、不満を募らせることになるでしょう。あなたもご存じのように、多くの奴隷――とりわけ学識があって裕福な者(むろん、われらが友、パイドロスは例外です)――が、ローマとその文化をばかにしていて、金で自由を買い戻さない道を選んだくせに、みずからの境遇に不満をくすぶらせています。要するに、ここローマではいろいろな力が複雑に組み合わさり、彼らをある程度、秩序に従わせていますが、ガリアではそうはいかないわけです。ローマの市内でも地方でも、そこそこの賃金と名誉を与えれば、喜んであなたの目的に貢献するイタリア人の人材は十分に確保できるでしょう。

お嬢さまの件については、パイドロスから話を聞き、承諾しました。あなたもお認めくださるものと思っています。わたしはこれまで、オクタウィウス氏族の子女を数多く教育してきましたので、あなたがほかの者をおさがしになるのは適切ではないように思えます。あなたはご自身を、世界の皇帝とお呼びになるかもしれませんが、わたしにとって、それは関心のないことです。この件に関しても、わたしはあなたの師でありたいと思います。ユリアさまのご教育の最終段階が、ほかの者の手にゆだねられるのは見たくありません。

2　ユリアの手記、パンダテリア島にて（紀元四年）

ここパンダテリア島に送られてきてまもないころからの数年間、夜明け前に起き出し、東の空に兆す曙光のきらめきを待つのが習慣になっている。この早暁の務めを、わたしはほぼ儀式のように続けている。東向きの窓のそばに身じろぎもせずに座り、その光が灰色から黄へ、橙へ、赤へと変化し、ついに色を失い、とほうもない明るさで世界を照らしだすのを観察する。部屋に光が満ちたあとは、ローマから持ってくることを許された蔵書の中から、一、二冊を読んで午前の時間を過ごす。読書は、わたしに許された数少ないもののひとつだが、ほかに何を許されようとも、この流刑生活をどうにか耐えられるものにしてくれるのは、本だけだ。おかげで、何年も前に投げ出してしまった勉強を再開することができた。もっとも、この孤独に追いやられなければ、学ぶことはなかっただろう。ときおくる。

りふと、世界はわたしを罰しようとして、このような意想外の恩恵を施してくれたのだとさえ思えて

思い出した……。わたしはその昔、ほんの子供のころに、このような早暁の務めと勉強を習慣としていたのだった。

十二歳のとき、父は、わたしが子供として学ぶべきことはすべて学んだと判断し、自分の恩師、アテノドロスにわたしの教育をゆだねた。それまでは、リウィアによって女のたしなみとして押しつけられていた科目のほかには、わたしには簡単すぎるギリシア語とラテン語の読み書きと、やさしいが退屈な算数を習っていただけだった。勉強と言っても悠長なもので、きちんと決められた予定もなく、いつなんどきでも、わたしの気が向いた時間に、家庭教師が馳せ参じてくれた。

しかし、はじめて自分と家族とローマ以外の世界に目を開かせてくれたアテノドロスは、厳しくて容赦のない指導者だった。生徒は少なかった。オクタウィアのふたりの息子――養子と実子――と、リウィアの息子たちであるドルススとティベリウス、それに父方のさまざまな親類の男の子たち。わたしは唯一の女の子で、しかも最年少だった。父はわたしたちに、おまえたちの師はアテノドロスであると明確に申し渡していた。生徒たちの親がどのような名を持ち、どのような地位にあろうとも、すべてにおいて最終的な決定権はアテノドロスの言葉にあり、それを越えるものはないものと思え、と。

わたしたちは夜明け前に起きて、一時間後にはアテノドロスの家に集まることを求められた。そして、前日に課題として出されたホメロスかヘシオドスかアイスキュロスの詩の数節を暗誦させられた。それから、これらの詩人の作風を真似て詩作を試みる。正午ごろに軽い昼食をとると、午後には、男の子たちは修辞法と雄弁術の演習をし、法律を学んだ。そのような科目はわたしには不適切だと考えられていたので、ほかの課題に時間を費すことを許され、哲学や、自分で選んだラテン語かギリシア

語の詩の解釈、自由作文に取り組んだ。リウィアの指導のもとで家事ができるようにという配慮から、わたしは夕方までに家に帰ることが許された。そうして勉学から解放されたあとの時間には、次第にうんざりするようになった。

成熟した女性への体の変化がはじまり、同時に、それまでいだいたことのない考えが心の中に芽生えてきたからだ。のちにアテノドロスがわたしの友人になってからは、ふたりでよく、実用的ではない学問を毛嫌いするローマ人気質について話をしたものだ。あるとき彼は、わたしが生まれる百年以上前に、元老院の命令で——そんな強制はできなかったにもかかわらず——文学と哲学の教師が全員、ローマから追放される事件があったと話してくれた。

あのころのわたしは幸福だったように思う。おそらく、生涯で最も幸福だったのだろう。けれどもその生活は三年も経たないうちに終わり、わたしは女になる必要に迫られた。それは、ようやくこの目で見られるようになった世界からの追放だった。

3　書簡——クィントゥス・ホラティウス・フラックスよりアルビウス・ティブッルスへ（紀元前二五年）

親愛なるティブッルスへ。きみはすばらしい詩人であり、ぼくの友人だ。しかし、ばか者だ。可能なかぎりはっきり言おう。マルケッルスと皇帝の娘の結婚を祝う詩など、絶対に書いてはならない。ぼくはきみに助言を求められたから、命令のように厳しいことを言った。それにはいくつか理由があるので、以下に列挙する。

その一。オクタウィウス・カエサルは、ぼくにも、彼の最も親しい友のひとりであるウェルギリウスにも、はっきりこう言ったのだ。直接的にしろ間接的にしろ、われわれの詩の中に、彼の家族の私生活にまつわることをわずかでもほのめかすくだりがあれば、自分はきわめて不快に思うだろう、と。

彼にとっては決して譲れない一線であり、それが原則なのだと、わたしは理解している。きみはそうではないように言うが、彼は妻と娘を深く愛している。ふたりを褒めたたえる詩は、たとえ出来が悪くても糾弾したくないのだ。また、どんなにすぐれた詩であっても、ふたりを侮辱するような作品は称賛したくない。それに、ユリウスから受け継いだこの混沌たる世界を統治するという、荷の重い難業に取り組むなかで、彼は家族との時間にやすらぎを見いだしている。そのやすらぎを危機にさらしたくないのだ。

その二。きみの天性の才能は、きみが思っているような方面にはない。きみにはこの題材ですぐれた詩を書くことはできないだろう。きみの女友だちについて書いた詩はすばらしいと思った。しかし、きみの友人、メッサラ司令官について書いた作品は感心できなかった。危険な題材について凡庸な詩を書くのは、愚かなふるまいと言わざるをえない。

その三。たとえその天賦の才をねじ曲げて、ちがう方面に向けることができたとしても、きみの手紙に表れた姿勢を見るかぎり、ぼくは、その方向性を探るべきではないと思う。なぜなら、どんな詩人にも、自分が疑問を持っている主題について、すぐれた詩は書けないからだ。また、詩人なら誰しも、意志の力で自分の疑惑を退けることはできないからだ。友よ、ぼくがこんなことを言うのは、きみの優柔不断ぶりを非難するためではない。単に事実を述べているだけだ。きみが書こうとしているような詩に、ぼくが取り組むとしても、同じ迷いをいだくかもしれない。

いや、ぼくは迷わないだろう。きみは、皇帝が娘にいだいている感情の中に、何か冷たいものがあるのではないかと思っているようだね。この結婚は、国のために娘を「利用」しようという意図の表れだ、と。意図のほうは当たっているかもしれない。しかし感情はちがう。

ぼくはオクタウィウス・カエサルと十年以上にわたって親交を結んできた。友人として、真に対等につきあっている。彼のおこないが称賛に値すると思ったときには称賛し、疑いの余地ありとみたときには、疑義を呈してきた。批判もやむなしと判断したときには批判もする。ぼくは完全に自由に、公然と、それらのことをしてきた。それでもぼくたちの友情は損なわれなかった。

だからいまこの問題についても、ぼくはこれまでと同様まったく偏りのない立場からきみに意見を言っているし、これからもそうするつもりだ。

オクタウィウス・カエサルは、きみが思っている以上に深く娘を愛している。何か難点があるとすれば、それは彼女への思いが強すぎることだ。娘の教育にも、彼ほど多忙ではない父親が息子に手をかける以上に、細かく心を砕いてきた。女の子だからといって、織物や裁縫、歌、リュートを習わせ、学校で女子を対象とした生半可な教養を身につけさせれば十分だとは考えなかった。ユリアはいまや、父親よりもギリシア語に堪能になった。文学の知識もたいしたものだ。あのアテノドロス先生のもとで修辞法と雄弁術も学んできたのだからね。先生のご指導を受ければ、きみやぼくのような者でさえ知識と教養を深めることができるだろう。

ここ数年、オクタウィウスは頻繁にローマを離れることがあったが、その間も毎週欠かさず、郵便小包で娘に手紙を送っていた。ぼくは何通か見せてもらったことがある。心を打たれるような気遣いとやさしさにあふれた文面だった。

任務の合間には、事情が許せば家族のもとへ帰り、傍目(はため)には過剰と思えるほど多くの時間を娘のために割き、ありのままの自分に戻って楽しんでいた。子供のようにはしゃいで、娘と輪回しや目隠し鬼ごっこをしたり、肩車をしてやったりしている姿をぼくは見てきた。ティベリス川の岸辺で、ともに釣り糸を垂れ、小さな魚がかかるたび、喜んで笑い声をあげている姿も。また、ふたりが連れ立って屋敷の向こうの野原を歩き、食卓に飾る花を摘んでいる姿も。

しかしきみの心の中の、詩人の部分が疑いを持っているとしたら、ぼくにはそれをやわらげることはできない。だがひとりの人間としての疑惑を払拭することはできるかもしれない。もしほかの男が、マルケッルスのように有望な若者を娘婿に選んだとすれば、きみは父親の先見の明と配慮を褒めることだろう。きみもこの問題に関しては、ユリアの〝若さ〟が異なる配慮の対象になることはわかっているはずだ。きみがはじめてあの女性（きみの詩にデリアの名で登場する彼女）の貞操を非難したとき、彼女は何歳だった？　十六か。十七か。もっと若かったか。

悪いことは言わない、親愛なるティブッルスよ、その詩を書くのはやめておけ。ほかにも主題はたくさんある。それが見つかる場もあるだろう。皇帝の寵愛を失いたくなければ、きみの得意なデリアの詩にしておくことだ。必ずやオクタウィウスはそれを読んで感銘を受けるだろう。ぼくが保証する。きみには信じがたいかもしれないが、彼が詩を読むときは、賛辞などより、すぐれた書きぶりを評価するのだ。

4　ユリアの手記、パンダテリア島にて（紀元四年）

わたしはこれまで、三人の夫を持った。そしてただのひとりも、愛したことがなかった……。きのうの朝、自分でも何が言いたいのかわからぬままに、このような言葉を書いた。そして、その意味をずっと考えている。でもわからない。ただひとつ理解しているのは、人生も終わりにさしかかり、もはやそんなことはどうでもよくなってからこの疑問が湧いてきたことだ。

詩人たちは言う。若さとは、熱く血のたぎる日々であり、愛の時間であり、情熱のひとときである、と。やがて年齢を重ね、知恵という冷水を何度も浴びせられて、その熱が冷めていくのだ、と。詩人たちはまちがっている。わたしが愛を知ったのは、もう若くはない年ごろになってからのことだ。そのときにはもはや愛を手に入れることはできなかった。若さとは無知であり、その情熱とは抽象的な概念にすぎない。

最初の婚約は十四歳のときだった。相手はいとこのマルケッルス。父の姉、オクタウィアの息子だ。おそらく、わたしが世のすべての女と同等に無知だったからだろう、当時はきわめて正常な結婚だと思っていた。わたしにとってのマルケッルスは、物心ついたころから、オクタウィアとリウィアのほかの子供たちとともにひとつ屋根の下で暮らす身近な存在だった。わたしは彼といっしょに成長したが、彼のことはよく知らなかった。三十年近く経ったいまでは、彼がどんな人だったのか思い出せないし、どんな外見をしていたのかも、よく覚えていない。長身で、オクタウィウス氏族ならではの金髪だったと思う。

けれども、縁談について知らせてきた父の手紙のことは記憶にある。文章から受けた印象を覚えている。あたかも赤の他人に宛てたかのように、気取った堅苦しい言葉が並んでいて、父らしくなかった。その手紙はヒスパニアから送られてきた。父は一年近く前からヒスパニアとの境界地域で起きた反乱の鎮圧にかかりきりで、まだ十七歳だったマルケッルスもこの任務に同行していた。父はマルケッルスの不屈の精神と忠実さに感銘を受けたという。かねがね、信頼のおける人物に娘を嫁がせたいと思っていたので、わたしのためにも家族のためにも、ふたりを結婚させるのが最良の道だと判断するにいたった。おまえの幸せを祈る。ローマに戻って花嫁の父として結婚式に参列できないことが残念だが、友人のマルクス・アグリッパに代役を頼むつもりだ。おまえが何をすべきかは、リウィアから詳しく伝えてもらうことにする、と。

十四歳にして、わたしは自分がひとりの女であることを自覚していた。そう思えと教えられてきたのだ。わたしはアテノドロスのもとで勉学に励んだ。わたしは皇帝の娘だった。そして、いずれは結婚することになっていた。わたしは何をするにも、優雅に、ゆったりとふるまっていたと思う。それがほとんど本来の自分であるかのように。自分がどのような世界に足を踏み入れようとしているのかは理解していなかった。

そしてマルケッルスはその後も赤の他人のままだった。彼がヒスパニアから戻ってからも、わたしたちはそれまでと変わらず、よそよそしい口のきき方をしていた。結婚の準備は、わたしたちには無関係であるかのように進められていた。いまではわかっている。もちろん、わたしたちには関係がなかったのだ。

結婚の儀は古式に則(のっと)って執りおこなわれた。立会人の前でマルケッルスがわたしに贈り物として、ヒスパニア産の真珠をちりばめた象牙の箱を手渡し、わたしは定められたとおりの言葉を述べてそれを受け取った。結婚式の前夜には、リウィアとオクタウィアとマルクス・アグリッパの見守るなか、子供のころのおもちゃに別れを告げた。それらは燃やされて、家を守る神々に捧げられることになっていた。夜遅くになると、リウィアが母親役を務めて、わたしの髪をおとなの女性のしるしである六本の三つ編みにして、白い毛糸のリボンで留めた。

わたしは夢でも見ているような気分で、式をやりすごした。客や親戚が中庭に集まり、祭司がいかにも祭司らしい言葉を口にした。それから、文書の署名、副署、交換へと進み、わたしが夫に従うことを誓う言葉を述べた。その夜、祝宴がすむと、リウィアとオクタウィアが儀式に則って、わたしに花嫁のためのトゥニカを着せて、マルケッルスの寝室へ連れていった。わたしは何を思っていたのだろう……。わからない。

マルケッルスは寝台のへりに腰かけてあくびをしていた。床に婚礼の花が無造作に散らしてあった。「もう遅い」と、彼は言い、子供のころと変わらない声でつけ加えた。「床に入れ」

わたしは彼のそばに横たわった。たぶん、震えていたにちがいない。マルケッルスはもう一度あくびをすると、寝返りを打ってわたしに背中を向け、すぐに寝入ってしまった。

こうして二年におよぶわたしの結婚生活がはじまった。その後も、わたしたちの関係は実質的には何も変わらなかった。先にも書いたように、いまやマルケッルスのことはほとんど記憶にない。覚えているべき理由がないのだから。

5　書簡――リウィアよりヒスパニアのオクタウィウス・カエサルへ（紀元前二五年）

リウィアからだんなさまに愛を込めてご挨拶を送ります。すべてお申し越しのとおりにいたしました。ユリアは結婚しました。元気にしています。ぶしつけに、取り急ぎこの用件を先にお伝えしましたのは、はるかに気がかりなことがあるからです。それは、あなたのお体の具合です。わたしが聞いたところによると（誰からかはお尋ねにならないでください）、お知らせくださった以上にご容態が重いようですね。だから憂いなきよう、あんなに急いでお嬢さまを嫁がせようとなさったのだと、ようやく納得がいきました。そして、ご結婚に反対しましたことを、なおさら深く恥じております。反対などしてあなたのお心を傷つけたのではないかと思うと悲しくなります。どうかご安心ください。わたしの憤懣（ふんまん）は消え去りました。ようやく、わたしたちの結婚と義務への誇りが、わが子をユリアの婿にと期待していた思いを鎮めてくれました。あなたのおっしゃるとおりです。マルケッルスは、クラウディウス、クラウディウス、ユリウス、オクタウィウスの三つの氏族の名をもっていますが、わが子ティベリウスは、クラウディウスの名しか持ちません。あなたはいつものように、賢明なご判断をなさいました。わたしはときおり、わたしたちの権威が見かけよりも不安定なものであることを忘れます。

どうかヒスパニアからお戻りください。そちらの気候は、熱病を悪化させます。そのような僻地（へきち）では、適切な治療も受けられないでしょう。この点ではあなたの主治医もわたしの意見に賛成です。わたしの愛情を込めたお願いに加え、彼も専門的な見地から、ぜひともご帰還いただきたいと言っています。

マルケッルスは今週のうちに、そちらへ戻ります。最後にオクタウィアさまからのご伝言を。あなたに愛を送ります、どうか息子の無事をお守りください、とのことです。あなたの妻も愛を送ります。あなたのご快復と、息子ティベリウスの息災を祈ります。どうかローマへお帰りください。

6 書簡——クィントゥス・ホラティウス・フラックスよりネアポリスのプブリウス・ウェルギリウス・マロへ（紀元前二三年）

親愛なるウェルギリウス、すぐローマへ来てくれ。それもできるだけ早く。ぼくらの友の健康状態が、ヒスパニアから戻って以来、悪化している。きわめて重篤な容態だ。熱が下がらず、寝台から起き上がることもできない。すっかり痩せてしまい、皮膚が、か細い枯れ木に巻きついた布のようになっている。みんな陽気にふるまっているが、永の別れを覚悟しはじめている。ぼくらは彼を欺いてはいない。本人も、自分が生涯を閉じようとしていることを感じ取っている。彼は同僚執政官に軍隊と歳出入の記録を渡し、マルクス・アグリッパには自分の印章をあずけて、万一の場合に適切に権限を継承できるようにした。いまは彼の主治医と、ごく近しい友人たちと肉親だけがそばにいることを許されている。彼はみごとなばかりに落ち着いている。最後にもう一度、自分が最もたいせつに思ってきたものをすべて味わおうとしているのかもしれない。

マエケナスもぼくも、ここパラティヌスの丘にある彼の自宅に泊めてもらい、彼が助けや慰めを望んだときにはいつでもそばにいるようにしている。リウィアがじつに細やかに、また、敬意をもって看病にあたっている。オクタウィウスは彼女のそういうところが好きなのだ。ユリアは父親の前では、できるだけ楽しい思いをしてもらえるよう、笑ったり、彼をからかったりしているが、目に触れないところでは、見るも痛々しいばかりに涙にくれている。マエケナスは彼と若いころのことをなつかしそうに語り合っている。だがアグリッパは——あの気丈な男が——彼に話しかけるときには平静でいられなくなるのだ。

彼は自分からは求めようとしないだろうし、そう言ったわけではないが、きみに来てもらいたがっているると思う。家族と話をする気力もないときには、われわれの詩の中から、自分が気に入っているものを選んで、ぼくに読んでほしいと言う。きのうは二、三年前の秋にエジプト軍を下して、サモス島から意気揚々と凱旋したときのことを思い出していた。ぼくらもみんないっしょにいた。きみが書き上げたばかりの『農耕詩』を朗読して彼に聞いてもらったことも話に出た。彼は自分を哀れむことなく、静かにぼくにこう言ったのだ。「もしこのまま死ぬとすれば、最も悔やまれることのひとつは、ローマ建国を題材にとった旧友の詩の完成を見られなかったことだ。彼がそれを知ったら喜んでくれるだろうか」と。

ぼくは一瞬、言葉を失ったが、「きっと喜ぶと思います」と答えた。

彼は、「では、彼に会う機会があったら、そう伝えてくれ」と言った。

「ご回復されましたら、必ず」

彼は微笑んだ。ぼくはついに耐えきれなくなり、適当な口実を見つけて部屋を出てきてしまった。

これでわかるように、もうあまり時間がないかもしれない。痛みはなく、意識はしっかりしている。だが体が衰弱するにつれて、気力が萎（な）えつつあるのだ。

もし今週のうちに容態が改善しなければ、侍医（アントニウス・ムサといって、名医と評判だが、ぼくは疑っている）が、最後の手段として、抜本的な治療法を試みるそうだ。その破れかぶれの治療が施されないうちに、彼に会いにきてほしい。

7　アントニウス・ムサ医師から、助手への医療指示書（紀元前二三年）

入浴の準備。指定の時刻に、氷三百ポンドをオクタウィウス・カエサル皇帝の屋敷に届けること。

氷は、カンパナ通りのアシニウス・ポッリオ家の貯蔵庫からもらってくること。それをこぶし大に砕き、沈殿物の混入していない塊だけを使う。浴槽に深さ八インチほどまで水を張り、その中に、準備した氷塊二十五個を投入して、すべてが溶けるのを待つ。

軟膏の準備。わたしが調合した粉一パイントに、辛子の種を細かく挽いたものを茶さじ二杯分混ぜておく。これを、最高級のオリーブ油二クォートに加えて火にかけ、沸騰間際まで熱する。それから人肌まで冷ます。

患者の治療。患者を浴槽に入れ、頭以外の全身を氷水に浸す。そのままでゆっくり百まで数える。それから、浴槽の外へ出てもらい、熱した石にかぶせてあたためておいた生成りの毛布で体をくるむ。しばらく待って、大量に発汗してきたら、準備しておいた油を全身に塗る。そのあと、氷を足して元どおりの冷たさにしておいた浴槽に、もう一度浸かってもらう。

この手順を四度くり返したのち、患者を二時間休ませる。体温が下がるまで、この治療を続けること。

8　ユリアの手記、パンダテリア島にて（紀元四年）

父がヒスパニアから戻るとすぐ、わたしは自分が結婚させられた理由を悟った。父は生きて家族のもとへ帰り着けるとさえ思っていなかったのだ。ヒスパニアで得た病があまりに重かったので、わたしの将来を安泰なものとするため、急ぎマルケッルスに嫁がせたのだった。父はまた、〝もうひとりの娘〟と呼んでいたローマをマルクス・アグリッパに託した。わたしとマルケッルスとの結婚は、おおむね形ばかりのものだった。わたしは表向きは妻だったが、まだ結婚は完了しておらず、処女のまま、あるいはそれに近いままでいた。わたしが女になったのは、父が病に伏せっているさなかのこと。

着実に死が近づいていることを悟り、そのにおいを嗅ぎ、存在を感じたからだった。

父が——ほんの子供のときしか知らなかった父が——死ぬのだとわかり、泣いたのを覚えている。そして、わたしたちは生きていく以上、喪失を免れないのだと悟った。それは、人には教えられないことだった。

けれどもわたしはマルケッルスに教えようとした。彼はわたしの夫だったから、そしてわたしは、正しいふるまいを教えられて育ったからだ。彼は戸惑いもあらわにわたしを見ると、こう言った。いかに不運であろうとも、ローマはこの喪失に耐える。なぜなら、先見の明あるわれらが皇帝は、ご自分の任務が適切に引き継がれるよう取り計らっておられるからだ、と。わたしは腹が立った。なんと冷たい人だろうと思った。夫は自分が父の跡を継ぐものと思い、皇帝になる日を待っていたのだ。いまでは、彼が冷たい人で野心を持っていたとしても、彼がそういう生き方しか知らなかったのだと理解できる。彼はそのように生きるよう、育てられたのだ。

父は、死にいたると目された病から回復した。世界はそれを彼の神性がもたらした奇蹟と見なし、それゆえ、当然のことと受け止めた。医師のアントニウス・ムサが最後の手段として、のちに彼の名で呼ばれるようになる治療法をおこなったときには、すでに父の葬儀の準備がはじめられていた。それでも父は治療によって生き延び、徐々に回復へ向かった。夏の終わりごろには、いくらか体重も戻り、毎日、屋敷の裏の庭で、少しの散歩もできるようになった。マルクス・アグリッパは、あずかっていたスフィンクスの印章を返し、元老院は、ローマで一週間にわたる感謝祭と祈りの会を開催するよう命令を出した。イタリア各地の十字路に、父の像が建てられた。父の健康を祝うため、旅人の無事を祈るためだ。

父が健康を取り戻そうとしていることが明らかになったとき、わたしの夫、マルケッルスが同じ熱病に倒れた。二週間のあいだに容態が悪化し、ついにアントニウス・ムサ医師が、わたしの父を救った治療法を試みる決断をした。一週間後、ローマが皇帝の回復を祝っているさなか、マルケッルスは息を引き取った。わたしは十七歳にして未亡人となった。

9 書簡――プブリウス・ウェルギリウス・マロよりクィントゥス・ホラティウス・フラックスへ（紀元前二二年）

われらが友、オクタウィウスの姉上は、いまもご子息を失った悲しみにくれておられる。巷で言われるように、時が経っても苦しみが徐々にやわらぐわけではなく、時がもたらす唯一の恩恵も救いにならないようだ。微力ながら、いくらかでもお慰めしたいと努めたのだが、意図に反した結果を招いたかもしれない。

オクタウィウスは、わたしがマルケッルス追悼の詩を書いていると知って、先週、もう一度ローマへ来るようにと言ってきた。朗読して聞かせてほしいというのだ。わたしは、書きあげたその詩を、英雄アエネアスを主題にした長編詩に組み込むつもりだと伝えた。完成した一部をオクタウィウスが絶賛してくれたことがあったのだ。するとオクタウィウスは、マルケッルスがローマの人々の尊敬を集め、長く彼らの記憶に残ることを姉上に知らせれば、いくらか慰めになるかもしれないと言った。そこで彼は姉上を朗読会に招待し、その趣旨について話したらしい。

オクタウィウスの屋敷に集まったのはほんの数人だった。オクタウィウス本人はもちろんだが、そのほかには、リウィアと娘のユリア（あんなに若くて美しいのに、未亡人とは信じられない）、マエケナスとテレンティア、それにオクタウィアさまだ。オクタウィアさまは、すっかり生気の失せたようすで部屋に入ってこられた。顔は真っ青で、目の下には、濃い隈ができていた。それでもいつものように落ち着き払い、お慰めしようとする人々にやさしさと気遣いを見せておられた。

わたしたちはしばらく、マルケッルスを偲んで静かに語り合った。オクタウィアさまは、一、二度、ご子息との楽しい思い出がよみがえったかのように、微笑まれた。やがてオクタウィウスがわたしに、詩を読んでくれないかと言った。

きみはあの詩を知っている。それがわたしの作品の中にどんな位置を占めているかもわかっている。だからここではくり返さない。しかし現時点で、あの詩にどんな欠点があるにせよ、心を動かされるひとときになったのだ。つかのま、マルケッルスが彼の友人や同郷の人々の記憶の中によみがえり、ふたたび生者に混じって歩く姿が目に浮かんだ。

朗読を終えると、部屋に静けさが満ち、ものやわらかなつぶやきが聞こえた。わたしはオクタウィアさまを見た。悲しみの奥に、われわれの思いやりや誇りを知って慰めを得たことを示すものが見えはしまいかと期待していた。けれども、そこに慰めは見いだせなかった。わたしが何を見たのか、正確に言い表すことはできない。彼女の目は、頭の奥で燃えてでもいるように、暗く、輝きを失っていた。唇は不自然に引き攣れ、歯をむき出して笑っているようにさえ見えた。わたしの目には紛れもない憎しみの表情と映った。やがてオクタウィアさまは、甲高い声で叫んで左右に体を揺らしたかと思うと、気を失って臥台の上にばったり倒れてしまわれた。

わたしたちは急いで駆け寄った。オクタウィウスは彼女の手をさすった。オクタウィアさまは少しずつ意識を取り戻し、女性たちに連れられて退室した。

「申しわけありません」ようやくわたしは言った。「もしわかっていたら——ただお慰めしたかっただけなのです」

「自分を責めないでくれ、友よ」オクタウィウスは穏やかに言った。「結果的にはきみはなんらかの形で姉に慰めを与えてくれたのだと思う——誰にもわからない形でね。わたしたちには、自分のすることがどのような効果をもたらすか、最後までわからないのだ。よかれあしかれ」

わたしはネアポリスへ戻ってきた。あしたから仕事を再開するつもりだ。しかし、自分は何をしてしまったのかと悩んでいる。オクタウィアさまは、この国に多大な貢献をしてこられた尊敬に値する女性だ。あのかたにふたたび幸福が訪れることを願わずにはいられない。

10　書簡――オクタウィアよりオクタウィウス・カエサルへ、ウェリトラエにて（紀元前二二年）

わが愛する弟へ。昨日の午後、わたしは無事に――でも、たいそう疲れて――ウェリトラエに到着しました。それからずっと休養をとっています。窓の下には、子供のころあなたといっしょに遊んだ庭が見えます。いまでは草が伸び放題。少なくとも、わたしにはそう思えます。灌木のほとんどが冬の寒さに屈し、ブナの木は剪定が必要です。古いクリの木が一本枯れてしまいました。それでもここを眺めて、何年も昔、わたしたちが外の世界の心配事や悲しみを知らずにいた日々を回想するのは楽しいものです。

ふたつの用があって、お手紙を書きました。まずひとつは、遅まきながらお詫びをすること。あの夜、わたしたちの友ウェルギリウスが、いまは亡きわが子を追悼する詩を読んでくれたというのに、わたしは思わぬ失態を演じて、せっかくの会を台無しにしてしまいました。それをあやまりたいのです。もうひとつの用向きは、あなたへのお願いです。

ウェルギリウスにお手紙を書かれるか、お話しになる機会がありましたら、わたしからのお詫びの言葉を率直にお伝えいただけますか。あんなことをするつもりはなかったのです。もしウェルギリウスが傷ついていたら、申しわけなかったと思います。彼は気立てがよくてやさしい人です。わたしがそう思っていることを伝えてください。

けれども、わたしの心をより大きく占めているのは、あなたへのお願いのほうです。

じつは、物心ついて以来、ずっと生きてきた公の世界を退き、この田舎町でひとり静かに余生を送ることをお許しいただきたいのです。

わたしは生涯、家族とこの国に求められた義務を果たしてきました。ひとりの人間として気に染まぬことでも、厭わず、すすんで務めを果たしました。

幼いころと少女時代には、母の指導を受け、心から喜んで家事をこなしました。母が亡くなってからは、あなたのためにいっそう熱心に励みました。ユリウス・カエサルの敵と和解する必要が生じたときには、ガイウス・クラウディウス・マルケッルスに嫁ぎ、彼の死後は、マルクス・アントニウスの妻になりました。あなたの姉として家族への義務を果たしつつ、マルクスのよき妻になろうと精一杯の努力をしました。マルクス・アントニウスがわたしを離縁して、東方に命運を賭けることにしたのちは、彼の先妻の子をわが子のように育てました。あなたのお気に入りとなったあのユッルス・アントニウスさえもです。マルクスの死後は、彼とクレオパトラのあいだに生まれて戦争を生き延びたふたりの子を引き取りました。

あなたのふたりの妻のことも、それぞれ妹としてたいせつにしました。もっとも、最初のお嫁さんはいつも不機嫌で、わたしの好意を受け入れてはくれませんでした。二番目のお嫁さんはあまりに野心が強すぎて、わたしが共通の大義のために義務を果たしていることを信じようとしませんでした。

わたしは家族のため、ローマの未来のため、このお腹を痛めて、五人の子を産みました。

わたしにとって最初の子であり、たったひとりの息子であったマルケッルスは、あなたにお仕えしているさなかに命を落としました。そしていま、彼の妹、わたしにとっては二番目の子であるマルケッラの幸せが、あなたの政策によって脅かされています。それでも十五年前なら——おそらく十年前でも——わたしは誇りに思ったことでしょう。あなたご自身の宿命の継承に際して、わたしの子を選んでくださったのですから。けれどもいまでは、わたしの誇りなど、つまらないものだと思っています。名声と権力に価値があると思うよう努める気も起こりません。娘はマルクス・アグリッパの妻として幸福に暮らしています。彼を愛していると思います。アグリッパも娘を気に入ってくれていると信じています。あなたが提案なさる離婚は、娘を不幸にするでしょう。それは、アグリッパとの結婚によって得られた権力や権威を失うからではなく、心から尊敬し、愛する男性を失ってしまうからです。

　愛する弟よ、どうかわたしの気持ちを理解してください。あなたのご決断に反対しているわけではないのです。あなたのお考えはまちがっていない。あなたの後継者とあなたの娘が結婚により、あるいは養子縁組によって結ばれることは適切であり、必要なことだと思います。マルクス・アグリッパは、あなたの友人、知人の中では最も有能なかたです。彼はわたしの娘婿であると同時に、友人でもあります。この先何が起ころうとも、わたしたちの友情が損なわれることはないと信じています。

　それゆえ、なんのわだかまりもなく、あなたにお許しを願いたいのです。この離婚を、わたしの最後の公務としてください。きっとお聞き届けいただけるものと思っています。ローマの屋敷からこウエリトラエに移り、本を友として余生を過ごしたいのです。あなたの愛を拒絶するわけではありません。子供たちとも、友人たちとも、縁を切るつもりはありません。

　けれどもわたしは、ウエルギリウスがあの詩を朗読してくれた夜にいだいた気持ちを、生きているかぎりずっと持ち続けることでしょう。突然、そしてはじめて、わたしはあなたが生きていかなくてはならない世界、長年、自分が直視せずに生きてきた世界の、真の姿を見たのです。ほかの生き方、ほかの世界も存在します。それはおそらく、より慎ましくひっそりとした世界でしょう。しかし無関心な神々の目にとっては、それがなんだというのでしょう。

　まだ少し猶予がありますが、わたしは数年のうちに、結婚できるとは思えない年齢に達します。その数年をわたしの自由にさせてください。わたしはさらなる再婚を望みません。しなかったとしても、年老いてから後悔することはないでしょう。あなたもご存じのように、わたしたちが結婚の世界と呼ぶものは、必要な束縛を受け入れて生きなければならない世界です。ときおり、最も卑しい奴隷でさえ、わたしたち女性には望めなかったほどの自由を享受してきたのではないかと思います。わたしは残りの人生をここで過ごしたいのです。子供たちや孫たちが訪ねてくれれば歓迎します。わたし自身の中に、あるいはわたしの本の中に、これから先の静かな歳月でしか見つけられない知恵が潜んでいるかもしれません。

第二章

1　ユリアの手記、パンダテリア島にて（紀元四年）

わたしはリウィアを、これまで出会ったすべての女性の中で最も尊敬している。彼女を好ましいと思ったことはなく、彼女もまたわたしに好意をいだいたことがない。それでもリウィアはつねに、誠実に、礼儀正しく接してくれた。わたしたちは仲よくしていた。わたしはリウィアの野心を挫(くじ)く存在でしかなく、リウィアはわたしへの冷ややかな憎しみを隠そうともしなかったのに。リウィアは自分をよく知っていて、自分の本質についても幻想を持っていなかった。彼女は美しく、うぬぼれることなくその美貌を利用した。彼女は冷たかった。だから完璧にあたたかさを装うことができた。彼女は野心的だった。その野心を追い求めることにのみ、知力を注ぎ込んだ。もしリウィアが男なら、わたしの父より冷酷非情な男であったにちがいない。悔恨に苛(さいな)まれることも少なかっただろう。その本質において、リウィアはどこをとっても称賛に値する女性だったのだ。

当時のわたしはほんの十四歳で、理由はわからなかったものの、リウィアがティベリウスの帝位継承が絶望的になるとみて、わたしとマルケッルスの結婚に反対していることは知っていた。結婚後、マルケッルスがあっけなく死んでしまったときには、たちまち、野望達成の見通しがまたも高まったと感じたにちがいない。なぜなら、数か月におよぶ服喪の義務も終わらないうちに、リウィアがわたしに働きかけてきたからだ。父は飢饉のあと、独裁官への就任を打診されたが辞退した。そして、ことわったことによって元老院と市民の不満をそれ以上募らせないようにするため、シリアに用があるからという口実で、抜け目なくローマを離れた。父がその生涯でたびたび用いた戦略だ。

リウィアはいつものように、単刀直入に用件を切り出した。

「もうすぐ喪が明けますね」彼女は言った。

「はい」わたしは答えた。

「そうすれば、再婚できますね」

「はい」

「若い未亡人が長いあいだ結婚せずにいるのはよくありません。習慣に反します」

わたしは答えずに黙っていたと思う。当時でさえ、わたしが寡婦であるのは、結婚と同様、形の上でのことだと考えていたにちがいない。

リウィアは続けた。「再婚の話を持ち出されて気を悪くするほどの悲しみなのですか」

わたしは、自分が父の娘であることを思い出した。「わたしは自分の義務を果たします」

リウィアはその回答を期待していたかのようにうなずいた。「もちろんです。そうでなくてはなりません……お父さまからは、この問題についてお話がありましたか」

「いいえ」

「きっとお考えになっていると思いますよ」彼女は少しの間を置いた。「おわかりでしょうが、わたしはお父さまの代理としてではなく、みずからの判断でこの話をしています。でも、お父さまがここにいらっしゃれば、お許しをいただいていたでしょう」

「はい」

「わたしはあなたに対し、じつの母親のようにふるまってきました。可能なかぎり、あなたの不利益になるようなことはしてきませんでした」

わたしは待った。

するとリウィアはゆっくりとこう言った。「わたしの息子は、あなたの好みかしら」

わたしはまだ理解できていなかった。「息子とは？」

リウィアは少しいらだたしげなしぐさを見せた。「ティベリウスですよ、もちろん」

ティベリウスはわたしの好みではなかった。好ましく思ったことは一度もない。理由はわからなかった。のちに、それは彼が他人の弱点を見つけ出すからだと思うようになった。しかも自分も同じ弱点を持っているのに、決してそれを認めようとしない。「彼がわたしを好きだったことはありません。わたしのことを軽率で落ち着きがないと思っています」

「たとえそのとおりでも、問題ではありません」

「それに彼はウィプサニアと結婚しています」わたしは言った。ウィプサニアはマルクス・アグリッパの娘だった。わたしよりも年下だったが、友だちと言ってもいい間柄だった。

「それも問題ではありません」リウィアはなおもいらだたしげに言った。「そんなことくらい、わかっているでしょう」

「はい」わたしはそれ以上は何も話さなかった。なんと言ったらいいのか、わからなかったのだ。

「あなたはお父さまのお気に入りです。あまりにかわいがりすぎると思う人もいましたが、それもこの際、たいして重要なことではありません。あなたも知っているように、お父さまはたいていの父親とちがって、娘の言うことに熱心に耳を傾けられます。それから、あなたの意に染まないことをするときには躊躇なさいます。たいせつなのは、そのことです。あなたの希望は、お父さまにとっては大きな重みを持つのです。ティベリウスとの結婚がさほどいやでなければ、お父さまにそれをお知らせになるのが適切でしょう」

わたしは黙っていた。

「でも反対に」リウィアは言った。「この考えにまったく承服できないというのであれば、いまここでそのように明言していただけますか。わたしはあなたに本心を隠したことはありません」

わたしの頭は混乱していた。なんと答えればいいのかわからなかった。わたしは言った。「わたしは父に従わなければなりません。リウィアさまが不快な思いをなさることも望みません。わからないのです」

リウィアはうなずいた。「あなたの立場はわかります。感謝しますよ。この問題でこれ以上あなたを悩ますことはやめましょう」

……気の毒なリウィア。あのとき彼女は、何もかも手はずが整っていると思い込んでいたのだ。そして自分の思いどおりになると信じていた。でも、そのようにはならなかった。おそらく、リウィアにとっては、人生最大の手痛い打撃だっただろう。

2　書簡──リウィアより、サモス島のオクタウィウス・カエサルへ（紀元前二一年）

わたしはこれまでどんなことでも、あなたのご意向に従ってまいりました。あなたの妻として忠実に務めを果たし、あなたの友として、何ごともあなたのためになるようにと配慮してきました。しかし、ただひとつ、あなたのお役に立てなかったことがあり、わたしはそれを重く受け止めております。それは、わたしがあなたに男の子を産んでさしあげられていないことです。それどころか、女の子さえ授かることができていません。それが落ち度だとしましても、わたしにはどうすることもできません。わたしは離縁を申し出ましたが、おそらくわたし自身をいとしくお思いくださるからでしょう、あなたはたびたびおことわりになりました。けれどもわたしはいま、ほんとうにあなたに愛されていると思うことができず、たいへん苦しんでおります。

わたしにはもっともな理由から、あなたが甥にすぎないマルケッルスより、わが子ティベリウスのほうを実の息子のように思っていらっしゃるものと信じておりました。それでも、あなたがご病気になられ、マルケッルスがクラウディウス、オクタウィウス、ユリウス、すべての血を引いているという理由から後継者にお選びになったことは――ティベリウスはクラウディウス氏族のみですので――受け入れました。いまではわが子に対する侮辱としか思えませんが、それでも許しました。幼い少年のころの印象から、ティベリウスには、性格に不安定なところがあり、目にあまる言動が多いとお思いかもしれませんが、子供の性格がそのまま成人になっても保たれるとはかぎりません。

けれどもあなたのめざされる方向がはっきりしたいまとなっては、わたしは自分の不満を隠しておくことはできません。あなたがわたしの息子を拒(こば)んだということは、わたしの一部を拒んだも同然です。しかもあなたは娘婿として、ユリアにとっては夫というより父親のような男性をお選びになりました。

マルクス・アグリッパはいいかたです。あなたのご友人であることも存じております。あのかたに対しては、なんの悪感情もいだいておりません。しかしアグリッパは、名のある家柄の出身ではなく、何か美点を持ち合わせているとしても、どれもアグリッパ個人のものばかりです。世間にとっては、そのような生まれの卑しい者が皇帝の補佐役として強大な力を持つにいたったことは、さぞ痛快でしょう。けれども、その人物が帝位継承者に指名され、皇帝とほぼ同等の地位に就くとなれば、誰も愉快ではいられないことでしょう。

わたしが耐えがたい立場にあることは、おわかりいただけると思います。ローマの人々はみな、テイベリウスがあなたのご息女と結婚し、当然のなりゆきとして、あなたの人生になんらかの位置を占めるものと期待していました。けれどもあなたはあの子を拒まれたのです。

しかもあなたは、ご息女がご結婚なさるこの時期に、海外にとどまっておられる。最初のご結婚のときと同じです。必要があってのことか、わざとそうしておられるのかはわかりません。気にもなりません。

わたしは今後も、あなたへの義務を果たします。これからも、わたしの家はあなたの家です。いつでもあなたを、そしてあなたのご友人を喜んで迎えます。わたしたちはともに手を携え、そのような家庭を築くため、努力してきました。もはやそれが揺らぐことはないでしょう。わたしは今後も変わることなく、あなたの友でいたいと思います。わたしはあなたを欺いたことがありません。考えかたでも言葉でもおこないでも。これからも嘘をつかないつもりです。けれども、今度のことがわたしたちをたがいに遠ざけたことはご承知いただかなくてはなりません。その隔たりは、あなたがいまご滞在のサモス島よりはるかに遠いものとご理解ください。これからもそれは変わりません。

ご息女はマルクス・アグリッパと結婚して、彼の屋敷に移り、かつて遊び友だちであったウィプサニア・アグリッパの母親になりました。あなたの姪、マルケッラは夫を奪われ、いまはウェリトラエにお住まいのあなたの姉上のもとに身を寄せています。ご息女は結婚に満足しているようです。きっとあなたもご満足でしょう。

3　貼り紙――アテナイのティマゲネス（紀元前二一年）

さて、カエサルの家では誰が強いのだろう

みなが皇帝と呼び、尊厳者（アウグストゥス）と崇める御仁か

あるいは、ありとあらゆる慣習からみて
彼の愛する妻であり、閨（ねや）でも宴会場でも
従順にふるまうご婦人か
見よ、支配者が支配されるさまを
松明の火が揺らめき、宴はなごやか
笑う声が酒よりも速く流れる
彼はリウィアに話しかけるが、彼女は聞いていない
もう一度言葉をかけるが、返された笑顔に凍りつく
彼は妻のほしがるものを与えなかったらしい
ティベリス川が冬の氷に閉ざされ（アグリップ）たわけか！

しかし、支配されようが、支配者たりえようが、それはどうでもいい
ほら、あそこの隅から、レスビアが流し目を送って松明を翳らせる
明るいデリアたちが物憂げに臥台にくつろぎ
ほの暗い明かりにむきだしの肩をさらしている
だが、彼は見向きもしない
なぜなら大胆にも、友人の妻が近づいてきたからだ
（くだんの友は、松明の灯を浴びて踊る少年に気をとられ、見ていない）
それもいいではないか、と、すべての民を統（す）べる支配者は思う
マエケナスは好きなように時間を費やし
この小さき者を顧みることはない

きっと妬みはしないだろう

4　書簡──クィントゥス・ホラティウス・フラックスより、アッレティウムのガイウス・キルニウス・マエケナスへ（紀元前二一年）

誹謗文書を書いたのは、ご推察どおり、マエケナスさまが励まし、支援してこられたティマゲネスです。あの男に友情をかけ、われらが友の屋敷への招待を取りつけておやりになったのは不覚であったようです。客としての品位に欠け、韻律の整え方も知らないうえ、愚かなまでに浅薄な男です。褒めてくれそうな者に対しては、自分がしでかしたことを得意げに自慢し、そうでない者には隠します。名声には責任がともないます。それを引き受けつつ、匿名の愉快さにも浸ることは、明らかに不可能です。

オクタウィウスさまは、誰が書いたのかをご存じです。なんの対応もなさいませんが、（言うまでもなく）ティマゲネスはもはや皇帝のお屋敷では歓迎されません。オクタウィウスさまがわたしに、あなたへのご伝言を託されました。裏切り行為を働いたのはきみだとは思っていないので、安心してほしい、と。それよりも、きみがどんな気持ちでいるのか、自分のことのように心配している。無用な責任を感じないでくれ。きみを敬愛する気持ちはこれまでと少しも変わらない、きみがローマにいないのは寂しいが、きみがしばし女神たちのみもとで時を過ごすと決めたことは、心からうらやましく思う、と。

わたしもこれまでのようにたびたび、マエケナスさまにお目にかかれないことが残念です。しかし、あなたがこの比類なき都市の喧噪と悪臭を逃れて、いかにアッレティウムの静けさと美しさに満足しておられるかは、われらが友以上に理解しているつもりです。あした、わたしはディゲンティア川のほとりの拙宅へ戻ります。川のせせらぎがわたしの耳を癒やし、騒音から解放して、言葉の世界へ連れ戻してくれるでしょう。何もかもがつまらぬことに思えてくるでしょう。あなたも同様にお考えのことと拝察しております。

5　書簡——ダマスクスのニコラウスより、アマセイアのストラボンへ、ローマにて（紀元前二一年）

わが友よ、数年にわたるきみの報告、きみの情熱は、きわめて当を得ていた。確かにここは、類を見ない時代に出現した類を見ない都市だ。ぼくのこれまでの人生は、この都市に来るためにあったのだと思えてくる。もっとも、その発見が遅れに遅れることになった種々の要因を、いまさら嘆こうとは思わない。

きみも気づいているかもしれないが、ぼくは近年、次第にヘロデ王に用いられることが多くなっている。王は、ご自身がユダエアを統治できるのは、オクタウィウス・カエサル陛下の庇護があってこそとお考えだ。ぼくはいまヘロデ王に託された任務を果たすため、ローマに来ている。その驚くべき内容については、あとで明かすとして、とりあえずいまはその関係で、皇帝に直接お目にかかるという身のすくむような任務を果たさなくてはならなかったとだけ言っておこう。きみからはしばしば、皇帝との親交ぶりについて知らされていたが、たとえ心配ないと言われても、あの名声と権力の偉大さを思うと、どうしても気後れを感じずにはいられなかった。それにぼくはなんといっても、彼の敵であったクレオパトラの子供たちの家庭教師をしていたのだからね。

しかしやはり、ほかのすべてのことと同様、きみの言うとおりだった。皇帝は、ぼくをヘロデ王の使者として、思いもよらないあたたかさで迎え、たちまち緊張を解いてくださった。きみとの友情を振り返り、たびたび、きみからぼくの名を聞いていたとお話しくださった。だが、顔合わせをすませたところで、いきなりヘロデ王から託されてきた用件を切り出すのはためらわれた。しかしうれしいことに、皇帝のほうから、翌日の夜、私邸で食事をともにしようとお招きくださった――もちろん、そのときのぼくは、宮殿で拝謁を賜っていたのだ。日中に公務に就かれるときにだけ、宮殿をお使いなのだろうね。

皇帝の屋敷がいかに質素なものか、きみの手紙で知ってはいたが、どうやらぼくはすっかり信じていたわけではなかったようだ。エルサレムの簡素なわが家ですら、あの屋敷に比べれば贅沢に思えてくる。ささやかな成功をおさめた商人が、もっと優雅な暮らしをしているのを見たこともある。ぼくのみるところ、あれは単に陛下が勤倹質素を好み、ほかの者にも奨励しているわけではなさそうだ。魅力的で居心地のいいあの小さな屋敷におられるときの陛下は、ローマ世界を治める支配者ではなく、あたたかい気配りで客をもてなす主に返っておられるのだ。

ぼくらが師と仰ぐアリストテレスの手法、かつていっしょに勉強したあのすばらしい〝対話術〟に倣って、きみのためにあの夜のもようを再現し、雰囲気を伝えたいと思う。

まずは食事だ。素朴すぎず、気取りもなく、好感の持てる形で、三皿の料理が出された。どれも絶品だった。それがすむと、水割りのワインが用意され、給仕が静かに客のあいだをまわって酒杯に注いでいった。陛下のご親戚とご友人のちょっとした集まりだったのだ。陛下のそばには、マエケナスさまの妻、テレンティアがくつろいだようすで座っていた。マエケナスさまは(お目にかかりたかったので残念だったが)北方の地で文学の研究に没頭するため、夏のあいだはローマを離れておられるとのことだった。別の臥台には、皇帝の若く美しく陽気なご息女、ユリアさまと、その新しいご夫君、マルクス・アグリッパさまが腰かけておられた。アグリッパさまは大柄でたくましく、功成り名遂げた人でありながら、妙にその場になじんでおられなかった。かの偉大なるホラティウスは、小柄ではあるが、若いのに髪に白いものがまじっているためか、いくらか貫禄があった。先に客を楽しませたシリアの踊り子をそばに侍らせ、(少し緊張が見て取れるものの勝ち誇ったようにうれしそうにしている）彼女をからかって笑わせていた。若きティブッルス（恋人を同伴していないので寂しそうだった）は、酒杯を手にして、どこか悲しげなやさしいまなざしで客たちを見ていた。その隣には、彼の庇護者、メッサラが座を占めていた（三頭政治体制下では処罰対象者となり、マルクス・アントニウスについてオクタウィウス・カエサルと戦った軍人だが、いまは、かつての敵の友人となり、何ごともなかったかのように宴に加わっているのだ！）。それからきみがたびたび言及していた、あのリウィウスも来ていた。ローマの長い歴史を本にまとめるという彼の構想は、実を結びつつある。最近、その最初の数冊が着々と本屋の店先に並びはじめたところだ。メッサラがオクタウィウスさまのために乾杯しようと提案すると、オクタウィウスさまは、ではテレンティアのためにも、と言われた。その夜、皇帝は彼女に心を配り、礼儀正しく接しておられた。われわれは酒を口にし、対話がはじまった。

オクタウィウス・カエサル：親愛なる友よ、この機会にわれらが客人をご紹介したい。東方の盟友、ユダエアのヘロデ王に遣わされた使者、ダマスクスのニコラウスだ。彼は傑出した古典学者であり哲学者でもある。ゆえに、この幸福な日にわが家に集った仲間に、彼が加わってくれたのは二重の喜びである。ニコラウスはヘロデ王からの挨拶の言葉を携えてきたことだろう。

ニコラウス：偉大なる皇帝陛下、わたしのような者をこのようにおもてなしいただき、また、著名なご友人との集いに加えていただきましたことを、身に余る光栄と感じております。ご推察のとおり、ヘロデ王からは、ローマと運命をともになさる皇帝陛下とそのご同僚に、心からの敬意を込めてご挨拶を送りますとお伝えするよう、命を受けてまいりました。今宵は、みなさまのあたたかいお心と、友情の固さに接し、わたしが由緒あるユダエアの地から携えてまいりました使命の内容を率直にお話しすることをお許しいただけると判断いたしました。わが友にして主人のヘロデ王は、皇帝陛下へのかぎりない敬愛の証として、わたしをローマに遣わし、ローマを秩序と繁栄の輝きに導き世界を統一されたそのおかたに、ある申し出をさせていただこうと決意したのです。じつは、今宵わたしをお招きくださいました陛下に敬意を表し、その栄誉を世に広く知らしめ、讃えるために、伝記を執筆させていただきたいのでございます。

オクタウィウス・カエサル：わがよき友、ヘロデ王のご厚意はうれしいが、わたしはそのような注目に値する業績を成し遂げてはいない。われらが新しき友、ニコラウスの卓越した才能を、そのようなつまらぬ目的のために無駄にすべきではないと思う。より重要な事業にその学識を活かしてもらうためにも、わたし自身の心の平穏のためにも――だが感謝と友情を込めて――そのような価値のない取り組みは断念していただきたい。

ニコラウス：偉大なる皇帝陛下、その謙虚なご姿勢は、お人柄の表れと拝察いたします。しかしヘロデ王はおそらく、わたしが陛下の謙虚なお気持ちを汲むことを望まないでしょう。そして、陛下のお名がこれほどまでに高まっているというのに、遠隔の地ではそのご偉業を人づてにしか聞いたことのない者がいることをお伝えせよとうながすことでしょう。ユダエアでさえ、ラテン語がわかるのはほんの少数の教養人にかぎられておりますので、いまだに陛下の偉大さを知らない者がいるのです。ですから、ユダエアなら誰もが知っているギリシア語で陛下のご業績の記録を書けば、ユダエアのみならず東方の広大な領域の隅々にまで、われわれがいかに陛下の慈悲深いお力を頼みとして暮らしているかが深く伝わることになりましょう。そうすればヘロデ王も、陛下のご支援とご鞭撻のもと、いっそう安定した統治をおこなうことができるでしょう。

アグリッパ：わが親愛なる友、偉大なるカエサルよ、きみは以前にもわたしの助言に耳を貸さなかった。だが、わたしは再考を求めたい。ニコラウスは十分に言葉を尽くした。要望を聞き届けてやってはどうだろうか。きみがわが身より愛するローマのため、そしてきみがローマにもたらした秩序を維持するためにも、謙虚な態度を捨ててはどうか。遠隔地の民はきみに称賛を寄せるだろう。その気持ちは、きみが築きあげたローマへの愛に変わるだろう。

リウィウス：わたくしも思いきって、陛下がお耳にされた説得の言葉に、声を添えることにいたしましょう。いまわれわれの目の前に立つニコラウスの評判については、わたくしも聞いております。陛下の名声を高める伝記作者として、これほど信頼の置ける人材はないと思います。陛下は惜しみなく与えてこられました。民のほうから、いささかなりともお返しをさせていただく機会になるのではないかと思います。

オクタウィウス・カエサル：そこまで言うなら仕方がない、折れるとしよう。ニコラウスには、この屋敷を自由に使うことを許し、わたしの友情を捧げよう。しかし書く内容は、ローマに関してわたしがおこなうことに限定してほしい。わたし個人にまつわるつまらないことを書いて読者を煩わせないように。

ニコラウス：仰せのとおりにいたします。ローマ世界を統治なさる陛下にふさわしい作品を書きあげるため、力のかぎりを尽くす所存でございます。

……親愛なるストラボンよ、こうして使命は達成された。ヘロデ王はお喜びくださるだろう。そしてぼくは、オクタウィウス（と、屋敷の中では、親しみを込めて呼ぶように言われているのだ）から、この仕事を遂行する能力があると認められたものと自負している。きみもわかっているように、先の対話はもちろん、形式を整える必要があって、このような堅苦しい文章にまとめざるをえなかった。実際の会話は、これよりはるかに打ち解けたもので、もっと長く続いた。まったく悪意のないひやかしやからかいの応酬もあった。ホラティウスは、贈り物を携えたギリシア人はこわい〔トロイア戦争の際、ギリシアが贈り物と偽って、兵を潜ませた巨大な木馬をトロイアに送り込んだ話から〕と冗談を言い、きみは作品を散文にするつもりなのか、それとも詩にするのかときいた。たえず父親をからかっている陽気なユリアは、なんでも好きに書けばいいと言う。父のギリシア語力では、侮辱も褒め言葉と勘違いしかねないから、と。しかしぼくは、先の記述に問題の本質を描き込めたと思っている。なぜなら、たとえ彼らが冗談を言い合っていても、何か深刻なことが進んでいるからだ。少なくとも、ぼくにはそう思える。

しかも、ここでの滞在（どうやら長引きそうだ）をさらに有効に利用するために、ぼくは『オクタウィウス・カエサルの生涯』だけではなく、新たな創作も企画して、ヘロデ王の認可をいただいた。それは〝傑出したローマ人との対話〟と題した作品になる。きみに読んでもらったものも、その一部だ。きみはいい考えだと思うか。この対話はひとつのひな形として適切だろうか。きみの助言を待っている――そしていつものように、尊重する。

6　書簡――テレンティアより、アシアのオクタウィウス・カエサルへ（紀元前二〇年）

タウィウス、タウィウス――わたしたちだけの呼び名で呼んでも、あなたは来てくださらない。あなたのいない生活がいかにつらいものか、おわかりですか。わたしはあなたの偉大さを恨みます。そのせいであなたは遠ざかり、わたしにとっては未知の、憎むべき国へと旅立ち、そこにとどまっておられます。その国はあなたをとらえて離さない。わたしにはそれができませんのに……。やむをえないことを憤るのは、子供も同然とあなたに言われました。それは承知しておりますが、あなたは賢明にも、体ごとわたしから逃げておしまいになった。わたしはあなたがお戻りになるまで、落ち着きのない子供のままでいなければなりません。

あなたとお別れするなどということが、どうしてできましょう。あなたの愛を受けてからというもの、わたしは、あなたのいないところでは一日として幸せに過ごせないのです。わたしがついていけば醜聞になる、とあなたはおっしゃいましたが、誰もが了解していれば、醜聞にはなりません。あなたの敵は陰口をたたき、盟友は口を閉ざしています。双方とも、あなたが秩序正しい生活のために必要な慣習に縛られないお立場にあることを理解しているのです。それに、誰にも害がおよんでいないはずでしょう。あなたの友であると同時にわたしの友でもあるわが夫は、度量の小さい男とちがって、独占欲のない人です。結婚当初から、夫婦のあいだでは、わたしは自由に恋をする、マエケナスは気が向けばいつでも好きなところへ行く、ということは了解ずみでした。当時もいまも、彼は偽善者ではありません。そしてリウィアさまは現状に満足していらっしゃるようにお見受けします。読書にいそしみ、わたしには礼儀正しく言葉をかけてくださいます。わたしたちは友だちではありませんが、おたがいに感じよく接しています。わたしのほうは、好意を持っていると言ってもいいほどです。リウィアさまはあなたを捨てることを選ばれました。だから、あなたはわたしのものになったのです。

あなたはわたしのものですか。いっしょにいるときは、自分のものだと思えます。でも、こんなに遠く離れてしまうと……あなたの手のぬくもりが恋しい。これまで知らなかったことをたくさん教えてくれたあの手のあたたかさが……。わたしが寂しい思いをしていると知って、あなたはうれしいですか。そうであってほしいと思います。恋人は残酷です。あなたがわたしと同じように寂しさを味わっているとわかったなら、どんなにうれしいことでしょう。寂しいとおっしゃってください。わたしはそれを慰めにします。

なぜなら、わたしはローマではなんのやすらぎも見いだせないからです。何をしてもつまらない。立場上、祝祭には出席しますが、どんな儀式も無意味に見えます。競技場（キルクス）へ戦車の競走を観に出かけても、誰が優勝しようがかまわない。朗読会に参加すれば、心は、詩を――わたしたちの友、ホラティウスの詩でさえ――離れて、あらぬかたにさまよいます。この数週間、わたしはあなたへの貞節を守ってきました。たとえ嘘だったとしても、わたしはそう言うでしょう。でもほんとうです。わたしは守ってきました。それはあなたにとってたいせつなことでしょうか。

あなたのお嬢さまはお変わりありません。新しい生活に満足していらっしゃるごようすです。わたしは週に一、二度、マルクス・アグリッパ夫妻を訪ねています。わたしたちはお友だちになったと思います。ユリアさまはお子を身ごもられ、大きなおなかをしていらっしゃいます。母となることを誇りに思っておられるようです。わたしはあなたのお子を望んでいるのでしょうか。わかりません。マエケナスはなんと言うでしょう。また醜聞になりますね。でも、なんとあきれた醜聞でしょう！

……お気づきのように、わたしは、自分の記憶の中にあるあなたに向かっておしゃべりを続けています。お目にかかっていたころと同じように。

あなたにお伝えしたいほどの、おもしろい話題はありません。あなたがローマを離れる前に進めておられた縁談は、いずれも実を結びました。ティベリウスは野心を捨てたとみえ、ウィプサニアを妻に迎えました。そしてユッルス・アントニウスはマルケッラと結婚しました。ユッルスは正式にあなたの甥となり、オクタウィウス氏族の一員となったことを喜んでいるように見受けられます。ティベリウスでさえ、しぶしぶながらも満足しているようすです――もっとも彼は、アグリッパの娘と結婚した自分より、あなたの姪と結婚したユッルスのほうが有利であることはわかっているでしょうが。

この秋には、わたしのもとへ戻ってきてくださいますか。冬の嵐が吹き荒れて、船旅ができなくなる前に。それとも、春までお待ちになりますか。そんなに長いあいだ、あなたのいらっしゃらない生活に耐えられるとは思えません。どうすれば耐えられるとお思いでしょうか。

7　書簡――クィントゥス・ホラティウス・フラックスより、アッレティウムのガイウス・キルニウス・マエケナスへ（紀元前一九年）

ウェルギリウスが亡くなりました。

いま知らせを受け取ったばかりです。いっさいの感情が消えたような心境です。悲しみにのまれてしまう前に、あなたにお知らせしようと思いました。このような感情の麻痺は、わたしたちの友を奪った避けがたい運命、あらゆる人間を襲う運命の前触れにちがいありません。彼の亡骸は、オクタウィウスさまにつき添われ、ブルンディシウムに安置されています。詳細は不明です。何かわかり次第、わたしのほうから逐一、ご報告いたします。オクタウィウスさまは、ご悲嘆のあまり、しばらくのあいだはお手紙をお書きになれないでしょう。

ウェルギリウスは、詩の手直しをするためにイタリアを離れていましたが、どうやら作業がうまくいっていなかったようです。そのせいでしょう、オクタウィウスさまがアシアからローマに戻られる途中でアテナイに立ち寄り、いっしょに帰ろうとお誘いになったときには、難なく説得に応じたそうです。ローマを離れてからまだ半年も経っていないというのに、すでに望郷の念が兆していたのでしょうか。あるいはみずからの死を予感し、異国の地で朽ち果てることを潔しとしなかったのかもしれません。いずれにせよ、最後の旅に出る前に、彼はオクタウィウスさまとともにメガラ〔アテナイの西北西にあった都市国家〕を訪れたいと願い出ました。おそらく、若きテセウス〔ギリシア神話の登場人物〕が、人を襲っては殺していた盗賊スケイロンを成敗したとされる、磯浜を見ておきたかったのでしょう。理由はわかりませんが、ウェルギリウスは長く日に当たりすぎて具合が悪くなったそうです。それでも旅を続けたいと言いました。船上でさらに体調が悪化し、昔に患ったことのあるマラリアが再発しました。そしてブルンディシウムで船をおりてから三日後に息を引き取りました。オクタウィウスさまがそばにつき添い、二度と戻れぬ旅路を、最後の最後まで、ともにされたそうです。

旅立つ前の数日は、夢とうつつをさまよい、たびたびうわごとを口にしていたのではないかと思います。ただ、譫妄（せんもう）状態であっても、ウェルギリウスのことですから、意識清明な常人よりはよほどしっかりとした思考力を保っていたのでしょう。いまわの際には、あなたとわたしと、ウァリウスの名をつぶやいたそうです。それからオクタウィウスさまに、『アエネーイス』の未完の原稿を必ず破棄することを約束させたそうです。その約束は必ず守られるものと思っております。

かつてわたしは、自分の魂の半分がウェルギリウスに占められていると書いたことがあります。あのときには、われながら大げさなことを言ったと思っていましたが、いまではそれでも足りないくらいだと感じています。なぜならいまブルンディシウムに横たわっているのは、ローマの魂の半分だからです。わたしたちは自覚している以上に小さくなってしまいました。それでもわたしの心は、より小さなこと、おそらくあなたとわたしにしかわからないことへと戻っていきます。三人でローマからブルンディシウムへと、イタリア中を楽しく旅したのは、いつのことだったでしょう。二十年前でしたか……。しかし、ほんのきのうのことのように思えます。宿の主人が暖炉で若木を燃やしたがために、煙が目に染みて、学校から解放されたばかりの少年のように爆笑したこと。あのときの痛み、笑い声がよみがえります。トリウィクスで村娘を引っかけ、わたしの部屋に来ると約束させたのに来なかったこと。ウェルギリウスのからかう声、ばか騒ぎ。それから、静かな語り合い。農村部を旅したあとにたどり着いたブルンディシウムの豊かさ、快適さ。

わたしは二度とブルンディシウムを訪れようとは思いません。ふいに悲しみが襲ってきました。もうこれ以上は書けません。

8 ユリアの手記、パンダテリア島にて（紀元四年）

若いころ、はじめてテレンティアと知り合ったときには、軽薄で頭が悪くて、単におもしろいだけの女だと思っていた。なぜ父があんな女を気に入っているのか理解できなかった。カササギのようにおしゃべりで、男とみれば誰にでもこれ見よがしにしなだれかかる。まじめにものを考えたことなどない女に見えた。テレンティアの夫、ガイウス・マエケナスは父の友人だったが、わたしは好きではなかった。だからテレンティアがなぜマエケナスとの結婚に同意したのかもわからなかった。いまにして思えば、わたしとマルクス・アグリッパの結婚も同じくらい奇妙だった。けれども当時のわたしは若くて物を知らず、自分のことで頭がいっぱいだったので、何も見えなかったのだ。

わたしはテレンティアのことを理解できるようになったと思う。彼女は彼女なりに、わたしたちの誰よりも利口だったのかもしれない。その後、テレンティアがどうなったのかは知らない。誰かの人生からそっと姿を消す人たちは、どうなるのだろう。

いまは、テレンティアはわたしの父を愛していたのだと思う。おそらく、父でさえ理解できないような形で。いや、父はわかっていたのかもしれない。テレンティアは父に対し、ほどほどに貞節を尽くしていた。父が長くローマを離れているときにかぎり、手ごろな男と後腐れのない関係を楽しんでいた程度だ。また、当時のわたしには、父が彼女をおおらかに受け入れ、交流を楽しんでいるように思えたが、おそらく実際は見かけ以上に真剣な気持ちをいだいていたのだと思う。ふたりのつきあいは十年以上におよび、ふたりともそれで満足しているようだった。いまは――当時もおぼろげにわかっていたのだと思うが――それが若さゆえの判断であり、立場であったことがわかる。父親と言ってもいいほど年の離れたわたしの夫は、父が不在の期間には、ローマとその属州で最も重要な立場にあった。わたしは自分をリウィアのような存在だと思っていた。彼女のように誇り高くて威厳があり、ほんとうの皇帝とも言える人につねにつき従う存在なのだ、と。だから、父がリウィアにはとうていおよばぬテレンティアのような女（愚かにも、わたしより劣ると見下していた）を愛するのは、不適切なことに思えた。けれども、いまにして思えば、わたしは何もわかっていなかったのだ。

父がアシアからひとりで戻ったときのことを思い出す。父はそのほんの数日前にはブルンディシウムにいて、死に瀕した友人、ウェルギリウスを腕に抱き、最期を看取ったばかりだった。父に慰めを与えたのは、テレンティアただひとりだった。リウィアは与えなかった。わたしもだ。喪失の意味は、頭では理解していたが、その本質についてはわかっていなかった。リウィアは慰めるつもりで、儀礼的なお悔やみの言葉を述べた。ウェルギリウスは国のために義務を果たしました、彼は国民の記憶の中に生き続けることでしょう。神々は愛する息子として彼を受け入れるでしょう、と。それから彼女は、あまりに悲しみにくれるのは皇帝にふさわしくない、というようなことをほのめかした。

父は険しい表情でリウィアを見て、こう言った。「では、皇帝として、皇帝にふさわしい哀悼の情を見せることにしよう。しかし自分にふさわしい悲しみかたなど、どうやって見せればいいのだ？」

父に慰めを与えたのは、テレンティアだった。彼女は友の死を悼んで涙を流し、昔の思い出を語った。すると父もひとりの男に帰って涙を流し、しまいには、テレンティアを慰めるはめになった。そうして彼の悲しみは癒やされたのだった。

……なぜきょうは、テレンティアやウェルギリウスのことを思い出したのだろう。朝からよく晴れて、空は澄んでいる。窓のはるか向こう、東の方角には、海に突き出した岬の先端が見える。おそらくウェルギリウスが、ローマを離れているときにあの向こうのネアポリスで暮らしていたことを思い出したからだろう。そして、いつも感情を押し隠してむっつりしていた彼が、テレンティアに好意を寄せていたことを思い出したからだろう。テレンティアもまた、かつてのわたしのように、ひとりの女なのだ。

かつてのわたしのように……。わたしは女であることに満足していなかったけれど、テレンティアはどうだったのだろう。わたしはローマ世界で暮らしていたころには、テレンティアが満足しているものと思い、ひそかに軽蔑していた。いまでは、わからない。ほかの人の心などわからない。自分の気持ちさえわからないのだ。

9 書簡――ダマスクスのニコラウスより、アマセイアのストラボンへ（紀元前一八年）

ヘロデ王がローマに来ておられる。ぼくが手がけたオクタウィウス・カエサル伝――外地で出版されたのだ――をたいへん気に入られて、ぼくに無期限でローマに滞在するよう命じられた。皇帝との信頼に足る連絡係として働いてくれとおっしゃるのだ。きみも想像がつくと思うが、慎重な舵取りを求められるむずかしい立場だ。しかし任務をこなせる自信はある。ヘロデ王は、ぼくが皇帝の信頼と友情を勝ち得ていることをご存じだ。賢明にも、ぼくはどちらも裏切らないと判断されたのだろう。少なくとも、ぼくが裏切れば、王にとっても皇帝にとっても利用価値がなくなるとお考えになる程度には、現実的なかたなのだ。

きみは褒めてくれたが、ぼくはとうとう、〝傑出したローマ人との対話〟と題する作品の構想を断念することにした。そのような人々を知るにつれ、われわれが学校で訓練を受けたアリストテレスの手法では、まったく彼らを定義できないことを認めざるをえなくなってきたのだ。ぼくにとってはむずかしい決断だった。なぜなら、それは次のふたつの事実のうち、どちらかを意味するからだ。ひとつは、われわれが学校で習った手法が完全ではなかったこと。もうひとつは、ぼく自身が思っていたほどにはアリストテレスの手法を習得できていないことだ。前者はほぼありえないと思われるが、後者については、あまりに屈辱的で考察するのもつらい。だからぼくは、若いころからの友であるきみのほかには、誰にもこのことを告白するつもりはない。

それはどういうことか、ひとつ例を挙げて説明してみよう。

いまローマ中が騒然としている。最近、皇帝陛下が議員数を六百人に減らすよう命じられたばかりの元老院で、新しい法案が可決されたからだ。端的に言えば、それは、この奇妙な国の婚姻にまつわる習慣を法制化しようという試みだ。近年、こうした習慣は適切に守られず、軽視される傾向にある。なかでも注目すべきは、この法律により、自由民の結婚の権利、財産保有の権利が以前より拡大したことだが、これについては一部で不満の声もある。しかしその声も、さらに驚くべき規定をめぐる怒りの声にかき消されているのだ。その規定とは、ふたつだ。ひとつは、富により元老院議員たる資格を得た男性が、自由民、女優、あるいは俳優の娘と結婚することを禁止するもの。同様に、議員を父親、あるいは祖父とする女性もまた、自由民、俳優、その息子と結婚することができない。また、自由民の男性は、その地位の如何を問わず、売春や売春斡旋を生業とする女性、犯罪歴のある女性、女優、元女優、または地位にかかわらず、姦通罪により逮捕され、有罪判決を受けた女性と結婚することができなくなった〔婚姻身分に関するユリウス法〕。

しかしもうひとつの規定は、さらに徹底している。父親が自宅で、あるいは娘婿の家で、娘の姦通を発見した場合は、報復を恐れることなく、不倫相手と娘を殺害できる（義務として課すわけではない）というのだ。夫は妻を寝取った男を殺すことはできるが、妻を殺すことは許されない。いずれにせよ、夫は姦通を犯した妻を告発し、離縁しなくてはならない。さもなければ、売春を斡旋したかどで起訴されるのだ〔姦通処罰に関するユリウス法〕。

さっきも言ったように、ローマ中がざわついている。風刺文が出まわり、さまざまな噂が飛び交っている。市民ひとりひとりが、自分なりにこの法律の意味を解釈している。深刻に受け止める者もいれば、軽く考える者もいる。陛下とご友人の妻との密通への意趣返しとして、リウィアさまが陰で糸を引いたのだと推測する者もいて、ほんとうは、この法は〝ユリウス法〟ではなく〝リウィア法〟と呼ばれるべきだ、などと軽口をたたいている。陛下ご自身の意向と考える者もいて、そのなかには、陛下の偽善を憤るふりをする政敵もふくまれるが、〝古きよき美徳〟の復活とみて歓迎する者、オクタウィウス・カエサルかその政敵が裏で何かたくらんでいるにちがいないと勘ぐる者もいる。

これだけの騒ぎが起きているというのに、陛下ご自身は、人の意見や考えなど、われ関せずといったごようすで、平然としておられる。しかしご存じなのだ。あのかたはつねにわかっておられる。あのかたにはそういう一面がある。

しかし、別の一面もある。それは、ぼくと数人の友しか知らない。きみに示したのとは異なる顔だ。ぼくは何度か、パラティヌスの丘にある皇帝の私邸で開かれた正式な集まりに、客として招かれたことがある。リウィアさまが差配しているお屋敷にね。いつもなごやかで、緊張などはまったく感じない。オクタウィウスさまとリウィアさまは、たがいに、あたたかいとは言わないまでも、完璧なまでに敬意の感じられる態度をとっておられる。別の機会に、マルクス・アグリッパさまご夫妻のお宅に招かれたときには、オクタウィウスさまも来ておられ、いつものようにマエケナスさまの奥方、テレンティアも同席していた。また、マエケナスさまのご自宅に招かれたこともあった。そのときにもオクタウィウスさまが来ておられ、テレンティアも同席していた。三人はたがいに、気の置けない旧友のようにふるまっていた。

しかしオクタウィウスさまとテレンティアとの関係は、数年前から続いていて、誰もが知っているのだ。

まだある。オクタウィウスさまは哲学者のように、ローマの神々を信じておられない。だが無学な農民のように、驚くほど迷信深いのだ。祭司の占いをご自身に都合よく利用しておいて、このようにうまく利用できたのだから、真実であったと納得されるのだ。陛下は、ぼくたちユダエア人が信奉する神の「並外れた尊大さ」を（好意的にやんわりと）からかい、唯一の神しか考え出さなかったとは、なんと怠慢な民族なのだろうとおっしゃる。また、こう言われたこともある。「神はおおぜいいて、人間と同じように、たがいに張り合っていたほうが適切なのだ。だめだ、きみたちユダエア人の奇妙な神は、われわれローマ人には向いていない」と。ぼくのほうも、前兆や夢を信じないほうがいい、と陛下をたしなめたことがある（それほど親しくなったのだ）。すると陛下はこう答えられた。「夢のお告げを信じて命を落とさずにすんだことが何度かあったのだ。もし一度でも落としたら、信じるのをやめることにするよ」

すべてにおいて、皇帝は慎重で注意深いかただ。入念な計画で達成できることは、決して運まかせにはなさらない。それでも、賽子賭博が何よりお好きで、何時間も飽きずに楽しまれる。ぼくに使いを寄越して、暇かと尋ねてこられたことも何度かある。ぼくはお相手を務めながら、自分が賽を投げるより、友として、陛下がくだらない運だめしに興じるさまを見ているほうが楽しかった。陛下はいつも、あの小さな骨片の向きにすべてがかかっているかのように、真剣に取り組まれた。二、三時間遊んで銀貨を数枚せしめることができれば、ゲルマニアを征服したように大喜びされるのだ。

陛下が若いころに文学者になりたかったというお話をうかがったこともある。マエケナスさまと競い合って、詩を書かれたそうだ。

「その詩はいま、どこにあるのですか」わたしはきいた。

「なくした」皇帝は言われた。「フィリッピでね」悲しそうな表情を浮かべ、微笑まれた。「一度、ギリシア様式の戯曲を書いたこともあった」

ぼくは少々皮肉っぽくきいた。「お国の奇妙な神々のひとりを主人公にして？」

皇帝はお笑いになった。「人間だよ。自尊心が強すぎたばかな男、自刃して果てたあのアイアースだ〔サラミス島の王子。戦死した英雄アキレウスの甲冑を賭けた戦いに負け、逆上した末に、みずからを恥じて命を絶った〕」

「それも紛失されたのですか」

陛下はうなずかれた。「わたしの判断で、ふたたび彼の命を奪った――字消し道具でね……あまり出来のいい戯曲ではなかったのだ。友人のウェルギリウスも、確かによくないと言った」

ぼくらはしばらく黙っていた。陛下のお顔に悲しみが広がった。やがて少し荒っぽい口調でこう言われた。「よし、来い。もうひと勝負しよう」賽子が振られ、テーブルの上に転がった。

ストラボン、ぼくが何を言いたいか、わかるかい？　言葉にならなかったことがたくさんある。ぼくが伝えたいことを表現できる形式は、まだ考案されていないのかもしれない。

10　書簡――クィントゥス・ホラティウス・フラックスよりオクタウィウス・カエサルへ（紀元前一七年）

お招きにお応えせずに使者をお帰しする非礼をお許しください。陛下が使者に、必ずわたしを連れてくるようにと命じられたことも、しかとうかがいました。わたしはみずからの責任において彼に帰ってもらったのです。

陛下はわたしに、この五月に開催される百年祭のために、合唱用の賛歌の詩作をご依頼くださいました。そのような大役に適任とお考えいただいたことは光栄に存じます。陛下もご承知のとおり、この名誉に値する詩人は、すでにこの世を去りました。それにわたしは、陛下がこの祝祭をいかに重要なものとお考えか、十分に理解しているつもりです。

それゆえ、わたしがこの任務をお受けすることに躊躇したと申しあげれば、きっと陛下は不可解に思われることでしょう。悩みに悩み、夜も眠れなくなったのです。最終的には、皇帝のご要望にお応えするのがわたしの義務であるとの結論に達しました。しかしながら、わたしがためらいを感じるにいたった理由、その経緯についても、ぜひお伝えしておきたいのです。

わたしが愛し、同時に憎しみもおぼえるこの比類なき国、恐れると同時に無上の誇りをも感じる比類なき帝国の統治にあたられる陛下の、お立場のむずかしさは十二分に理解しているつもりです。とりわけ、国の存続のため、陛下がご自身のお幸せを犠牲にしてこられたこと、ご自身を押しつぶそうとする力を――力を軽蔑している者にしか有効に行使できない力を――軽蔑しておられたことも承知しております。こうしたことを何もかも、そしてさらに多くのことをわたしは知っています。それゆえ、陛下のご意向にそむく決意をするとなれば、わたしの目の前に立ちはだかる知恵を総動員して臨まねばなりません。

しかしわたしは、陛下の発布された新しい法律が、いずれ陛下ご自身とこの国を苦しめる事態を招きはせぬかと気が気ではないのです。

何がローマを堕落させているかは承知しております。一連の法律が制定された意図もよく理解しているつもりです。わたしのみたところ、陛下と交流の深い上流社会では、性交渉が社会的・政治的権力を手に入れる手立てになっているようです。陛下にとっても、この国にとっても、姦通者は陰謀者よりも危険なのかもしれません。愛欲の充足を目的とする行為が、野心を遂げる危険な手段になっています。万一、奴隷が元老院議員よりも強い権力を持ち、一般市民にも力を振るうことにでもなれば、正義が覆されてしまいます。法は、そのような事態を防ぐ目的で制定されたのでしょう。

しかし陛下ご自身としては、これらの法を万人に対して一律に、法としてあるべき厳格さをもって適用したくはないお気持ちなのでしょう。そのようなことになれば、陛下にとっても、陛下と近しいご友人の多くにとっても手痛い打撃となりましょう。法律制定の意図を知る人々は、理念を明確にしたいという陛下のご意向を理解していますが、陛下に敵意をいだく者の大半は理解していません。姦通を罪と定めた法が、それによって防ぐはずの背徳行為より、さらに穢れた形で悪用されるときが来るかもしれません。

いかなる法であろうとも、理念を完全に定義することはできません。徳の希求を果たすこともできません。それは詩人か哲学者の——権力を持たないからこそ人々を説得できる者の——領分です。陛下が手にしておられる権力（すでに申しあげたとおり、陛下は過去にその力を賢明に行使されました）では、人の心を燃え立たせる情熱を法的に規制することはできません。いかに破壊的な力をもってその情熱を律しようとも。

それでも、わたしは祝祭の賛歌を書かせていただきます。誇りをもってその使命を果たします。陛下のご懸念とご希望を、そのまま、わたしのものといたします。もっとも、陛下がお選びになった手段には不安を感じるのですが……。わたしは以前、判断をあやまったことがあります。今回もあやまっていることを祈ります。

11 ユリアの手記、パンダテリア島にて（紀元四年）

この孤島の牢獄で、わたしの人生は終わった。わたしはいま、人生が終わっていなければ考えなかったようなことを、心置きなく考えている。

母は階下の小さな寝室で眠っている。真昼の太陽に灼かれた岩が、熱を吸収しては吐き出しているので、何もかもがじっとしている。召使いもじっとしている。いつも砂浜に寄せてはささやく海でさえ、静まっている。真昼の太陽に灼かれた岩が——気まぐれなカモメさえ——ぐったりと動かない。力の失せた世界。わたしはその中で待っている。

力が失せ、すべてがどうでもよくなった世界で待つのは、奇妙なものだ。わたしがもといた世界は、力に満ちあふれ、何もかもが意味を持っていた。力を得るために、人を愛しさえした。愛する喜びがほしいからではなく、力を手にする無上の喜びがほしくて愛するのだ。

わたしとマルクス・ウィプサニウス・アグリッパとの結婚は九年におよんだ。世間の目から見れば、わたしはよき妻だった。アグリッパの存命中、わたしは彼の子を四人産み、死後、さらにひとりを産んだ。全員が彼の子で、そのうちの三人は——男の子だったので——この世界にとって重要だったかもしれない。結果的には、ひとりも重要人物にはならなかった。

権力欲という名の、この世で最も抑えがたい情熱をはじめて味わわせてくれたのは、ふたりの息子、ガイウスとルキウスの誕生だったと思う。ふたりとも、生まれてすぐに父の養子になり、彼の死後は、まずわたしの夫が、次には息子たちのうちのひとりが後継者となり、ローマ帝国の皇帝にして第一人者(プリンケプス)の座におさまるものと理解されていた。わたしは二十一歳のとき、リウィアを除けば、自分が世界最強の力を持つ女であることに気づいたのだった。

それは空疎なものだ、と、哲学者たちは言う。彼らは権力を知らずに生きてきたから、そんなことが言えるのだ。女を知らない宦官(かんがん)が、女を見ても何も感じないのと変わらない。わたしは、父がなぜ力を行使する喜びをおぼえないのか、まったく理解できなかった。わたしは権力を振るって生きることを学び、そのような力ゆえに、（リウィアがよく苦々しげに言っていたように）父親と言ってもいい年配のマルクス・アグリッパと幸福に暮らすことができたのだ。

たびたび、思う。もし男に生まれていたら、わたしは自分の力をどのように扱っていただろう、と。習わしでは、リウィアのように最高の権力を持つ女でさえ、つねに控えめに、従順にふるまわなければならなかった。多くの場合、それは本来の性質とは相容れないものだ。わたしは早くから、自分がそのようには生きられないことを悟っていた。

一度、父の友人に向かって女らしくない横柄な物言いをしたとして、父に厳しく叱責されたことがある。わたしはこう反論した。父上はご自身が皇帝であることをお忘れかもしれないけれど、わたしはつねに自分が皇帝の娘であることを忘れていません、と。この抗弁はローマでいくらか話題になった。父は愉快に思ったらしく、何度もこの話をしていた。でも父がわたしの真意を理解していたとは思えない。

わたしは皇帝の娘だった。わたしは父の友人、マルクス・アグリッパの妻だった。けれども、妻になる前と妻でなくなったあとには、皇帝の娘だったのだ。ローマにとってのわたしの役割は、それだけだと思われていた。
しかし何年か経つうちに、わたしは、自分の内にある、別の一面を次第によく知るようになった。皇帝の娘としての役割を果たしたところで、なんの見返りもないことに気づき、義務を拒みたがっている一面を……。

少し前に、わたしは力と、力の喜びについて書いた。女は策略を用いなければ、力を見いだすことも、行使し、楽しむこともできない。いまはそのことを考えている。男とちがって女は、腕力や気力や欲望の強さによって、力を手に入れることができない。また、男のように、報酬や力の保持を誰はばかることなく誇りの種として喜ぶわけにもいかない。女は自分の中に、力の掌握や栄光を偽装する人格を備えていなくてはならないのだ。それゆえわたしは、観察眼の鋭い人をも欺く人格を、自分の内にいくつも育て、それを表に出してきた。世間知らずの無邪気な娘だったときには、過剰なまでに子煩悩（こぼんのう）な父親の愛を一身に受けた。貞淑な妻であったときには、夫に尽くすことを唯一の喜びとした。女王然とした傲慢な若い人妻を演じ、気まぐれを装って、人々の願いをかなえた。役立たずの学徒だったころには、ローマ人としての義務をはるかに超えた徳を身につけることを夢見て、愚かにも、その原理が真実であるとうそぶいていた。のちには快楽を知り、男の肉体を、神々の贅沢な軟膏のように利用する女となった。そして最後には自分が利用された。それまで知らなかった強烈な快楽によって……。

父がローマ建国百年を記念する祝祭を催すと発表したとき、わたしは二十一歳で、ふたりめの息子〔第三子〕を出産したばかりだった。父と夫が祝祭の祭司を務め、ローマ建国者の祖とされる神々に多くの生け贄を捧げた。百人の既婚婦人によって多産の神ディアーナと結婚の守護神ユーノーに捧げる饗宴が催され、リウィアとわたしが主賓役を仰せつかった。わたしはディアーナの玉座に、リウィアは向かい側のユーノーの玉座に座り、儀式としての礼拝を受けた。ローマで最高の富と影響力を持つ女性たちがわたしを見上げていた。その多くは、父の敵の——勇気さえあれば父を殺していたであろう男の——妻だった。彼女たちの顔には、力を認めていることを示す奇妙な表情が浮かんでいた。それは、愛でも尊敬でもなく、憎しみでも、恐怖ですらなかった。それまで見たことがないもので、わたしは一瞬、自分が生まれたばかりのような気持ちになった。

この祝祭から数週間以内に、夫はさまざまな任務を帯びて東方へ向かい、小アシアの各地を訪れることになっていた。父が少年時代を過ごしたマケドニアや、ギリシア、ポントゥス、シリア、必要が生じれば、そのほかの地も。もちろん、わたしが同行するのは、あらゆる習慣に反していた。わたしも祝祭が開かれるまでは、習慣に抵抗してまでそうしたいなどとは、思っていなかった。

けれどもわたしは夫についていった。父の怒りも説得も黙殺した。父はこう言った。「これまで、属州総督とその兵士とともに外地へ行った妻はひとりもいない。それは自由民や娼婦のすることだ」と。

わたしはこう答えた。「では、わたしが夫の前で娼婦のようにふるまうのと、ローマで娼婦として過ごすのと、父上はどちらが好ましいとお思いでしょうか」

軽口をたたいたつもりだった。父もそのように受け止めた。でも、あとになってからふと、あながち冗談ではなかったかもしれないと思ったのを覚えている。存外、本心に近かったのではないか、と。いずれにせよ、父は折れた。わたしは夫の随行団に加わり、子供たちと召使いとともに、生まれてはじめて祖国の国境を越えた。

ブルンディシウムから、アドリア海が地中海へと注ぐ間際の小さな海峡を渡り、アポロニアへ向かった。上陸したあとには、夫と父がともに青春の日々を送った場所を訪れた。のんびりとした楽しいひとときを過ごしたが、わたしはもっと先へ進みたかった。ローマ人が足を踏み入れたことのない未知の土地に行ってみたかった。わたしたちはアポロニアから、マケドニアを経由して北へ向かい、モエシアの新しい領土〔現在のセルビア、ブルガリアに相当〕を訪れ、ダヌビウス川〔ドナウ川〕まで行った。そこでわたしは、見たこともないような人々に出会った。わたしたちの馬や馬車が近づくと、彼らは動物のようにさっと森に身を隠し、こちらの誘いには応じず、開けた場所へ出てこようとはしなかった。奇妙な言葉を操り、多くは野生動物の毛皮をまとっていた。わたしはまた、不運にもこの最果ての地に駐屯させられた兵士たちのわびしい暮らしぶりを目にした。彼らは妙に満足しているように見え、夫は、それが想像しうるかぎりで最も自然な生活であるかのように、彼らに語りかけた。わたしが生まれる前には、夫も大半の日々をこのようにして過ごしていたのだ。それを思い起こすのに時間がかかった。

ダヌビウス川沿いの駐屯地をまわったあと、わたしたちはいくらか急いで、南へ進路を転じた。すでに秋になっていた。北方で厳しい冬を迎えたくなかったのだ。わたしはマルクス・アグリッパに同行してきたことを後悔しはじめていた。快適な暮らしができる設備の整ったローマが恋しかった。

けれどもフィリッピで休息をとると、わたしは元気を取り戻した。夫がかつてブルトゥス、カッシウスと戦った場所を案内してくれ、当時のことを話してくれた。わたしたちはそこから、のんびりとエーゲ海沿岸へ向かった。そして島々を縫って、あの紺碧の海を航行した。南へ進むにつれて、気候もあたたかくなっていった。

やがてなぜ神々がわたしをこの旅にいざない、祖国から遠く離れた土地へ連れ去ったのかが、わかってきた。

第四章

1　書簡――ダマスクスのニコラウスより、ガイウス・キルニウス・マエケナスへ、エルサレムにて（紀元前一四年）

過去三年、何度となくお手紙に書いてきましたように、わたしはなぜ、われらが友、オクタウィウス・カエサルさまが、マルクス・アグリッパさまご夫妻の長期にわたる東方の旅に、わたしの同行を望まれたのか、理解できませんでした。わたしにはヘロデ王から仰せつかった使命がありますので、長くローマを離れるわけにはいきません。しかしいまようやく、皇帝の意図がわかってきたのです。それをお話ししたいと思いますが、その前に、なぜわたしが直接、皇帝陛下にではなく、引退されたマエケナスさまにお手紙をさしあげようとしているのか、不可解にお思いのことでしょう。しかし、これをお読みになれば、徐々におわかりいただけると思います。

わたしはいまエルサレムにおります。数か月前、ヘロデ王がマルクス・アグリッパさまとユリアさまをお招きになったのです。しばしこちらで旅のお疲れを癒やされてはいかがですか、と。しかしアグリッパさまにはそのような余裕はありませんでした。エルサレムに到着するやいなや、ボスポルス王国で謀反（むほん）が起きたとの知らせが届きました。ローマに恭順を誓っていた老王が亡くなり、その若き妻、デュナミスが、明らかに自分を北のクレオパトラと勘違いして——その悲運には無頓着だったようですが——スクリボニウスという名の得体の知れない男と手を結びました。そしてローマの政策に反旗を翻し、亡き夫の王国を、愛人とともに統治すると宣言したのです。じつはデュナミスは、このスクリボニウスにそそのかされて、夫を手にかけたのだと噂されています。ともかく、アグリッパさまはこの王国が、北方部族に対抗する最後の砦であることをご承知でしたので、すぐに駆けつけて反乱を鎮圧しようと決意されました。ヘロデ王から人員と艦船の提供を受け、現在もなお、その任務のさなかにおられます。

もちろん、ユリアさまが同行することはかないませんでした。そうしたいとは仰せになりませんでしたが、アグリッパさまがお戻りになるまでエルサレムでお待ちくださいとのヘロデ王のお申し出を受けようとはなさらず、かといって、ローマにお帰りになりたいようでもありませんでした。わたしたちの願いも聞き届けてはくださらず、随行員たちを集めると、アグリッパさまが北へお発ちになると同時に、ギリシアへ向かわれました。最近ご夫妻で訪問されたばかりの北の島々へ旅立たれたのです。ところが、そのユリアさまが現在ご滞在中の地域から、わたしのもとへ驚くような報告が届きました。マエケナスさまにお手紙をさしあげようと思い立ったのは、その報告のせいなのです。

この二年ほど、アグリッパさまご夫妻は、たびたび南方を訪れては、ゆったりとした旅を楽しまれてきました。ギリシア、アシアのエーゲ海の島々や沿岸都市は、皇帝陛下とローマのご名代として、敬意をもっておふたりを歓迎しました〔このころアテナイで四人目の子が誕生した〕。しかしとりわけユリアさまは、皇帝のご息女であることから、ギリシア東部の島ならではの賛美の対象となりました。

当初は、この賛美に取り立てて変わったところはありませんでした。アンドロス島では、ユリアさまのご訪問に敬意を表して、お姿に似せた彫像が建てられました。レスボス島のミティリーニという都市では、住民たちがアンドロス島での歓迎ぶりを聞きつけて、ユリアさまにも、美の女神アフロデイテにも似た、さらに大きな彫像を建てました。それ以後、どこの島や都市でも、ユリアさまとアグリッパさまがおいでになると聞きつければ、次第に盛大な歓迎式典を催すようになりました。しまいには、ユリアさまをアフロディテの再来と見なして、（少なくとも形の上で）崇拝しはじめる人々も出てきました。

このような過剰な対応は、教養ある男性の目には滑稽と映るかもしれませんが、なんら有害なものではありません。その点については、マエケナスさまもご同意くださるでしょう。こうした公の行動をとる場合、ギリシア人は、誰の気持ちも傷つけぬよう、奇妙な儀式には修正を加え、ローマ化したかのように見せる知恵さえ持っているからです。

ところがこのさなかに、わたしも（ご承知のように）いくらか好感を持っているユリアさまご自身に、特異とも言える変化が起こってきました。儀式上の役どころであった神の特性を、ご自身の中に取り込んだようなおふるまいが目立ちはじめたのです。あらゆる人を見下し、冷淡なまでに尊大な態度をおとりになる。あたかも、血の通った人間ではなくなったかのようでした。

ユリアさまのご性格については、わたしは少し前からそのような印象を持っていましたが、残念ながら、つい最近アシアから、それを裏づけるような知らせが届きました。

その報告によると、ユリアさまは、その日はイリウム〔現トルコのアナトリア半島北西部〕でトロイアの古い遺跡を〝散策〟されたあと、夜になってから、スカマンドロス川を渡ろうとなさったというのです。しかしなんらかの異変が起きて、ユリアさまとおつきの者を乗せた筏（いかだ）が転覆し、すべてが下流に流されてしまいました。何もかもが流されたと言っても過言ではない状況だったようです。ともかく、最終的に（誰によってかわかりませんが）ユリアさまも救助されました。しかしユリアさまは、村人たちが助けようとしなかったとして非難され、夫マルクス・アグリッパの名において、その村に十万ドラクマの罰金を科すとおっしゃったのです。これでは、村人ひとりあたり一千ドラクマを支払うことになります。

貧しい人々にとっては、たいへんな負担です。多くの者は一生働いても稼げないでしょう。

村人たちは、助けを求める声を聞いて川岸にやってきたものの、ただ見物していて救助しようとしなかったと言われています。おそらくそのとおりだったのでしょう。村人に非があったのは明白と見えますが、それでもわたしは仲裁に入ろうと思います。ヘロデ王にかけあい（王は多少わたしに借りがありますので）、マルクス・アグリッパさまを説得して、罰金の取り立てを免除していただくよう、お願いしてみます。村人たちを哀れに思うからではなく、オクタウィウス・カエサル家の安泰を危惧するからです。

なぜなら、その日のユリアさまは、いっさいやましいところのない旅行者として、イリウムにおられたわけではないからです。スカマンドロス川を渡るという行為も、単に宿へ戻るための手段ではありませんでした。

先にわたしは、ユリアさまがアフロディテの玉座に祭りあげられた公の儀式のことをお話ししました。宗教的、政治的、社会的な側面のある式典ですが、長々とご説明しているうちに、別の儀式のことをお話ししそびれてしまったようです。それは公ではない秘密の儀式で、詳細は知られておらず、この文明の時代にあっては薄気味の悪い習わしです。

ギリシア東部のこの島には、（少なくとも信者以外には）名を知られていない女神を崇拝する密儀信仰があるのです。この女神は、男女を問わず、あらゆる神を統べる大女神であるとされ、人類が考え出したほかのどの神よりも、強大な力を持つと言われています。この女神の力を賛美するため、折に触れて儀式が執りおこなわれますが、それがどのようなものかは誰も知りません。情熱か恥辱を隠すためでしょう、秘密の帳（とばり）に閉ざされているのです。しかしどんな秘密も完全ではありません。わたし自身、旅の途上でこの信仰の噂を何度となく耳にして、その性質に耐えがたい不快感をおぼえ、それがどのような結果を引き起こすものやら、懸念をいだくようになりました。

それは女性教団なのです。祭司はおりますが、去勢された男子で、ひところは、みずからを生け贄として女神に捧げることも辞さなかったといいます。これらの生け贄は、女性祭司によって選ばれます。ときには、女性祭司が自分の息子を生け贄として差し出すこともあると言われています。なぜなら、彼女たちの特異な教義によれば、そのような生け贄に選ばれるのは、最も名誉ある幸運な男子であるとされているからです。二十歳未満の童貞であることが条件で、しかも生け贄になることを心から望んでいなければなりません。

この儀式の詳細については、正確なところはわかりません。しかしわたしは、儀式のおこなわれる聖なる森から、遠く笛の音と吟唱の声が流れてくるのをこの耳でしかと聞いたことがあるのです。伝えられるところによれば、入信者と信者は、三日間、完全に肉欲を絶ってみずからを〝清める〟のだそうです。さらに、儀式がはじまると、参加者たちは踊り、歌い、ある種の神酒――ワインなのか、謎に満ちた秘薬なのか、誰も知りません――を飲んで酩酊状態に陥ります。音楽と踊りと奇妙な飲み物によって参加者が狂乱状態になったところで、儀式が開始されます。数人の生け贄の中からひとりが選ばれ、この儀式のために、大女神の化身を演ずる女性の前に引き出されます。生け贄の少年は、腰に動物の毛皮をゆったり巻きつけているだけで、ほかには何もまとっていません。彼は、森の聖なる木を切り出して十字形に組んだ磔刑台(たっけいだい)のようなものに縛りつけられます。月桂樹の枝で綯(な)われた縄を使い、手首と足首をくくりつけられるのです。彼が女神の前に連れ出されると、参加者たちがまわりで踊ります。興奮した女が、みずから衣服を剝ぎ取って少年に投げつけることもあるそうです。やがて女神が少年に近づき、聖なるナイフで、少年の腰を覆った毛皮を引き裂きます。そして少年を気に入れば、手足を縛った月桂樹の枝縄も断ち切り、彼を聖なる森の中へ連れていきます。そして、女神と人間との〝結婚〟のために用意された洞窟に入ります。

儀式上での結婚とされていますが、これは女性だけの密儀信仰で、法や公の慣習による規制を受けていません。女神と生け贄はこの洞窟に閉じこもり、三日間、誰にも見られることなく過ごします。女神は生け贄を好きなようにしてよいとされています。食べ物と飲み物は洞穴(ほらあな)の入り口に置かれます。そのあいだ、外にいる参加者は熱狂に身をまかせ、思うさま情欲を満たして退廃のかぎりを尽くします。

三日後、女神と人間の恋人が洞窟から出てきて、川を渡り、別の聖なる森へ入ります。するとその場所が〝至福者の島〔死後の楽園〕〟になります。そこで人間の恋人は永遠の命を授かります——少なくとも、この儀式に参加した信者はそう考えるのです。

誰もが知っていることですが、この密儀信仰は、イリウムからレスボス島にいたるまでの各地に広まっています。信者の中には、この地域で最も裕福で最も教養の高い一族の人々も多くいると言われます。筏が転覆したときには、ユリアさまは定められたとおりに儀式を終えて、〝至福者の島〟へ渡ろうとしておられたところだったのです。ユリアさまは女神の化身の役を務められました。村人たちはそのような隠微な慣行を忌みきらっていました。自分たちの理解も経験知もおよばない世界に住む(と、考えられる)異様な人々への恐怖に打ち勝つことができなかったのです。わたしはこの罰金刑を見過ごすわけにはいきません。いまのところは、ユリアさまも、何も知らないアグリッパさまと皇帝も秘密によって守られておりますが、この状況を放置すれば、いずれそれも破られてしまうかもしれません。

じつは、噂される恥ずべき慣行のほかに、もうひとつ、さらに由々しい実態も報告されています。信者たちは、あらゆる権威を否定して、みずからの欲望の赴くままに行動し、いかなる男にも法にも、この世の慣習にも従わないことを求められるというのです。つまりこれは、淫蕩を勧めているだけではなく、殺人、裏切りなど、およそ考えうるかぎりの違法行為も奨励していることにほかなりません。親愛なるマエケナスさま、これでなぜ、わたしが皇帝陛下にお手紙を書けないか、アグリッパさまに直接お話しできないか、おわかりいただけたことと思います。なぜこの問題を公務から退かれたマエケナスさまに打ち明け、お力添えをお願いしなくてはならないのかも。ユリアさまをローマへ呼び戻されるよう、どうにかして陛下を説得していただきたいのです。ユリアさまの堕落ぶりは、まだ引き返せる段階にあるかもしれませんが、この奇妙な島でのご滞在がこれ以上長引けば、ほどなく、取り返しのつかないことになるでしょう。

2　ユリアの手記、パンダテリア島にて（紀元四年）

なぜ父が有無を言わさぬ言葉でローマへの帰郷を命じたのか、わたしはずっとわからなかった。なぜあのように厳しい命令を下したのか、父は理由をつまびらかにしなかった。ただ、ローマ第二の高位にある市民の妻が、彼女を愛する人々からこのように長く離れているのは適切ではない、おまえとリウィアにしか務まらない社会上・宗教上の役割があるのだ、とのみ告げられた。ほんとうの理由だとは思わなかったが、それ以上質問することは許されなかった。けれども父には、わたしが帰国をいやがっていたことがわかっていたはずだ。当時のわたしは、自分らしく生きられる唯一の人生を取り上げられ、もはやなんの意味も見いだせない義務を果たして毎日を送ることになるのだと思っていた。

それはともかく、あのニコラウス――父がなぜか気に入り、信頼していた風変わりなシリア生まれのユダエア人――が伝言を携え、はるばるエルサレムからレスボス島のミティリーニまで、わたしを訪ねてきたのだった。

わたしは腹を立て、彼にこう言った。「わたしは行かない。無理やり連れ戻すことはできないはずです」

ニコラウスは肩をすくめた。「お父上の命令です」

「わたしは夫に……夫に同行しています」

「アグリッパさまはボスポルスにおいでです。しかもお父上のご友人でございます。そしてお父上は皇帝陛下でいらっしゃいます。お寂しいのではありませんか。ローマは、わたしたちが戻るころには春になっておりましょう」

こうしてわたしたちは船に乗り、レスボス島を離れた。夢に現れた雲のように過ぎ去る島々を眺め、わたしの人生が遠ざかっていくのだと思った。わたしが女王となり、それ以上の存在となって生きていられた人生が……。時が経ち、ローマに近づくにつれ、ここへ帰る女は、三年前にここを発った女とは別人なのだと感じていた。

だから、わたしが戻っていく人生もまた、異なるものになることがわかっていた。どんなふうになるのかは見当がつかなかったが、変わることはわかっていた。もはやローマにさえ、わたしをひるませることはできないと思っていた。父に会うときには、まだ子供のような気持ちがするだろうかと思ったのを覚えている。

わたしがローマへ戻ったのは、リウィアの息子であり、わたしの夫の娘、ウィプサニアの婿であったティベリウス・クラウディウス・ネロが執政官を務めた年のことだった。わたしは二十五歳になっていた。女神であった者が、ただのひとりの女として、鬱々たる思いをかかえて、ローマに帰ってきたのだった。

3　書簡――プブリウス・オウィディウス・ナソより、アッシーシのセクストゥス・プロペルティウスへ（紀元前一三年）

わが友にしてわが師、親愛なるセクストゥスへ。みずから選んだ異境での気の滅入る毎日を、いかがお過ごしですか。オウィディウスからのお願いです、どうかローマへ帰ってきてください。みな、とても寂しがっています。あなたは何もかもが暗澹たる状況だとお思いかもしれませんが、そうでもありません。ローマの空に新たな星が輝き出て、陽気に楽しく人生を送る才に長けた者が、ふたたびそのように生きられる可能性が見えてきました。それどころか、ここ二、三か月のあいだに、ぼくは自分が最高の時代、最高の場所に生きているのだと考えるにいたりました。

あなたはぼくにとって芸術の師であり、年齢もぼくより上です——しかし、ぼくよりも賢明だと胸を張って言えますか。あなたの憂鬱は、ローマのせいではなく、ご自身が作り出したものかもしれません。ぜひぼくらのところへ戻ってきてください。まだ楽しみはあります。夜の帳が降りるのはまだまだ先です。

しかしお許しください。ぼくは深刻な対話に向いていないので、いったんはじめたあとは、もう持ちこたえられません。この手紙を書きはじめたときには、単にある楽しい一日のことをご報告するつもりだったのです。それをお伝えすれば、戻ってきていただけるかと思ったものですから。

昨日は、皇帝オクタウィウス・カエサルの誕生日で、ローマは休日でした。しかしぼくはなんとも幸先の悪い一日のはじまりを迎えたのです。ぼくはみっともないくらいに早く出勤しました。朝いちばん、なんと太陽が東の空に姿を見せ、建物の森のあいだをよじのぼって、ようやくローマが起き出すころに、です。ふつうこのような休日には訴訟を起こさないものですが、翌日に起こそうとする人が出てくるかもしれないからです。それにぼくは、とりわけむずかしい訴訟事件の摘要書を作成する必要がありました。ぼくの依頼人であるコルネリウス・アプロニウスが、ファビウス・クレティクスという人を、地代の不払いで訴えようとしているのですが、クレティクスのほうも、土地の所有権に虚偽があるとして、反訴する構えを見せているのです。どちらも盗っ人です。どちらもまともな論拠がないので、勝てません。ですから、訴訟書類を作成する技能、説得力のある弁論術がきわめて重要なのです。もちろん、判事の当たり外れも関係します。

ともかく、わたしは午前中ずっと働いていました。いつものように、退屈な仕事をしているときにかぎって、すばらしい言葉が次から次へと浮かんできます。ぼくの秘書は特別にのろのろしていて、へまばかりやらかします。フォルムから聞こえてくる喧噪も、いつになく耳障りに感じられました。ぼくは次第にいらだちをつのらせ、ついに――これで百回目にもなるのですが――こんなばかげた仕事はやめてやると誓いました。続けたところで、結局、ぼくには必要のない富と、元老院議員というつまらない名誉職が手に入るだけです。

ところが、退屈しきっているさなかに、思いがけないことがあったのです。部屋の外がにわかに騒がしくなり、笑い声が起こりました。戸をたたく音は聞こえませんでしたが、いきなり扉が開き、そこに見たこともないような恰好をした宦官が立っていました。きちんと髪を整え、香水をつけて優雅な絹の服をまとい、エメラルドとルビーの指輪をはめ、自由民よりも、それどころか市民よりも身分の高い人のようにたたずんでいたのです。

「きょうはサトゥルヌスの祭りではない」ぼくは腹を立てて言いました。「誰の許可を得て、乱入してきたのだ?」

「わたしの女主人です」彼は女のような甲高い声で答えました。「女主人からあなたへの命令です。わたしについてくるようにと」

「おまえの女主人の言いつけなど、知ったことではない。いったいどこの誰だ?」

彼は足もとのナメクジでも見るような目でぼくを見て微笑みました。「わたしの女主人とは、ユリアさまです。ローマ皇帝にして第一市民、アウグストゥス、オクタウィウス・カエサルのご息女の。もっと詳しく知りたいですか、弁護士さん」

ぼくはぽかんと口をあけていたと思います。言葉を失ってしまったのです。

「では、ついてこられるのですね？」彼は高慢な態度で言いました。

とたんに、いらだちが吹き飛びました。ぼくは笑い、手にしていた書類の束を秘書に放り投げると、「これをできるところまでやっておいてくれ」と指示しました。それからぼくを待っている奴隷のほうへ向き直りました。「行くよ。おまえのご主人さまのお望みのところなら、どこへでも」そう言って、ぼくは彼について出かけたのです。

親愛なるセクストゥス、いつものように、ぼくはここで少しわき道に逸れることにします。ぼくは二、三週間前、共通の知人、センプロニウス・グラックスが開いた大きな饗宴で、偶然、この問題の女性と出会ったのです。皇帝のご息女は一か月ほど前に長い旅から戻られたばかりでした。夫君のマルクス・アグリッパさまがなんらかの任務のため東方歴訪の旅に出られ、ユリアさまも同行されたのです。アグリッパさまはまだ向こうにおられます。もちろん、ぼくはユリアさまにお会いしたいと思っていました。お帰りになって以来、ローマの上流社会は、彼女の話題で持ちきりでした。ですからユリアさまといくらか親交のあったグラックスが招待してくれたときには、即座に応じました。

センプロニウス・グラックスの別荘で開かれた饗宴には、文字どおり何百人もの客が来ていました。じつのところ、あまりに規模が大きすぎて、すこぶる愉快というわけではなかったのですが、まあ、それなりに楽しい雰囲気でした。客の人数は多かったものの、ぼくはユリアさまにご挨拶する機会に恵まれ、しばらく冗談をまじえて言葉を交わしました。何から何まで魅力的な女性です。このうえもない美貌の持ち主であり、きわめて聡明で、博学でもあります。あなたの詩を読んだことがありますよと、明かしてくださいました。ぼくへのお気遣いでしょう。ぼくは、お父上のまっすぐなご気性のことを噂に聞いて知っていたので（セクストゥス、あなたもご存じでしょう）、あの詩の〝きわどい〟点を悔いてみせ、弁解めいた言葉を口にしました。しかしユリアさまは、こちらをうっとりさせるような笑顔をお見せになり、「オウィディウス、詩ではきわどいことも言うけれど、ふだんのあなたはきまじめな生活をしていると思わせたいのなら、もう二度と口をききませんよ」と言われたのです。だからぼくはこう答えました。「ユリアさま、それが条件であれば、そうではないと信じていただけるように努力します」

ユリアさまは笑って、ぼくから離れていかれました。楽しい一幕ではありましたが、そのときは、自分がのちに改めて振り返ることになろうとは思ってもみませんでした。ましてや、二週間経っても、ぼくのことをご記憶いただいているなどとは、夢にも思いませんでした。けれども、覚えていてくださったのです。先にお話ししたような経緯で、きのうぼくはふたたびユリアさまにお目にかかりました。

外に出ると、紫と金色（こんじき）の絹の天蓋を備えた臥輿（がよ）が五、六台と、そばに控える担ぎ手が目に入りました。臥輿の上ではしきりに人が動いていて、笑い声が街路を震わせています。わたしはどちらを向ければいいのかわからず、突っ立っていました。ぼくのつき添い役の宦官は、少し離れたところへ行って、身分の低い奴隷たちを相手に何やら熱弁をふるっていました。すると、ひとつの臥輿から人がおりてきました。すぐにユリアさまと気づきました。うんざりするような朝からぼくを救い出してくださったユリアさまです。もうひとり、誰かが臥輿からおりてきて、そばに立ちました。センプロニウス・グラックスです。彼はぼくに微笑みかけました。ぼくはふたりのほうへ歩いていきました。

「退屈で死にそうになっていたところを助けていただきました」ぼくはユリアさまに言いました。

「いまやあなたのものとなったこの命をどうなさるおつもりでしょうか」

「くだらないことに使うわよ。きょうは父の誕生日だから、競技場の父の観覧席にお友だちを招待するお許しをいただいたの。みんなで試合を観戦して、お金を賭けましょう」

「試合ですか」ぼくは言いました。「それはすばらしい」ぼくはなんの気なしに言ったのですが、ユリアさまは皮肉と受け取られ、お笑いになりました。

「試合にそこまで関心を持つ人はいないわ。見て、見られて、ふつうではない楽しみを発見するために行くのよ」ユリアさまはちらっとセンプロニウスを一瞥されました。「たぶん、いまにわかるわ」ユリアさまはわたしに背を向けると、ほかの者に声をおかけになりました。何人かが臥輿から出てきていて、脚を伸ばしています。「愛の詩人、オウィディウスといっしょに行きたい人はいる？　あなたたちが人生を捧げていることを詩に書いた人よ」

　どの臥輿からも腕が振られて、ぼくの名が呼ばれました。「こっちへ、オウィディウス、われわれの臥輿へ――恋人がきみの助言を必要としている！」、「いや、必要としているのはこのおれだ！」どっと笑い声があがります。ぼくは最終的に、席に余裕のある臥輿を選びました。担ぎ手たちがひょいと臥輿を持ち上げ、ぼくたちは混み合った通りをゆっくりと進んで大競技場（キルクス・マクシムス）へ向かいました。

　到着したのは昼ごろです。ちょうど観覧席からたくさんの人がおりてきて、午後からの競技再開を前に昼食をとりに出ていくところでした。おおぜいの人たちが、ぼくらを乗せた臥輿の色に気づいて道をあけ、ぼくは妙な気持ちになりました。大地に犂（すき）を入れていくようすにそっくりだったからです。しかしみな楽しそうで、なんの屈託もなく親しみを込めてぼくらに手を振ったり、大声で叫んだりしてくれました。

　ぼくらは臥輿からおりました。そして、ユリアさまとセンプロニウス・グラックスと、もうひとり、ぼくの知らない人を先頭に、競技場の周囲にめぐらされた拱廊（アーケード）を通って階段へと向かいます。ときおり、こうした柱廊に設けられた出入り口から、占星術師が手招きをして声をかけてきました。すると一行の誰かが、「自分の将来くらい、わかってるぞ、じいさん！」と怒鳴り返し、硬貨を一枚投げてやりました。娼婦も姿を見せ、ひとりで来ているとにらんだ男に誘いをかけてきます。すると一行の女性のひとりが、さも恐ろしそうに、「まあ、だめよ！　この人を渡すわけにいかないわ。もう戻ってこないかもしれないもの！」と抗議します。

ぼくらは階段の上までたどり着きました。皇帝観覧席に近づいていくと、オクタウィウス・カエサルを気遣ってのことでしょう、しっ！　というささやきや、静かにと注意しあう声が聞こえました。しかし陛下は観覧席にはおられませんでした。この陽気な一団と行動をともにするのは楽しかったものの、正直なところ、ぼくは少しがっかりしました。

ご存じのように、ぼくはあなたとちがって――マエケナスさまと親しくもありませんし、そうした親交も必要ありませんが――皇帝にお目にかかったことがないからです。むろん、ローマのほかの住民と同様、遠くからお姿をお見かけしたことはあります。しかし陛下については、あなたにうかがったことしか知りません。

「陛下はおいでにならないのですか」と、ぼくは尋ねました。

ユリアさまは、「父はある種の流血を好まないのです」とおっしゃり、眼下の走路を指さされました。「たいていは、あとから来ます。猛獣狩りが終わったころに」

ぼくは示されたほうに目をやりました。係員が、惨殺された動物の死骸を引きずって片づけ、血痕の残る土を熊手でならしていきます。数頭のトラに、一頭のライオン。一頭のゾウさえ、地面の上を引きずられていきました。ぼくはローマに来たばかりのころ、このような狩りを見て、なんと退屈で通俗的なのだろうと思ったことがあります。ユリアさまにもそのようなことを申しあげました。

ユリアさまはにっこりなさいました。「父は、愚か者か、物言わぬけだものが殺されるだけのことで、自分は関心を持つ気にもなれないと言うの。それに、狩人と猛獣の試合は、賭けの対象ではありませんからね。父は賭け事が好きなのよ」

「しかし、もうこんな時間です」ぼくは言いました。「ほんとうにいらっしゃるのですか」

「必ず来ます。父の誕生日を祝して開かれた競技大会ですもの。父は、自分に敬意を捧げてくれる人に失礼なことはしないのよ」

わたしはうなずきました。この競技大会の主催者は、新たに就任した法務官のひとり、ユッルス・アントニウスであることを思い出しました。ユリアさまに何か言おうとしましたが、ユッルス・アントニウスがどんな人物であったかを思い起こし、口をつぐみました。

しかしユリアさまはぼくの意図を察したらしく、微笑まれました。「ええ、そうよ。とりわけ、父は自分が許した旧敵の息子に対して、礼を欠くようなことはしない。それに、自分の一族の者より彼を気に入って目をかけてきたのですから」

賢明にも（と自分では思います）ぼくはうなずき、この話題についてはそれ以上、何も話しませんでした。しかし、彼の父親、マルクス・アントニウスの名が、死後何年も経ったいまもなお多くのローマ市民に尊敬されていることには驚きを禁じえません。

もっとも、こんなに陽気な仲間たちといっしょにいると、そのようなことを考え込んでいる暇はありません。召使いが軽食を盛りつけた黄金の皿を運んできて、黄金の酒杯にワインを注いでくれました。ぼくらは食事をし、酒を飲み、ほかの観客たちが午後の競走を観るために、あわてて席へ戻るのを眺めていました。

第六時〔正午前後〕には、観客席がいっぱいになりました。ローマ市民の大半が詰めかけているのではないかとさえ思いました。やがて突然、人々のざわめきを切り裂いて、大きな音が響き渡りました。多くの観客が立ち上がり、ぼくらがゆったりくつろいでいる観覧席を指さしました。ぼくは首をめぐらし、背後に目をやりました。観覧席の後ろの、日陰になった場所に、ふたりの人影が見えました。ひとりはいくらか背が高く、もうひとりはやや小柄です。長身の人は豪華な刺繡を施したトゥニカを着て、紫色の縁取りのついた執政官のトガをまとっています。小柄な人は一般市民の着る真っ白なトゥニカとトガを身に着けていました。

背の高いほうは、皇帝の義理の息子で執政官のティベリウス、背の低いほうは、もちろん、オクタウィウス・カエサル皇帝ご自身でした。

ご一行が観覧席に入ってこられ、ぼくたちは立ち上がりました。皇帝陛下は微笑んで軽く会釈をなさり、手振りで座るように促されました。陛下はユリアさまの隣に、ティベリウス（陰気な顔をした若者で、こんなところへは来たくなかったといわんばかりの表情を浮かべていました）は、みんなから少し離れた席に着き、誰とも口をききませんでした。陛下とユリアさまは額を寄せ合い、しばらく言葉を交わされていました。陛下がちらっとぼくのほうをごらんになり、ユリアさまに何かお話しになると、ユリアさまはにこやかにうなずかれ、ぼくに向かって手招きなさいました。

近づいていくと、ユリアさまが陛下にご紹介くださいました。

「お目にかかれてよかった」陛下はおっしゃいました。顔にはしわが刻まれていて、お疲れのごようすでした。明るい色の髪には白いものが混じっています。しかし、瞳は輝いていて、射るような鋭さと、何ごとも見逃さない冷厳さが感じられました。陛下は「友人のホラティウスから、きみの作品のことを聞いていますよ」とおっしゃいました。

「好意的に語ってくれたことを祈ります」ぼくは答えました。「ですが、ホラティウスと競おうなどとは夢にも思っておりません。わたしに詩想を与えてくれる女神は小さく、まったく取るに足らない存在です」

陛下はうなずかれた。「誰もがみな、詩の女神のお気に召すままに生きていますから……きょうは、誰かお気に入りが出るのですか」

「はい？」ぼくはきょとんとしてきき返しました。

「競走ですよ」と、陛下は言われました。「お気に入りの戦士はいますか」

「いえ……白状しますと、馬が目当てではなく、みなさまのお仲間に入れていただきたくてうかがったのです」

「では、賭けないのだね」陛下は少しがっかりされたようでした。

「何にでも賭けますが、競走だけは……」ぼくが言うと、陛下はうなずいてかすかに微笑まれ、後ろに座っている人のほうを振り返られました。

「きみはどれを一番に選ぶ？」

しかし、陛下が誰にお声をかけられたにせよ、お返事をする暇はありませんでした。競走場の端の門が開いて、トランペットが吹き鳴らされ、行列が入場してきたからです。先頭に立ってこれを率いてきたのは、この催しを主催した法務官のユッルス・アントニウスです。緋色のトゥニカの上から、紫の縁取りをしたトガをまとい、右手には、犬鷲を止まらせた象牙の架木（ほこぎ）を携えていました。鷲は、いまにも飛び立つかに見えました。ユッルス・アントニウスは、頭に金色の月桂冠をかぶり、堂々たる白馬に牽かせた二輪戦車に乗っていました。その姿は、遠くから見ていたぼくも惚れ惚れするほど、りっぱでした。

行列はゆっくりと場内をまわりました。ユッルス・アントニウスの後ろには、儀式を執りおこなう祭司たちが続きます。彼らは彫像につき従っていましたが、何も知らない者は、その像を神々の化身だと思っていました。そのあとには、戦車の乗り手たちが、白、赤、緑、青と、色とりどりの華麗な衣装を身に着けて現れました。しんがりを務めたのは、踊り手や物まね狂言（ミモス）、道化の一団です。彼らが跳ねまわったり、宙返りをしてみせたりしているあいだに、祭司が中央の壇上に彫像を飾りました。このまわりを、御者たちの駆る二輪戦車が走るのです。

すると、行列が皇帝陛下の観覧席へと向かってきました。ユッルス・アントニウスが立ち止まって敬礼をし、皇帝の誕生日にこの大会を捧げることを宣言しました。正直なところ、ぼくはいくらか好奇心を持って、ユッルスを見ていました。彼は類い稀（たぐいまれ）な美男子でした。褐色に日焼けした腕はたくましく、顔は浅黒くて、わずかに憂いを帯びた表情を浮かべています。歯は真っ白で、黒い髪はふんわりと波打っていました。父親にそっくりだと言われていますが、父親に比べて太りにくい体質のようです。

献呈の辞を終えると、ユッルス・アントニウスは観覧席の間近まで進んできて、皇帝陛下に声をかけました。

「のちほどうかがいます。競走を開始させたあとで」

陛下は満足そうにうなずかれました。そしてわたしのほうを振り向かれました。「アントニウスは馬のことも御者のこともよく知っています。彼に話を聞くといい。競走についていくらか学ぶことがあるでしょう」

セクストゥス、正直なところ、ぼくにはどうも偉大なおかたのなさることがよくわかりません。世界を統べる皇帝、オクタウィウス・カエサルは、もうすぐはじまる戦車競走のことで頭がいっぱいのようでした。かつてマルクス・アントニウスを戦争で負かして自害に追い込んだというのに、その息子であるユッルスに対しては、ごく自然にあたたかく、友人のように接しておられます。そしてぼくには、たがいにごくふつうの市民同士であるかのように気さくにお言葉をかけられるのです。一瞬、それを主題にした詩を書こうかと思ったほどです。しかしすぐにその考えを棄てました。きっとホラティウスならできるでしょうが、それはぼくの（あるいはぼくたちの）仕事ではないからです。

ユッルス・アントニウスは走路の端の門から出ていき、しばらくすると、発馬機の上に設けられた観覧席にふたたび姿を見せました。観客席からいっせいに歓声があがりました。ユッルスは手を振って応え、走路に並んだ選手たちを見下ろしてから、さっと白い旗を振り下ろしました。すると馬たちの前にめぐらされていた柵が落とされ、戦車がいっせいに土煙を巻きあげて走り出しました。

ちらっと皇帝のほうを盗み見ると、驚いたことに、競技がはじまったというのに、ほとんど興味を示しておられません。陛下はわたしの視線にお気づきになり、こう言われました。「賢明な者は、最初の競走には賭けません。馬たちは行進をしたばかりで興奮していて、本能に従って走ることは稀なのです」

ぼくはなるほどというようにうなずきました。

七つの競走のうち、四つが終わったところで、ユッルス・アントニウスがぼくたちのところへやってきました。観覧席の客のほとんどと知りあいらしく、親しみを込めて会釈をし、何人かの名を口にしていました。彼は皇帝陛下とユリアさまのあいだに座り、ほどなく三人で賭け金を精算したり、笑ったりしはじめました。

そんなふうにして午後の時間が過ぎていきました。召使いがさらに料理とワインを運んできて、濡らした手ぬぐいを配ってくれました。競技場から舞い上がる砂や埃(ほこり)を、顔から拭き取るためです。陛下はどの競走でも賭けをなさり、ときには一度に数人を相手にしておられました。負けても頓着なさいませんが、勝ったときにはじつにうれしそうです。最終の競走がはじまる直前、ユッルス・アントニウスが、競技場で最後にしなければならないことがあるからと言って、席を立ちました。ぼくに別れの挨拶をし、またお目にかかる機会を楽しみにしていますよと言ってくれました。皇帝にも暇乞(いとまご)いをし、それからユリアさまに向かっておじぎをしました。わざとらしいほど慇懃(いんぎん)なしぐさで、何かふたりにしかわからない皮肉が込められているように見えました。なぜなら、ユリアさまが頭をのけぞらせてお笑いになったからです。

陛下は眉をひそめられましたが、何もおっしゃいませんでした。それからまもなく、観客がいっせいに競技場を出ていき、われわれも引き揚げました。数人がセンプロニウス・グラックスの家に集まって、夕刻のひとときを過ごしました。そこでぼくは、競技場でユッルス・アントニウスとユリアさまが交わされた無言のやりとりの意味を知ることになりました。ユリアさまご自身がぼくに明かされたのです。

ユリアさまの夫君、マルクス・アグリッパさまは、かつては皇帝の姉上の娘、マルケッラを妻としていました。ところがユリアさまの前の夫君が夭折すると、皇帝はアグリッパを説得してマルケッラを離縁させ、ユリアさまと結婚させた。ところがほどなく、ユッルス・アントニウスが、そのアグリッパの元妻と結婚したというのです。

「なんだかややこしいですね」ぼくは絶妙とは言えない受け答えをしました。

「そうでもないわよ」ユリアさまはおっしゃり、笑いだされました。「父がすべて記録させているから。いま誰が誰と夫婦なのか、すぐにわかるようにね」

親愛なるセクストゥス、こうしてぼくは午後と夜を過ごし、新しいものと古いものを目にしました。ローマはふたたび、誰もが生きていける場所になりつつあります。

4　ユリアの手記、パンダテリア島にて（紀元四年）

わたしはワインを飲むことを許されていない。食べ物は、黒パンと乾燥野菜、酢漬けの魚など、小作農民が食べるような粗末なものを与えられている。貧民と同じように、一日の終わりに水浴びをしてから、慎ましい食事をとる習慣さえ身につけた。たまに母と食事をすることもあるが、ひとりで窓辺の食卓につき、夕波にうねる海を眺めながら食べるほうが好きだ。

物言わぬ召使いが淡々と焼いてくれる硬いパンの素朴な味を楽しむことも覚えた。土のようなざらざらした食感を、ワイン代わりに飲む冷たい湧き水が引き立ててくれる。それを食べながら、わたしは自分が生まれる前に生きていた何百、何千、何万人もの貧しい人々、奴隷となった人々のことを思う。彼らもまた、わたしと同じように、この粗末な食事を楽しむ術を覚えたのだろうか。あるいは、以前の食事に焦がれるあまり、口に入れた食べ物の味がなおさらまずく感じられただろうか。おそらく、ふつうは誰もがわたしのように、なんでも——珍味を取り揃えた最高に贅沢なごちそうから、このうえもない質素な食事まで——味わえるようになるにちがいない。わたしはきのうの夕方、いま手記を書いているこのテーブルで、豪華な食事の味を思い起こそうとしてみたが、できなかった。そうして、もう二度と経験できないものについて思いをめぐらしているうちに、センプロニウス・グラックスの別荘で過ごしたある夜のことが記憶によみがえったのだ。

なぜよりによってあの夜なのかはわからない。でも、このパンダテリア島の夕明かりの中に、ふいにあのときの光景が目の前に浮かびあがったのだ。あたかも劇場の舞台で再演されるかのように、まざまざと……。そしてわたしはかわす暇もなく、その記憶につかまってしまったのだ。

マルクス・アグリッパは東方からわたしのもとへ戻り、三か月間ローマに滞在した。わたしは五人目の子を身ごもった。それからまもなく、新しい年のはじめに、父がアグリッパを北のパンノニアへ派遣した。またもやダヌビウス川付近の国境地帯で不穏な動きがあったのだ。センプロニウス・グラックスは、わたしの自由を祝い、春の訪れを先触れするために、（彼がみんなに請け合ったところによれば）ローマでこれまでに開かれたことがないような饗宴を催してくれたのだった。夫がローマにいるあいだ、会えなかったわたしの友人たちが全員、来ることになっていた。

のちに出回った誹謗文書には、センプロニウス・グラックスとわたしが愛人関係にあったと書かれていたが、このときはそうではなかった。彼は道楽者で、わたしに対して（ほかの多くの女性にも）たとえ嘘であっても、噂が立つような馴れ馴れしい態度で接していた。当時のわたしはまだ、父に期待されている役割を意識していた。イリウムで女神を演じたひとときは、実現を待つ夢のように感じられていた。しばらくのあいだ、わたしは本来の自分ではなくなっていた。

三月のはじめ、父は亡くなったレピドゥスの後を継いで、大神官の座についた。そしてそれを祝うために祝祭日を設けて、各種競技会の開催を命じた。センプロニウス・グラックスは、これまでのローマに大司祭が必要だったのだとすれば、これからのローマは、女大司祭を要求すべきだねと言った。そこで彼は三月の末に饗宴を催すことにした。ローマでは、客をもてなす趣向をめぐって、さまざまな噂が飛び交った。調教ずみのゾウの背中に客を乗せて、あちこち連れまわすらしいとか、東方から千人の楽師と千人の踊り手が招かれるのだとか。期待が想像を生み、どんどんふくらんでいった。

けれども饗宴の日が一週間後に迫ったころ、ローマに知らせが届いた。アグリッパがおおかたの予想よりもすみやかに国境地帯の反乱を鎮圧し、ブルンディシウム経由でイタリアへ戻ってきたというのだ。彼はそのままプテオリの別荘に直行するので、わたしにもそこへ来てほしいと言ってきた。

わたしは彼に会いたくなかった。父は難色を示したが、わたしは、アグリッパが旅の疲れを癒やすのを待って、翌週に行きたいと申し出た。

すると、父は冷ややかな一瞥を返してきた。「それより、グラックスの饗宴に出席するほうを優先したいということか」

「ええ」わたしは応えた。「わたしは主賓として招かれているのです。いまになっておことわりするのは失礼でしょう」

「おまえには夫に従う義務がある」

「そしてお父さまにも。父さまの大義と、ローマにも」

「おまえがつきあっている若い連中は……」父は言った。「彼らの品行を、アグリッパやその友人たちと比べてみたことはあるか」

「あの若いかたたちは、わたしの友人です。わたしが年をとれば、あの人たちも年をとります。ご安心ください」

父はかすかに微笑んだ。「そのとおりだな。人は忘れるものだ。われわれはみな年をとる。そしてかつては若かった……。よし、アグリッパには、おまえには公務があってしばらくローマを離れられないのだと伝えておこう。だが翌週には彼のもとへ行くように」

「はい。必ず」

こうして、わたしは南にいる夫のもとへ行かずに、センプロニウス・グラックスの饗宴に出席した。けれども思いもよらぬ理由により、それはローマで開かれた最も有名な饗宴として何年も語り継がれることになった。

調教ずみのゾウが客を案内することはなく、噂にのぼった仰天するような趣向もなかった。単に百人あまりの客が集い、ほぼ同人数の召使い、楽師、踊り手がそれぞれに自分の役目を果たしただけだ。わたしたちは食べ、飲み、そして笑った。踊りを見て、自分たちも加わり、踊り手を喜ばせたり困らせたりした。タンバリンや竪琴やオーボエの奏でる音に合わせて、庭を歩きまわった。噴水池が音楽を引き立て、水面（みなも）に松明の灯が揺らいで、人の体では表現できない踊りを見せていた。

夜会が終わるころには、楽師と踊り手による特別な演し物（だしもの）が予定されていて、詩人のオウィディウスがわたしのために作った新しい詩を朗読することになっていた。センプロニウス・グラックスは、わたしのために特別に黒檀の椅子を作った。庭の中に小高く土を盛って台をこしらえ、その上に椅子を置いた。みんながわたしに敬意を表せるように……（と、センプロニウスはいつものように皮肉たっぷりに言ったのだった）。

わたしはその椅子に座り、高みから人々を見下ろした。やわらかい風がイトスギやスズカケの葉を揺すって、さやさやと吹きわたり、わたしの絹のトゥニカをいとおしむように撫でていく。踊りが披露されていて、全身に油を塗った男たちの肌が松明の光を浴びて小さく波打っていた。わたしは、イリウムとレスボスで、自分が人間以上の存在となったときのことを思い出した。センプロニウスがわたしの玉座のかたわらの草の上に横たわっていた。ふいにわたしは、あのときと同じように幸福を感じ、自分を取り戻したような気持ちになった。

しかしそのような感情に浸りながらも、わたしは、誰かがそばに立って頭を下げ、注意を引こうとしているのに気づいた。父の屋敷の召使いだと気づき、わたしは手振りで、踊りが終わるまで待つよう指示した。

演目が終わり、客たちのけだるげな拍手喝采が静まるのを待って、わたしは召使いを呼び寄せた。

「お父さまからね？　いったいなんなの？」わたしはきいた。

「わたしはプリスクスと申します」召使いが言った。「ご主人さまのお加減がよくないのです。皇帝陛下は一時間以内にプテオリへ向けて発たれます。ユリアさまにもご同行いただきたいと仰せです」

「あなたは深刻な問題なのだと思う？」

プリスクスはうなずいた。「陛下は今夜発たれます。たいそうご心配のごようすです」

わたしは彼から顔をそむけ、センプロニウス・グラックスの屋敷の庭の、草に覆われたなだらかな斜面で楽しそうにゆったりくつろぐ友人たちを見た。彼らの笑い声があたたかい春のそよ風に乗って漂ってくる。それは、踊り手たちを動かしていた音楽よりも魅力的で心地よかった。わたしはプリスクスに言った。

「お父さまのもとへ帰ってちょうだい。わたしはあとから夫のもとへ行きますと伝えて。わたしを待たないでください、と。わたしはもうすぐここを出て、自分で手配をして夫のもとへ行きますから、と」

プリスクスはためらうそぶりを見せた。

「なんなの？　言いなさい」と、わたしは命じた。

「陛下には、ユリアさまをお連れするよう仰せつかっております」

「では、こう伝えてちょうだい。わたしはいつも夫への務めを果たしてきました、と。いまここを離れるわけにはいかないの。あとから行きます」

プリスクスが立ち去り、わたしはセンプロニウス・グラックスに、いま届いた知らせのことを話そうとした。けれどもそのときには、オウィディウスが目の前に来ていて、わたしのために書いた詩の朗読をはじめていた。邪魔をするわけにはいかなかった。

いっときは、あの詩をそらんじることができた。いまはひとことも思い出せない。覚えていないのが不思議なほどに、すばらしい詩だったのに……。オウィディウスは自分の詩集にその詩を載せなかった。わたしに捧げた作品なので、ほかの誰のものでもないと言っていた。

わたしは夫に再会できなかった。父がプテオリに到着したころには、すでに息を引き取っていたからだ。医師たちが病名を特定できずにいるうちに、容態が急速に悪化したのだという。彼にとっては幸いであったと思いたい。いい人だった。わたしにやさしくしてくれた。わたしがそう思っていたことに、彼は気づいていなかったかもしれない。そして父は、あの夜わたしが同行しなかったことを生涯許せなかったのだと思う。

……それはトリュフのせいだ。あの夜、センプロニウス・グラックスの別荘で、わたしたちはこのうえもなくおいしいトリュフを食べた。この黒パンの素朴な味が、あのとき口にしたトリュフの素朴な味を思い起こさせてくれる。それから、ふたたび未亡人となった夜のことを。

5　ユリアに捧ぐ——オウィディウス作（紀元前一三年ごろ）

気もそぞろに、あてどもなくさまよい、
わたしは、神々の住まう神殿と森の前にさしかかる。
人が記憶するかぎり、一度も飢えた斧の刃（やいば）を受けたことのないこの太古の森で
足を止める者は、神々に招かれて礼拝を捧げるのだという。

わたしはどこで歩を止めればいいのだろう。

ヤヌス神〔出入り口と扉を司る神〕が微動だにせず見守るなか、わたしは近づき、彼のほかには誰の目にもとまらぬほど、足早に前を通り過ぎる。

そして、ウェスタの神殿にやってくる。信頼が置けて、それなりに慈悲深い女神の。

わたしはウェスタに呼びかける。しかし女神は応じない。

ウェスタはかまどの火を焚いている——誰かのために料理をしているにちがいない。

熱いかまどに身をかがめたままで、ウェスタは無造作に手を振ってわたしを追い払う。

わたしは悄然として首を振り、先へ進む。

すると、天空の神ユピテルが雷鳴を轟かせ、目から閃光を放ってわたしを射る。

なんだろう？　自分の生き方を変える誓いを立てろというのか。

「オウィディウスよ」彼は言う。「その愛欲に彩られた生に終わりはないのか。くだらない詩作をいつまで続けるのだ？　空疎な虚飾に満ちたその人生を」

わたしは答えようとするが、怒声はそれを許さず、たたみかける。「哀れな詩人よ、先を見よ。元老院議員の衣をまとい、国のことを考えよ——少なくともそのように努力せよ」

雷鳴に耳を打ちすえられ、わたしはもう聞くことができなくなって、失意のうちに、そこを立ち去る。

そしてマルスの神殿にやってくる。疲れを感じて、わたしは立ち止まる。

今度は、何より恐ろしい——左手で畑に種を蒔き、右手の剣で空を切る——最強のマルス神が現れる！　生まれ出ずる者、死にゆく者の父だ！

わたしは喜びいさんで呼びかける。胸に希望が兆している。ようやくわたしは迎え入れられるのか。

しかしその望みはかなわない。わたしが生まれた三月（マルティウス）という月に名を与え、それを守る神は、わたしを受け入れてはくれない。

わたしはため息をつく。神々よ、わたしの居場所はどこにもないのですか。

故国の神々の大半に無視され、わたしは絶望にうちひしがれて、すべての神殿の前を通りすぎる。

気まぐれな風にただ運ばれ、漂い、さまよい続ける。

だがやがてとうとう、オーボエと太鼓とフルートの妙なる調べを聞きつける。喜びの歌、風、鳥のさえずり、夕暮れどきの葉擦れの音。

わたしは音に導かれ、音に引き寄せられる。この音に望みをかける。

やがて視界が開け、一本の川が目に飛び込んでくる。早瀬の水が洞窟や岩屋を洗い、水面に浮かぶスイレンのあいだを流れていく。ここだ、と、わたしはつぶやく。きっとここに神がいる。わたしがこれまで知らなかった神が。

薄物をまとったニンフたちが春と夜とを祝っている。しかしすべての目は、そのはるか高み、輝くばかりに美しい女神に注がれている。

喜びをもって崇拝され、歓喜の祈りを捧げられ、女神は微笑んでいる。その笑みは、曙の女神アウローラよりも、やさしく明るい光でたそがれを満たす。

その美しさには、最高位の女神ユーノーもおよばない。

まさに新しき美の女神ウェヌスの降臨である。誰も彼女を見たことはないが、誰もが彼女を崇拝せずにはいられない。ようこそ、女神よ！

いにしえの神々は洞窟に置き去りにしよう。勝手に世界に向かって顔をしかめ、耳を貸す者を叱責していてもらうことにしよう。

かつてわたしたちが愛したローマの魂の奥に、いま新しい季節が芽吹き、新しい国が誕生した。

この国を歓迎しよう、この喜びに生きよう。楽しもう。
まもなく夜になる。誰もが休む時間が来る。だがそれまでは、われわれを包むこの美を、聖なる森に命を与える女神を、心ゆくまで賛美しよう。

6　ユリアの手記、パンダテリア島にて（紀元四年）

わたしの夫は、センプロニウス・グラックス邸で饗宴が催された夜に亡くなった。わたしが父の命令に従って中座していたとしても、彼の死に目には会えなかっただろう。父は一度も休むことなく、夜を徹して道を急ぎ、翌日プテオリに着いたが、最も古くからの友人はすでに息を引き取ったあとだった。父は、冷ややかとさえ言える目で夫の亡骸を見つめ、長いあいだ黙りこくっていたと伝えられる。それから、いつもの冷静で無駄のない物言いで、悲しみにくれるアグリッパの部下たちに声をかけた。父は、遺体をローマへ連れ帰ると告げ、葬列にふさわしい準備をするよう命じた。すでに元老院には使者を送り、葬列を仕立てるよう指示してあった。それから父は――なおも休むことなく――マルクス・アグリッパの亡骸につき添い、ゆっくりとおごそかにローマへ戻る旅路をたどった。市内に入ってくるところを見た人によれば、父は石のように顔をこわばらせ、足を引きずって列の先頭を歩いてきたという。

わたしはもちろん、フォルムで執りおこなわれた葬儀に出席した。父が弔辞を述べた。わたしは父がどんなに冷ややかだったかを証言できる。彼は友人の亡骸ではなく、記念碑でも前にしているかのように、滔々と追悼の言葉を口にした。

けれどもわたしは、世間が知らない事実も証言できる。葬儀が終わったあと、父はパラティヌスの丘の私邸で自室に引きこもり、それから三日間、誰にも会わず、いっさい食事を摂らなかった。部屋から出てきたときには、何年も歳をとったように見えた。以前にはなかったような、よそよそしい穏やかさの感じられる口調でしゃべるようになった。マルクス・アグリッパの死とともに、父の中の何かが息絶えてしまったのだ。二度と元の父には戻らなかった。

夫は、ローマ市民に永遠の財産を遺した。政治的な権力を握っていたころに手に入れた庭園の数々、彼が建設した浴場、そしてそれを維持するのに十分な資金だ。さらに、市民ひとりあたり銀貨百枚を遺した。残りの資産は父に託され、国民のために使われるものと理解された。

わたしも自分を冷たいと思った。なぜなら、夫が死んでも少しも悲しくなかったからだ。表向きは、習慣として妥当と思われる程度の悲しみを装っていたが、ほんとうは……心の中では……ほとんど何も感じていなかった。マルクス・アグリッパはいい人だった。きらいだと思ったことは一度もない。たぶん、好きだったのだと思う。でも悲嘆にくれることはなかった。

わたしは二十六歳になっていた。四人の子を産み、ひとりを身ごもっていた。わたしはまたもや未亡人となった。わたしは妻であり、女神であり、ローマで第二の地位にある女性だった。

夫の死に際して何か感じていたとすれば、それは安堵だった。

マルクス・アグリッパの死から四か月後、わたしは五人目の子を出産した。男の子だった。父はその子に、夫と同じアグリッパという名をつけ、一定の年齢に達するのを待って自分の養子にすると言った。わたしにはどうでもいいことだった。わたしは、牢獄のようだと思っていた人生から解放されてほっとしていたのだ。

でも自由にはなれなかった。アグリッパが亡くなってから一年四か月後、父はわたしをティベリウス・クラウディウス・ネロに嫁がせた。ティベリウスはわたしにとって、唯一の大きらいな夫となった。

7 書簡――リウィアより、パンノニアのティベリウス・クラウディウス・ネロへ（紀元前一二年）

親愛なるわが息子よ、この件については、わたしの助言に従ってもらわなくてはなりません。わが夫が命じたとおり、ウィプサニアを離縁してください。そしてユリアと結婚してください。すでに決まったことです。その取り決めに、わたしもひと役買いました。この成り行きをめぐって、誰かに怒りをぶつけたければ、わたしがその一部を引き受けなくてはなりません。

夫があなたを養子にせず、ないがしろにしてきたことはほんとうです。彼があなたをよく思っていないことも、あなたをアグリッパの代わりにパンノニアに派遣したことも、それはただ、ほかに信頼して権限を託せる者がいなかったからであることも、すべて事実です。あなたを後継者にする気がないことも、そして、あなたが言ったように、あなたが利用されていることも事実です。

でも、それは重要なことではありません。なぜなら、あなたが利用されるのを拒めば、将来はないからです。いずれあなたを偉大な地位につけるというわたしの積年の夢が潰えてしまうからです。あなたは冷遇に耐え、軽蔑に耐えて、目立たない人生を送らなければなりません。

わたしにはわかっています。彼はただ、あなたを自分の孫の名目上の父親にしたいだけです。そして、孫のうちの誰かがある程度の年齢に達したら、自分の後を継がせたいと考えています。しかしオクタウィウスは、これまで健康に恵まれてきませんでした。あとどのくらい生きられるのかは、神々のみがご存じです。彼が何を望んでいようと、あなたが後継者になれる見込みは十分にあります。あなたには家名があります。それに、わたしの息子です。万一、不幸にも夫が天に召されるような事態になれば、当然ながら、わたしもいくらか権力を引き継ぐことになるのです。

あなたがユリアをきらっていることも、重要ではありません。ユリアもあなたをきらっていますが、それも問題ではありません。あなたには、自分に対し、国に対し、わたしたちの家名に対し、果たすべき義務があるのです。

いずれ必ず、わたしの見方の正しさがわかります。早晩、あなたの怒りも鎮まることでしょう。血気にはやって、みずから危険を招いてはなりません。わたしたちの将来は、わたしたち自身よりも重要なのです。

第五章

1　ユリアの手記、パンダテリア島にて（紀元四年）

わたしはリウィアの強さを知っていた。父が政策上、何を必要としていたかもわかっていた。リウィアほどに、息子の未来に揺るぎない強烈な野心を持っている母親は、見たことがない。わたしにはそれが理解できなかった。今後も決して理解できないだろうと思う。リウィアはクラウディウス氏族の出身だった。彼女の前夫——その名をティベリウスが受け継いでいる——もクラウディウス氏族の人だ。おそらく、その由緒ある名への誇りゆえに、息子はしかるべき地位につく運命にあると思うようになったのだろう。ほんとうは見かけよりも元の夫を愛していて、息子の中に彼の面影を見ていたのではないか……。そんなふうに思ったことさえある。リウィアは誇り高い女だった。わたしはときおり、彼女が父を受け入れたことで、みずからを貶めたように感じているのではないかと疑っていた。確かに当時は、父の家柄より彼女の家柄のほうが格上だったからだ。

父は、姉の息子、マルケッルスを後継者にしたがっていた。だからわたしと結婚させた。マルケッルスが夭折すると、父はアグリッパが跡を継ぐか、少なくとも（父の養子になっていた）わたしの息子たちのうちのひとりを、成人するまでしっかり育てて、彼の任務を引き継がせてほしいと願うようになった。アグリッパが亡くなったときは、わたしの息子たちはまだ子供だった。オクタウィウス氏族の男子はひとりも生存しておらず、義理の息子でありながら、父が疎んじていたティベリウスのほかには、信頼できる者、あるいは父の思い通りになる者がいなかったのだ。

　マルクス・アグリッパが亡くなってからまもなく、存在を認めたくなかった傷が化膿したかのように、みずからの義務の必然性がじわじわとわたしの心を苛みはじめた。リウィアは、ふたりだけの秘密があるかのように、わたしに向かって満足げに微笑むようになった。服喪の一年がもうすぐ終わろうかというころ、父がわたしを呼び出した。わたしがすでに知っていることを告げるためだった。

　父は部屋の入り口でわたしを出迎え、案内してきた召使いを下がらせた。屋敷の中が静かだったのを覚えている。午後も遅い時間だったが、父のほかには誰もいないようだった。

　わたしたちは、中庭の奥の、父が執務室として使っていた寝室の隣の小部屋に移った。家具がほとんどなく、テーブルと背もたれのない腰掛けがひとつと、臥台が置いてあるきりだった。わたしたちは座ってしばらく話をした。父は、わたしの息子たちの健康について尋ね、もっとたびたび会わせてほしいと不満を口にした。わたしたちはマルクス・アグリッパのことも話した。父は、いまもまだ夫を亡くした悲しみが癒えていないのかときいた。わたしは答えず、しばらく沈黙が続いた。やがてわたしは尋ねた。

「ティベリウスでなくてはならないのですね。ちがいますか」

　父はわたしの顔を見た。深く息を吸い込み、また吐き出した。そして床に目を落として、うなずいた。

「ティベリウスでなくてはならない」

　わたしにはそれがわかっていた。もうだいぶ前から知っていた。それでも、恐怖に似た衝撃が体の中を駆け抜けた。わたしは言った。

「わたしは、物心ついたころからずっと、お父さまのおっしゃることにはなんでも従ってきました。それがわたしの義務でしたから。けれども今回ばかりは、そむきたい気持ちでいっぱいです」

父は黙っていた。

「お父さまは、わたしの友人たちがお気に召さず、彼らをマルクス・アグリッパと比べてみよと言われたことがありましたね。わたしは冗談でごまかしましたが、あのとき、比べてはみたのです。どういう結論に達したか、お父さまにはおわかりでしょう。今度はわたしのほうからお願いします。ティベリウスと亡き夫をお比べになってください。そのような結婚にどうしてわたしが耐えられるのか、お考えいただきたいのです」

父は、攻撃を防ぐかのように両手をあげた。それでも何も言わない。わたしは続けた。

「わたしは、お父さまのご政策、ご家族、ローマに奉仕するため、生涯を捧げてきました。別の生き方をしていれば、自分がどうなっていたかは、わかりません。つまらない人間になっていたかもしれません。もしかしたら――」わたしはどう言葉を続ければいいのかわからなかった。「どうしてもそうしなければなりませんか。少し休ませていただくことはできませんか。わたしは人生を犠牲にしなくてはならないのですか」

「そうだ」父は言った。わたしの顔は見なかった。「そうしなければならない」

「では、ティベリウスでなくてはならないのですね」

「ティベリウスでなくてはならない」

「冷酷な男であることはご存じのはずです」

「知っている」父は答えた。「だが、おまえがわたしの娘であり、ティベリウスが決しておまえを傷つけないであろうこともわかっている。いずれ慣れる。人はみな、自分の人生に慣れていくものだ」

「ほかに道はないのですか」

腰掛けに座っていた父が立ち上がり、落ち着きなく部屋の中を行きつ戻りつした。足の不自由さがより目立つようになっていた。

「ほかに道があれば……」ようやく父は言った。「このようなことはしない。マルクス・アグリッパが亡くなってから、わたしは三たび、命を狙われた。どれも計画にぬかりがあって、段取りもまずかった。だからたやすく発見して、対処できた。いずれも秘密にしておくことができた。しかし、今後もたくらむ者が出てくるだろう」父はこぶしを握りしめ、もう片方の手のひらにそれを三度、軽く打ちつけた。「必ず出てくる。旧体制派は、新しき者が自分たちを支配していることを忘れない。彼らはその名もその力も許さないのだ。しかしティベリウスは――」

「ティベリウスはクラウディウス氏族の出身ですね」とわたしは言った。

「そうだ。おまえが結婚したからといって、わたしの権威の安泰が保証されるとはかぎらないが、いくらかは役に立つ。自分たちの仲間であるクラウディウス家の者がわたしの世継ぎになるのだと思えば、貴族階級の連中もいくらか敵意をやわらげるだろう。少なくとも、大目に見てやろうという気になるかもしれない」

「彼らは、お父さまがティベリウスを後継者に指名すると思うでしょうか」

「思わないだろう」父は低い声で言った。「だが、クラウディウス家の血を引く孫を後継者に据えるかもしれないとは思うだろう」

わたしはこの結婚が避けられないことは理解していたが、この瞬間まで、その現実性は受け入れていなかった。

わたしは言った。「つまり、わたしはまたローマを喜ばせるために孕(はら)まなくてはならないのですね」

「わたしだけのことなら……」父は言い、わたしに背を向けた。顔が見えなくなった。「自分だけのためなら、おまえにこんなことは頼まない。あんな男におまえを嫁がせたりはしない。しかしわたしひとりの問題ではないのだ。おまえも最初からそれはわかっていたはずだ」

「ええ」わたしは言った。「わかっていました」

父は独りごちるかのようにしゃべっていた。「おまえはりっぱな息子たちを産んだ。それが慰めとなるだろう。子供たちを通じて夫を偲ぶことができるだろう」

その午後、わたしたちはいつになく長いあいだ話をしたが、どんなことを話したのか、思い出せない。きっと茫然自失の状態だったのだろう。はじめに激しい怒りをおぼえたあとに何を感じていたのか、まったく思い出せないからだ。けれども、父がなすべきことをしたからといって、父を恨む気持ちは起こらなかった。

それでも、帰る時間が来たときには、父にひとつ、質問をした。怒りも苦悩もにじませず、自己憐憫ととられるようなそぶりも見せずに、こう尋ねた。

「お父さま、それだけの価値がありましたか。お父さまの権威、お父さまが救ったこのローマは……お父さまがお築きになったこのローマは……？ それだけの価値がありましたか」

父は長いことわたしを見つめていてから、目をそむけた。「あったと信じるよりほかはない。わたしもおまえも、そう信じるしかないのだ」


わたしは二十七歳で、ティベリウス・クラウディウス・ネロと結婚した。それから一年のうちに義務を果たし、クラウディウス氏族とユリウス氏族の血を引く子供を産み落とした。それは、ティベリウスにとってもわたしにとっても、困難な義務だった。しかしその苦労は水泡に帰した。赤ん坊——男の子——は、誕生して一週間も経たないうちに死んでしまったからだ。それ以後、ティベリウスとわたしは離れて暮らすようになった。彼は外地にいることが多くなり、わたしはふたたび、ローマで自分らしい生き方を見いだしたのだった。

2　書簡――プブリウス・オウィディウス・ナソよりセクストゥス・プロペルティウスへ（紀元前一〇年）

なぜぼくは、あなたが二度と戻らないと明言された場所で起きたことを書き送るのでしょう。もはやいっさいの興味を失ったと断言なさる場所のことを？　ぼくがあなたの決意を信じていないからでしょうか。あるいは単に（無駄と知りつつ）それを揺るがすことに望みをつないでいるからでしょうか。あなたがこの都市を離れてから五、六年、あなたは事実上何も書いておられません。鄙（ひな）びたアッシーシの魅力とご自身の著書に満足しているとおっしゃいますが、ぼくには、あなたがかつてあれほど打ち込まれた詩作をすっかり断念なさったとはどうしても思えないのです。詩の女神はきっとローマであなたを待っています。そしてぼくは、あなたが女神のもとへ戻ることを願っています。

静かなうちに季節が過ぎていきました。ある美しい女性が（あなたもその名をご存じですが、ぼくは言わないことにします）ぼくらの集まりに来なくなってから、もう一年以上になります。彼女がいないことで、ぼくらの楽しみ、人間性は小さくなりました。若くして寡婦となったその女性は、説得されて再婚しました。その結婚によって彼女が大きな不幸に突き落とされたことを誰もが知っています。新しい夫は重要な地位にある人ですが、およそ想像しうるかぎり、あれほど陰気で無愛想な男はいないと思います。幸福の価値がわからず、他者の幸福が許せないらしいのです。年齢は比較的若く、三十二、三歳ですが、怒りっぽくて不平がましく、外見を別にすれば、老人と思われてもしかたのないような男です。おそらく、いまから五、六十年前のローマなら、ああいう男がふつうだったのでしょう。〝旧家〟の人々の多くは、ただ彼にそういうところがあるというだけで好もしく思っているようです。道義を重んじる男であることはまちがいありません。しかし、強い道義心に、気難しい性格が加われば、冷酷で人情味の薄い人間ができあがる、というのがぼくの持論です。なぜなら、気難しさを原因とすることがすべて、道義心の強さで正当化されてしまうからです。

しかしぼくたちは未来に希望を持っています。くだんの女性は、最近、男の子を産みましたが、その子は誕生から一週間も経たないうちに亡くなりました。夫のほうは何かの任務を与えられて、しばらく北の国境地帯に赴任することになったようです。となれば、ふたたび彼女はぼくらのもとへ戻ってくるでしょう。あの才気、明るさ、人間性が、ローマをその過去の薄汚れた偽善から救い出してくれるかもしれません。

親愛なるセクストゥス、ぼくはなにも持論であなたをねじ伏せようと思っているわけではありません。けれどもぼくは、年々、真実がはっきりと見えてきたように思うのです。ローマ人は古くからの〝徳〟をたいそう誇りにしていて、ローマはそれを基盤として偉大な繁栄を遂げたのだと主張します。しかしぼくの目には、地位や威信、栄誉、義務、孝行といった〝徳〟は、単にぼくらから人間性を剝奪するものでしかないように思えてきたのです。偉大なるオクタウィウス・カエサルの尽力によって、ローマはいまや世界で最も美しい都市になりました。そろそろ、市民も心を楽しませる余裕を持ってもいいのではないでしょうか。自分たちが暮らす都市と同様、これまで知らなかった美と洗練を追求する道を選んでもいいと思うのです。

3　書簡――グナエウス・カルプルニウス・ピソより、パンノニアのティベリウス・クラウディウス・ネロへ
（紀元前九年）

親愛なる友よ、きみに頼まれた情報を集めたので、報告する。情報提供者はさまざまだ。まさかとは思うが、ほかの者の目に触れる可能性を考え、とりあえず彼らの名は伏せておく。一字一句違えることなく書き写したものもあれば、要約したものもある。しかしいずれも関連性が高い。元の文書は、

のちにきみが使いたくなった場合に備えて、わたしが安全に保管しておくことにする。

次の報告はすべて、十一月中の一か月間に起きたできごとに関するものだ。

今月の三日、第十時から第十一時〔午後三時から五時〕のあいだに、センプロニウス・グラックスの奴隷たちに担がれた臥輿が、彼女の住まいに到着した。あらかじめ示し合わせていたらしく、すぐに彼女が屋敷から出てきて、臥輿に乗り、市の反対側にあるセンプロニウス・グラックスの別荘まで運ばれていった。そこで大きな饗宴が開かれていたのだ。宴のあいだ、彼女はグラックスと同じ臥台に座っていた。長々と親密そうに話し込んでいた姿が目撃されている。会話の内容についてはわかっていない。ワインがふんだんにふるまわれ、宴会が終わるころには、客たちの多くがはめを外して陽気に騒いでいたらしい。詩人のオウィディウスが余興として自作の詩を朗読したが、まさにその場にぴったりの――つまり、きわどい、けしからぬ――内容だったという。それが終わると、ものまね狂言の一座が『不倫妻』という劇を上演したが、いつにもましてあからさまで扇情的な趣向だったそうだ。そのあとには音楽が演奏され、曲が流れているあいだに、客たちが三々五々、宴会場をあとにした。問題の女性とセンプロニウス・グラックスも出ていった。彼女はそれきり姿を見せなかった。もうすぐ夜が明けようかというころ、彼女がセンプロニウス・グラックスの住まいの外に待たせてあった臥輿に乗り込むのが目撃された。そこから、彼女は自宅へ戻った。

十一月の十一日、今度は彼女が友人たちをもてなした。男性の訪問客の中には、センプロニウス・グラックス、クィンクティウス・クリスピヌス、アッピウス・クラウディウス・プルケル、コルネリウス・スキピオの姿もあった。身分の低い者も来ていて、オウィディウスと、役者の息子で最近ローマの市民権を与えられたデモステネスというギリシア人が顔を見せていた。酒盛りは早くも第十時より少し前にはじまり、延々と深夜まで続いた。日没から三時間を過ぎたころには、何人かが辞去したが、かなり多くの客がその後も残った。やがて居残り組は、彼女に先導され、部屋や庭園をあとにした。臥輿に乗って市内に繰り出し、フォルムの真ん中で止まったのだ。時刻が時刻だから、フォルムはがらんとしていたが、少数の市民や商人、警官がそのようすを見ていたから、必要とあらば、彼らが証言してくれるだろう。一行は酒盛りの続きをはじめ、役者の息子のデモステネスが余興として、元老院議事堂のそばの演壇に立ち、演説のまねごとをはじめた。即興だったので記録もないが、どうやら皇帝陛下がしばしば同じ場所でなさる演説を茶化したものだったらしい。彼の演説が終わると、一行は解散した。彼女は、センプロニウス・グラックスにつき添われて自宅へ戻った。夜が明ける少し前のことだった。

その後六日ほどは、取り立てて変わった行動は見られなかった。彼女は、両親の私邸で開かれた公式の饗宴に出席し、母上と、年長のウェスタの巫女四人とともに芝居を見て、平民大祭〔毎年十一月に実施された宗教的な祝祭。平民のために演劇の上演、競技大会の開催が実施された〕に出席し、抜かりなく父上や友人たちと観覧席に座っていた。今年の執政官、クィンクティウス・クリスピヌスと、執政官代理のユッルス・アントニウスも同席していた。

十一月十三日から数えて四日後、彼女は、ティブルにあるクィンクティウス・クリスピヌスの別荘に主賓として招かれた。センプロニウス・グラックスとアッピウス・クラウディウス・プルケル、それに召使いの一団が同行したそうだ。天候が穏やかだったので、宴会は屋外で開かれ、深夜まで続いた。大量のワインが用意され、男女の踊り手たちが踊りを披露し（彼らは決められた場所では飽き足らず、ほぼ裸身に近い姿で、客たちのあいだに入っていって踊ったらしい）、楽団がギリシアや東方の曲を演奏した。やがてそのさなか、多くの男女の客が（くだんの女性も加わり）遊泳プールに飛び込んでしまった。松明のほの暗い灯のもとでも、彼らが衣服を脱いで、ともにのびのび泳ぐ姿が見分けられたそうだ。泳ぎ終えると、彼女はあの唾棄すべきギリシア人、デモステネスといっしょに庭園の森の中へと姿を消し、何時間も出てこなかったという。彼女はクィンクティウス・クリスピヌスの別荘に三日間滞在し、毎晩をこのように過ごした。

親愛なるティベリウスよ、これらの報告が必ずきみの役に立つと信じている。今後も、きみの求める情報を、可能なかぎり秘密裏に集めていくつもりだ。万一のことがあれば、すべてわたしにまかせてほしい。

4　書簡――リウィアより、パンノニアのティベリウス・クラウディウス・ネロへ（紀元前九年）

この件に関しては、あなたには母の指示に従ってもらいます。それもただちに。あなたが苦労して集めた〝証拠〟とやらをすべて破棄しなさい。そしてあなたの友人、カルプルニウスに、あなたのためにも、今後いっさいこの種のことはしないようにと伝えなさい。

あなたは〝証拠〟を握ったと信じているようですが、それで何をするつもりですか。離縁に使うのですか。だとしたら、それはあなたの〝名誉〟が傷ついたからですか。あるいは、この離縁によってわたしたち親子の目標達成をさらに進めようというのですか。どれもこれも見当違いです。はなはだしい誤解です。あなたが外地にいるかぎり、〝名誉〟が傷つくことはありません。このような状況では、あなたが妻を監督できないことは誰の目にも明らかです。あなたは国のため、皇帝のために義務を果たしているのです。けれども、〝証拠〟を集め、好機が来るまで温存しておこうとしたことが明るみに出れば、あなたは赤恥をかき、手にしているつもりの名誉も地に墜ちるでしょう。離縁を要求することで昇進をめざそうと考えているのなら、それもまちがっています。そんなことをすれば、わたしたち親子の悲願である権力を手にする望みは断たれてしまうでしょう。あなたの妻は〝恥さらし〟となるかもしれませんが、あなたがそこから得るものは何もありません。この母とふたりで築き上げた基盤を失うことになるでしょう。

いまのところ、あなたがわたしたちの野心を満たせる見込みがないことは事実です。いまは、わたしの夫の旧敵の息子、ユッルス・アントニウスでさえ、あなたよりも高い地位に就き、あなたと同様、あと少しで権力に手が届く位置にいます。ただし、彼とちがってあなたにはしかるべき家名があります。皇帝は年をとりました。わたしたちの将来がどうなるかはわかりません。いまは忍耐を武器とするしかありません。

あなたの妻が不貞を働いていることは知っています。夫も気づいていると思います。けれども、夫がみずから制定した法で娘を裁かざるをえないように追い込めば、彼は永遠にあなたを許さないでしょう。何より、あなたは自分の人生を犠牲にしてはなりません。

時を待ちましょう。ユリアがみずからの名を汚すのであれば、勝手に汚させておけばいい。どんな形であれ、あなたが巻き込まれてはなりません。慎重を期して外地にとどまっていれば、巻き込まれずにすみます。パンノニアでの滞在期間をできるだけ引き延ばしてください。あなたが、家庭から、ローマから離れているかぎり、わたしたちの夢が潰えることはないでしょう。

5　書簡――マルケッラよりユリアへ（紀元前八年）

ユリア、今度の水曜日には、ぜひわが家の晩餐会にいらしてください。食事のあとにも、みなさんにお楽しみいただけるよう、ささやかな趣向を考えています。クィンクティウス・クリスピヌスのほか、あなたのお友だち（ちなみに、わたしたちの友人でもあるみなさま）も何人かお見えになります。もちろん、あなたもどなたかお連れになりたければ、どうぞごいっしょに。

これだけの歳月を経て、またあなたとこうしてお友だちになれたことを、とてもうれしく思っています。ときどき、子供のころのことをなつかしく思い出します――みんなが子供だったころのことを！　みんなで熱中した遊びのことも！　あなたと、いまは亡きマルケッルスに、ドルスス、ティベリウス（ごめんなさい！）、それにわたしの妹たち――いまとなっては、全員を思い出すことはできません……マルクス・アントニウスの死後には、ユッルスでさえ、しばらくわたしたちといっしょに暮らしていましたね。覚えていますか。わたしの母は、幼いころのユッルスをとてもかわいがっていました。自分の子ではないのに。いまそのユッルスはわたしの夫です。なんと奇妙な世界でしょう。わたしたちには、語り合うべき思い出がたくさんあります。

そうそう、わたしたちが疎遠になるきっかけを作ったのは、わたしのほうでした。けれども、叔父さま（あなたのお父さまです！）が、マルクス・アグリッパとあなたを結婚させるために、わたしを離縁させたときには、ほんとうにばつの悪い思いをしたのです。あなたのせいではなかったことはわかっています。でも、わたしは若かった。マルクスほどの重要人物とは二度と結婚できないだろうと思いました。あなたにはなんの非もないとわかっていましたが、それでもあなたを恨みました。けれども、何ごとも最良の方向へ向かうものだと、わたしは信じてきました。おそらく、オクタウィウス叔父さまは、わたしたちが知っている以上に賢明なのでしょう。わたしはユッルスにとても満足しています。ああ、ユリア、正直に言うと、マルクス・アグリッパよりもずっと満足しています。彼のほうが若くて、男ぶりもよく、マルクスとほぼ同じくらい、重んじられています。あるいは今後、きっとそうなると思います。叔父さまも彼のことがとてもお気に召しているようです。

まあ、ぺちゃくちゃとよくしゃべること……。わたしは相変わらず、おしゃべりです。人は何年経っても、そう変わるものではありませんね。お気に障るようなことを書いていなければいいのですが。若いころと比べて頭は少しもよくなっていませんけれど、年齢だけは重ね、女同士で、結婚のことをたがいに根に持つのはばかげていると悟りました。それはわたしたちには関係のないことです。ちがいますか。少なくとも、わたしはそう思います。

ぜひわが家の晩餐会にいらしてください。あなたが来なければ、みんながっかりするでしょう。召使いを迎えにやりましょうか。ご自分で手配なさるほうがいいですか。お知らせください。どなたでもお好きなかたをお連れください――とてもおもしろいお客さまが何人か見えますけれどもね。わたしたちは、あなたのお立場を完全に理解しているつもりです。

6

書簡――グナエウス・カルプルニウス・ピソから、ゲルマニアのティベリウス・クラウディウス・ネロへ（紀元前八年）

友よ、取り急ぎペンを取った。きみがよそから何か吹き込まれて、判断材料もないまま、何か行動を起こす前に連絡したかったのだ。きみの母上と話をした。わたしがきみに送った〝報告〟については、母上とぼくの考えが食い違っていることがわかったが、きみがいま何をすべきかということについては、完全に意見の一致をみたと思う。きみは、母上がじかにものを言うわけにいかないことを理解しなくてはならない。どんな形であれ、母上は夫君の信頼を裏切ることはなさらないだろう。また、おおっぴらに勧められないことを、ひそかに勧めたりもしないはずだ。

二、三日のうちに、義理の父上の使者がきみのもとへ到着する。きみを来年の執政官に指名したいとのご意向が伝えられるはずだ。わたしも同じ申し出を受けることになっていると聞けば、喜んでくれるだろうか。なんでもないときに、なんでもない状況でそういうめぐり合わせになっていれば、勝利と受け止めることもできただろう。しかし、時期も状況もふつうではない。いまのきみにとっては、細心の注意を払って行動することが肝要だ。

もちろん、きみは執政官就任の話を受けるべきだ。辞退することは考えられない。きみがいささかなりとも将来に野心を持っているのなら、これをことわるのは愚の骨頂だ。

しかしローマにとどまってはならない。皇帝の狙いはもちろん、きみがローマで暮らすように仕向けることだ。しかし、そうすべきではない。ゲルマニアを離れて、ローマでの就任式に向かう前に、どうしてもすぐに——できるかぎり早く——戻らざるをえない状況を作っておきたまえ。信頼できる者がいないなら、わざと軍を危険な状況に陥れておき、解決に向かうはめになるように仕組んでおくといい。きみなら、きっと何か手を打てるはずだ。

なぜこのように一見奇妙な手順を踏む必要があるのかを、これから説明する。

きみの妻は、この一年半以上ずっと同じような生活を続けている。公然と結婚の契約を軽視し、きみの評判など歯牙にもかけない。父上も彼女の素行についてはある程度ご存じのはずなのに、止めようとはなさらない。政策上の配慮からか、娘かわいさゆえに正常な判断力を失っておられるからか……。わたしにはわからない。婚姻に関わる法律が施行されているにもかかわらず（あるいは、おそらく皇帝ご自身が制定されたからだろう）、勇気をもって公然と告発する者はいない。誰もが、法が守られていないことを知っているが、きちんと法を適用すべきだと主張するのは得策ではないこともわかっているのだ。とりわけ、その対象がきみの妻のように力と人気のある人物の場合は。

彼女には力がある。人気も高い。なんらかの企みにより、あるいは単なる偶然によって（わたしは前者だとにらんでいる）、彼女はローマで最も有力な若者を自分の交際仲間に引き入れてしまった。そこに危うさがある。

彼女がいま頻繁に、そして親密につきあっている連中は、きみにとって最も危険な敵なのだ。彼らが皇帝に反旗を翻す可能性もあるが、それによってきみへの脅威が減ずるわけではない。むしろ増すだろう。

よくわかっていると思うが、きみが手にしている力とは、きみに付随しているものの力だ。その大半は、わたしの場合と同様、（きみの義理の父上の言葉によれば）〝古き共和派〟の家柄に関係している。わたしたちの一族は裕福で歴史があり、結束が堅い。しかしここ三十年近くのあいだ、ローマでは、われわれの公的な権力を注意深く制限する政策がとられてきた。

わたしは、皇帝がきみを呼び戻すのは、派閥の緩衝材として利用するためではないかと危惧している。彼自身の派閥と、より若い世代――ユリアをとりわけ気に入っている連中――とのね。

きみがローマに戻り、両者の板挟みになれば、さんざんに利用されて疲れ果ててしまうだろう。そして、あげくの果てに放り出されるだろう。皇帝は、関与したそぶりをいっさい見せずに、敵の一味を一掃できることだろう。さらに重要なのは、彼が自分の支持派を擁護してみせることなく、反対派の信用を完全に失墜させられることだ。若手の一派が彼の娘を崇拝しているかぎり、皇帝は自分に迫ろうとしている危険を軽視していられるのだ。

しかしきみは潰されるぞ。

さまざまの可能性を考えてみてほしい。

まず第一に、クラウディウス氏族とその支持者は、われわれが主導すれば、十分に力を結集して帝国を元どおりの進路に戻し、古きよき時代の価値観や理想を取り戻すことができるかもしれない。その見込みはかなり薄いと言わざるをえないが、不可能ではない。しかしもし可能にしようと思えば、われわれは、きみの義理の父上を奉ずる新人(ノウス・ホモ)〔祖先に高位公職者を輩出したことがない家系出身の政治家など〕とも、若年層の新人とも対抗しなくてはならない。それがどのような結末にいたるものか、考えただけでもぞっとするだろう。

第二に、たとえきみがローマにとどまろうとも、ユリアは、きみの利益を損なう行動をとり続けるだろう――意図的なものか、気まぐれからかは、問題ではない。彼女はきっとそうする。自分の力は、きみの名声や地位から得たものではなく、皇帝によって与えられたと思っているからだ。彼女は皇帝の娘だ。彼女の意志の前では、きみはなす術がない。逆らおうとしたところで、うまくいかなければ、恥をかくだけだ。

第三に、きみの妻があのように放縦で自堕落な生活を続けていれば、きみの味方にも敵にも、醜聞の種を提供し続けることとなる。もしきみが対抗措置に出て離婚を要求すれば、まちがいなく、オクタウィウスの一族は醜聞の嵐にさらされる。きみは皇帝とその支持者から、未来永劫、恨まれるだろう。かといって、妻の不行跡を黙認すれば、軟弱な男と思われてしまう。彼女の違法行為に加担しているとして、非難されることもありうるだろう。

親愛なるティベリウス、このような状況下で、とどまることを前提にローマに帰ってはならない。わたしは運よくきみの同僚執政官に選ばれた。きみが外地にいるあいだは、わたしが必ずきみの利益を守る。わたしのようなつまらない者が、きみよりも安全に、効果的にそれができるというのは、なんとも皮肉なことだ。われわれのたどってきた人生について、こんなことは言いたくなかったのだが……。

きみの母上が、愛を送りますと仰せだ。きみが皇帝からの通達を受けるまでは、お手紙はお書きにならないとのこと。ご本人は何もおっしゃらないが、母上はきっと、わたしのきみへのこの緊急の助言を支持してくださるものと確信している。

7　書簡――ダマスクスのニコラウスより、アマセイアのストラボンへ（紀元前七年）

この十四年間、ぼくはローマでの暮らしに満足していた。最初はヘロデ王とオクタウィウス・カエサル皇帝陛下に仕え、のちには、皇帝陛下ただおひとりに仕えて、友情を育んできた。きみもぼくの手紙から推察していただろうが、ぼくはここを自分の故郷のように思いはじめていた。外地とのつながりもほとんど断ち切ってしまった。両親が死んでからは、生まれ故郷に帰りたいとも、帰るべきだとも思わなくなっていた。

だがあと数日で、ぼくは五十七歳になる。そしてここ数か月のあいだ――いや、じつはもっと前から——だんだん、ここが故郷と思えなくなっている。あれほどぼくにやさしくしてくれたこの都市で、そして、われわれの時代の最も偉大な人々と親交を結んできたこの都市で、ぼくは異邦人にでもなったような気がしている。

ぼくの勘違いかもしれないが、いまのローマには醜い不穏な空気が漂っているように思う。きみも知っている、オクタウィウス・カエサルが権力の座につかれたばかりのころの、不安の入り交じった期待感とはちがう。また、ぼくが十四年前にはじめてここへやってきたときに感化を受けた、気もそぞろの興奮状態ともちがう。

皇帝陛下はこの地に平和をもたらした。アクティウムの海戦以来、ローマ人が同胞に向かって剣を振り上げる事態は一度も起きていない。陛下はこの都市の内外に繁栄をもたらした。ローマでは、どんなに貧しい者でも食うに困ることはない。属州の住人たちも、ローマと陛下の恩恵を受けて繁栄を享受している。また、陛下は人々に自由をもたらした。奴隷はもはや主人の気まぐれな暴力におびえて暮らす必要がない。貧者は、なんでも金で解決する富裕者の横暴に苦しまずにすむようになった。責任感のある発言者は誰でも、自分の言葉がどのような結果を招くか心配せずにものを言える世の中になった。

しかしここの空気には、ある種の醜悪さがある。それは、この都市、この帝国、皇帝陛下ご自身の治世にとってよくない前兆のような気がする。派閥同士が対立し、噂が後を絶たない。誰ひとりとして、陛下が可能にした安楽で尊厳のある生活に満足していないようなのだ。ローマ人は類い稀な人々だ……その彼らが、安全と平和と安楽に耐えられなくなっているように見える。

だからぼくはローマを離れる。実り多い幾多の歳月を過ごしたぼくのふるさとを。ダマスクスへ帰り、ぼくの本と、自分が書き残せる言葉とともに余生を過ごすつもりだ。ぼくは悲しみのうちに、そして愛を胸に、ローマを去る。怒りも反論も失望もすることなく。こうして書いているうちに、ほんとうは、わが友であるオクタウィウス・カエサル皇帝陛下に、そのような思いで別れを告げようとしているることに気がついた。なぜなら陛下はローマそのものだからだ。おそらく、それが陛下の人生の悲劇なのだろう。

ああ、ストラボン、真実が明るみに出れば、陛下の人生は終わってしまうかもしれない。この二、三年、陛下は、常人にはとうてい耐えられないほどの試練に耐えてこられた。お顔には、人間味のない表情が浮かんでいる。それは、みずからの人生が終わったことを知る者、その終わりを意味する肉の腐敗を待つ者の顔だ。

友情というものに――ある特別な友情に――これほどの意味を見いだしている人を、ぼくはほかには知らない。陛下にとって真の友とは、若いころ、いま手にしている権力を獲得する前に出会われた友のことだ。権力の座にある人は、権力を持つ以前から知っていて信頼していた人々しか、信じられないのだろう。いや、ちがうかもしれない……いま陛下はおひとりだ。いまの陛下には誰もいない。

五年前には、娘婿でもあった友人、マルクス・アグリッパさまが外地からイタリアに戻り、孤独のうちにこの世を去られた。陛下は別れを告げることもかなわなかった。その翌年には、あのすばらしい女性、姉上のオクタウィアさまが、ウェリトラエの簡素な農場で生涯を閉じられた。苦難に打ちひしがれ、ローマとも弟君とも離れて隠遁生活を送る道を選ばれた末のことだった。そして今度は、最後に残っていた旧友、マエケナスさまが亡くなられた。オクタウィウスさまはいま、おひとりだ。若いころからのご友人はひとり残らず故人となられた。だから、信頼できる人が誰もいない。最大の関心事について話せる人がひとりもいなくなってしまったのだ。

ぼくはマエケナスさまが亡くなった翌週に陛下に会った。ご不幸があったとき、ぼくは地方に行っていて、訃報を受けてすぐに、急いで戻ってきた。ぼくは慰めの言葉をかけようとした。

陛下は、しわが刻まれた顔に比べて驚くほど若々しい、あの澄んだ青い瞳でぼくをごらんになった。

唇にはかすかな笑みが浮かんでいた。

「われわれの喜劇に、いよいよ幕が下りようとしているわけだ」と、陛下は言われた。「しかし喜劇には、悲しみもたくさんある」

ぼくはなんと言ったらいいのか、わからなかった。「マエケナスさまは――マエケナスさまは――」

「きみは彼のことをよく知っていたのか」

「存じあげていました」ぼくは答えた。「けれどもよく知っていたとは思えません」

「彼をよく知る者はほとんどいない。彼を好いていた者も多くない。しかし、われわれには若き日々があった。マルクス・アグリッパも若かった。われわれには、友であったころがあり、死ぬまで友情が続くと思っていたときがあった。アグリッパと、マエケナス、わたし、サルウィディエヌス・ルフスには。サルウィディエヌスもすでにこの世にないが、彼が死んだのはずっと昔のことだ。おそらくわれわれはみんな、そのときに死んだのだ。まだ若かったころに」

ぼくは驚いた。この友がこのように支離滅裂なことを口にするのを聞いたのははじめてだったからだ。ぼくは言った。「お心が乱れていらっしゃるのでしょう。たいせつなかたを亡くされて」

陛下はおっしゃった。「臨終のとき、わたしは彼のそばにいたのだ。われらが友、ホラティウスも。マエケナスは静かに死んでいった。最後の最後まで意識があった。われわれは、ともに過ごした昔の思い出を語り合った。マエケナスがわたしに、ホラティウスをよろしく頼むと言った。詩人には、自分の心配をするより、もっとたいせつなことがあるというのだ。ホラティウスは顔をそむけた。泣いていたのだと思う。そのあと、マエケナスは疲れたと言った。そして息を引き取った」

「きっとお疲れになったのでしょうね」

「ああ、疲れたのだ」

しばらく沈黙が流れた。やがて陛下が言われた。

「ほどなく、またひとり……疲れる者が出てくるだろう」

「友よ……」ぼくは言った。

陛下はなおも笑みを浮かべ、首を振られた。「わたしだとは言っていない。神々はそこまで慈悲深くはないだろう。ホラティウスだよ。あとでわたしは、彼がそのような顔をしているのを見たのだ。ホラティウスはこう言った。ウェルギリウス、それからマエケナス、と。彼は何年も前に、ある詩の中でマエケナスの病のひとつを軽くからかったときの話を持ち出した。彼はその詩の中でマエケナスにこう語りかけたのだ——思い出せるかな——『わたしたちふたりの上には、同じ日に土がかけられることでしょう。わたしは兵士の誓いを立てます——あなたが行く道を決めてください。そうしてともにまいりましょう。ふたりして、すべての道の終わりにある道を、うまずたゆまず進みましょう。何があっても離れることのない親友同士で』……マエケナスを失ったいま、わたしにはホラティウスがあと何か月も生きながらえるとは思えないのだ。彼自身もそれを望んでいない」

「ホラティウスが……」

「マエケナスの詩はへたくそだった」オクタウィウスが言った。「わたしはいつも彼にそう言っていた。きみの詩はへたくそだ、と」

……ぼくには、陛下をお慰めすることができなかった。二か月後、ホラティウスが死んだ。ある朝、ディゲンティア川のほとりの小さな家で息絶えているのを、召使いが発見した。ただ眠っているかのように穏やかな顔だったという。陛下は彼の遺灰を、エスクィリヌスの丘の端に埋葬されたマエケナスの遺灰のそばに埋めるよう命じられた。

陛下が愛する人々のうち、いま生きているのはご息女のユリアさまだけだ。ぼくはその愛を恐れている。何よりも強く恐れている。ユリアさまは月ごとに、ご自分の立場を考えなくなられている。夫君は今年の執政官に選ばれたが、ユリアさまとは暮らさず外地にとどまっておられる。

ローマがオクタウィウス・カエサルの死に耐えられるとは思えない。陛下もまた、みずからの魂の死に耐えられるとは思えないのだ。

8 ユリアの手記、パンダテリア島にて（紀元四年）

当時わたしは、ローマで思う存分、自由気ままな生活を送っていた。ティベリウスは外地にいて、執政官に就任した年でさえゲルマニアで過ごし、外敵の侵略を阻止するため、前哨基地の整備に専念していた。ごくたまにローマに戻ってくる用があったときにも、いちおう形ばかりに訪ねてくるだけで、またすぐよそに仕事を見つけて出ていった。

ティベリウスが執政官を務めた翌年、父はみずからの権限でゲルマニアの国境地帯に代わりの者を派遣し、彼にローマへ戻って任務に就くことを命じた。けれどもティベリウスはことわった。わたしは、それまでの彼のおこないの中では最も称賛すべきものだと思った。その勇気を尊敬したくなったほどだ。

彼は父に手紙を書いて、公的な任務から身を引きたいと願い出た。一族の広大な領地があるロドス島に隠棲し、文学と哲学の個人的研究に没頭して余生を送りたいというのだ。父は怒ったふりをした。たぶん、ほっとしていたのだと思う。ティベリウス・クラウディウス・ネロが望みどおりに行動してくれたと思ったのだろう。

わたしはしばしば考えてきた。夫が本気で、父への手紙に書いたとおりにしたいと思っていたなら、わたしの人生はどうなっていただろう、と。

第六章

1

書簡――グナエウス・カルプルニウス・ピソより、ロドス島のティベリウス・クラウディウス・ネロへ（紀元前四年）

親愛なるティベリウス、友人たちはみな、きみがローマにいないことを残念がっている。この都市は停滞に甘んじているようだ。しかし目下のところ、それが幸いしているようにも見える。過去一年、われわれの将来を大きく左右しそうなできごとは何も起こらなかった。いまは、それが望みうる最善の状態なのだろう。

ユダエアのヘロデ王がついに亡くなった。おそらく、誰にとってもいちばんいい結果になったと思う。晩年の王は、明らかに心の均衡を乱していて、しかも次第にその度合いが加速していた。わたしは、皇帝陛下がヘロデ王に深い不信感をいだかれるようになったことを知っている。おそらく、成敗することもお考えだっただろう。もちろん、もし戦争になれば、人々はかつてないほどの結束を見せて、陛下のために働いただろう。ヘロデ王は亡くなる数日前に、自分の息子のひとりを謀反の疑いで殺害した。その知らせが届くと、皇帝は例によって、ここぞとばかりに軽口をたたかれた。「わたしは、ヘロデ王の息子に生まれるよりは、ヘロデ王の豚に生まれたい」と。それはともかく、別の王子が王位を継ぎ、誠意をもってローマに交渉を求めてきた。だから軍事遠征が決行される可能性はまずなさそうだ。

ヘロデ王の死去と言えば、その少し前に、陛下がたいそうお気に入りだったあの不快な小男、ダマスクスのニコラウスがローマを離れた。特筆に値しない些末なことに思えるかもしれないが、わたしは、われわれの将来にとって少なからぬ影響があるとみている。なぜなら、彼がローマを去ったことを、陛下が思いのほか悲しんでおられるからだ。昔からの親友がひとり残らずいなくなってしまったわけだ。陛下は時が経つにつれ、ますます気難しくなられ、殻に閉じこもられるようになった。もちろん、為政者がそのようなことになれば、権力、権威を掌握する力が次第に弱まることは避けられない。

その掌握力はいままさに衰えを見せているようだが、軽々しく希望をいだけるほど損なわれているわけではない。たとえば、今年のことだ。元老院が陛下に、十三度目の執政官就任を声高に要請したが、陛下は加齢と体力的な限界を理由に辞退なさった。そのご決意が固いことがわかると、元老院は、代わりの人を推薦するよう求めた。すると皇帝は、ガイウス・カルウィシウス・サビヌスという人物を挙げられたのだ！　きみはその名に聞き覚えがあるだろうか。カエサル氏族出身のご老体だ。皇帝ご自身よりも年配で、三十年ほども前の三頭政治のころに一度、執政官を務めた経験があるらしい〔これは同名の父親のこと。執政官に指名されたのはその息子〕。しかも陛下とマルクス・アグリッパの指揮下、セクストゥス・ポンペイウスとの海戦に参加したこともあるというのだ！　もうひとりの執政官に推されたのは、ルキウス・パッシエヌス・ルフスという者だ（このように平凡な出自の男が執政官を務めるなど、想像もつかない）。きみは彼の名を聞いたことがあるか。ルフスは新人で、皇帝一族に忠実な立場にあるのかどうか、よくわからない。わたしは、誰が権力の座にあろうと、喜んで政府を支持するような人物ではないかと思っている。だから今年の執政官は、きみがいずれ権力を掌握する日が来ても、結束して敵対するようなことはまずなさそうだ。ひとりは老いぼれで、もうひとりは無名なのだから！

それより、いささか気が滅入ったのは（いずれそうなることはわかってはいたが）陛下がきみの義理の息子たちの成人式を挙行されたことだ。ガイウスとルキウス（どちらもまだ十六歳になっていない）は、いまやローマ市民となり、成人男子のトガをまとっている。皇帝はいずれまちがいなく、機を見て、それぞれを名ばかりの軍指揮官に任命なさるだろう。幸い、いまのところはそれ以上のことをなさるお気持ちはなさそうだ。しかし将来何が起こるかは、誰にもわからない。陛下は、いまは亡き旧友マルクス・アグリッパがなんらかの形で——せめて彼の息子たちを通してでも——中心的存在になるようにしておこうとなさるだろう。

しかし親愛なるティベリウス、これらのことは何ひとつ、われわれにとって障壁にはならないと思う。多くは予期していたことだ。予期しなかったことでも、われわれにとってはなんの実害もなかった。

しかし残念ながら、わたしがこれから結論として述べる見解は、暫定的ではあるにしろ不安材料になるかもしれない。想像はついたと思うが、それはきみの妻の最近の行動に関係している。

きみの妻にまつわる醜聞は、ある程度おさまったが、それにはいくつか理由があった。まず、世間が彼女のふるまいに慣れてきたこと。第二に、人を引きつけずにおかない魅力や、華やかと評されてきた資質のおかげで、彼女への批判がやわらいできたこと。第三に、若い人々のあいだで彼女の人気が高まっているらしいこと。衰えてはいないのだ。そして最後に（このあと説明する理由から、これが最も不吉なのだ）彼女があからさまに礼節を無視するような態度を改めつつあること、それも目に見えて改まってきたこと。ここからは、この最後の点について書く。

相手かまわず、節操もなく行きずりの情事を楽しんでいたのは、過去のことだ。わたしの知るかぎり、センプロニウス・グラックスはもはや彼女の愛人ではないが、友人の関係にはある。アッピウス・クラウディウス・プルケルや、ほかの名のある数人についても同じことが言える。いっとき彼女にもてあそばれた軽蔑に値するくずども（たとえば、立場上は市民だが、解放奴隷も同然のデモステネス）も捨てられた。奇妙なことに、彼女はいつになくまっとうな生活を送っているようなのだ。ただし、軽薄な若者たちの人気を失わない程度の機知と茶目っ気と奔放さは変わらない。

　彼女がもはや不貞を働いていないと言いたいわけではない。それは続いている。しかし以前に好んだような下層民より、いくらか上等な男、それも危険な男を愛人に選んだのだ。ユッルス・アントニウスだよ。彼の妻（ユリアのかつての親友）は都合よく、近ごろは外地へ旅行する機会が増えている。

　もちろん、以前からの友人たちの集まりもたびたび開かれている。しかしユッルスはいつも彼女といっしょに顔を見せる。議論の内容は、かつてのような軽薄なものではなくなっていると報告されている――わたしの目には、十分に軽薄に見えるがね。少なくとも、この点については、情報提供者たちの報告を信じている。彼らは哲学、文学、政治、演劇などといった主題について議論しているのだ。

　これをどう考えればいいのか、わたしもローマもわからずにいる。皇帝陛下がこの新しい情事に気づいておられるのかどうかは知らない。もしご存じだとしたら、大目にみておられるのだろう。知らずにおられるとすれば、愚か者だ。もしそうだとしたら、同じように、ローマ市民のことも何も理解しておられないからだ。彼女の最近の行動がわれわれにとって追い風となるのか、向かい風となるのかはわからない。しかし、この新しい展開については、これからも継続的に可能なかぎりの情報を集めて、きみに知らせていくつもりなので、安心してくれ。わたしは、ユッルス・アントニウスの私邸内に、ある情報源を持っている。これをもっと増やすつもりだ――もちろん、こっそりとね。きみの妻の家ではそういうことはやらない。それはあまりに危険だからだ。わたしにとっても、きみにとっても、われわれの大義にとっても。

　この手紙は破棄してくれ。破棄しないのなら、敵対分子の手に渡らないよう十分に留意して保管してくれたまえ。

2　ユリアの手記、パンダテリア島にて（紀元四年）

わたしの旧友であり、家庭教師であったアテノドロスから、こんな話を聞いたことがある。わたしたちの祖先のローマ人は、月に一、二度以上、入浴するのは健康によくないと考えていて、たいていは、その日の労働で腕や脚についた泥を洗い流していただけだったらしい。毎日入浴する習慣をローマに伝えたのは、ギリシア人だったと、アテノドロスは（いくらか皮肉を込めて誇らしげに）言っていた。彼らは野蛮な征服者に、この習慣のさまざまな利点、可能性を説いたのだという……。わたしは小作農民が食べるような粗末な食事の、簡素がゆえの魅力を発見した。その点ではまちがいなく、祖先の生活様式に回帰したと言えるが、入浴の習慣に関しては、まだ戻る気になれない。わたしはほぼ毎日、水浴びをしている。もっとも、精油や香水を捧げ持つ召使いたちがいるはずもなく、浴室の壁も一枚しかない――わが家となったこの島の、岸にそびえる岩壁だけだ。

マルクス・アグリッパとの結婚生活が二年目に入ったころ、夫は、市民の憩い（いこ）の場として、当時はローマ史上最大と言われた浴場を開設した。それまでのわたしは、あまり公共浴場を利用したことがなかった。たぶん、わたしが若かったころには、リウィアがこうした場所で提供される贅沢を快く思っていなかったからだ。彼女は、みずからを古来の美徳の鑑（かがみ）と心得ていた。わたしはわたしで、その徳に感化されていたのだろう。しかし夫は、あるギリシア人医師の本を読み、入浴は単なる贅沢と見なすべきではなく、実際、しばしば人口稠密（ちゆうみつ）な都市を襲う謎の病の蔓延防止に役立つ可能性があることを知っていた。彼はできるだけ多くの一般市民がこうした衛生手段を利用できるようにしたいと思っていた。わたしにも、たまには自宅ではなく一般の人といっしょに湯浴（ゆあ）みをしてほしいと言っていた。そうすれば、公共浴場へ行くのはしゃれたことなのだと、みんなが思うようになるだろうというのだった。わたしは義務として公共浴場に通いはじめたが、次第に楽しみになった。その事実は認めざるをえなかった。

わたしはそれまで、一般市民を知らなかった。もちろん、市中で姿を見てはいた。商店では応対してくれた。彼らに言葉をかけ、向こうもわたしに話しかけてきた。けれどもいつでもみんな、わたしが皇帝の娘であることを知っていた。そしてわたしも、自分と彼らの生活がかけ離れていることを理解していた（あるいは、わかっているつもりだった）。彼らを別種の生物のように思っていたのだ。しかし浴場で裸になり、大声でわめいたり叫んだりしている何百人もの女たちに混じってしまえば、皇帝の娘もソーセージ職人の女房も見分けがつかない。そして皇帝の娘は、虚栄心が強かったはずなのに、このように見分けのつかない状態が不思議なほど楽しいことに気がついた。やがてわたしは浴場に詳しい目利きとなった。マルクス・アグリッパの死後、わたしは、ローマにそんなものがあるとは夢にも思わなかった浴場、夢でしか知らなかったような楽しみを提供する浴場が存在することを知ったのだった……。

いまもわたしは、ほとんど毎日、体を洗う。おそらく、兵士や一日の労働を終えた農民も、近くに小川があればこんなふうにするのだろう。わたしの浴場は海だ。浴槽の大理石は、午後の陽光に輝く黒い火山岩。わたしには警備兵がひとりつけられている——たぶん、わたしが入水（じゅすい）自殺を図らないよう見張る役目を担っているのだろう。彼は離れたところに無表情で突っ立ち、わたしが水に体を浸すようすを、関心のなさそうな目で眺めている。あれは宦官だ。彼の存在は気にならない。

海が穏やかで静かな午後には、海面が鏡のようになり、自分の顔を映してみることができる。髪がほとんど白くなり、顔のしわが増えていることには驚いてしまう。わたしはいつも髪が自慢だった。ここに白いものが混じりはじめたのは、まだとても若いころだった。ある日、召使いのひとりがわたしの白髪を一本一本抜いているところへ、父が来合わせたことがあった。父はわたしに尋ねた。「おまえは禿げ頭になりたいのか」わたしがいいえと答えると、父は言った。「ではなぜ、その時期を早めるようなことをするのだ？」

いまやわたしの髪はほぼ真っ白で、顔はしわだらけになった。浅い水に浸かって横たわると、体は顔とはあまり関係がなさそうに見える。筋肉は二十年前と同じように硬く引き締まり、腹は平らで、胸も変わることなく、ふっくらしている。冷たい水に洗われて、乳首が硬くなる。かつて男の愛撫を受けたときのように……。体が水の浮力に持ち上げられて、うねるように揺らぐ。かつて快楽に悶えたときのように……。何年ものあいだ、この体はよくわたしに仕えてくれた。もっとも、わたしに仕えてくれるようになったのは、かなり遅くなってからのことだ。遅くなったのは、おまえにはなんの権利もないと申し渡されていたからだ。当然、他者の指示に従うものとされていたからだ。この体にも権利があると知ったときには、わたしはすでに二度目の結婚をしていて、四児の母となっていた……。

けれども、はじめてそれを知ったときには夢のようで、何年ものあいだ、現実だったとは思えなかった。あれはイリウムでのことだ。わたしは女神として崇拝された。いまでも夢のように感じている。でも最初のうちは、愉快な悪ふざけだと思っていた。野蛮で心惹かれる悪ふざけだ、と。

でも、そうではなかったのだ。あの日、わたしが聖なる森で選んだ若者は、まだ十九にもなっていなかった。純潔で、それまで見たこともないほど美しい少年だった。目を閉じれば彼の顔を思い浮かべることができる。彼の体の硬さ、やわらかさがよみがえる。あの子を連れて洞窟に入ったときには、決まりどおりに儀式をするつもりはなかった。そうする義務もなかった。わたしは母なる神であり、わたしの力は絶対的だったのだから。けれども、わたしは儀式を決行し、自分の体の力と、欲望の力を知った。そんな力はないものと信じ込まされていたのに……。彼はいい子だった。女神の中に入り、女神と寝て、その後、どうなったのだろうか。

わたしはマルクス・アグリッパが亡くなるまでは、夢の中にでもいるような気持ちで生きていたのだと思う。自分があのようなものを発見したとは信じられなかったが、その存在はつねにわたしとともにあった。わたしはマルクス・アグリッパを裏切ったことはない——あの日イリウムで少年と関係を持った女神が、アグリッパの妻であったとは思えないのだ。でもわたしは、ティベリウス・クラウディウス・ネロに対しては貞淑な妻ではなかった。

マルクス・アグリッパが亡くなったあと、オクタウィウス・カエサルの娘、ユリアは、自分の中に隠れていた力に気づき、みずから歓びが得られることを発見した。そしてその歓びが彼女の力となった。ユリアは、自分の名や父親の名をはるかに超える力を手にしたのだと思った。ほんとうの自分に出会えたと思ったのだ。

そう、この体はわたしのためによく働いてくれた。いま、海水に沈んでぼやけて見えるこの体は。遠浅の海の浴槽にあおむけに寝たこの体は……。ほかの者に仕えると見せて、わたしに仕えてくれた。いつもそうしてくれた。この腿をくまなく探索した手は、わたしのためにそこを探索した。わたしが快楽を与えた恋人は、わたし自身の欲望の犠牲となった。

水浴びをしながら、ときどきわたしは、この体を歓ばせた男たちのことを考える。センプロニウス・グラックス、デモステネス、アッピウス・プルケル、コルネリウス・スキピオ……。名前を思い出せない男もたくさんいる。これらの男たちのことを考えると、みんなの顔と体がひとつに溶け合い、ひとつの顔とひとつの体になる。わたしはもう五年も、男を知らない。わたしの手や唇が、最後に男の肌を愛撫してから五年の歳月が流れたのだ。わたしは四十二歳になった。老年期に入って二年目だ。それでも、あの肌を思うと、胸がときめく。生き返ったような気持ちにさえなる。そうではないとわかっていても。

しばらくのあいだ、わたしはみずからの快楽の謎を探求する女神となっていた。それから祭司となり、愛人たちの熱い崇拝を受けた。わたしは、自分たちによく仕えたと思っている。

そしてついに、わたしは、究極の歓びを教えてくれた人のことを思う。それまでの情事の相手は、前置きのようなものだった。わたしが彼を迎えるための準備を整えてくれたにすぎなかった。わたしは、彼の肌の味、彼の体の重みを何よりもよく知っていた。もう五年も経ったとはとても信じられない。ユッルス。波が静かに高まり、水が肌の上を滑っていく。このままじっとしていれば、彼のことを考えられるかもしれない。わたしはユッルス・アントニウスに思いを馳せる。

3　書簡——グナエウス・カルプルニウス・ピソより、ロドス島のティベリウス・クラウディウス・ネロへ（紀元前二年）

友よ、初っぱなから告白しなくてはならない。わたしはいま不安でいっぱいだ。それが妥当なものか否かはわからない。原因をいくつか書いてみるので、わたしの懸念に合理性があるかどうか、判断してほしい。

わたしのみるかぎりでは、きみの妻はもう一年以上、ひとりの男に操（みさお）を立てている。その男とは、きみも知っているように、ユッルス・アントニウスだ。ふたりはしょっちゅう、いっしょにいるところを見られている。じつのところ、ふたりの関係があまりに広く知れ渡っているので、もはやどちらも隠そうともしないのだ。ユリアは彼の自宅で客を迎え、彼の召使いにあれこれ指図をしている。皇帝陛下もすでにこの情事についてはご存じのはずだが、ユリアとも、ユッルス・アントニウスとも、変わることなく親しくしておられる。それどころか、ユリアがきみと離婚して、ユッルスを夫にしようと考えているという噂が流れているのだ。しかしこの噂には、信憑性がなさそうだ。陛下がお許しになるはずがない。そのような結婚が正式に成立すれば、かろうじて保たれている微妙な力の均衡がたちどころに崩れてしまう。陛下はそれをご存じだ。噂のことをきみに伝えたのは、この情事がどこまで発展したかを知ってもらうためだ。

皇帝の娘との不倫が取り沙汰されているにもかかわらず——あるいは、民衆の心情からすれば、それゆえに——ユッルス・アントニウスの人気は高まる一方だ。いまのところは、ローマで二番目か三番目に力を持った男と言えるだろう。元老院内にも、かなり多くの崇拝者を獲得しているようだ。ユッルスは極力目立たないように彼らを利用していると言わざるをえない。しかしそれだけ慎重な男でも、わたしは彼を信用できない。ユッルスは、軍隊に影響力を持つ議員の支持を取りつけようとはしない。誰に対してもにこにこしている。敵を懐柔さえしている。だがわたしは、ユッルスが父親同様、野心を持っているのではないかと疑っている。彼は父親とはちがって、その思いを誰にも悟られないようにする術を知っているのだ。

残念なことに、きみのほうは民衆のあいだで人気を博しているとは言いがたい。その理由は、ひとつには、きみがローマを離れていなくてはならないことにある。しかしそれだけではない。きみをめぐる誹謗文や風刺文が広く出回っているのだ。もちろん、それはいつものことだ。名のある人は、へぼ詩人や三文文士のいいようにされるものだ。しかしこういう文書が、わたしの記憶するかぎりでは、何年も例を見ないほど、広範囲にばらまかれている。しかも内容がとんでもなく悪辣なのだ。誰かがきみの信用を損なおうとして運動しているようにさえ感じられる。もちろん、それは成功していない。きみの友であった者が、このような誹謗文書を読んできみの敵になったりはしない。だが、わたしには、これが何かの徴候と思えてならないのだ。

残念なことに、陛下は、きみの母上や友人たちの懇願にもかかわらず、きみを疎んずる態度を改めてくださらない。そちらの方面からの援護は期待薄だ。

それでも、きみはロドス島にとどまっているべきだと思う。へぼ詩人どもには、勝手にいかがわしい詩を書かせておけばいい。外地にいるかぎり、きみは行動せざるをえない立場に追い込まれることはない。人の記憶は短命なものだ。

ユッルス・アントニウスは、詩人連中を自分のまわりに集めている。むろん、皇帝の友となったすぐれた詩人たちとちがって、どうということのない輩だ。誹謗文や風刺文のいくつかは、彼らのペンによって（もちろん、匿名で）書かれたのではないかと、わたしは思っている。ユッルスを讃える詩を書く者もいる。ユッルスは、自分の母方の祖母がユリウス氏族の出身であることを公表した。あの男は野心を持っている。まちがいない。

きみには、ローマに何人も友がいる。それを忘れないでくれ。きみは、ローマにいなくても、つねにわれわれの心の中にいる。ただひたすら時を待つというのは、気の滅入るような戦術だが、それが必要だと思う。ゆめゆめ、短気を起こすな。わたしはこれまでどおり、この都市に関係する情報を、逐一きみに報告していくつもりだ。

4　ユリアの手記、パンダテリア島にて（紀元四年）

ユッルス・アントニウスとわたしがまだ愛人関係にはなかったころ、彼は少年時代のことや、父親のマルクス・アントニウスのことをよく話してくれた。ユッルスは父親のお気に入りではなかったという。その役回りは、兄のアンテュッルスが担った。だから父親のことは赤の他人のように感じていたそうだ。幼いころのユッルスは、わたしの伯母、オクタウィアに育てられた。継母（ままはは）ではあったが、ユッルスにとってオクタウィアは、実の母親のフルウィアよりはるかに近しい存在だったという。ユッルスとマルケッラとわたしの三人で静かに座って話をしていると、たびたび子供のころの記憶がよみがえって驚きに打たれたものだ。オクタウィア伯母の家で三人いっしょに遊んでいたのだから。当時もいまも、あのころを正確に思い出すことはできない。子供時代のことを話そうとして、記憶をたぐり寄せようとはしてみるが、結局は、過去のあるいっときの決まりごとや必然性から、芝居の登場人物やできごとを創作しているような形になった。

ある夜遅く、晩餐会の客たちが帰ったあとも三人で残っていたことがある。暑い夜だったので、わたしたちは食堂を出て、中庭でくつろいでいた。やわらかい外気を衝いて、きらめく星の光が降り注いでいた。召使いたちも引き取っていた。闇に隠れた無数の虫たちの神秘的な歌声とささやきが、わたしたちの音楽となった。わたしたちはとくになんの目的もなく、自分たちの人生に降りかかる事件について、静かに話していた。

「ぼくはたびたび思ってきた」と、ユッルスが言った。「もしぼくの父があそこまで無鉄砲ではなく、ぼくの友オクタウィウスがカエサルに勝つことができていたら、この国はどうなっていただろうか」

「オクタウィウスはわたしの父よ」と、わたしは言った。

「そうだ。そしてぼくの友人だ」

「そのほうがよかったと思っている人はいるわ」

ユッルスはわたしのほうを向いて微笑んだ。星明かりの中で、その大きな頭と繊細な顔立ちが見分けられた。わたしがこれまでに見た彼の父親の胸像のどれにも似ていない。

「彼らはまちがっている」ユッルスは言った。「マルクス・アントニウスには、自分の影響力のみを信じすぎる弱さがあった。父は過ちを犯したことだろう。そして遅かれ早かれ、自滅していたはずだ。父には、皇帝のような強靭さがなかった」

「わたしの父を尊敬しているようね」

「マルクス・アントニウスよりも尊敬しているよ」

「でも父は――」と言いさして、わたしは黙り込んだ。

ユッルスはまた笑みを浮かべた。「ああ。オクタウィウスはぼくの父と兄を死に追いやった……アンテュッルスはマルクス・アントニウスにそっくりだった。オクタウィウスはそれを見てとり、必要なことをしたのだと思う。ぼくはアンテュッルスが好きではなかった」

わたしはぶるっと体を震わせた。肌寒い夜ではなかったのに。

「あなたが二、三年早く生まれていたら……」

「ぼくも殺されていただろうと思う」ユッルスは静かに言った。「そうする必要があったはずだ」

するとマルケッラがいらだたしげに、いくらか眠たそうに言った。「不愉快な話はもうやめましょう」

ユッルスは彼女のほうを向いた。「そんな話はしていない。ぼくらはこの世界の話をしているんだ。そこで起きたことについて語り合っているんだ」

二週間後、わたしたちは結ばれた。

それも、思ってもみなかったような形で……。わたしはあの夜、彼を愛人にすると心に決めたのだと思う。ユッルスを勝ち得る過程で、これまでに経験しなかったことが起きようとは夢にも思っていなかった。彼の妻はわたしのいとこでもあった。マルケッラのことは好きだったけれども、つまらない女であることはわかっていた。たいていの女となんら変わるところがなかった。そしてわたしは、ユッルスもまた、ほかのどんな男とも同じだと思っていた——征服欲と愛欲を満たすことしか頭にないのだ、と。

この駆け引きに精通していない人には、誘惑の手順が愚かしく思えるかもしれない。けれどもそれは、踊りの動きと同じで、なかなか侮れない。踊り手たちは、技量を発揮することを喜びとして舞うのだ。はじめて目を見交わす瞬間から、最後に体を重ねる段階まで、すべてがあらかじめ決まっている。この手の込んだ駆け引きでは、双方がたがいに演技をしあうことが鍵となる——それぞれが情熱の重みに耐えかねて悶々としているふりをし、前進と後退、同意と拒絶をくり返す。成功裏に終幕を迎えるには、そうすることが必要なのだ。しかもこのような駆け引きでは、いつも女が勝利者となる。そして女は相手にかすかな軽蔑の念をいだくのだ。わたしはそう思っている。なぜなら、男は、自分が女を征服し、利用したと思い込んでいるが、実際は彼のほうが征服され、利用されているからだ。わたしは何度か、この駆け引きに飽きて、征服軍の兵士が村人を襲うようにして、正面攻撃を試みたことがある。すると、どんなに世慣れた男でも、どんなに自分を偽って生きている男でも、例外なく激しい動揺を見せた。結末は同じだったが、わたしにとってその勝利は完璧ではなかった。なぜなら、何ひとつ秘密にしなかったがために、相手の人格に力をおよぼすことができなかったからだ。

だからわたしは、ユッルス・アントニウスを誘惑するにあたり、百人隊長が敵への側面攻撃作戦を立てるように、入念に計画を練った。もっとも、公務で顔を合わせたときには、あの敵はいつも征服されたがっているように見えた。わたしは彼に視線を送っては、急いで目をそらした。わざと体が触れるようなことをしては、困惑したように身を離した。そしてついにある晩、わたしの家で彼とふたりきりになる機会を作ることに成功した。

わたしは臥台に身を横たえていた。相手が慰めたくなるようなことを言い、話に夢中になっているふりをして、さりげなく服の裾をはだけ、脚をちらりとのぞかせた。ユッルス・アントニウスが部屋を突っ切ってきて、わたしのそばに座った。わたしは困惑したふりをしてみせ、わずかに息を弾ませた。彼が手を触れてくるのを待ち、自分がいかにマルケッラを好いているかを話そうと身構えた。

「愛しいユリア」ユッルスが言った。「きみがどんなに魅力的な人であっても、これだけははっきり言っておく。ぼくはきみの厩（うまや）の雄馬たちに加わるつもりはない」

わたしはびっくりして、臥台の上で身を起こした。驚いたのは、自分がおよそ想像しうるかぎりで最も凡庸な言葉を口にしたからだと思う。「どういう意味?」と。

ユッルスは微笑んだ。「センプロニウス・グラックスに、クインクティウス・クリスピヌス、それから、アッピウス・プルケル、コルネリウス・スキピオ。きみの厩で飼われている連中だ」

「みんな、わたしのお友だちよ」

「彼らはぼくの同僚だ。ときおり、手を貸してもらうこともある。だがぼくにとっては、いっしょに走りたい馬ではない。それに、彼らはきみにふさわしくない」

「非難がましいのね。うちの父みたいに」

「じゃあ、きみは父上が大きらいで、もうお仕えしたくないと思っているのか」

「いいえ」わたしは即答した。「ちがうわ。わたしはお父さまをきらってなんかいない」するとユッルスは熱っぽい目でわたしを見た。その瞳は暗く、ほとんど黒に近かった。わたしの父の目は淡い青色だった。けれども、ユッルスの瞳も、父と同じ情熱と鋭い輝きをたたえていた。奥で何かがめらめらと燃えているように。

彼は言った。「もしぼくらが愛人同士になるとすれば、ぼくの決めた時期に、ふたりにとってより有益な条件でそうしよう」

それから、わたしの頰に手を触れると、立ち上がって部屋を出ていった。

わたしは長いあいだ、身じろぎもせずにそのまま座っていた。

あんなふうに拒絶されて、自分がどう感じていたのかは思い出せない。そのようなことを経験したのははじめてだった。腹を立てていたにちがいない。それでも、ほっとして、感謝をおぼえた部分もあったはずだ。たぶん、わたしは退屈しはじめていたのだ。

それから数日間、わたしは友人の誰とも会わなかった。饗宴への招待もことわった。一度、センプロニウス・グラックスが突然訪ねてきたときにも、小間使いのポイベーに命じて、わたしは体調を崩していて、誰にも会わないのだと伝えさせた。ユッルス・アントニウスにも会わなかった。恥ずかしさからか、怒りからかはわからない。

彼には二週間近く会わなかった。やがてある日の午後遅く、のんびり入浴をしたあと、ポイベーを呼び、香油と着替えを持ってこさせようとした。けれども、彼女はやってこなかった。わたしは大きなタオルを体に巻きつけ、中庭へと出ていった。誰もいない。わたしはもう一度呼んだ。しばらくして、わたしは中庭を歩いて寝室に入った。

部屋の中に、ユッルス・アントニウスが立っていた。窓から斜めに差し込む遅い午後の陽光を浴びて、彼のトゥニカが明るく輝いていた。彼の顔は、その光の筋の上の薄暗がりに包まれていた。しばらく、どちらも動かなかった。わたしは扉を閉めて、少し前に進んだ。それでもユッルスは何も言わなかった。

やがてユッルスがたいそうゆっくりとわたしのほうへ歩いてきた。そして、わたしが体に巻きつけていた大きなタオルに手をかけると、そろそろと剝ぎ取った。彼は浴室づきの奴隷にでもなったように、やさしくわたしの体をタオルで拭きはじめた。それでもわたしは黙ったままで、じっとしていた。

ユッルスは少し後ろに下がり、銅像でも鑑賞するかのように、わたしの全身を眺めた。わたしは震えていたと思う。すると彼が前に歩を進め、わたしに手を触れた。

あの日の午後まで、わたしは愛の歓びを知らなかった。知っていたと思っていたのに。それから数か月のあいだに、その歓びがさらに歓びを生んで、何倍にもなった。そしてわたしは、ユッルス・アントニウスの体を知るようになった。それまでの人生で、ほかには何も知らなかったかのように。

これだけの歳月を経たいまでも、あの体の甘くもほろ苦い味をまざまざと思い出す。あの硬さ、あたたかさをこの肌に感じることができる。そんなことができるのは妙な感じがする。なぜなら、ユッルスの肉体はいまや煙となって、宙に散ってしまったのだから。あの体はもう存在しないのに。わたしの体はこの地上に残っている。それを思い知るのは、奇妙なものだ。

あの午後以来、ほかの男は誰ひとりとして、この体に触れていない。わたしが生きているかぎり、誰にも触れさせるつもりはない。

5　書簡――パウルス・ファビウス・マクシムスよりオクタウィウス・カエサルへ（紀元前二年）

いまわたしは、陛下の友である執政官代理としてこの手紙をしたためようとしているのか、あるいは、執政官代理である友として書こうとしているのか、自分でもわかりません。いずれにせよ、ほぼ毎日、お目にかかっているにもかかわらず、こうしてお手紙を書かざるをえなくなりました。この問題に関しては、どうしてもじかにお話しする気持ちになれませんでした。いまからお伝えすることは、わたしが毎日提出しております公式の報告書にも記載できないのです。

なぜなら、それは陛下の公私両面に関わる案件であり、しかも、どうしても切り離して考えるわけにいかない問題であるからです。

陛下から、あの噂があまりに根強く気がかりなので、調査してほしいと命じられたときには、正直なところ、ご心配がすぎると思っておりました。ローマ人にとって噂は生活の一部となっています。耳にした話をいちいち調べて時間を割いておりましたら、なすべき仕事が何ひとつ片づきません。

ですから、陛下もご存じのように、わたしは相当に懐疑的な思いをいだいて、この調査に着手したのです。しかしいまは悲痛な思いで、陛下のご懸念が的中したこと、そしてわたしの見方があやまっていたことをお伝えしなければなりません。当初のご推測、あるいはご想像をはるかに超えた、驚くべき事態が明らかになったのです。

陰謀が仕組まれております。それも由々しいもので、完遂に向けて着々と準備が進められているようです。

　ここからは、可能なかぎり客観的にご報告するつもりですが、冷徹な言葉を並べることに対し、わたしの感情が抵抗していることをご理解ください。
　七、八年ばかり前――ユッルス・アントニウスが執政官を務めた年です――わたしは、自分が少し前に解放した奴隷のアレクサス・アテナイオスという男を、司書として彼に譲りました。頭のいい男なのです。彼はその後も、わたしに忠実でいてくれました。わたしは彼を友人と思っております。アレクサスはわたしが調査をしていることを知り、ある日、すっかり取り乱したようすでわたしを訪ねてきました。彼はユッルス・アントニウスの機密書庫からいくつかの文書を持ち出してきていました。そして、驚愕するような事実を次々と明かしました。
　ティベリウスさまのお命を狙う計略が仕組まれています。まちがいありません。陰謀者の一味はすでに、ロドス島のティベリウスさまの隠棲所の近辺で、複数の不穏分子の支持を取りつけました。彼らは、ユリウス・カエサル暗殺と同様の手口でティベリウスさまを殺して、あたかもローマの権威に刃向かう反乱が起きたように見せかけるつもりです。そして、危機勃発の筋書きをでっちあげ、元老院とクィンクティウス・クリスピヌス執政官代理の賛同を得て、挙兵に打って出る……。表向きの目的はローマの防衛ですが、真の狙いは陰謀者一味による実権掌握です。軍を組織することに陛下が反対なされば、弱腰か無関心のあかしと見なされるでしょう。もし反対なさらなければ、ローマの秩序ある未来はもちろんのこと、陛下のお立場ばかりか、お命さえ危険にさらされることでしょう。

　なぜなら、ティベリウスさまと同時に、直接、陛下のお命をいただくことも計画されているからです。そのような謀略の存在を示す明白な証拠があるのです。

　陰謀者一味の顔ぶれは次のとおりです。センプロニウス・グラックス、クィンクティウス・クリスピヌス、アッピウス・プルケル、コルネリウス・スキピオ――そして、ユッルス・アントニウス。この最後の名は、とりわけ陛下にとっては受け入れがたいものでしょう。わたしはユッルスを友人だと思っていました。陛下のご友人でもある、と。そうではなかったのです。

しかし、ご報告はこれだけではありません。

アレクサス・アテナイオスによりますと、ユッルス・アントニウスの屋敷では、ティベリウスさまがひそかに密偵として送り込んだ奴隷が働いているそうなのです。ユッルスはそうとは知らず、この密偵にも陰謀のことを明かしています。じつはアレクサスが疑惑をいだきはじめたのは、この密偵がうっかり彼に漏らした情報がきっかけだったのです。密偵はこの陰謀について、逐一、ティベリウスさまご自身に報告しているそうです。わたしが可能なかぎり集めた情報を総合すると、ティベリウスさまのほうもなんらかの作戦を立てておられるようです。

ティベリウスさまもわたしと同様、謀略の証拠を十分につかみ、それを使おうとしておられます。議員で元の同僚執政官であったグナエウス・カルプルニウス・ピソが代弁者として立ち、元老院で謀略の全容を暴露する手はずになっているのです。カルプルニウスが、一味を反逆罪のかどで裁判にかけることを要求すれば、元老院は応じざるをえないでしょう。それを受けて、ティベリウスさまがロドス島で兵を挙げ、陛下と共和政を守るためと称して、ローマに戻ってこられます。たちまち民衆の人気が集まり、英雄となられるでしょう。陛下はとんだ道化役を演じさせられます。お力が弱まり、ティベリウスさまが台頭なさることでしょう。

しかも、ご報告すべきことがもうひとつあるのです――これが最もつらいことです。

ティベリウスさまがご不在のこの数年間、陛下も、ご息女の素行にまったくお気づきではなかったわけではないと推察します。ユリアさまのご境遇を哀れまれ、また、単にわが子かわいさから、陛下はいわば目をそむけておられました。陛下の支持者の大半も、敵の一部でさえ、そのような態度をとってきました。しかしわたしが手に入れた文書によりますと、ユリアさまが陰謀者のひとりひとりと親密な関係にあったこと、さらに、ここ一年ほどの愛人がユッルス・アントニウスであることが明らかになりました。

この問題が公になれば、まずまちがいなく、ユリアさまご自身が陰謀に加担したように思われてしまうでしょう。それに、ティベリウスさまが、想像以上に決定的な文書を手に入れておられる可能性も否定できません。

この計略が明るみに出れば、ユリアさまは必然的に関与を疑われます。それもかなり強く。陰謀者と同様、反逆罪に問われるかもしれません。ユリアさまがティベリウスさまをきらっておられることは誰もが知っています。ユッルス・アントニウスを愛しておられることも広く知られています。

さきほど言及しました文書は、わたしが安全に保管しております。わたしとアレクサス・アテナイオスの(そしてもちろん陰謀者の)ほかには、誰も目にしておりません。今後も十分に気をつけます。いつでも、陛下が最良と判断された形でお使いいただけるようにしておきます。

目下、アレクサス・アテナイオスは身を隠しております。早晩、ユッルス・アントニウスは、屋敷から問題の文書がなくなっていることに気づくでしょう。アレクサスは命の危険を感じております。なんともあっぱれな男です。わたしは彼を信頼しています。アレクサスはわたしにきっぱりとこう言いました。ユッルス・アントニウスには忠実に仕えてきたが、陛下とローマには、さらに深い敬意をいだいているのだ、と。必要となれば、証言してくれるでしょう。ですが、わたしは陛下に、一個人としてお願いしたいのです。証言の真偽を確かめるために彼を拷問する必要が生じた場合には、実際に苦痛を与えるのではなく、形式的なものにとどめるよう、お取りはからいくださいませ。わたしはアレクサスに全幅の信頼を寄せております。彼はこの告発により、ほぼすべてを失ったのです。

親愛なるわが友よ、わたしは、このようなご報告をするくらいなら、いっそ命を絶ってしまいたいとさえ思いました。しかし、それはできませんでした。みずからの死によって救いを得るよりも、いまは陛下の御身の安全とローマの安全を最優先すべきだと思ったからです。なんなりとお申しつけくださくださ い。陛下のご指示をお待ちしております。

6　ユリアの手記、パンダテリア島にて（紀元四年）

パンダテリア島は秋を迎えている。もうすぐ、北からの風がこの不毛の地に襲来する。笛のような音を立て、うめき、岩のあいだを吹き抜けるだろう。わたしの住む家も、地元産の石で造られてはいるが、突風を受ければ、かすかに震えることだろう。この季節には海も荒れ、浜に怒濤が押し寄せる……。ここでは、季節のほかには、何も変わらない。母はいまでも召使いを怒鳴りつけ、飽くことなく指図をしている。もっとも、ここひと月ほどは、さすがの母も少し弱ってきたように見える。母もこの島で死ぬのだろうか。仮にそうだとしても、それは母が選んだ最期だ。わたしは選べない。

二か月近く、この手記を書いていなかった。自分のために語ることはもうないと思っていたからだ。けれどもわたしはきょう、またローマからの手紙を受け取ることを許された。そこには、わたしが生きていたころの記憶を呼び覚ますような知らせが書かれていた。だからもう一度、風に向かって語ることにする。風はなんの頓着もせず、あっというまにわたしの言葉を運び去るだろう。

ユッルス・アントニウスのことを書いたとき、わたしはそれを機に、際限もなく手記を綴るのはやめようと思ったのだった。なぜなら、一年ほどのあいだ、わたしをこの世で生かしてくれたのがユッルスだとすれば、このパンダテリア島で、われとわが身が朽ちるのを見ながら、ゆるやかな死を迎える境遇にわたしを追いやったのも彼だったからだ。ユッルスはこうなることを予測していたのだろうか。それはどうでもいい。彼を憎むことはできないのだから。

ユッルスが、わたしたちふたりを破滅させてしまったことを知ったときですら、わたしは彼を憎めなかった。

だから、もうひとつだけ、書いておきたいと思う。

オクタウィウス・カエサルと、マルクス・プラウティウス・シルウァヌスが執政官を務めた年、わたし、皇帝の娘ユリアは、ローマで召集された元老院において姦通罪に問われた。つまり、その十五年前に父の命によって制定された婚姻と姦通に関わる法を犯したかどで告発されたのだ。告発者は父だった。父はわたしの罪状を詳細にわたって説明した。愛人たちの名前、密会の場所、日時も明かした。おおむね、その内容は正確だったが、重要ではない名がいくつか省かれていた。公表された名は、センプロニウス・グラックス、クィンクティウス・クリスピヌス、アッピウス・プルケル、コルネリウス・スキピオ、それにユッルス・アントニウスだ。父は、フォルムでの酒盛り、父がまさにそれらの法の施行を宣言した演壇での浮かれ騒ぎについて詳述した。わたしがさまざまな娼館に頻繁に出入りしていたと述べ、ねじくれた性格ゆえに、わたしがどんな男にでも、求められれば身を売ったかのように言ってのけた。さらに、わたしがいかがわしい浴場に通っていたと言った。その施設では、混浴が許され、あらゆる放縦な行為が助長されていたという。どれもこれも誇張されてはいたが、説得力を持つのに十分な真実もふくまれていた。父は最後に、ユリウス法に従い、わたしをローマ近辺から永久に追放するべきだと主張した。わたしをこのパンダテリア島に幽閉し、終生、みずからの背徳を内省する生活を送らせることを元老院に求めた。

もしわたしが歴史に名を残すとすれば、そのように記憶されるのだろう。

しかし記憶はできても、歴史が真実を知ることはない。

父はわたしの情事のことを知っていた。そのために苦しんだかもしれないが、父は事実を知っていて、理由もわかっていて、不当に激しく叱責したりはしなかった。父はわたしがユッルス・アントニウスを愛していることを知っていて、喜んでさえいてくれたのだと思う。

オクタウィウス・カエサルとマルクス・プラウティウス・シルウァヌスが執政官であった年、わたしは流刑に処せられた。ローマへの国家反逆罪では裁かれずにすんだ。

パンダテリア島は秋を迎えている。五年前のローマでわたしの人生が終わったのも、秋のある日の午後だった。ユッルスから連絡が来なくなって三日が経っていた。彼の家に送った手紙は、開封されずに戻されてきた。遣いにやった召使いは中に入れてもらえず、当惑して帰ってきた。わたしは、恋する者が想像しそうなことを考えようとしたが、できなかった。何か手違いがあったのだ。嫉妬に駆られた男が恋人を欺いて、わざと苦しめようとしてこんなことをしているのではない。何かもっと深刻なことが起きている……。

けれどもほんとうに、何が起きているのか、わからなかった。疑ってみもしなかった。おそらく、推測したくなかったのだろう。彼からの連絡が途絶えてから三日目の午後、使者と四人の護衛兵がわたしを迎えにきて、父のもとへ連れていったときでさえ、なんの疑いも持っていなかった。護衛兵がついてきた意味にさえ気づかなかった。形式上、わたしの身の安全を守るためだろうとしか思っていなかった。

わたしは臥輿に乗せられ、フォルムを突っ切ってウィア・サクラを通り、宮殿を過ぎて小高い丘にのぼり、パラティヌスの丘に建つ父の屋敷まで運ばれていった。家の中はがらんとしていた。護衛兵につき添われて中庭を通り、父の書斎に向かおうとすると、近くにいた何人かの召使いが恐怖にとらわれたように顔をそむけた。たぶん、そのときになってようやく、わたしは事の重大さに気づいたのだと思う。

案内されて部屋に入ると、父がわたしを待ち受けていたかのように立っていた。そして手振りで護衛兵たちに下がるように命じると、長いあいだ、黙ってわたしを見つめた。

わたしはそのとき、なぜか父をまじまじと見ていた。結局のところ、わたしはわかっていたのだと思う。父の顔にはしわが刻まれ、淡い青色の瞳のまわりには、疲労の跡が見てとれた。けれども薄暗い部屋の中では、幼いころの記憶にある父の顔とまったく同じように見えていたかもしれない。ややあってようやく、わたしは口を開いた。

「なぜこんな奇妙なことをなさるのです？　なんのためにわたしをここに連れてこさせたのですか」

すると父が前に進んできて、わたしの頬にやさしく口づけをした。

「忘れてはならない。おまえはわたしの娘であり、わたしがおまえを愛してきたことを」

わたしは黙っていた。

父は部屋の隅に置かれた小机まで歩いていき、少しのあいだ、わたしに背を向けたまま、その上にかがみ込んでいた。やがて背中を起こすと、振り向かずにこう言った。

「センプロニウス・グラックスという男を知っているな」

「知っていることはお父さまもご存じでしょう。お父さまも彼とは面識がおありでしょう」

「おまえはあの男と親密な関係にあったのだな」

「お父さま――」

父がこちらを向いた。その顔には、見るに堪えないほどの苦悩が表れていた。父は言った。「答えなさい。頼む、答えてくれ」

「はい」

「アッピウス・プルケルとも？」

「ええ」

「クィンクティウス・クリスピヌス、コルネリウス・スキピオとも？」

「はい」

「ユッルス・アントニウスともだな」

「ええ、ユッルス・アントニウスともです。ほかの人たちは——どうでもいいのです。ばかげた火遊びでしたから。でも、ユッルスのことは愛しています。お父さまもご存じでしょう」

父はため息をついた。「娘よ、これは愛とは関係のない問題なのだ」またもや父はわたしに背を向け、机に置かれていた書類を手にとった。そしてわたしに手渡した。わたしはそれを見た。両手が震えていた。見たことのない書類だった。何通かの手紙。図表。予定表のようなもの……。と、そのとき、わたしの知っている名前が目に飛び込んできた。わたしの名、ティベリウス、ユッルス・アントニウスの名。さらに、センプロニウス、コルネリウス、アッピウス。自分が父のもとへ呼び出されたわけがわかった。

父が言った。「これらの文書をていねいに読めば、ローマ政府に対する謀反の企みがあったことがわかる。その第一歩として、おまえの夫、ティベリウス・クラウディウス・ネロの暗殺計画が立てられていた」

わたしは何も言わなかった。

「おまえはこの陰謀を知っていたのか」

「陰謀などありません」わたしは答えた。「いいえ、陰謀などありませんでした」

「彼らの——おまえの友人たちの——うちの、誰かに話したことはないか。ティベリウスのことを」

「いいえ。何かのついでに口にしたことはあったかもしれません。でもべつに秘密ではありませんでした。わたしが——」

「おまえが彼をきらっていたことか」

わたしはしばらく黙っていた。「わたしが彼をきらっていたことです」

「彼の死を望むと言ったことは？」

「ありません。お父さまがおっしゃるような意味では。たぶん——」

「ユッルス・アントニウスにはどうだ？　彼にはなんと言った？」

　わたしの声は震えていた。わたしは身を硬くし、できるだけはっきりと言った。「ユッルス・アントニウスとわたしは結婚したいと思っていました。ふたりで結婚の話はしました。もしかすると、そのときにティベリウスが死んでくれたらいいのにと言ってしまったかもしれません。お父さまは離縁をお許しくださらなかったでしょうから」

「ああ」と、父は悲しそうに言った。「許しはしなかった」

「でもそれだけです。わたしが言ったのは」

「おまえは皇帝の娘だ」父はそう言ってから、しばらく黙り込んでいた。やがて「座りなさい」と言い、手振りで机のそばの臥台をすすめた。

「謀反の計画があるのだ。まちがいない。首謀者は、わたしが名を挙げたおまえの友人たちとその仲間だ。おまえはそれに巻き込まれている。おまえの罪がどのようなもので、どの程度重いのか、わたしにはわからない。しかしおまえは巻き込まれている」

「ユッルス・アントニウスは……彼はどこにいるのですか」

「それはあとだ。彼らは、ティベリウスを亡き者にしたあと、わたしも暗殺する計画だった。おまえはそれを知っていたか」

「いいえ。そんなことは絶対にありえません。何かのまちがいです」

「ほんとうだ。彼らがおまえには何も告げずに、事故か病か、そのようなものに見せかけるつもりであったことを願っている。しかし暗殺は決行される手はずだったのだ」

「わたしは知りませんでした。信じてください、ほんとうに知らなかったのです」

　父はわたしの手に触れた。「そう思いたい。おまえはわたしの娘なのだから」

「ユッルスは――」

父は片手を上げた。「待て……このことを知っているのがわたしひとりであれば、事は簡単だ。握りつぶして、しかるべき措置をとればすむ。しかし、わたしだけではない。おまえの夫も——」父は忌まわしい言葉でも口にするように言った。「おまえの夫もこのことを知っている。わたしよりも多くの情報をつかんでいると思われるのだ。ティベリウスは、ユッルス・アントニウスの家に密偵を送り込み、つねに最新の情報を受け取っていた。ティベリウスは代弁者を元老院に送り、この陰謀を暴露して審理を要求する気だ。彼らを反逆罪に問う裁判をな。そして挙兵してローマに戻る。敵からわたしの身を守り、ローマ政府を守るという名目で。それが何を意味するか、おまえにはわかるだろう」

「お父さまの権威が危機にさらされます。また内戦がはじまります」

「ああ。だがそれだけではすまない。おまえは殺される。ほぼまちがいなく、命を奪われる。わたしの力をもってしても、それを阻止できるかどうかはわからない。元老院が決定する問題で、わたしは介入できないのだ」

「では、わたしに勝ち目はないのですね」

「そのとおりだ。しかしおまえはまだ死んでいない。まだ若いおまえをむざむざ死なせてしまうことなど、わたしには耐えられない。だからおまえが反逆罪に問われないようにしようと思う。わたしは元老院で読み上げる書状を書いた。おまえは、わたしが制定した姦通罪で裁かれ、ローマからも属州からも追放されることになる。ほかに道はない。これがおまえとローマを救う唯一の道だ」父はかすかに微笑んだが、その目は潤(うる)んでいた。「覚えているか。わたしがおまえを〝わたしの小さなローマ〟と呼んでいたことを」

「ええ」

「いまでもそのとおりだと思っている。ひとりの運命が、もうひとりの運命を決めるのかもしれない」

「ユッルス・アントニウスは？　彼はどうなるのです？」

父はまたわたしの手に触れた。「ユリア……ユッルス・アントニウスは死んだ。陰謀が発覚したことを悟り、けさ、みずから命を絶った」

わたしは言葉を失った。しばらくしてから、やっとのことで言葉が出てきた。「わたしが望んでいたことは……わたしの望みは……」

「もうおまえには二度と会わない」父は言った。「もう二度と……」

「そんなことはどうでもいい」わたしはつぶやいた。

父はもう一度わたしを見た。たちまちその目に涙があふれ、父は顔をそむけた。ほどなく、護衛兵が部屋に入ってきて、わたしを連れ出した。

それ以来、父には会っていない。父がわたしの名を呼ぶこともないだろう。


けさローマから届いた知らせによると、長年、隠棲生活を送っていたティベリウスがロドス島からローマに戻ったらしい。彼は父の養子となった。このまま死ぬことがなければ、父の後継者となり、皇帝になるだろう。

ティベリウスは勝った。

わたしはもう何も書かないことにした。

第三部

書簡――オクタウィウス・カエサルからダマスクスのニコラウスへ（紀元一四年）

八月九日

親愛なるニコラウスへ。心からの挨拶を送ります。先日は、好物のデーツをありがとう。何年ものあいだ、こうして変わらぬご厚情を寄せてくださることに感謝しています。いまやデーツは、パレスチナからの最も重要な輸入品となり、ローマと属州の各地で、わたしがきみにちなんでつけた〝ニコライ〟という名で知られるようになりました。デーツを買う余裕のある人々のあいだでは、この名がすっかり定着しています。きみの数多くの著作よりこの愛称のほうが、きみの名を広めることに大きく貢献したと見えますが、きみはそのことを愉快がってくれるでしょう。きみもわたしも、自分の人生が結局はつまらないものに成り下がったと悟る年齢となり、皮肉めいた楽しみを得られる境地に達したのだと思います。

わたしはいま、帆船の甲板でこの手紙を書いています。何年も前にきみとこの船に乗り、西海岸沖に点在する小島のあいだをのんびり帆走したときのことを思い出します。わたしは、あのときにきみと座った場所に腰を落ち着けています。視界を遮られることなく、絶えずゆっくりと動く海を眺められるよう、船体中央部の少し前に設けた天蓋つきの台の上に。船はきょうの夜明け前、この季節にしては肌寒い時刻に、オスティアの港を出航しました。いまわれわれは南のカンパニア海岸に向かっています。今回は風まかせにゆったり旅を楽しもうと決めています。風が凪いだときには、海の巨大な浮力を頼みに、じっと次の風を待つつもりです。

行き先はカプリ島です。数か月前、現地で暮らすギリシア人の同胞が便りを寄越し、島の若者たちが参加する年に一度の体操競技会に、来賓として招待してくれたのです。いったんは公務を理由にことわりましたが、少し前に別の用ができて南へ向かうことになったので、ならばこの機会を利用して、カプリで休日を楽しもうと思い立ちました。

先週、妻がおなじみの——いまも変わらぬ——堅苦しい態度で申し入れをしてきました。ティベリウスが新しい権限に関わる業務のため、ベネウェントゥム〔現カンパニア州ベネヴェント〕に赴くことになったので、わたしにも同行してほしいというのです。リウィアは、わたしがすでに知っていることを話しました——わたしが養子のティベリウスに好意を持っているとは、なかなか人々に信じてもらえないこと、だからわたしが愛情なり、関心なりを示してくれれば、ティベリウスへの権限継承がより安泰になるだろうということ。

リウィアはそのように率直に説明したわけではありません。気の強い一面もある一方で、昔から、交渉術に長けた人でしたから。長年、わたしと渡り合ってきたアシアの外交官と同じように、リウィアは単刀直入には事実を告げず、それとなくほのめかしたのです。わたしの寿命が残り少ないこと、わたしが死ねばまちがいなく混乱が起きること、ローマ世界がそれに耐えられるよう準備をしておく必要があることを。

もちろん、この問題に対するリウィアの見方は、いつもながら、理にかなった的確なものでした。

わたしは七十六歳です。望んでいた以上に長生きをしてしまいました。このうんざりするほどの退屈が、寿命を延ばすことはないでしょう。歯はほとんどなくなりました。中風のために頻繁に手が震え、そのたびにいちいち驚いています。加齢による倦怠感もあり、手足が思うように動きません。歩いていると、ときおり足の下の大地が動いているような奇妙な感覚にとらわれます。ふいに石や煉瓦や地面が動いて、足が地上を滑り、寿命の尽きた者が向かうところへ放り出されそうな錯覚に陥るのです。

わたしは、同行するのはあくまで表向きとすることを条件に、リウィアの要求に同意しました。そしてこのように提案しました。船旅ではティベリウスが具合を悪くするだろうから、彼は母親とともに陸路でベネウェントゥムに向かい、わたしは海路で向かうことにしよう、と。ティベリウスかリウィアのどちらかが、わたしが彼らと行動をともにしていると公表したければ、それでもかまわない。申し分のない協定だったと思います。三人とも、公務を忠実にこなすよりも、このような偽装工作をしたほうが楽でしょうから。

妻はすばらしい女性です。わたしは、たいていの男よりも幸運であったと思っています。若いころの彼女は、たいそう美しい人でした。年を重ねても端麗な容姿は衰えていません。わたしたちが愛し合っていたのは、結婚後のわずか数年だけでしたが、その後もたがいに礼節を尽くしてきました。最終的には、友人同士のような関係になれたと思います。わたしたちはよく理解しあっています。リウィアは共和派の家庭に生まれ育った人ですから、つねに心の底では、身分の低い相手に嫁いだのだと思っていたことでしょう。由緒ある家柄の尊厳を、卑しい身分にそぐわぬ強大な力を手にした男に売り渡したのだと思っていたはずです。わたしは、リウィアがそうしたのは、長男ティベリウスのためであったと思うようになりました。リウィアはなぜか幼いころからティベリウスをとくにかわいがり、彼のために野心を燃やし続けてきたようです。夫婦の仲にはじめて亀裂が入ったのも、この野心がきっかけでした。その亀裂は次第に深まり、わたしは一時期、妻に話をするときには、事前に言うべきことを詳細な覚書にまとめ、それ以外のことを話さないようにしていました。そうでもしなければ、それぞれがさらなる誤解に——現実に生じた誤解にしろ、生じているのではないかという疑心暗鬼にしろ——苦しめられる恐れがありました。

リウィアの野心は、夫婦関係をさまざまにむずかしくしましたが、結局は、その野心がわたしの権威にもローマにも役立ちました。聡明なリウィアは、わたしが揺るぎない権力を維持できるか否かに息子の帝位継承がかかっていること、安定した帝国を継承できなければ、ティベリウスが倒されてしまうことをよく理解していました。わたしの死についてと同様、みずからの死についても冷静に考えていることでしょう。妻がほんとうに心配しているのは、わたしたち夫婦が単なる道具としてのみ機能してきた、この秩序のことなのです。

わたしもまた彼女と同様、秩序への懸念をいだいています。そこで三日前、この旅に備えて、ウェスタ神殿に四通の文書をあずけてきました。それらは、わたしが死んだ場合にのみ、開封して元老院で読み上げることになっています。

四通のうちの一通は、遺言状で、わたし個人の資産の三分の二をティベリウスに相続させると書かれています。ティベリウスにはそのようなものは必要ありませんが、しかるべき帝位継承にはこのような意思表示が必要です。残りの資産は——市民とさまざまな親類、友人に少額を分与したのち——リウィアが相続します。この文書により、リウィアもユリウス氏族の一員となり、わたしの名や称号を名乗ることを許されます。名をもらってもうれしくはないでしょうが、称号は喜んでもらえると思います〔夫の死後はユリア・アウグスタと呼ばれた〕。なぜなら、彼女が称号を名乗ることによって、息子が名声を得るからです。彼女の野心もたやすく満たされるでしょう。

二通目は、わたしの葬儀に関する指示書です。十分に贅沢（ぜいたく）で通俗的なことを書いたつもりですが、この任にあたる者はまちがいなく、より盛大に執りおこなおうとするでしょう。しかしそのほうが人々も満足してくれるでしょう。だから必要なのだと思います。最後の見世物をこの目で見ずにすむのは幸いだと思うことにします。

三通目は、帝国の現状を記した記録です。任務に就いている兵士の数、国庫に保管されている（はずの）資金の額、属州の指導者や民間人に対する政府の支払い義務、それに、財務等を担当する行政官の氏名。こうしたことはすべて、秩序維持と汚職防止のため、公にしておかなくてはなりません。わたしはこれに加え、後継者に宛てて、いくらか強く提案することを書き添えました。ローマの市民権をあまりに恣意的に、あるいは広範に与えすぎて、帝国の中心部を脆弱にしないよう配慮すること。また、行政に関わる高官は、すべて政府が固定給で雇用し、職権濫用や贈収賄の防止に努めること。そして最後に、いかなる状況下であろうと、帝国の領土拡大を企図してはならないこと、軍隊は、すでに確定した国境の防衛にのみ――とりわけ、飽くことなく無分別な冒険をくり返すゲルマニアの諸部族に対して――使うべきであることも明記しました。このような助言は、長い歳月が経てば忘れ去られてしまうでしょう。しかし数年のあいだは効力を持つはずです。国のため、せめてもの遺言を遺しておこうと思います。

神殿の敬愛すべき巫女たちにあずけた最後の一通は、わたしがローマとその帝国のために成し遂げた業績のすべてを記した文書です。これを青銅の銘板に彫りつけ、わたしの遺灰をおさめることになっているあの仰々しい霊廟の、これまた仰々しくそびえ立つ柱に掲げるよう指示も書き添えました。

わたしはいま、その文書の写しを前にして、赤の他人が書いたものであるかのように、ときどき、その文面に目をやっています。これを作成するにあたり、わたしは多くの文献を何度か参照する必要に迫られました。記録しておきたいできごとの中には、かなり昔のものもあったからです。他人の文書に頼らなければ自分の人生を振り返れないほど老いぼれたことを思い知らされました。

きみがローマに来たばかりのころに書いてくれたわたしの伝記や、リウィウスの『ローマ建国以来の歴史』の、わたしの若き日々に触れた箇所も参照しました。かつて自伝執筆のために作成した覚書にも目を通しましたが、あまりに昔のものだったので、別人の文章でも読んでいるようでした。

親愛なるニコラウス、こんなことを言うのは申しわけないのですが、こうした著作には、共通点がひとつあるように思います。それは、嘘っぱちだということです。そう言っても、きみはあまりに生真面目に言葉どおりに、ご自分の作品にあてはめずにいてくれるでしょう。わたしの真意はわかっているはずですから。どの著作にも、虚偽は書かれていません。事実誤認もありません。しかしそれでも、嘘なのです。きみもまた、近年、遠いダマスクスで静かに研究と思索の日々を送るなかで、そのような思いをいだくようになったのではないかと想像しています。

これらの本を読んだときには、わたしの名を騙る見知らぬ男の物語のように思えてなりませんでした。どんなに努力してみても、いまはその男の姿が見えません。垣間見えることはあっても、すぐに霧の中に潜り込み、懸命にさがすわたしの目を逃れてしまうのです。彼がいまのわたしを見たなら、未来の自分であることがわかるでしょうか。あれこれの特徴を誇張して描いた風刺画のような姿を見て、これは自分だと気づくでしょうか。わたしはそうは思いません。

それはともかくとして、これら四通の文書の作成とウェスタ神殿への預託は、わたしの最後の公務となるかもしれません。事実上、これにより、自分の権力と世界を手放したのですから。いまわたしは、南のカプリ島をめざし、風に運ばれて海を漂っています。そして、さらにゆっくりと、多くの友が先立っていった場所へと旅をしています。これでやっと、まだすべきことがあるという切迫感に煩わされずに、休暇を過ごせそうです。少なくともこれから先の二、三日は、使者が駆け込んできて、新たな危機の勃発や新たな陰謀の発覚を知らせることはないでしょう。議員が自分の利益にしかならないようなばかげた法案の提出に力を貸してくれとせがんでくることもありません。汚職を働いた者同士の裁判で、弁護士が依頼人を弁護するのを聞く必要もありません。いまはただ、この手紙を綴り、われわれの脆弱な船を楽々と支えてくれる大海原と、イタリアの青い空に身をまかせてさえいればいいのです。

なぜなら、わたしはほぼひとりで旅をしているからです。数人の漕ぎ手が乗り組んでいますが、突風が吹いたとき以外は持ち場で働く必要はないと命じてあります。船尾では数人の召使いがくつろいで、のんびり談笑しています。舳先（へさき）の近くには、最近雇った若い医師、アテナイのピリッポスが待機していて、いつも注意深くわたしを見守っています。

これまでの侍医はみな、すでに故人となりました。自分がピリッポスより長生きしそうにないことは、いくらか慰めです。しかもわたしはこの若者を信頼しています。知識は乏しいようですが、医師としての経験が浅いぶん、患者をだまして自分の懐を肥やすようないかさまの手口も知りません。彼は、老齢を原因とする病には治療を施さず、多くの人が金を払ってでも受けたがる拷問のような荒療治も試しません。わたしを過剰に崇めていて、ローマ皇帝の前にいるのだと意識しすぎるあまり、少し緊張しているようにも見えますが、決してへつらうことはありません。ほかの医者ならわたしの健康維持に留意するでしょうが、ピリッポスはそれより、わたしが安楽に過ごせることをたいせつにし、何かと気を配ってくれます。

親愛なるニコラウス、わたしは疲れています。年のせいです。左目はほとんど見えなくなりました。それでもまぶたを閉じれば、東の方角に、生涯愛したイタリア海岸の陸地のこんもりとしたやわらかな輪郭が目に浮かびます。遠くからでも、その上に建つ個々の家や、人の動きさえ見分けることができるのです。あの善良な人々はどのような謎に彩られた人生を送っているのだろう。折に触れてそんなことを考えます。誰の人生もみな、謎に満ちているのでしょう。わたしの人生でさえ。

さて、ピリッポスが身じろぎをして、気遣わしげにこちらを見ています。わたしが楽しみとして手紙を書いているのに、それを仕事だと考え、そろそろやめてもらいたいと思っているのです。彼の手を煩わせる前に、しばらく中断して休むふりをすることにします。

十九歳のとき、わたしはみずからの主導により、費用を支弁して兵を挙げ、ある一派の専横に抑圧されていたこの国に、ふたたび自由をもたらした。ガイウス・パンサとアウルス・ヒルティウスが執政官を務めた年、元老院はわたしの貢献に敬意を表し、わたしをその一員に迎え入れることを決議した。同時に、執政官と同等の発言権と、軍指揮権を付与した。さらに元老院は、わたしに法務官代理（プロプラエトル）の地位を与え、執政官たちと手を携えて「この国に害がおよぶことのないように務める」ことを命じた。同年、執政官が揃って戦死を遂げると、人々はわたしを執政官に選び、国家再建三人委員のひとりに選出した。

わたしは、父の惨殺に加担した者を国外に追放し、法の適正な手続きに従って処罰した。その後、彼らはこの国に戦争を仕掛けてきたが、わたしは二度にわたる戦闘によって彼らを打ち負かした……

けさ手紙の中で触れたわたしの業績録は、このようにしてはじまります。わたしはさきほど、しばしピリッポスを心配から解放してやるため、一時間ほど臥台に横たわって仮眠をとるふりをしながら、ふたたびこの文書と、これを書いたときの状況について思いをめぐらしていました。この文章は、青銅の銘板に刻まれて、わたしの霊廟の入り口の柱に掲示されることになっています。柱には、そうした銘板を六枚取りつけることができます。銘板には、一行あたり六十文字、一枚につき五十行ほどを刻むことができるはずですから、わたしの業績録は、およそ一万八千文字以内におさめなくてはなりませんでした。

恣意的ではありましたが、そのような条件を課して書いたことは、きわめて適切だったと思います。

なぜなら、わたしの言葉は——わたしの人生がそうであったように——公的な必要性にかなうものでなくてはならないからです。わたしのこれまでの業績と同様、これらの言葉を書くときには、少なくとも、述べた真実と同等の真実を隠しておかなくてはなりません。真実は、刻まれた文字の奥、銘板を取り囲む密な石の中に葬り去られることになります。それもまた適切なことです。わたしは人生の大半を、そのような秘密の中で生きてきました。他者に心の内を知られるのは、わたしにとって政治的に賢明なことではありませんでした。

幸運なことに、若者はみずからの無知には決して気づきません。もし気づいたならば、耐え忍ぶ習慣を身につける勇気を持てなくなるでしょう。おそらく本能がこうした気づきを妨げるのだと思います。だから少年は男になり、みずからの存在の愚かしさを目の当たりにするのです。

もちろん、わたしとて何もわかっていませんでした。アポロニアへ遊学していた十八歳のあの春、ユリウス・カエサルが死んだという一報を受け取ったときには……。ユリウス・カエサルに対するわたしの忠義は、長らく称賛の的でした。しかしニコラウス、きみには率直に明かしますが、わたしは自分が彼を愛していたのかどうか、わからないのです。カエサルが殺される前の年、わたしは彼のヒスパニア遠征に同行しました。彼はわたしの大叔父であり、当時のわたしが知るかぎりでは、最も重要な人物でした。カエサルに信頼されていることを誇らしく思っていました。カエサルがわたしを養子に迎えて自分の後継者にするつもりであったことも知っていました。

もう六十年近く経ちますが、あの日の午後、訓練場で、カエサルが亡くなったことを知らされたときのことはよく覚えています。マエケナス、アグリッパ、サルウィディエヌスもその場にいました。手紙を届けてくれたのは、母の召使いのひとりです。それを読んだあと、わたしは痛みに貫かれたように、声をあげて泣きました。

しかしニコラウス、あのときのわたしは何も感じていなかったのです。苦しげな慟哭（どうこく）も、他人の喉から出てきたように感じられました。ふいに何か冷たいものが胸に広がり、わたしはすぐに友人たちのそばを離れました。自分が何を感じたのか、そして何を感じなかったのかを、知られたくなかったのです。平原をひとりで歩きながら、この局面にふさわしい悲しみや喪失感を奮い起こそうとしていると、突然、なんとも言えない高揚感がわきあがってきました。それはちょうど、騎乗中、ふいに馬が体をこわばらせて、すさまじい勢いで駆けだしたときのような感覚でした。馬は、活力があり余っているときには、乗り手を試そうとします。そんなあさましい動物を自分の技能でしっかり制御できることに気づいたときの感覚に似ていたのです。友人たちのもとへ戻ったときには、自分が変わったこと、それまでの自分とちがった人間になったことに気づいていました。自分の運命も自覚していましたが、そのことを彼らに話すわけにはいきませんでした。それでも、彼らはわたしの友人だったのです。

当時はおそらくはっきり言葉にできなかったでしょうが、自分の運命はただひとつ、この世界を変えることだと悟っていました。ユリウス・カエサルは、理解しがたいほどに堕落した世界で権力の座につきました。たった六つの氏族がこのローマ世界を牛耳っていたのです。ローマの支配下にある町や地域や属州では、贈収賄が横行していました。共和政の名のもとに、そして伝統を隠れ蓑として、殺人、内戦、血も涙もない弾圧によって権力と富と栄光を手に入れることがあたりまえとされていたのです。資金さえ潤沢に持っていれば、誰でも軍隊を組織することができ、その富をさらに増やし、さらに強大な権力と栄光をものにすることができました。ローマ人同士が殺し合いをくり返し、権威とは、単に武力と財力を意味するようになりました。そのような不和と派閥抗争の中で、市井の人々は罠にかかったうさぎのように、なす術もなくもがき苦しんでいました。

誤解しないでください。わたしの若いころには、このように感傷的に思いを吐露してみせることが流行していました（いまも流行しています）が、わたしは民衆にそのような愛情をいだいたことは一度もありません。わたしは経験から、総じて人間とは、残忍で無知で薄情なものだと思うにいたりました。小作農民が着ている粗末なトゥニカも、元老院議員のまとう白と紫のトガも等しく、そのような本質を覆い隠しているのです。それでも、最も弱い者が孤立無援となったその瞬間、崩れかけた岩からのぞく金脈のように、強靭さを輝かせるのを見たことがあります。冷酷非情な男が、つかのま、やさしさと同情を見せる瞬間も。また、虚栄心の塊（かたまり）のような人間が、慎ましさや潔さを垣間見せる瞬間も……。マルクス・アエミリウス・レピドゥスを思い出します。わたしはメッサナであの老人の肩書きをすべてを剝奪し、公の場で謝罪し命乞いをするよう求めました。彼はかつて自分が指揮した兵士たちの面前で、命じられたとおりにし、その後、恥じ入るそぶりも、悔いも恐れも見せずに、長いあいだわたしを見つめていました。それから微笑（ほほえ）み、背を向けて、先の見えない未来に向かって堂々と歩いていきました。また、アクティウムの海戦で目にしたマルクス・アントニウスの姿も忘れられません。クレオパトラが敗北を確信して彼を見限り、艦隊を率いて去っていったとき、彼は船の舳先に立って彼女を見ていました。あの瞬間、彼は女王が自分を愛していなかったことを悟ったのです。しかし彼の顔には、すべてを知ったうえで許した者の、女性的にさえ見える愛情に満ちた表情が浮かんでいました。また、キケロのことも思い出します。彼の愚かな策謀が失敗に終わり、彼の身に危険が迫っていることをわたしがひそかに知らせたとき、彼はわたしとのあいだに軋轢（あつれき）などなかったかのように微笑み、こう言いました。「きみは自分を責める必要はない。わたしは年寄りだ。どんな過ちを犯したにせよ、わたしは自分の国を愛してきた」と。のちに聞いたところによると、彼は同じように潔く、処刑人に自分の首を差し出したそうです。

　わたしは、必ず失敗に終わるような安易な理想主義や身勝手な正義感から、この世界を変えようと決意したのではありません。また、おのれの富を増やし、権力を高めるために世界の変革をめざしたのでもありません。自分が不自由なく暮らせる以上の富は、わたしにとっては無用の長物でした。役立つ範囲を超えた権力は、この世で最も軽蔑すべきものだと思います。六十年近く前のあの日の午後、アポロニアで、わたしは宿命にとらえられました。わたしはそこから逃げない道を選んだのです。

しかし、自分が世界を変える運命にあるとすれば、まずは自分を変えなければなりません。そのことを理解させてくれたのは、知力ではなく、本能に近いものでした。宿命に従おうとするならば、自分の中に何か固く閉じた秘密の部分を見いだすか、もしくは作り出す必要があります。自分自身にも他人にも、自分が再建する運命にあるこの世界にさえ、関心を持たない一面を。そして、自分の願望はさておき、変革の過程で本質を見極めて、それにかなった世界を再建しなくてはならないのです。

それでも、彼らはわたしの友でした。心の中で決別した瞬間でさえ、わたしにとってかけがえのない存在だったのです。人間とはなんと矛盾した生き物でしょう。拒絶したり見捨てたりする相手を、最もたいせつに思うとは！　戦うことを職業に選んだ兵士は、戦闘のさなかに平和を強く望みます。しかし平安の世が訪れると、剣のぶつかりあう音や、血なまぐさい戦場の混沌を渇望するようになります。奴隷もまた、みずから選んだわけではない束縛から逃れるために勤勉に働き、自由を買い取りますが、結局は、元の主人よりもはるかに冷酷で横暴な保護者（パトロヌス）に隷属する結果に終わります。男は愛人を捨てても、その後は、理想化した彼女の完璧さを夢見ながら生涯を送ります。

このわたしとて例外ではありません。若いころなら、自分は孤独と秘密を強いられたのだと言ったことでしょう。それは誤りだと思います。たいていの男と同様、当時のわたしは、自分の人生をみずから選び取ったのです。誰とも分かち合えない運命を背負うのだという生半可な夢に閉じこもり、人間らしい友情を培（つちか）う道を放棄しました。友情は、あまりにありふれたものなので、誰もそれについて語りたがりません。それゆえ、たいせつにされることもあまりないのです。

人は、自分の行動の結果については、自分に嘘をつきません。しかし、その結果を受け入れて生きるたやすさについては、みずからを欺きます。わたしは、殻に閉じこもって生きるという決断がどのような結果を招くかわかっていました。しかし、失うものがこれほど大きいとは、夢にも思っていなかったのです。友情を求める気持ちが高まり、ついには、それゆえに友情を拒まざるをえなくなりました。わたしの友、マエケナス、アグリッパ、サルウィディエヌスには、この気持ちを完全に理解してもらうことはできませんでした。

むろん、サルウィディエヌス・ルフスは、理解できる以前に死んでしまいました。わたしと同様、彼もまた、とどまることを知らない若い活力に駆られて行動しました。それゆえ、何も生み出すことができず、力を使い果たしたことのみが結果になってしまったのです。

未来を知らない若者は、人生を波瀾万丈の大冒険とみています。見知らぬ大海に漕ぎ出し、未知の島々を訪れ、長い放浪の旅の中で自分の力を試し、証明して、自分が不死身であることを発見できると思っているのです。そのような若き日に夢見た未来を生きてしまって中年を迎えれば、人生は悲劇に見えてきます。なぜなら、いかに強大な力を持とうとも、神の名を持つ災難と自然の力には勝てないこと、自分が不死身ではないことを知るからです。しかし自分に与えられた役割をきちんと果たして老年に達すれば、人生は喜劇と思えてくるはずです。なぜなら、ありとあらゆる成功と失敗が統合され、すべてのできごとが恥でも誇りでもなくなるからです。劇の主人公たる自分は、そのような力に抗ってみずからの価値を証明するわけでもなければ、あえなく力に屈するわけでもない。役者が哀れむべき殻をまとうように、あまりに多くの役を演じすぎたがために、もはや自分が自分ではなくなったことに気づくのです。

わたしはこうして多くの役を演じてきました。生涯最後の役を務めるにいたったいまは、自分の代表作がぶざまな喜劇でなくてよかったと思っていますが、それも単に人生最後の勘違いなのかもしれません。だとすれば、皮肉な趣向で芝居の幕を下ろすことになるでしょう。

若いころのわたしは、学者の役を演じました――つまり、自分の知らないことを調べていたのです。

プラトンやピタゴラス派とともに、魂が新しい肉体を求めてさまようと言われる霧の中を漂いました。しばらくのあいだは、人間と動物が同胞であると信じて、肉を食べず、自分の馬に、それまであるとは思いもしなかった親近感をおぼえたりしていました。同時に、これとは正反対の説を唱えたパルメニデスとゼノンの立場も受け入れ、堅牢で不動の世界、ただ存在する以上の意味のない世界、それゆえに少なくとも沈思黙考を好む心にとっては理解しやすい世界に、居心地のよさも見いだしていたのです。

わたしを取り巻く状況が変化したときにも、戦士の仮面をつけて与えられた役割を演じることに抵抗を感じませんでした。わたしは内外の敵と戦争をし、世界中の海と陸地で戦いました。勝利をおさめ、小凱旋式を二度、大凱旋式を三度執りおこない、最高司令官(インペラトル)の称号を二十一度、与えられました。しかしほかの人々が、わたしにはもったいない気配りを示して言ったように、わたしは無関心な兵士だったのです。わたしの手柄とされる成功をもたらしたのは、わたしよりも戦略に長けた者でした。わまずはマルクス・アグリッパ、のちには、誹謗文書や噂が出回りましたが、その内容に反し、わたしが軍隊に参加していた若いころには、彼の薫陶を受けた者たちがその役割を引き継ぎました。わたしはほかの兵士と同様、臆病ではありませんでした。また、遠征の苦難に耐え抜く意欲を欠いてはいませんでした。あのころのわたしは、自分が生きているという事実に、いまよりもさらに無関心だったと思います。戦争の過酷さに耐えることは、あとにも先にも、どこでも見いだせなかった奇妙な喜びを与えてくれました。しかしわたしはいつも、戦争は必要であっても、その現実には独特の子供じみたものがあると感じていました。

伝えられるところによれば、かつては、動物ではなく人間を神への生け贄(い)(にえ)として捧げた時代があったそうです。いまやわたしたちは誇りをもって、そのような慣習は神話や伝説にのみあやふやな記録が残る、遠い過去のものだと信じています。ローマの崇高な精神と人間性からかけ離れた(と、われわれわれが言う）時代のことだとあきれて首を振り、われわれの文明が、野蛮な風習を基盤として築かれたことに驚きます。わたしもまた、いにしえの時代、残忍な神の祭壇で生け贄として刃にかけられた奴隷や農民に、現実味に乏しい観念的な同情をおぼえていました。しかし一方で、そのような自分を愚かしいとも感じていました。

その理由は、ときおり、こんな夢を見るからです。もう二度と大地を踏みしめて歩くことのない、何千人、何万人もの男たちの遺体が列を成し、わたしの前を通り過ぎていくのです。その昔、神の機嫌をとるために命を絶たれた犠牲者たちと同様、なんの咎もない人々の亡骸が次々と……。夢の中では、ぼんやりと、あるいははっきりと、自分はあの祭司なのだと感じています。闇に葬られたローマの過去からよみがえり、儀式の言葉を述べて、剣を振りおろさせる役目を果たしてきたのだ、と。われわれはみな、自分たちは文明の進んだ種族になったと、みずからに言い聞かせています。豊穣の神があいまいな口実で人身御供を要求した時代のことを、畏怖の念をもって振り返ります。しかし多くのローマ人が記憶の中で仕えてきた神、そしていまも仕えている神もまた、いにしえの神と変わらぬ暗く恐ろしい存在ではないでしょうか。たとえ彼を破壊することになろうとも、わたしは彼の祭司を務めました。彼の力を削ぐことになろうとも、わたしは彼の命ずるところに従いました。しかしわたしは彼を破壊せず、その力を削ぎもしませんでした。その神は落ち着きなく、人々の心の中に眠っていて、みずから目覚めるときを、あるいは何者かに覚醒させられるときを待っています。名状しがたい恐怖を鎮めるため、罪もない者ひとりを犠牲にする残忍さと、正体のわかっている恐怖を排除するために何千人もの命を犠牲にする文明とのあいだに、どんなちがいがあるというのでしょうか。

しかし、本能の闇から飛び出すこれらの神を人々が敬えば、秩序が混乱することは目に見えています。わたしは早いうちからそれを知っていました。ですから、ユリウス・カエサルの神格化を宣言するよう元老院に提案したのです。そして、彼の霊魂の存在をつねに人々に感じてもらえるよう、ユリウスの名を冠した神殿を建てました。わたしが死ねば、元老院はおそらく同じように、わたしの神格化を宣言するでしょう。きみも知っているように、わたしはすでにイタリアの町や属州の多くで神と崇められていますが、わたしはローマでそのような崇拝を許したことはありません。とんでもない愚行です。しかし人々にとっては必要なのでしょう。それでも、自分が生涯演じるはめになった多くの役の中で、生き神というのは、最も心地の悪い役どころです。わたしはひとりの男であり、たいていの男と同様、愚かで弱い存在です。わたしが同胞よりも何かすぐれた点があるとすれば、それは、自分の愚かさ、弱さを自覚していること、それゆえ、他者の弱さも知っていること、そして、自分はほかの人以上に強くも賢くもないと思っていることです。それを理解していたことが、わたしの力の源のひとつでした。

いまは午後です。太陽がゆっくりと西へ傾きはじめています。海は静かです。頭上では、青空を背にして、紫色の帆が力なくうなだれています。船はゆっくりと波に揺られていますが、少しも前に進んでいないようです。一日中のんびり休んだ漕ぎ手たちが、退屈と不安の入り交じった目でわたしを見ています。いつまでもくつろいでいないで、凪に逆らって働けと、命じられるのを待っているのです。しかしわたしはそうはしません。半時間か一時間、あるいは二時間もすれば風が起こるでしょう。それを待って岸に向かい、安全な港を見つけて錨（いかり）をおろせばいいのです。もうしばらく波に身をゆだねていたいと思います。

眠れぬ夜が次第に増えてきました。加齢にともなう困りごとの中で、不眠は最も厄介なものです。きみも知ってのとおり、わたしは昔から不眠に悩まされてきました。けれども若いころには、こうして夜間に頭が冴えてしまう状態をうまく利用することができました。世界中が眠っているさなかに、わたしひとりがその静けさを観察する時間を持てたように思え、むしろ楽しんでいたほどです。自分の世界観にもとづいてうるさく政策上の助言をしてくる者――つまり自分の意見を押しつけようとする者――から解放され、静かにゆっくり考えをめぐらす自由を味わうことができました。重要な政策の多くは、夜明け前の時刻に目をあけて寝台に横たわっているときに決定したものでした。しかし近ごろ経験している不眠は、それとは性質の異なるもののようです。若いころには、頭を忙しく働かせることに集中し、うっかり眠り込まないよう警戒していましたが、もはやそのようなことはありません。それよりも、眠れぬままに長いあいだ、この心も体も経験したことのない休息の訪れを待つようになったのです。

今夜はまだ一睡もしていません。日没が近づいたころ、わたしたちは小さな入り江に入り、海岸から百ヤードほど沖合に停泊しました。そこには、名もない村の漁船が数艘、錨をおろしていました。内陸部に向かって半マイルほどのところに小高い丘があり、その斜面にいだかれるようにして、藁葺き屋根の小屋が何軒か建っています。夜が訪れたあとは、闇にまたたく灯火を眺め、やがてそれが消えてしまうまで見守っていました。いま、世界はまたもや眠りに落ちています。船乗りの多くが夜気で涼をとることにして、甲板で寝ています。ピリッポスは、わたしが下の船室で休んでいるものと思って、隣の部屋で待機しています。目に見えない小さな波がやさしく船べりを洗い、畳んだ帆に夜風が吹きつけて、ささやきに似た音を立てています。机の上のランプが明滅しはじめたので、ときどき目を凝らさなければ、きみに宛てて書いている文字がよく見えません。

こうして長い夜を過ごすうちに、ふと、この手紙が意図した目的に沿っていないことに気づきました。書きだしたときには、ただニコライを送っていただいたお礼を述べ、わたしの変わらぬ友情を伝えて、老いた者同士、たがいに慰めになるような言葉でも書き添えようと思っていました。しかし友に礼を尽くそうとしているうちに、手紙が何か異なるものに変化したようです。予測もしていなかったもうひとつの旅になりました。わたしはカプリ島へ休暇を過ごしに出かけます。しかしいま、夜の静けさに包まれ、神秘的な地図を描く星空の下で、この手のほかには何もない中で、きみにどう解釈されるかわからない奇妙な手紙を綴っているうちに、どこかほかの場所に——これまで見たことがないような神秘的な場所に——向かっているような気がしてきました。続きは明日書くことにします。わたしがどこへ行こうとしているのか、明らかになるかもしれません。

八月十日

きのうオスティアを出発したときには、風が湿って冷たく感じられましたが、わたしはイタリアの海岸がやわらかな霧の中へ遠ざかっていくのを見たくて、愚かにもずっと甲板に出ていました。それに、きみに宛ててこの手紙を書きはじめたかったのです。ニコライを送っていただいたお礼を言い、長く離れていても友情が変わらないことを誓うためでした。しかしいまではきみもわかっているように、この手紙はそれ以上のものになりました。どうか旧友のよしみで、わたしの話を最後まで聞いてください。話がそれましたが、じつは冷たい風に吹かれたために風邪を引き、熱を出してしまったのです。しかしこれまでと同様、すぐに体が不調に慣れました。ピリッポスにはこのことを話さず、元気だと言って安心させておきました。いまは何かに突き動かされたように、この手紙を書きたくてたまりません。ピリッポスの気遣いに邪魔をされたくないのです。

自分の健康問題については、いつもほかの人の健康ほどには関心を持っていませんでした。幼少のころから体が弱くて、さまざまな病を患い、考えたくないほど多くの医者を裕福にしてきました。彼らが手にした報酬は、ほとんどが不労所得だったのではないかと思います。しかし、しぶしぶ支払ったなどと言うつもりもありません。あまりにたびたび死の瀬戸際まで行ったので、六度目の執政官を務めた三十五歳のときには、五年に一度、執政官とすべての聖職者がわたしの健康を祈って誓願を立て、生け贄を捧げることが元老院で決定されました。誓願を成就させるため、そして人々にこの祈りのことを思い出してもらうため、競技会が開催されました。あらゆる市民が、個人で、あるいは町ごとにわたしの健康を祈り、神殿で生け贄を捧げ続けることを要請されました。もちろん、ばかげた行為です。しかし少なくともわたしの健康には、薬や医師の治療と同等の効き目がありました。それに、人々はそうすることにより、皇帝の運命を自分が支えているのだと感じることができたのです。

　わたしの魂の墓は、人が最後に沈みゆくあの永遠の闇の間際へと、六たび、わたしを連れていき、六たび、戻ってきました。あたかも、思うにまかせぬ運命の命ずるところに従ったかのようです。わたしは友人たちの人生の中で、自分の人生よりも完璧に存在し、その友人たちよりも長生きをしました。若いころの友人たちはみな、故人となりました。ユリウス・カエサルが亡くなったのは、いまのわたしより二十歳近くも若い五十八歳のときでした。彼の命を奪ったのは暗殺者の短剣ですが、わたしはそればかりではなく、倦怠が招いた油断もあったのだろうと思ってきました。サルウィディエヌス・ルフスは二十三歳のとき、友情を裏切ったと思い込み、誇りをもってみずから命を絶ちました。かわいそうなサルウィディエヌス。若き日の友の中では、彼が最もわたしに似ていました。裏切ったのはわたしのほうだったことを、彼は知らなかったのかもしれません。彼はわたしに感化されたにすぎなかったこと、単に罪のない犠牲者にすぎなかったのだということを……。ウェルギリウスは五十一歳でその生涯を閉じました。彼が死の床にあるとき、わたしはそばについていました。意識が朦朧としてきた彼は、自分が失敗者として死ぬのだと思い、自分がローマ建国について書いたすばらしい詩を破棄することをわたしに約束させました。そして、生涯、病とは無縁であったマルクス・アグリッパは、最大の権勢を手にしていた五十歳のときに急死しました。わたしは死に目に会えず、別れの言葉を告げることができませんでした。その数年後――わたしの記憶の中では、太鼓と竪琴とラッパの音が混じり合って聞こえるように、一度に訪れたように感じられるのですが――たがいにひと月と間を置かず、マエケナスとホラティウスが相次いで逝ってしまいました。ニコラウス、きみを除けば、彼らはわたしにとって最後の友だったのです。

みずからの生涯がゆっくりと幕を閉じようとしているいま、これらの友人たちの人生には、わたしの人生にはない共通点があったように思えます。彼らはみな、自分の仕事を成し遂げて絶頂期を迎え、しかも、さらなる勝利の展望が開けているさなかに亡くなっているのです。彼らは、自分の人生が無駄であったと思い知る不運にも見舞われませんでした。わたしはここ二十年近く、自分の人生が無駄であったと思い続けてきました。かのアレクサンドロス大王も、若くしてこの世を去ることができて幸いでした。ひとつの世界を征服するのは小さなことであり、それを支配するのはさらに小さなことだと悟らずにすんだのですから。

きみも知っているように、わたしを称賛する人も中傷する人も、わたしをあのマケドニアの野心的な若き王になぞらえていました。確かに、アレクサンドロスがはじめに征服した土地の多くが、いまではローマ帝国の領土となっています。彼がいささか残忍な意図をもってわがものとした土地の多くを、わたしが旅したことも事実です。しかしわたしはこの世界を征服したいと望んだことはありません。わたしは支配する者ではなく、むしろ支配される側だったのです。

わたしもいくつかの地域を帝国の領土に加えましたが、それは、国境地帯の安全を確保するためでした。そのような拡張をせずともイタリアが安全であったなら、わたしは古くからの国境内にとどまって満足していたでしょう。しかし結果的には、自分が望んでいた以上に多くの歳月を外地で過ごすことになりました。東はボスポルス海峡が黒海に注ぐあたりから、西はヒスパニアの海岸地方まで、そして北はパンノニアの寒冷な荒野から、南はアフリカの灼熱の砂漠まで、数多くの土地を訪れました。しかしたいていは征服者としてではなく、使者として赴き、和平交渉に向かったのです。相手は一国の為政者というより、部族の首長と呼ぶにふさわしい支配者で、ラテン語もギリシア語も話せないこともしばしばでした。妙なことに大叔父のユリウス・カエサルにとっては、そうした遠征がいくらか息抜きになっていたようです。しかしわたしはそのような遠い土地ではどうにも気分が落ち着かず、いつもイタリアの田園地帯やローマを恋しく思っていました。

それでも、ローマ人とは似ても似つかぬ相手に対し、わたしはいつしか敬意をおぼえ、いくばくかの好意さえいだくようになりました。殺した動物の毛皮を素肌に巻きつけ、かがり火の煙ごしにわたしを見つめていた北方の部族も、ローマの邸宅も比べものにならないほど豪華な屋敷でもてなしてくれた浅黒い肌のアフリカ人も、さほど変わるところがないように思いました。頭にターバンを巻きつけ、みごとな巻き毛の顎ひげの上から、蛇のように鋭い目でにらみつけてくるパルティア人の首長もそうでした。奇妙なズボンに、金銀の刺繍を施した外套を着込んでいても、何もちがいはありません。ヌミディアを訪れた際に、黒檀色の体に豹の皮をゆったり巻きつけたある部族の首長が、槍と象革の盾を手にしてわたしの前に立ちはだかった瞬間にも、同じような気持ちをいだきました。わたしはしばしば、そうした男たちに権限を持たせました。彼らを現地の王とし、ローマの庇護を与えたのです。市民権さえ付与し、ローマの名を後ろ盾にして、彼らの王国の安泰を確かなものにしてやりました。彼らは異境の民でしたから、信用することはできませんでした。しかし多くの場合、不快に思う点と同程度に、称賛すべき点を発見したのです。彼らを知ったことで、ローマの人々のことをさらによく理解できるようになりました。自分が生まれ育った国の民であっても、ほかのどんな民族よりも奇妙に感じることがあるものです。

ローマの洒落者（しゃれもの）は、禁制の絹のトガを着込んで、手入れの行き届いた庭園を散策などしていますが、その香水や気取った髪型の下には、犂（すき）を使い、土にまみれて働く粗野な農民がいます。贅を凝らした邸宅の大理石の壁の裏には、農民が暮らす藁葺き屋根の小屋が隠れています。そして、おごそかな儀式を執りおこない、白い雌牛を生け贄に捧げる祭司の中には、家族のため、冬の寒さから身を守る衣服や肉を手に入れようと懸命に働く父親がいるのです。

一時期、わたしは、人々の支持と感謝を取りつける必要から、たびたび剣闘士競技会を開催していました。当時は出場者のほとんどが罪人で、死刑か流刑の判決を受けていました。わたしは彼らに、競技に出るか法的措置を受けるか、ふたつにひとつを選ばせて、負けた場合には命乞いをすることを許し、三年生き延びれば、罪の如何にかかわらず身柄を釈放すると約束しました。死刑や鉱山送りに決まった者が競技参加を選ぶことには驚きませんでしたが、ローマからの追放を命じられた者が、さほどの危険もなく異国で暮らす道を捨てて、即座に参加を選んだときには、いつも驚かされました。わたしはそのような催し物は好みませんが、人々に皇帝と楽しみをともにしていると思ってもらうためには、観戦せざるをえませんでした。観客の熱狂ぶりは見るからに異様でした。人生をあきらめた自分より不運な者を見ることで、妙な活力を得ているようだったのです。わたしはしばしば、勇敢に戦った哀れな者の命を助けてやり、観客の欲望を鎮めようとしました。すると欲望が満たされなかった失望、不満が、ひとりの顔の表情のように、競技場にあふれるのが見てとれたのです。わたしは一時、闘士のどちらか一方が死ぬことを前提にしたこれらの競技を休止し、代わりに、イタリア人と蛮族が対戦する拳闘大会を開催しました。しかし大衆は満足しませんでした。そのうち、人々の称賛を買いたい者が、殺し合いを見せて興奮を煽る見世物を企画しはじめたので、わたしは代替策をあきらめ、人々の希望に添うことにしたのでした。そうしてでも人心をつかんでおく必要がありました。

競技場から宿舎へ戻っていく剣闘士を見たことがあります。汗と土と血にまみれ、涙を流していました。その姿は、何かつまらないこと――飼っていた鷹が死んだとか、恋人から冷たい手紙が来たとか、お気に入りの外套をなくしたとか――で泣いている女のようでした。観覧席では、さる高貴な身分の夫人が顔をゆがめて、不運な闘士の血を求めて叫ぶのを目にしました。その女性は、帰宅後は静かな家の中で、このうえもないやさしさと愛情のこもった態度で、わが子や召使いに接していました。

このように、世知に長けたローマ人の血には、野に生きる無骨者であった祖先の血が流れています。

手に負えない北方部族の荒ぶる血も流れています。ほんとうの自分の姿を見まいとして、外見を取り繕ってみても、そのような血は隠しきれるものではありません。

いまゆっくりと南へ向かいながら、わたしはふと、船乗りたちが命じられてもいないのに自主的に、つねに陸地が見えるようにして船を進めていることに気づきました。急ぐ旅ではないと知っているからでしょう。もっとも、風向きが変われば、不規則な海岸線に沿って航行できるよう、少々手間をかけて進路を修正しなければなりません。イタリア人の心の底には、海を厭う気持ち、異常なほどの嫌悪感があるようです。それは恐怖以上の感情です。土地を耕す農民の性癖――あまりに土と異なるものを避けたがる傾向――以上のものだと思います。きみの友人ストラボンが、未知なるものとの出会いを求めて見知らぬ海をのんびり航行したがる気持ちは、たいていのローマ人をとまどわせることでしょう。われわれは、たとえば戦争など、必要なときにしか、陸の見えないところへ出ていきませんから。しかしマルクス・アグリッパの指揮のもと、ローマ海軍は世界史上最強の軍隊となり、ローマを敵から救うため、海上で戦いをくり広げました。それでも、海を忌みきらう気持ちに変わりはありません。それはイタリア人の人格の一部なのでしょう。

このことには、詩人たちも気づいていたようです。きみはホラティウスのあの詩を知っていますか。ウエルギリウスを乗せてアテナイに向かう船のことを書いた小品です。彼は、神々が陸と陸とを底知れぬ深い大洋で隔て、陸に暮らす人々を明確に区別できるようにしたのだという奇想天外な着想を得て、向こう見ずな人間が脆弱な小型帆船で、触れてはならぬ領域へ乗り出したのだと語っています。また、ウエルギリウス自身は、ローマ建国にまつわる詩『アエネーイス』の中で、最も不吉な表現で海を語っています――アイオロス〔風の神〕が海に向かって雷と風を送り出すと、星も隠れるほどに波が高く盛り上がり、肋材が折れて、何も見えなくなった、と。あれから何年もの歳月が流れ、数多くの詩を読んできましたが、いまもわたしは、〔アエネアスの船の〕操舵手パリヌルスのことを思い出すたび、感極まって涙があふれます。パリヌルスは眠りの神に裏切られ、海の底へと引きずり込まれて溺れ死にました。アエネアスは、パリヌルスがあまりに海と空の穏やかさを信じたために、見知らぬ海岸に裸で打ち上げられることになったのだと思い、悲しみにくれるのです。

マエケナスはわたしのために多くのことをしてくれましたが、最も重要だったと思えるのは、彼が友情を捧げた詩人たちを、わたしに引き合わせてくれたことです。彼らは、わたしが生涯に知りえた最もすばらしい人々に数えられます。ローマ人がしばしば軽蔑をもって彼らを遇するのは、海に対する感情にも似た恐怖心を隠すためでしょう。数年前、わたしは詩人のオウィディウスをローマから追放せざるをえなくなりました。彼が国の秩序を揺るがしかねない陰謀に加担したからです。この陰謀で彼が演じた役回りは、悪意のある政治的なものではなく、悪ふざけに近い社会的なものでしたので、わたしはできるだけ軽い流罪にしてやりました。もうすぐ彼の刑を解き、寒い北国から、より温暖で過ごしやすいローマに戻してやるつもりです。しかし、ダヌビウス川の河口にほど近いトミス〔現ルーマニアのコンスタンツァ〕の僻地にある小さな町で流刑生活を送りながらも、オウィディウスは詩を書いていたのです。わたしたちはいまもときおり、手紙のやりとりをして、友人同士と言える交流を続けています。彼は楽しみごとの多いローマを恋しがってはいますが、自分の境遇を嘆いてはいません。しかしわたしが知っている数人の詩人の中では、唯一、オウィディウスだけは完全に信用できません。それでも、わたしは彼が好きです。これからもその気持ちは変わらないでしょう。

わたしは、詩人たちが望むものを与えられなかったので、彼らを信頼できたのです。皇帝はごくふつうの人間に、強烈な贅沢志向の者さえたじろぐほどの富を与えることができます。みずからの後継者に、誰にも逆らえない強大な権力を遺すこともできます。解放奴隷に、執政官でさえ敬意を払わざるえなくなるほどの名誉や栄光を与えることもできます。このわたしもホラティウスに、個人秘書にならないかと持ちかけたことがあります。そうすれば、彼はローマで最大の影響力を持つことができたはずです。ひそかに汚職に手を染めれば、最高の富を得ることもできたでしょう。しかし残念ながら、彼は健康状態を理由に、そのような重責は務まらないと言ってことわってきました。わたしも彼も、その地位が責務のともなわない名目上のものであること、彼が申し分のない健康状態にあることを知っていました。しかしわたしは腹を立てる気にはなれませんでした。ホラティウスには、マエケナスに与えられた小さな農場と、数人の召使い、ブドウ棚、それに極上のワインを輸入できるだけの収入がありましたから。

わたしが詩人たちを尊敬してきたのは、彼らが最も自由であり、それゆえ最も愛情深い人々であると思えたからです。彼らに親近感をおぼえてきたのは、彼らが手がけた仕事と、わたしがその昔、みずから手がけた仕事とのあいだに類似点を見いだしていたからです。

詩人は、経験の混沌、偶然が引き起こす混乱、可能性の無限について――つまり、ほぼ誰もが自分の一部のように感じているため、改めて考察しようともせずに生きているこの世界について――深く考えをめぐらす人々です。その思索の所産は、この混沌たる世界から調和と秩序の原理を見つけ出したこと、あるいは創り出したこと、ついには、その発見を詩の法に組み入れたことです。いかなる将軍も、歩格の法則に従って言葉を並べる詩人ほどの厳格さで、複雑な隊形訓練をおこなうことはできないでしょう。いかなる執政官も、行と行との均衡をとって真理を伝える詩人ほどには、巧みに党派と党派を連繫させ、政策目標を達成することはできません。また、詩人は、詩の細部を調整し、われわれが辛くも日々を生き抜いているこの世界よりも現実味のある別世界を、人の心という宇宙の中に生き生きと描いてみせることができます。いかなる皇帝も、詩人ほどには入念に、みずから統治する世界に存在するさまざまな要素を統合して、ひとつにまとめあげることはできないでしょう。

わたしは先に、自分は、世界を変える運命にあったと言いました。おそらく、世界はわたしの詩なのだと言うべきだったのでしょう。ひとつの党派を別の党派に従わせ、各部を統合してひとつにまとめ、その世界にふさわしい恩恵を与える使命を負ったのだ、と。しかし、もしこの世界がわたしの書いた一篇の詩であるとすれば、時代を超えてのちのちまで、長く残ることはないでしょう。ウエルギリウスは死の直前、彼のあの偉大な詩を破棄してほしいとわたしに懇願しました。彼は、あれは完全ではなく、不完全だからだと言いました。あたかも、一個軍団の全滅を目の当たりにした将軍が、ほかに二個軍団が勝利しているのを知らずに、敗北を確信したかのようでした。しかし、ローマ建国を題材にした彼の詩はまちがいなく、ローマそのものが滅びても生き残るでしょう。むろん、わたしが統合したこのつまらない帝国よりも長く生き延びます。わたしは彼の詩を破棄しませんでした。ウエルギリウスもそれはわかっていたことでしょう。けれども、時はいずれローマを破壊します。

熱が下がりません。一時間ほど前には、突然めまいに襲われ、同時に左の脇腹に鋭い痛みを感じましたが、すぐに痺れてきました。以前から少し弱かった左脚が、いまはほとんど動かせません。なんとか体重を支えることはできそうですが、だらしなく引きずって歩くはめになるでしょう。鉄筆でつついてみても、ほんのかすかな痛みしか感じません。

ピリッポスにはまだこのことを伝えていません。この症状をやわらげる手立てはないでしょう。この体はすでに、どのような手当もおよばないほどに衰えています。彼に無駄な治療をさせて、その結果、自尊心を傷つけるようなことはしたくないのです。これだけの歳月を生きたのですから、衰えゆく体に腹を立てる気にもなれません。丈夫ではなかったのに、これまでよくぞ尽くしてくれました。その臨終にわたしが立ち会うのは、適切なことだと思います。それは、旧友の死を看取るのに似ています。魂が永遠に生きられる世界を見いだしてそっと旅立つとき、その魂が現世では、肉体とともにかぎりある生を生きるしかなかったことを思い出すのです。わたしはいま――それどころか数か月前から――自分を閉じ込めているこの肉体から遊離して、わたしに似た姿形をしたものを見ることができるようになりました。自分にこの能力があることは前から知っていましたが、いまのほうが以前より、自然なものに感じられます。

ですからいまわたしは、衰えゆく肉体から遊離して、その肉体を見舞う痛みをほとんど感じることなく、想像を絶する広大な海に浮かんで、南のカプリ島へ向かっているのです。海面が船の舳先に切り裂かれ、高くのぼった太陽の光を受けてきらめきます。白い泡が音を立てて波の上に広がり、散っていきます。少し休むことにします。そうすれば、いくらか力が戻ってくるでしょう。今夜はプテオリに停泊する予定です。あしたはカプリ島に上陸し、最後の公務に臨みます。

港に着きました。午後の早い時間で、まだ霧は出ておらず、船上からは海岸の陸地がよく見えます。わたしは相変わらず机の前に座り、せっせとこの手紙を書いています。舳先からわたしを見守っているピリッポスは、わたしの体調が急に悪化したのではないかと思いはじめたようです。端正な若い顔に懐疑的な表情を貼りつけ、女の眉のようにまっすぐで繊細な眉の下から、はしばみ色の瞳でちらちらとわたしを見ています。あとどのくらい、彼の目をごまかすことができるか、わかりません。

わたしたちは、プテオリの少し北の、小さな入り江に錨をおろしました。ずっと南のミセヌムには、何十年も前にマルクス・アグリッパが建設した、海とルクリヌス湖を結ぶ水路があります。ローマ艦隊はこの内陸港で、天候の変化にもセクストゥス・ポンペイウスの海賊艦隊にも煩わされることなく、安全に演習をおこなうことができました。いっときには、二百隻もの艦船が訓練を受けました。その結果、セクストゥス・ポンペイウスを下してローマを救うことができたのです。しかし平和な歳月が流れるうちに、この訓練港に沈泥が堆積し、入り口をふさいでしまいました。いまでは、牡蠣(かき)の養殖場に使われて、ローマの富裕層の食卓に新たな楽しみを届けているそうです。船が停泊しているところからは、その港は見えません。見えなくて幸いであったと思っています。

ここ数年のあいだに、人間にとってあるべき状態——つまり、最も称賛すべき状態——は、わたしが苦労してローマに与えようとした繁栄と平和と調和ではないのかもしれない、と思うようになりました。権力の座についてまもないころは、この国の人々の称賛すべき点が数多く目につきました。窮乏のときにあっても、不平ひとつこぼさず、ときには陽気にさえふるまい、戦いのさなかには、自分の命よりも同胞の命を重んずる。そして騒乱のときには、決然として、ローマの権威に忠実に従う。たとえその権威が嘘をついている可能性があってもそうするのです。わたしたちは四十年以上にわたり、ローマの平和を生きてきました。ローマ人同士が戦うこともなく、外敵部族の足がなんの抵抗にも遭わずにイタリアの地を踏むこともなければ、兵士が自分の意に反して武器を持たされることもありませんでした。わたしたちはローマの繁栄を生きてきました。ローマでは、どんなに身分の低い者にでも、必ず毎日、パンが配給されます。属州の住人も、もはや飢饉や自然災害に脅かされることはなく、危機に瀕したときには、必ず支援を期待することができます。そしてローマの市民には、出自の如何にかかわらず、努力次第、運次第で裕福になる道が開けています。そしてわれわれは、ローマの調和を生きてきました。わたしはローマの法廷を整備し、誰もが最低限の公正な裁きを受けられる保証を前提に政務官の前に立てるようにしました。帝国の法を成文化して、属州の住人でも、権力の横暴や強欲が招く腐敗から守られ、安心して暮らせるようにしました。そして、力ずくで野望を達成しようとする勢力からこの国を守るため、ユリウス・カエサルが生前に発布した国家反逆法を制定・施行しました。

しかしいま、ローマ人の顔には、幸先のよくない表情が浮かんでいるように思います。慎ましい安楽な暮らしに満足できず、かつて国の存続を危うくした腐敗の時代へと、しきりに戻ろうとしています。わたしは人々を専横と権力と閥族から解放し、処罰を恐れることなく発言できる自由を与えましたが、それでも、人々と元老院の双方から、独裁官就任を二度、打診されました。最初は、わたしが東方に出かけて、マルクス・アントニウスをアクティウムで討ち果たしたあとです。二度目は、マルクス・マルケッルスとルキウス・アッルンティウスが執政官を務めた年、飢饉で穀物供給が絶たれたイタリアを、わたしが自分の費用で救ったあとでした。わたしは二度とも辞退しましたが、これは人々の不満を買ったようです。いま、同胞やみずからのため、誇りをもって力を尽くすべき議員の息子たちは、命を粗末にしたがり、闘技場で身分の卑しい剣闘士と試合をさせろとやかましく騒ぎ立てています。危険を楽しむ遊戯のように思っているのです。ローマ人の勇敢さも地に墜ちました。

マルクス・アグリッパが建設した港は、いまでは奢侈(しゃし)遊蕩にふけるローマの道楽者に牡蠣を提供しています。誠実なローマ兵の遺体は、こうした道楽者の贅沢な庭園で、きれいに剪定されたツゲやイトスギの肥やしとなり、あとに遺された妻たちの涙は、イタリアの陽光を浴びて能天気に流れる人工の水路になりました。そして北では、侵略をもくろむ諸部族が機をうかがっています。

そう、外敵が機をうかがっているのです。五年前、レヌス川上流部を境界とするゲルマニアの辺境地帯で、ローマは惨敗を喫し、いまだその痛手から回復していません。おそらくそれが今後のローマの運命を暗示しているのでしょう。

黒海の北岸から北海の南岸まで、つまりモエシアからベルギウムまで、距離にして一千マイル以上にわたり、イタリアには、ゲルマニア諸部族の侵入を防ぐ自然の防壁がありません。彼らを打ち負かすことはできません。略奪と殺人をやめるよう説得することも不可能です。わたしの大叔父は果たせず、わたしも権力の座にいるあいだに果たすことはかないませんでした。ですから、ローマの北部属州と、最終的にはローマそのものを守るためにも、国境地帯の防御を固める必要があったのです。それが最も困難であった地域は、レヌス川の下流の、とりわけ肥沃(ひよく)な土壌をいだく北西部でした。そこでわたしは、ローマ帝国を守る、兵およそ十五万人から成る二十五個軍団のうち、最も経験豊かな熟練兵で構成される五個軍団を、その小さな領域に派遣しました。指揮官には、過去にアフリカとシリアの総督を務めて功績のあった、プブリウス・クィンティリウス・ウァルスを任命しました。
それが大失敗であったことについては、わたしに責任があると思います。なぜなら、ウァルスをゲルマニアの総督に任ずるようにとの説得を受け入れてしまったからです。彼はわたしの妻の遠縁にあたり、過去にティベリウスの配下で働いたこともありました。わたしが犯した過ちはきわめて深刻なものです。記憶するかぎりでは、自分がほとんど知らない者に、あのように高い地位を与えたことは一度もありません。

ウァルスは、北部属州の荒涼とした未開の辺境地でも、シリアにいたときのように贅沢で安楽な生活ができるものと思っていたようです。兵士たちとはかけ離れた日常を送り、次第に、甘言に長けたゲルマニアの属州民を信頼するようになりました。彼らは、ウァルスがシリアで覚えた遊蕩三昧の生活にいくらか似たものを用意したのです。こうした追従者の中でも主導的役割を演じていたのは、ケルスキ族のアルミニウスという男です。かつてはローマ軍に仕え、報奨として市民権を与えられています。流暢にラテン語を操るアルミニウスは、ばらばらであったゲルマニア諸族への支配を強める手段として、ウァルスの信頼を得ようとしました。ウァルスがだまされやすく虚栄心が強いことを見抜いた彼は、遠隔地のカウキ族とブルクテリ族が蜂起し、一気に南下して属州の境界地域の安全を脅かそうとしているという偽の情報を吹き込みました。尊大で無鉄砲なウァルスは、側近の忠言に耳を貸さず、ウィスルギス川〔ヴェーザー川〕の岸辺で夏の野営地を設営していた三個軍団をただちに引き揚げ、北へと進軍を開始しました。アルミニウスは周到に作戦を立てていました。ウァルスが軍団を率い、森や沼沢地を抜けてレムゴに向かおうとしていたとき、あらかじめアルミニウスから知らされて待ち伏せしていた部族がいきなり襲いかかったのです。ローマ軍は奇襲を受けて混乱し、組織立った抵抗を継続できませんでした。生い茂る森と雨とぬかるんだ地面に対応できず、疲労困憊してしまいました。三日のうちに一万五千人の兵が惨殺され、あるいは囚われの身となりました。捕虜にされたうえ、生き埋めにされた者、磔にされた者もいました。また、北方の神々への生け贄として捧げられた者もおりました。部族の祭司が彼らの首を刎ね、その頭部を聖なる森の木々に飾ったそうです。百名足らずの兵士が逃げのびて、この一大事を知らせてくれました。ヴァルスは殺されたか、自害して果てたようです。どちらであったのかは誰も知りません。いずれにせよ、マロボドゥウスという名の族長〔親ローマ派マルコマンニ族の首長〕が、ローマのわたしのもとへヴァルスの生首を届けてきました。敬意の表れか、勝ち誇ってあざけろうとしたのか、真意はわかりません。わたしは、哀れなヴァルスの遺骸の一部を手厚く葬ってやりました。彼の魂のためではありません。彼の権限のせいで悲惨な死に追いやられた兵士たちを弔うためです。北方ではいまもなお、こうした敵が虎視眈々と機をうかがっています。

　アルミニウスはレヌス川で勝利をおさめたものの、その後、有利になった立場を利用する才覚はなかったようです。レヌス川の河口から、アルビス川〔現エルベ川〕との合流点付近までの北方地帯を支配下におさめようと思えばできたのに、近隣で略奪を働くだけで満足していました。翌年、わたしはゲルマニアの軍団をティベリウスの指揮下に置きました。ヴァルスを任命せよと説得したのは彼だったからです。ティベリウスは、自分がこの大失態でどんな役割を演じたのか自覚していました。ゲルマニアの外敵を首尾よく征圧して、不安定な北部属州に秩序を復活させられるか否かに、自分の将来がかかっていることを知っていました。彼はみごとにこの使命を果たしました。自分が主導権を握らずに、おおむね、経験豊かな百人隊長や軍団司令官に頼ったことが功を奏したようです。アルミニウスはまだ自由の身で、彼が侵した国境の向こうの山野のどこかに潜んでいますが、とりあえずいま北方では、かろうじて平安が保たれています。

　はるか東、インドのさらに向こうには、ローマ人がまだ足を踏み入れたことのない未知の世界があると聞きます。そこでは、近隣の部族から国を守るため、歴代の王が事業を引き継ぎ、北の国境に沿って何百マイルも連なる巨大な城壁を建設したそうです。もっとも、これは空想が生んだ夢物語かもしれません。そんな国さえ存在しないのかもしれません。けれども白状しますと、わたしもまた、征服も懐柔もできない北方の隣人たちへの対策を考えているとき、そのようなものが建設できないかと思ったことがあるのです。しかし役に立たないこともわかっています。どんなに強固な石も、時を経て雨や風にさらされれば、最後には崩れてしまいます。それに、どんな壁を作ろうとも、人の心を自身の弱さから守ることはできません。

アルミニウスと一味のせいではなかったのです。みずからの弱さに負けたウァルスが、一万五千人のローマ兵を殺したのです。同じように、いずれはローマの温室育ちの道楽者が、さらに何千人もの惨殺を招くでしょう。外敵が機をうかがっています。しかるにわれわれは、安寧と快楽が保証された生活を送るなかで、徐々に弱くなっていくのです。

また夜がやってきました。旅の第二夜です。これが最後の旅になるかもしれないことが、はっきり意識されてきました。わたしの心が体といっしょに衰えていくとは思いませんが、白状しますと、夜陰がまだ忍び寄りもしていないうちから、視界が暗くなっていたのです。そして見えもしないのに西の方角を見ていました。するとそのとき、ピリッポスが不安を抑えきれなくなったとみえ、例によって、はにかみと自信のなさが透けて見えるようなぎこちない態度で近づいてきました。わたしは彼が額に手をあてて熱の程度を調べるのを許し、二、三の質問に答えました——ほんとうのことは言わなかったと、つけ加えておきましょう。ピリッポスが、夜風にあたるのはよくないので下の部屋にお引き取りくださいと強く勧めたときには、片意地で気難しい老人を演じ、いまにも癇癪(かんしゃく)を起こしそうにしてみせました。かなりの熱演でしたので、ピリッポスもそれだけの体力はあると思ってくれたようでした。船室から毛布を持ってこさせると、必ずそれにくるまっているとわたしに約束させました。彼はわたしから目を離さないよう、甲板にとどまることにしましたが、すぐにうとうとしはじめました。いまでは、甲板の上に寝そべり、組んだ腕に頭を乗せて眠りこけています。朝には必ず目覚めるものと信じて眠っているのです。その若者らしい、欠けるところのない確信がいじらしく思えます。

いまは見えませんが、夕暮れどきの霧が海から立ちのぼって西の水平線にかかる前には、大きな弧を描く海の上に、何か黒っぽいものがうっすらと浮かんでいるのが見えました。あれはパンダテリア島だったのだと思います。あそこでわたしの娘は何年も流刑生活を送りました。あの子はいまはパンダテリアにはいません。十年前、そろそろ安全にイタリア本土へ戻してやってもいいだろうと判断したのです。娘はいま、イタリア半島のつま先に位置する、カラブリア地方のレギウムという村に住んでいます。わたしはもう十五年以上、あの子に会っていません。名前を口にしたこともなく、わたしの前では、彼女がこの世に存在する事実に触れることさえ許しませんでした。わたしにとって、それはあまりにもつらいことだったのです。あの沈黙も、わたしをこの人生に封じ込めた多くの役割のひとつを明確に定義づけたにすぎませんでした。

三十年ほど前にわたしが発布し、元老院が立法化した婚姻法を、わたしは結局、みずから適用するはめになりました。当然ながら、わたしの政敵は、その皮肉な展開に思いをめぐらせ、ほくそえんでいました。わたしの友人たちでさえ、ときおり、この法律の存在に不快感をおぼえていたようですから。ホラティウスには一度、人の心に宿る情熱の前では、あの法律は無力だと言われました。人の心を思いのままにできない者――たとえば詩人や哲学者――だけが、説得力をもって徳を語れるのだ、と。おそらくこの場合は、友も敵も正しい見方をしていたのです。あの法律では、人の心を徳へと導くことはできませんでした。年配の保守派の貴族を喜ばせて政治的優位を達成することはできましたが、それも一時かぎりのことでした。

わたしは、あの法律に誰もが従うと思うほど愚かではありません。わたし自身も、友人たちも従いませんでしたから。『アエネーイス』の書き出しで、学芸の女神に向かって、力をお貸しくださいと呼びかけていますが、彼自身はべつにその女神を信仰していたわけではありません。ただ、詩を書きはじめるときには、そのようにして自分の意図を宣言するものだと学んでいたのです。同様に、わたしが制定したあの法律の意図は、従わせることではなく、指針として示すことでした。徳の理念を示さなければ、徳を高めることはできないと思っていたのです。そして、実効性のある理念は必ず法によって正しく伝えられると思っていました。

もちろん、わたしはまちがっていました。この世界は詩ではありません。法律では、意図した目的を達成できませんでした。しかし最終的に、わたしにとっては有用だったのです。もっとも、あのような形で適用することになろうとは思いもよりませんでした。それをいまだ悔やむことができずにいます。そのおかげで娘の命が救われましたから。

齢を重ね、世界の重要性が薄れてくると、人は次第に自分を動かしてきた力について考えるようになります。むろん神々は、死に向かって必死に生きる哀れな生き物に無関心です。神々の言葉はあいまいですから、最終的には、神の予言の意味は自分で解釈せざるをえません。ですから、わたしは祭司の役目を務めて、百頭の動物のはらわたと肝臓を調べ、卜占官の助けを借りて、みずからの意にかなう前兆を見つけ出したり、考え出したりしていました。そして神は――そのようなものが存在するのだとすれば――重要ではないという結論にたどり着きました。もしわたしが古来のローマの神々を崇拝するよう奨励していたとすれば、それは必要に駆られてのことでしょう。神々の力が必ず、神の民とやらに宿るというような宗教的な信念からではありません……。親愛なるニコラウス、おそらくきみの言うとおりだったのです。この世に神と呼ばれる存在はひとつしかないのでしょう。もしそれがほんとうなら、きみたちは彼にまちがった名をつけました。彼は神ではなく〝偶然〟です。その祭司は人間であり、祭司が捧げる唯一の生け贄は、最終的には彼自身――細かく切り分けられた哀れな自己――でなくてはなりません。

詩人は多くのことと同様、以前から、このことをほかのたいていの人よりもよく知っていました。しかし彼らはその知識を、人によっては平凡と受け止めるような言葉で表現してきました。きみは以前、詩人たちがあまりに愛について語りすぎると言ったことがありますね。そして、せいぜい暇つぶしに楽しむ程度のことに価値を置きすぎている、と。わたしもきみの見解に共感しました。けれどもいまでは、それが妥当であったとは思えなくなっています。カトゥルスはあのクローディア・プルケル〔アッピウス・プルケルの妹で、カトゥルスと不倫関係にあった。レスビアのモデルとされる〕について、〝わたしは憎み、わたしは愛す〟と言いました。クローディアの家族は、われわれの時代、そして彼女の死後も長らく、ローマを困難に陥れました。言葉による表現は十分ではありません。しかしこの世界に完全な満足も不満も感じない自己を発見する方法として、それ以上の手段があるでしょうか。

許してください、ニコラウス。きみが賛成しないことはわかっています。賛成できないとしても決してそれを口にしない人だということも。しかしわたしは、老年期に入ってからたびたび、神学の理論、あるいは、愛の概念にもとづく宗教理論を――その概念をふつうよりも広げて、しかるべき方法で研究すれば――構築できるのではないかと考えていたのです。しかしそのようなことはもはやかないません。いまでは、長年にわたってわたしの内にさまざまな形で存在していたあの神秘的な力について考察しています。おそらく、わたしたちがその力に与えた名前は不十分なのでしょう。しかし、もしそうだとしたら、わたしたちがより単純な神々につけた名も――口に出そうが出すまいが――また、十分ではないのでしょう。

わたしはこう思うようになりました。人は誰しも、遅かれ早かれいつかは――ほかに何を理解しようと、知ったことを声に出して言えるかどうかに関わりなく――自分はひとりであり、孤立していて、自分という哀れな存在以上のものにはなれないという恐ろしい事実を知るのだ、と。わたしはいま、痩せ細った脛（すね）やしわだらけの手を見ています。たるんだ肌には、加齢によるしみが浮き出ています。

この体が、かつては他者の体の中で、自分自身から逃れようとしたこと、他者もまた同じようにしたことが嘘のようです。その快楽の瞬間に、人生のすべてを捧げる者もいます。そして運命に従って体が衰えると、みじめになり、虚無感に苛（さいな）まれるのです。彼らがみじめになり、虚無感にとらわれるのは、快楽しか知らなかったからであり、その快楽が何を意味したのか、わからないからです。一般の認識に反し、性愛とは、あらゆる愛の中で最も利己的なものです。それは、他者とひとつになることを求め、自分から逃れることを求めます。この種の愛は、もちろん、真っ先に死に絶えます。それを求める体が衰えてくれば、ともに衰えるのです。それゆえ、多くの人々は性愛こそがあらゆる愛の中で最も根本的なものと考えてきたのでしょう。しかしそれはいずれ死ぬのだという事実、それを誰もが知っているという事実が、性愛をよりたいせつなものにしているのです。ひとたびこれを知れば、われわれはもはや、自己の中に永久に閉じ込められることはなくなります。

　しかしそれだけでは十分ではありません。わたしは多くの男性に愛情を注いできましたが、それは女性に対する愛とはまったく異なります。ローマでは少年愛が流行です。きみはこの現象のことを、いくらか驚きをもって――いや、嫌悪感でしょうか――語ったことがありましたね。なぜわたしがそのような嗜好を容認しているのかと、首をかしげていました。そして、わたしが容認しているにもかかわらず、なぜみずからは手を染めないのか、いぶかってもいました。しかしわたしは、あのような愛は友情であり、肉欲とは切り離しておくべきだと考えていたのです。同性の体を愛撫するのは、自分を愛撫することと同じです。それでは自己からの解放は得られず、自己の中に閉じ込められたままになります。人は、友を愛してもその友にはなれません。自身のままにとどまって、自分が決してなりえないもの、それまで出会ったことがない自己の謎に思いをめぐらすことになるでしょう。子供への愛に、この謎の最も純粋な形を見ることができるかもしれません。子供の中には、本人には想像できない可能性――つまり、見る者から最も遠く隔たった自己――が秘められているからです。古くからわたしを知る人々は、わたしが養子や孫をかわいがる姿を見ておもしろがってきました。ほかのことでは万事合理的な男が、愛に溺れているとか、ほかの面では責任感の強い父親が、すっかり感傷の虜になっていると見えたのでしょう。しかしわたしはそのようには思いませんでした。

十五、六年前のことになりますが、ある朝、わたしはウィア・サクラを歩いていました。その日は元老院で演説をして、娘の有罪を宣告し、流刑を言い渡す予定でした。そこへ向かう途中、子供のころに知っていた人に出会ったのです。ヒルティアといって、昔、わたしの養育をまかされていた女性の娘です。ヒルティアは、わたしをわが子のようにかわいがっていて、献身的に世話をすることを許されていました。五十年も会っていませんでしたから、ヒルティアが思わずわたしの幼いころの呼び名を口にしなければ、彼女のことには気づかなかったでしょう。ヒルティアと子供時代の話をしていると、つかのま、これまでに流れた歳月がどこかへ消し飛びました。あやうく、悲しみにまかせて自自分がこれからすべきことを打ち明けるところでした。しかしヒルティアから、子供たちのことや、彼女がどのような人生を送ってきたかを聞き、いまは生まれ故郷に戻って、過ぎ去った青春時代の楽しい思い出に浸りながら心穏やかに死を待っているのだと知り、何も言えなくなりました。わたしは、ローマとわたしの権威のため、わが娘を罪に問わなくてはなりませんでした。もしヒルティアに選ぶ権限があったなら、ローマは滅亡し、わが子は助かっていたことでしょう。わたしが何も言えなかったのは、ヒルティアには、わたしの立場がわからず、残り少ない人生最後の日々を苦悩のうちに過ごすことになりかねないと思ったからです。一瞬、子供のころに返ったものの、自分でも計り知れないほどの深い知恵が働き、黙っていたのです。

ヒルティアに会って以来、愛には、官能の歓びに惑わされる他者との結合より強くて寿命の長い愛、相手の謎に思いをめぐらし、ほんとうの自分に出会う精神的な愛より、さらに強くて永続的な愛があると思うようになりました。愛した女は年をとるか、男を超えて成長していきます。肉体は衰える。

友人たちは死んでゆく。子供たちは、赤ん坊のころに親が見ていた可能性を満たし、そして裏切ります。親愛なるニコラウスよ、きみがほんとうの自分を見いだせたのも、あの詩人たちが最も幸福でいられたのも、そのような愛があったからでしょう。それは、古典学者が原典にいだく愛であり、哲学者が概念にいだく愛であり、詩人が言葉にいだく愛です。そう考えれば、北方のトミスで流刑生活を送っているオウィディウスも、ひとりではありません。遠いダマスクスで、本を友に余生を過ごすと決めたきみも、ひとりではないのです。このような純粋な愛は、命あるものを必要としません。それが最も崇高な愛の形であることは誰もが認めています。なぜなら、それはかぎりなく絶対不変に近いものへの愛だからです。

しかしある意味では、それは最も基本的な愛の形かもしれません。この概念を取り巻く高邁な表現をすべて剝ぎ取ってみれば、それはごく単純に、愛の力ということになりそうです（また昔のように、しばしば屁理屈をこねて楽しもうとするわたしを許してください）。哲学者はこの力で、読み手の頭脳に働きかけます。詩人もこの力で、聴き手の知性と感性に訴えかけます。もしそのような力に魅了されて、人々の知性や感性や精神が高められるとすれば、それは偶然です。愛にとって不可欠ではなく、その目的にとってさえ肝要ではない、偶然のなせる業なのです。

最近では、わたしを終始駆り立ててきたのも、このような愛だったと思うようになりました。もっとも、その事実は他人にも、自分自身にも隠しておく必要がありました。四十年前、わたしが三十六歳だったときに、元老院とローマの人々がわたしにアウグストゥスの称号を与えました。その二十五年後、わたしが六十一歳のとき――娘をローマから追放した年でもあります――元老院と人々は、わたしに国父の称号を贈りました。これはきわめて単純にして適切な対応でした。わたしはひとりの娘を別の娘と交換し、養女のほうがこの交換に謝意を示したわけです。

西方の闇の中に、パンダテリア島が眠っています。ユリアが五年間暮らした小さな荘園は、いまは住む者もなく、わたしの命令により、手入れもされていません。雨風にさらされ、時とともに徐々に傷んでいくことでしょう。数年のうちに崩壊がはじまり、やがてはあらゆるものと同様、時にのみ込まれてしまうのです。ユリアは、わたしが命を助けたことを許してくれたでしょうか。そうであることを願っています。ユリアがわたしの命を奪おうとしたことをわたしが許したように。

きみも耳にしていたであろうあの噂は、ほんとうなのです。娘は、夫の暗殺とわたしの殺害をもくろむ陰謀に加担していました。そこでわたしは、長らく使われていなかった婚姻法を適用し、娘を流刑に処しました。娘婿ティベリウスがひそかに謀(はか)って彼女を反逆罪で告発すれば、死罪は免れません。それを未然に防いだのです。

しかし彼女は自分の罪を認めたことがあったのか。わたしはしばしば疑問に思ってきました。最後にユリアに会ったときには、ユッルス・アントニウスが死んだことを聞いて取り乱し、悲嘆のあまり、それどころではありませんでした。今後もいっさい認めることができずにいてほしいと思います。そして、自分は情熱に負けて身を滅ぼしたのであり、決して父の死とローマ滅亡の危機を招いたであろう陰謀に加担したのではない、と信じて、生きていってほしいのです。わたしは、前者を許すことはできたかもしれませんが、後者を許すことはできませんでした。

娘に対する遺恨がいくらかあったとしても、いまはすべて捨て去りました。なぜなら、たとえ陰謀に巻き込まれたとしても、ユリアの中にはいつも、子煩悩(こぼんのう)な父親を愛する子供のままの彼女がいたことがわかってきたからです。その彼女は、最終的に自分がどんなことに追い込まれたかを知って恐怖にすくんだことでしょう。いまもレギウムでの孤独な暮らしの中で、かつてわたしの娘であった自分を思い出していることでしょう。人は誰かの死を望みつつも、その人への愛を失わずにいることができます。わたしはそのことも理解するようになりました。かつてわたしは、ユリアを〝わたしの小さなローマ〟と呼んでいました。この呼称は広く誤解されています。わたしは娘に見ていた可能性を、ローマに重ねていたのです。結局、どちらにも裏切られました。それでも、ローマとユリアを愛する気持ちはまったく変わりません。

いま船が停泊している場所の南のほうに、ルクリヌス湖があります。その昔、ローマ艦隊の軍港とするため、実直なイタリア人の手で浚渫（しゅんせつ）されましたが、いまはローマの富裕層の食卓にのぼる牡蠣の養殖場と化しています。ユリアはカラブリア地方のレギウムの荒涼とした海岸でみじめな生活を送っています。そしてほどなく、ティベリウスが世界を統治する日がやってくるでしょう。

わたしは長生きをしすぎました。わたしの後継者としてローマの存続のために力を尽くしてくれるはずだった者はみな、すでに故人となりました。娘の最初の夫としたマルケッルスは、十九歳で早世し、マルクス・アグリッパも他界しました。アグリッパとユリアのあいだに生まれた孫たち、ガイウスとルキウスも、軍務のさなかに命を落としました。わたしはティベリウスの弟、ドルススをわが子として育てました。兄よりも有能で穏やかな気質の若者でした。その彼もまた、ゲルマニアで帰らぬ人となりました。いま残っているのはティベリウスただひとりです。

ユリアがあんなことになったのは、ほかの誰よりティベリウスの責任だとわたしは確信しています。彼はいささかのためらいもなく、ユリアが陰謀に関与したと示唆したことでしょう。そして、元老院が死刑の決定を下すのを見てほくそえみ、表向きは嘆き悲しむふりをしてみせたことでしょう。わたしはどうしても、ティベリウスを軽蔑せずにはいられません。彼の心の中心には、底知れぬ深い闇があり、彼の人格には、特別な対象を持たない根源的な残忍さがあるのです。それでも、彼は弱い男ではありません。ばかでもない。皇帝にとって残忍であることは、弱さや愚かさに比べれば、大した欠点ではありません。ですからわたしはローマを手放し、ティベリウスの慈悲と時の偶然にまかせることにしたのです。そうするよりほかはないでしょう。

八月十一日

夜のあいだ、わたしは臥台に横たわり、目をあけたまま、壮大な空に散らばった星々がゆっくりと移動し、永遠の旅を続けるさまを眺めていました。明け方ごろ、何日かぶりでわたしは少しうとうとしました。そして夢を見ました。わたしは、おなじみの奇妙な状態に陥っていました。夢の中でも自分が夢を見ていることを知っているが、そこに、起きているときの現実に似た現実を見いだしている、という状況です。わたしはこのもうひとつの世界のようすを覚えていたいと思いました。しかし目覚めたとたん、夢の記憶はたちまち、朝の明るさの中に逃げ込んでしまいました。

わたしが目を覚ましたのは、船乗りたちが動きだし、遠くから歌声が聞こえてきたからです。ぼうっとしていたわたしは、一瞬、ホメロスの詩に美しく描かれたセイレーン〔ギリシア神話の海の精。歌声で船人を魅了して海に誘い込んだとされる〕の声だと思いました。自分が船の帆柱に縛りつけられたまま、この世のものとは思えない美女の呼びかけに抵抗できなくなっているところを想像しました。しかしそれはセイレーンではありませんでした。アレクサンドリアの穀物船が、南からゆっくりとこちらへ向かってきたのです。白い服を着て頭に花輪を巻いたエジプト人の船乗りたちが甲板に立ち、彼らのふるさとの言葉で歌を歌いながら、近づいてきました。香が焚かれており、麝香（じゃこう）のような香りが、朝の風に乗って漂ってきます。

わたしたちはいくらかいぶかりながら、彼らを見ていました。やがてわれわれの船よりはるかに大きな船が間近に迫り、日に焼けた男たちの笑顔がはっきりと見えました。船長が進み出て、わたしの名を呼びました。

わたしは少し無理をして――そのことをピリッポスに悟られなかったのであればいいのですが――臥台から立ち上がり、甲板のへりまで歩いていくと、手すりによりかかって挨拶を返しました。どうやらその船は、プテオリとネアポリスのあいだにある港で貨物をおろしてきたばかりのようでした。わたしが近くに来ていると聞いて、遠いエジプトへ戻る前に、挨拶をして、謝意を述べたいと思ったのだそうです。船はすぐ近くまで来ていましたので、わたしは大声を出さずにすみ、褐色の肌をした船長の顔もはっきり見えました。名を尋ねると、ポテリオスだと答えました。船乗りたちが低く歌い続けるそばで、ポテリオスはわたしにこう言いました。

「陛下はわたしたちに、この海を航行して、エジプトの多くの物産を自由にローマに届けることをお許しくださいました。過去にはその自由を無にする海賊の横行に悩まされましたが、陛下は彼らをことごとく駆逐してくださいました。かくしてエジプト属州のローマ人は利益を手にし、風と波のほかには何も危険はないと信じて、安全に故郷へ帰ることができるようになりました。陛下に厚くお礼を申しあげますとともに、今後も末永く、陛下に神々のご加護のありますことをお祈り申しあげます」

一瞬、わたしは言葉を返せませんでした。ポテリオスは、ぎこちなくはあるものの十分に意味の通じるラテン語で挨拶をしました。それでふとこう思ったのです。三十年前なら、彼はあの悪夢のようなエジプト語訛（なま）りのギリシア語を話し、わたしは聞き取るのに苦労したことだろう、と。わたしは船長の感謝に応え、船乗りに二、三、言葉をかけてから、ピリッポスに、彼らひとりひとりに金貨を与えるよう命じました。そして臥台に戻り、巨大な貨物船が悠然と方向転換をして、南へ向かうのを見送りました。帆が風をはらんでいました。船乗りたちは手を振って笑い、幸福そうに故郷をめざして去っていきました。

いまはわれわれも、先の船よりは小ぶりの船体を波の上で躍らせながら、南をめざして進んでいます。波頭に飛び散る白い泡が陽光に輝いています。波はやさしく船腹を洗ってささやくような音を立て、青緑色の深い海も楽しんでいるように見えます。結局は、わたしの人生もそこそこに均衡がとれていたのだ、意味があったのだと、得心することができました。わたしはこの世界に、害悪より、多くの恩恵をもたらしたのだ、と。わたしは満足して、その世界を去ろうとしているのだ、と。

いまはこの世界のいたるところに、ローマの支配がおよんでいます。北方ではゲルマニアの部族が機をうかがい、東方ではパルティア人が、そしてどこか国境の向こうで、わたしたちがまだ気づいていない敵が、隙を狙っているかもしれません。ローマは、彼らに倒されなくとも、最後には誰も逃れることのできない〝時〟という名の蛮族の手に落ちるでしょう。しかし今後何年かのあいだは、ローマの秩序が支配するでしょう。レヌス川、ダヌビウス川からエチオピアの果てまで、また、ヒスパニアの大西洋岸地方、ガリア地方から、アラビアの砂漠、黒海沿岸にいたるまで、イタリアのありとあらゆる主要都市と植民地、属州を支配するでしょう。わたしはこの世界のいたるところに学校を建ててラテン語とローマの文化を広め、これらの学校を順調に運営させてきました。ローマ法は、属州の慣習の、倫理にもとる残酷さを抑制しました。属州の慣習により、ローマ法には修正が加えられました。かつてわたしの目に、崩れかけの煉瓦の町と映ったローマ、いまは大理石の都となったローマを、世界が畏敬の念をもって仰ぎ見ています。

わたしが口にした絶望は、わたしの業績にふさわしくないと思えてきました。ローマは永遠ではありませんが、それは問題ではありません。ローマはいつか滅びますが、それも問題ではない。外敵に征服されるでしょうが、それもどうでもいい。ローマには、すべてを圧倒した瞬間がありました。それが完全に死ぬことはありません。敵は自分が征服したはずのローマになるでしょう。ローマの言語は彼らの荒々しい言葉を洗練されたものに変えるでしょう。彼らが破壊したものの残像は、彼らの血管の中を流れ続けることでしょう。いま、わたしが頼りなげに浮かんでいるこの海のように、たえまなく動き続ける時の中では、そのような犠牲は取るに足りないものなのです。無に等しいのです。

カプリ島が近づいてきました。紺碧の海に鮮やかな緑の島が盛り上がり、朝日を浴びて宝石のように輝いていています。風はほぼ凪いで、わたしたちは宙に浮かんでいるかのように漂いながら、これまで何度も楽しい時間を過ごした、あの静かでのどかな島へと向かっています。わたしの隣人であり、友でもある島の人々がすでに波止場に集まろうとしていました。みんな手を振っています。彼らの呼びかける声が聞こえます。陽気に、楽しそうに呼びかけています。もう少ししたら、立ち上がって歓呼に応えるつもりです。

夢です、ニコラウス。ゆうべ見た夢を思い出します。わたしは、ルキウス・アントニウスが蜂起したころのペルシアにいました。わたしたちはルキウスを降伏に追い込むため、冬のあいだ、あの町を包囲していました。ローマ人の血を流す事態を避けたかったのです。持久戦に兵士らが疲れて士気が下がり、反乱の恐れが出てきました。彼らに希望を与えるため、わたしは市の城壁の外に祭壇をしつらえて、ユピテル神に生け贄を捧げるよう命じました。そしてここからが夢です。

犂につながれていない白い雄牛が、祭壇の前へ連れてこられました。角は金色に塗られ、頭には月桂冠がかぶせられていました。縄が緩められ、雄牛は頭を高く上げて、みずから前に出てきました。その目は青く、わたしを見ているようでした。誰が自分の処刑を執行するのかわかっているかに見えました。つき添い人が牛の頭の上にモラ・サルサ〔エンマー小麦を挽いて塩を混ぜ合わせた儀式用の粉〕を振りかけました。牛は動きません。つき添い人がワインをひと口飲んでから、角と角のあいだにそれを注ぎました。それでも雄牛はじっとしていました。つき添い人がききました。「はじめますか」

わたしは斧を振り上げました。青い瞳がわたしを見ていました。いささかも揺らぐことなく。わたしは斧を振りおろし、「生け贄は捧げられた」と言いました。雄牛は身を震わせ、ゆっくりと膝をつきました。それでも頭を上げ、ひたとわたしを見つめていました。つき添い人が短剣を抜いて、喉を掻き切り、血を盃に受けました。血が流れるあいだも、青い瞳はわたしを見つめているようでした。しかしやがてついにその目が光を失い、体がぐらりと傾きました。

もう五十年以上も前のことです。わたしは二十三歳でした。こんなに長い歳月を経たあとで夢に見るとは、なんと不思議なことでしょう。

エピローグ

書簡――アテナイのピリッポスより、ルキウス・アンナエウス・セネカへ、ネアポリスにて（紀元五五年）

親愛なるセネカへ。お手紙を受け取り、驚くと同時にうれしくもありました。まさにローマを離れるその日にいただいたため、お返事が遅くなってしまいました。深くお詫びします。いまようやく新居が身になじみはじめたところです。喜んでください、お目にかかった折りに、また、お便りの中でご助言いただいたとおり、わたしはついに診察に明け暮れる気ぜわしい毎日に終止符を打ち、心静かに学問の尊厳に身をゆだねる道を選びました。今後は、長い人生の中で獲得したわずかな知識を後進に伝えていきたいと思います。わたしはいま、ネアポリス郊外の別荘でこの手紙を書いています。テラスに設けられたブドウ棚を通して、陽光がまだらに差し込み、わたしが言葉を並べていくこの紙の上で躍っています。あなたの予想どおり、わたしは隠居生活を楽しんでいます。必ずそうなると背中を押してくださったことと、お言葉どおりであったことに、感謝しております。

過去、わたしたちの友人関係は、きわめて断続的であったと思います。わたしを思い出してくださったこと、そして、あなたが不運にもコルシカへ配流され、不毛の地での暮らしを余儀なくされた時期に、なんの声もあげなかったわたしをご容赦くださったことに、ただただ、感謝を申しあげます〔セネカはカリグラ帝の妹と密通した罪で流刑となったが、濡れ衣であったとされる〕。世間に影響を与える力もない一介の医者が何をしようと——そのようなものが束になってかかろうとも——いまは亡きクラウディウス帝のような気まぐれな権力者の心を動かすことはかなわなかったでしょう。そのことは、誰よりもあなたがよくご存じだったのだと思います。あなたを敬愛していた者はみな、沈黙にあってさえ、あなたの才能がふたたび、あなたの愛したローマを輝かせるときが来ると信じ、希望を捨てずにおりました。

　直接、あなたと言葉を交わした機会はほんとうにわずかでしたが、今回は、その折りにお話ししたオクタウィウス・カエサル帝との数日間について書き送ってほしいとのご依頼をいただきました。喜んでご要望にお応えしたいと思いますが、じつのところ、わたしは興味津々です。新しい随筆の題材になさるのですか。それとも書簡？　あるいは悲劇でしょうか。わたしの回想をどう活用なさるご計画であったのか、判明する日を心待ちにしております。

　以前、わたしが皇帝のことを話題にしたときには、あなたのご興味をつないで友情を深める一助にしたいとの魂胆から、お話しする内容を加減して、いくらか謎が残るようにしていました。しかしわたしもいまは六十六歳です。あと十年で、オクタウィウス・カエサル帝が逝去された歳になり、ようやく、あなたがしばしば——ご親切にもわたしを除外してくださいましたが——痛烈に批判しておられた虚栄心から、自由になれたように思います。記憶していることをお話ししましょう。

　ご承知のとおり、わたしがオクタウィウス・カエサル帝の侍医を務めましたのは、ほんの二、三か月のあいだです。しかしその間、わたしはつねに陛下のお近くに控えておりました。呼ばれれば聞こえるところで待機していたこともたびたびです。そして臨終のときもおそばにおりました。いまでもなぜ、陛下が余命わずかと知りつつ、あの時期にわたしを侍医に選ばれたのかはわかりません。わたしなどより名のある経験豊かな医師がほかにいくらでもいたのです。当時のわたしはまだ二十六歳でした。それでも陛下はわたしを抜擢してくださいました。若いころには理解できませんでしたが、いまでは、偏見のない個性的なお人柄ゆえに、わたしに好意を感じてくださったのだろうと思っています。最後の日々には、なんの貢献もできませんでしたが、陛下はご自身の死後もわたしが豊かに暮らせるよう配慮してくださいました。

オスティアから数日間をかけてのんびりと船旅を楽しんだあと、わたしたちはカプリ島に降り立ちました。陛下の健康状態がかなり悪化していることは明らかでしたが、待ち受けている民衆を無視するのは非礼にあたるとお考えでした。陛下は多くの人と言葉を交わし、ひとりひとりの名をお呼びになりましたが、体力が保たず、ときおり、わたしの腕によりかかっておられました。島民のほとんどはギリシア人でしたので、陛下もギリシア語でお話しになり、おかしな発音を許してくれとしきりにあやまっていらっしゃいました。やがてようやく陛下が満足して、みなに別れを告げてくださったので、わたしたちは陛下の別荘へ向かいました。ほんの数マイルのところにあり、そこからはネアポリス湾の絶景が望めます。どうかお休みくださいとお願いすると、陛下も納得されたのか、応じてくださいました。

陛下は島の若者たちに、体操競技会を見にいくと約束なさっていました。翌週、ネアポリスで開催される大きな大会に出場する島の代表選手を選ぶことになっていたのです。わたしはくり返し反対しましたが、陛下は約束を守るのだとおっしゃって、聞き入れてくださいませんでした。しかもわたしの願いに反し、その日の夜は代表選手全員を別荘に招いて、彼らを讃える饗宴を開かれたのです。

宴会では、陛下はことのほか上機嫌でした。戯れにわざと下手くそなギリシア語で格言をお作りになって若者たちを困惑させ、パンの皮を投げつけあう子供じみた遊技にも参加されました。そして、昼間に彼らが見せた大奮闘など知らぬげに、ふだんはのんびりした生活を送っているのだから、きみたちは〝島民〟ではなく、怠け者の〝怠民〟だ、などとからかわれました。そして、彼らが出場するネアポリスの大会にも必ず出席すると約束され、全財産を賭けてもいい、絶対にきみたちが勝つと激励されました。

わたしたちは四日間、カプリ島に滞在しました。ほとんどの時間を、陛下は静かに座って、海を見るか、東に見えるイタリアの海岸線を眺めて過ごされました。お顔には穏やかな笑みが浮かび、ときおり、何か思い出したように、かすかにうなずいておられました。

五日目に、わたしたちはネアポリスに渡りました。このころには、陛下はすっかり弱られて、支えなしには歩けなくなっておられました。それでも、若い体操選手たちと約束した大会に連れていってくれとおっしゃいます。わたしは最期が近づいていることを知りつつも、同意せずにはいられませんでした。寿命を延ばすことができるとしても、せいぜい二、三日であることは明らかだったのです。陛下は午後のあいだずっと、照りつける太陽の下に座り、カプリ島のギリシア人を応援しておられました。大会終了後は椅子から立ち上がれない状態でした。

わたしたちは、競技場から陛下を臥輿で運び出しました。すると陛下が、このままノーラへ直行し、幼少時代を過ごした家に連れていってほしいと言われました。ほんの十八マイルほど先でしたので、わたしは同意しました。翌朝早く、わたしたちはその家に到着しました。

もう時間がないことがわかっていましたので、数日前からリウィアさまとティベリウスさまが滞在されていたベネウエントゥムへ使いを遣りました。手紙には、陛下のご指示に従い、ティベリウスさまにはお会いになりたくないこと、ただしティベリウスさまも臨終の床に駆けつけられたとの情報を広めたければ、それは差し支えないことを明記しました。

亡くなられる日の朝、陛下はわたしにこう言われました。

「ピリッポス、そのときが近づいているのだろう?」

「それは誰にもわかりません」わたしは答えました。「しかし、おっしゃるとおり、近づいていると思います」

陛下は穏やかな表情でうなずかれました。「では、最後の義務を果たさなくてはならない」

ローマでご病気のことを耳にした陛下のお知り合い――当時は友とお呼びになれる人はひとりもいなかったと思います――が何人も、ノーラに駆けつけてきました。陛下はお見舞いを受けられてお別れの言葉をかけ、権限がつつがなく継承されるよう支援を求められました。そして、ティベリウスさまの即位をしっかり支えるようにと命じられました。見舞客のひとりがこれ見よがしに泣いてみせると、陛下は不快感をあらわになさり、こう言われました。

「わたしが満足しているときに泣くとは、なんと思いやりのないことをするのだ」

陛下はそれから、リウィアさまとふたりきりで会いたいと仰せになりました。しかしわたしが部屋を出ようとすると、手振りで、ここにいるようにと指示されました。

リウィアさまに向かって口を開かれた瞬間、わたしは陛下が急速に弱っておられることに気づきました。陛下が手招きをなさり、リウィアさまはひざまずいて、陛下の頰に口づけをなさいました。

「あなたの息子は――」と、陛下は言われました。「あなたの息子は――」

しばらくのあいだ、苦しげにあえいでおられたかと思うと、がくっと下顎から力が抜けました。しかし意志の力を振り絞り、いくらか体力を取り戻されたようです。

「あなたもわたしも、自分を許す必要はない。わたしたちは夫婦だったのだ。たいていの夫婦よりはいい結婚生活を送ったのだ」

陛下はまた枕に頭を戻されました。わたしは駆け寄りました。まだ息をしておられました。リウィアさまが陛下の頰に手を触れられて、少しのあいだ立ち去りがたそうに、おそばについておられましたが、やがて部屋を出ていかれました。

しばらくすると、突然、陛下が目を見開き、わたしに声をかけられました。

「ピリッポス、わたしの記憶は……いまのわたしにはもはや用のないものだ」

それから、お心をあらぬかたにさまよわせておられるように見えました。なぜなら、突然、こう叫ばれたからです。「若者が！　若者がすべてを制するのだ！」

わたしは陛下の額に手を置きました。陛下はもう一度わたしをごらんになり、片方の肘をついて半身を起こし、微笑まれました。そのとたん、あの目の醒めるように青い瞳から、輝きが消えました。体がぴくりと一度だけ引きつり、陛下はわきへお倒れになりました。

こうしてアウグストゥス、ガイウス・オクタウィウス・カエサルさまはその生涯を閉じられました。セクストゥス・ポンペイウスとセクストゥス・アップレイウスが執政官を務めた年の八月十九日、午後三時のことでした。七十二年前、実の父上であった大オクタウィウスさまが息を引き取られた部屋で亡くなられたのです。

オクタウィウスさまがご友人のダマスクスのニコラウスさまに宛てて書かれた長いお手紙のことについても、ひとことお話ししておかなくてはなりません。陛下はそれをわたしに託されました。しかしネアポリスに着いたとき、わたしのもとへ、ニコラウスさまご自身が二週間前にご逝去されたとの知らせが届いたのです。陛下にはそのことをお伝えしませんでした。旧友が最後の手紙を読んでくれるものと信じて、満足しておられるように思えたからです。

陛下のご逝去から数週間後、ご息女のユリアさまがレギウムの幽閉先で亡くなられました。元の夫、ティベリウス帝が餓死させたという噂がささやかれました。真偽のほどはわかりません。いま生きている者の中でも、誰も知らないと思います。

いまは――そして過去三十年以上も前から――若い市民の多くが、オクタウィウス・カエサル帝の長きにわたったご治世を、いくらか見下したように語る風潮があります。陛下ご自身も、死期が近づいたころには、ご自分の業績はすべて無益であったと感じておられたようです。

しかしオクタウィウスさまが生み出されたローマ帝国は、ティベリウス帝の厳格さを生き延び、カリグラ帝の異常なまでの残酷さにも、クラウディウス帝の無能さにも耐えました。そしてこのたび、新たに即位された皇帝は、少年時代に、あなたが家庭教師として指導され、権力の座につかれたいまも側近としてお仕えしておられるおかたです。その皇帝が、あなたによって授けられた知恵と徳でローマを治めてくださることに感謝を捧げ、神々に祈ります。皇帝ネロのもと、ついにローマがオクタウィウス・カエサルさまの夢をかなえる日が来ることを。

一九六七〜一九七二年、ローマ、ノーサンプトン、デンヴァーにて

訳者あとがき

本書は一国の元首の生涯を描いた小説である。その元首とは、初代ローマ皇帝、アウグストゥス。〝アウグストゥス〟とは個人名ではなく、彼がローマの元老院から贈られた尊称で、〝尊厳者〟を意味する。彼のフルネームは、ガイウス・ユリウス・カエサル・オクタウィアヌス（Gaius Julius Caesar Octavianus）といった。末尾の〝オクタウィアヌス〟とは、〝かつてオクタウィウスであった者〟という意味を表す。彼はかの有名なユリウス・カエサルの姪の息子で、もともとは父の姓〝オクタウィウス〟を名乗っていたが、カエサルの養子になったため、このように名を変えたという。一般に歴史書では実父のオクタウィウスと区別するため、彼にはオクタウィアヌスという呼称をあてるそうだが、本書では〝オクタウィウス（Octavius）〟を採用している。著者の真意はわからないが、〝元オクタウィウス〟と名乗るのは不自然だと考えたのかもしれない。

物語の冒頭、オクタウィウスは聡明だが華奢（きゃしゃ）で病弱な十八歳の青年として登場する。その彼が、大叔父（大伯父説もある）ユリウス・カエサルの死後、後継者となって成長を遂げ、したたかに冷徹に政争や内戦を勝ち抜いて地中海世界に平和をもたらし、皇帝として、また父として、さまざまな葛藤を経た末に、穏やかな老境を迎えて最期の日を迎えるまでが語られる。

このように説明すると、正統派の歴史小説のように聞こえるが、本作品は語り手がひとりではない点に特徴がある。手紙と回顧録と各種の文書の断片のみで構成された書簡小説なのだ。登場人物がめいめいの体験を語り、宛名の人物に近況報告をするなかで、オクタウィウスの人物像が浮き彫りになり、鮮やかに物語が立ち上がってくる。もちろん、書簡や文書のほぼすべてが著者の創作だ。情報を小出しにすることで読者の興味をかき立てる趣向になっている。

作品は三部に分かれている。第一部では、カエサルの暗殺から、オクタウィウスが幾多の試練を乗り越えて敵を倒し、ローマ帝国の基礎を築きあげるまでの十三年間を、彼の親友であった軍人アグリッパの回顧録と政治家マエケナスの書簡を中心に描いていく。カエサルの暗殺者のひとり、ブルトゥスを討伐したフィリッピの戦いや、アントニウス、クレオパトラと戦ったアクティウムの海戦など、合戦のようすも臨場感たっぷりに描かれていて、戦記物としても楽しめる。

第二部は一転して、オクタウィウスの家族のドラマに焦点が移る。彼のひとり娘、ユリアの回顧録を中心に、皇帝アウグストゥスの治世のもと、平和のうちに文化興隆の時代を迎えたローマの享楽が活写される。富裕層の若者は饗宴に明け暮れ、庶民は戦車競走や剣闘士の出場する闘技会に熱狂する。しかしオクタウィウスは、そうした世間の浮ついた風潮をよそに、辺境部族や国内の政敵の動きに警戒を怠(おこた)らず、帝国の安泰のため、なんとかして自分の一族の血を引く男子を後継者に据えようと腐心する。息子に恵まれなかった彼は、娘ユリアを三たび嫁がせることで目的を遂げようとするが、これがなかなかうまくいかない。また、ユリアの結婚をめぐり、妻リウィアとのあいだにも深刻な亀裂が生じてしまう。そうこうするうちに、政略の道具であったユリアが内なる自己に目覚め、道ならぬ恋に落ちる。それは帝国の安定を揺るがす危険な恋だった。オクタウィウスはユリアを姦通罪で裁き、ローマから追放する。彼女の回顧録とは、じつは四十路を迎えた彼女が、流刑の島で若かりしころの華やかな思い出を綴(つづ)る手記なのだ。うつろな声の彼女のモノローグがローマの繁栄に影を落とす。

ここまでは、総計三十余名の人物による百通以上の手紙や文書を通して、いくつもの視点からオクタウィウスの生涯が語られるが、彼自身の内面はいっさいわからない。何を考えているのか、まったく見えないままに物語が進んでいく。

しかし第三部に入ると、ふいに彼が肉声で語りだす。そこには、七十六歳になり、死期を悟ったオクタウィウスが、ダマスクスに暮らす友人の歴史家、ニコラウスに宛てて書く長い手紙がおさめられているのだ。たいせつな友を次々に見送り、孤独な余生を送るオクタウィウスは、ニコラウスを唯一の友であり理解者であると感じている。彼は手紙の中で、大叔父カエサルの暗殺を知ってから老年期を迎えるまでの人生を振り返り、折々に自分が感じたこと、考えたことを、はじめてこの友に打ち明ける。読者はここへ来てようやく、真実に触れた気持ちになるが、よく考えてみればそんなはずはない。第一部、第二部には、史料をもとにして書かれた情報も多く盛り込まれているが、第三部のこの手紙だけは完全なフィクションなのだから。にもかかわらず、彼の心の声が語る〝真実〟は、読む人の胸に深く突き刺さる。だがじつは彼自身もあずかり知らぬ真実もまた存在したのだ。人ひとりが生きて死んでいく悲しみ。運命の皮肉。それは、この小説だけが描き出せた真実だった。

著者のジョン・ウィリアムズ（一九二二〜一九九五年）は、米国の作家で、コロラド州のデンヴァー大学文芸創作学科で教鞭をとるかたわら執筆活動に取り組み、生涯に四冊の小説と二冊の詩集を出版した。日本ではそのうち、二作目の小説『ブッチャーズ・クロッシング』（拙訳、作品社）と、二〇一四年に第一回日本翻訳大賞読者賞を受賞した三作目の小説『ストーナー』（東江一紀訳、作品社）が翻訳紹介されている（一作目の*Nothing but the Night*は本人が出来映えを気に入っておらず、自分の作品に数えていない）。本書『アウグストゥス』は彼が遺した最後の作品である。

チャールズ・J・シールズが書いた伝記『完璧な小説を書いた男――ジョン・ウィリアムズとストーナーと作家人生』（*The Man Who Wrote the Perfect Novel: John Williams, Stoner, and the Writing Life*、未訳、二〇一八年）によれば、ウィリアムズが『アウグストゥス』の着想を得たのは、『ストーナー』を脱稿した一九六三年、奨学金を得てオックスフォード大学に夏期留学したときのことだったという。

ドイツ船籍の外洋定期船でイギリスに向かう途中、ウィリアムズは、乗員乗客にドイツ人が多いことに気づいた。ふと、ナチスドイツの強制収容所のことが思い起こされ、この人たちは第二次世界大戦中には何をしていたのだろうと考えた。アイデンティティの不思議に思いをめぐらしているうちに、ローマ皇帝の娘がスキャンダルを起こした話を思い出した。父と娘のあいだにどんな葛藤があったのか、心情を想像しているうちに、小説として書いてみたくなったのだという。オックスフォード大学のコースを終えたのち、彼はその足でローマに向かい、六週間滞在して作品の構想を練った。

帰国してから二年後の一九六五年、彼にとって自信作であった『ストーナー』が出版された。静かな悲しみに満ちた美しい小説だったが、評価が分かれ、一部の読者の熱い支持を得たものの、売れ行きは芳(かんば)しくなかった。しかしこの小説を書いたことが実績として認められ、一九六七年、ロックフェラー財団から、『アウグストゥス』執筆のための研究助成金を受けられることになった。その年の五月、彼はイタリアで取材をするため、ふたたび海を渡った。フランスのルアーヴルで降船すると、ドイツのシュツットガルトに直行してメルセデス・ベンツの新車を買い、アルプス越えをして、ミラノからローマに向かった。資料を読み込み、調査を進めるかたわら、その車でイタリア各地はもちろん、ローマ時代にマケドニア属州であったトルコやユーゴスラビア、さらにギリシャの島々も訪れた。登場人物たちが生きた土地の「空気感を味わいたかった」のだという。しっかりと背景を書き込むために綿密な取材をしたが、彼は、キャラクターたちがそうした歴史の舞台から抜け出し、みずからの〝いま〟を生きている感覚を表現したいと思ったそうだ。それはみごとに成功した。読者は史実がわかっていてもなお、彼らの〝いま〟を感じ、登場人物のひとりひとりが胸にいだく希望や不安や恐れを身近に感じることができるのだ。しかしそれも、背景が生き生きと描写されているからこそ可能なのだろう。物語全体がひとつの生き物のように、圧倒的なスケールとパワーをもって息づいている。

執筆には通算七年を要したという。一九七二年、ウォーターゲート事件で米国中が揺れているさなか、『アウグストゥス』は刊行された。今度は以前とは異なる反響があり、数多くの紙誌で書評に取り上げられ、好評価を受けた。「ワシントンポスト」紙は「米国人作家による最もすぐれた歴史小説」と絶賛した。「ニューヨークタイムズ」紙で二十四年間、書評欄のチーフ・レビュアーを務めたオーヴィル・プレスコットも、出版前の見本を読んだ段階で、「こんなにすばらしい小説は何年も読んだことがない……まったく驚嘆に値する作品だ。技巧の極致を見た思いがする」と、個人的に感想を伝えてきたという。

翌一九七三年、『アウグストゥス』は、第二十四回全米図書賞に輝いた。ただしこの年には異例の事態が起きて、ジョン・バースの『キマイラ』（国重純二訳、新潮社）と賞を分け合う形になった。選考委員の意見が、バースの実験的な作品を推すポストモダン派と、ウィリアムズのオーソドックスな作品を推す伝統文学派にまっぷたつに分かれて紛糾したのだという。結局、どちらもきわめてすぐれた作品であるということで意見の一致を見て、同時受賞となった。授賞式では、ウィリアムズが八歳年下のバースにあたたかく接し、終始なごやかな雰囲気であったという。

それでも『アウグストゥス』の売れ行きはさほど伸びず、ウィリアムズの友人が「ジョンは有名じゃないことで有名だ」と嘆くほどに、彼自身の知名度も上がらずじまいだった。時代に合わなかったのだと言われているが、ウィリアムズにとっては、売れる売れないよりも、期待したほど多くの読者に届かなかったことが無念だっただろう。この作品が広く世に受け入れられたのは、ようやく四十年後、『ストーナー』がヨーロッパで再評価されて世界的なベストセラーになってからのことだった。

本書はウィリアムズにとって最後の発表作品ではあるが、じつは未完の小説の原稿も残されている。タイトルは、『理性の眠り』（*The Sleep of Reason*）といい、名画の贋作と戦争体験をめぐる〝嘘と真実の物語〟なのだそうだ。その一部が文芸誌「プラウシェアズ」の一九八一年秋冬合併号に、作家のダン・ウェイクフィールドによるウィリアムズへのインタビューとともに掲載されている（アマゾンの

kindle版で読むことができる)。この作品の舞台は、ニクソン政権時代のワシントンDC。主人公は美術館の学芸員で、第二次世界大戦中、日本軍の捕虜になった過去を持つ。鑑定家としての実績もあり、そこそこに成功していて、郊外の美しい家に妻とふたりで暮らしている。ところがある日美術館に、元上官を名乗るみすぼらしい身なりの男が訪ねてくる……と、冒頭から一気に引き込まれるが、残念ながらこの雑誌には序盤しか掲載されていない。それでも、あのジョン・ウィリアムズがこんなにも自然にサスペンスタッチの現代小説を書けるのかとびっくりしてしまった。もっと長生きをして完成させてほしかったと思わずにはいられない。

しかし酒とタバコを手放せなかった彼は、肺を患い、十年をかけてやっと百ページほどを書いただけで、それ以上筆を進めることができなかったらしい。一九八五年には、長年勤務したデンヴァー大学を去り、その後しばらくアーカンソー大学の教壇に立ったが、入退院をくり返したのち、フェイエットヴィルでこの世を去った。アウグストゥスよりも短い七十二年の生涯だった。

本書の翻訳に際しては、固有名詞は、わかる範囲でラテン語読みにし、慣用的にラテン語名にしない「エジプト」はそのままとした。また、ギリシア人の名前はギリシア語風の読み方にした。ストーリーの整合性を図るため、地理上の誤り、年齢や年代などの数値の誤りは、史実・事実を確認したうえで修正させていただいた。著者が存命であればきっと了承してくれたことと思う。

半世紀近く遅れてしまったが、ジョン・ウィリアムズが心を込めて書いた小説を日本の読者にお届けすることができて、ほんとうにうれしく思っている。すばらしい作家にお引き合わせくださり、遅筆の訳者に辛抱強くおつきあいくださった作品社の青木誠也さんに心からのお礼を申しあげたい。

二〇二〇年八月　　布施由紀子

【著者・訳者略歴】

ジョン・ウィリアムズ（John Edward Williams）

1922年8月29日、テキサス州クラークスヴィル生まれ。第二次世界大戦中の1942年に米国陸軍航空軍（のちの空軍）に入隊し、1945年まで中国、ビルマ、インドで任務につく。1948年に初の小説、*Nothing But the Night*が、1949年には初の詩集、*The Broken Landscape*が、いずれもスワロープレス社から刊行された。1960年には第2作目の小説、*Butcher's Crossing*をマクミラン社から出版。また、デンヴァー大学で文学を専攻し、学士課程と修士課程を修めたのち、ミズーリ大学で博士号を取得した。1954年にデンヴァー大学へ戻り、以降同大学で30年にわたって文学と文章技法の指導にあたる。1963年には特別研究奨学金を受けてオックスフォード大学に留学し、さらにそこでロックフェラー財団の奨学金を得て、イタリアへ研究調査旅行に出かけた。1965年、第3作目となる小説*Stoner*を上梓。本書は21世紀に入り"再発見"されて、世界的な大ヒット作となる。1972年に出版された最後の小説、*Augustus*（本作）は、イタリア旅行のときの取材をもとに書かれた作品で、翌年に全米図書賞を受賞した。1994年3月4日、アーカンソー州フェイエットヴィルで逝去。

布施由紀子（ふせ・ゆきこ）

翻訳家。大阪外国語大学英語学科卒業。訳書に、A・R・ホックシールド『壁の向こうの住人たち――アメリカの右派を覆う怒りと嘆き』（岩波書店）、エリック・シュローサー『核は暴走する――アメリカ核開発と安全性をめぐる闘い』（上・下、河出書房新社）、ジョン・ウィリアムズ『ブッチャーズ・クロッシング』（作品社）、ケイティ・バトラー『天国の扉をたたくとき』（亜紀書房）、チャールズ・C・マン『1493――世界を変えた大陸間の「交換」』（紀伊國屋書店）、ティモシー・スナイダー『ブラッドランド――ヒトラーとスターリン 大虐殺の真実』（上・下、筑摩書房）、ニック・タース『動くものはすべて殺せ――アメリカ兵はベトナムで何をしたか』（みすず書房）などがある。

アウグストゥス

2020年9月20日初版第1刷印刷
2020年9月25日初版第1刷発行

著　者　ジョン・ウィリアムズ
訳　者　布施由紀子

発行者　和田肇
発行所　株式会社作品社
〒102-0072 東京都千代田区飯田橋2-7-4
TEL.03-3262-9753　FAX.03-3262-9757
http://www.sakuhinsha.com
振替口座00160-3-27183

装　幀　水崎真奈美（BOTANICA）
本文組版　前田奈々
編集担当　青木誠也
印刷・製本　シナノ印刷株式会社

ISBN978-4-86182-820-1 C0097

【作品社の本】

ヴェネツィアの出版人

ハビエル・アスペイティア著　八重樫克彦、八重樫由貴子訳

“最初の出版人”の全貌を描く、ビブリオフィリア必読の長篇小説！

グーテンベルクによる活版印刷発明後のルネサンス期、イタリック体を創出し、持ち運び可能な小型の書籍を開発し、初めて書籍にノンブルを付与した改革者。さらに自ら選定したギリシャ文学の古典を刊行して印刷文化を牽引した出版人、アルド・マヌツィオの生涯。　ISBN978-4-86182-700-6

悪しき愛の書

フェルナンド・イワサキ著　八重樫克彦、八重樫由貴子訳

9歳での初恋から23歳での命がけの恋まで――彼の人生を通り過ぎて行った、10人の乙女たち。バルガス・リョサが高く評価する“ペルーの鬼才”による、振られ男の悲喜劇。ダンテ、セルバンテス、スタンダール、プルースト、ボルヘス、トルストイ、パステルナーク、ナボコフなどの名作を巧みに取り込んだ、日系小説家によるユーモア満載の傑作長篇！　ISBN978-4-86182-632-0

誕生日

カルロス・フエンテス著　八重樫克彦、八重樫由貴子訳

過去でありながら、未来でもある混沌の現在＝螺旋状の時間。家であり、町であり、一つの世界である場所＝流転する空間。自分自身であり、同時に他の誰もである存在＝互換しうる私。目眩めく迷宮の小説！　『アウラ』をも凌駕する、メキシコの文豪による神妙の傑作。　ISBN978-4-86182-403-6

逆さの十字架

マルコス・アギニス著　八重樫克彦、八重樫由貴子訳

アルゼンチン軍事独裁政権下で警察権力の暴虐と教会の硬直化を激しく批判して発禁処分、しかしスペインでラテンアメリカ出身作家として初めてプラネータ賞を受賞。欧州・南米を震撼させた、アルゼンチン現代文学の巨人マルコス・アギニスのデビュー作にして最大のベストセラー、待望の邦訳！

ISBN978-4-86182-332-9

天啓を受けた者ども

マルコス・アギニス著　八重樫克彦、八重樫由貴子訳

合衆国南部のキリスト教原理主義組織と、中南米一円にはびこる麻薬ビジネスの陰謀。アメリカ政府と手を結んだ、南米軍事政権の恐怖。アルゼンチン現代文学の巨人マルコス・アギニスの圧倒的大長篇。野谷文昭氏激賞！　ISBN978-4-86182-272-8

マラーノの武勲

マルコス・アギニス著　八重樫克彦、八重樫由貴子訳

「感動を呼び起こす自由への賛歌」――マリオ・バルガス＝リョサ絶賛！　16～17世紀、南米大陸におけるあまりにも苛烈なキリスト教会の異端審問と、命を賭してそれに抗したあるユダヤ教徒の生涯を、壮大無比のスケールで描き出す。アルゼンチン現代文学の巨匠アギニスの大長篇、本邦初訳！

ISBN978-4-86182-233-9

【作品社の本】

悪い娘の悪戯（こ／いたずら） マリオ・バルガス＝リョサ著　八重樫克彦、八重樫由貴子訳

50年代ペルー、60年代パリ、70年代ロンドン、80年代マドリッド、そして東京……。世界各地の大都市を舞台に、ひとりの男がひとりの女に捧げた、40年に及ぶ濃密かつ凄絶な愛の軌跡。ノーベル文学賞受賞作家が描き出す、あまりにも壮大な恋愛小説。 ISBN978-4-86182-361-9

無慈悲な昼食 エベリオ・ロセーロ著　八重樫克彦、八重樫由貴子訳

「タンクレド君、頼みがある。ボトルを持ってきてくれ」地区の人々に昼食を施す教会に、風変わりな飲んべえ神父が突如現われ、表向き穏やかだった日々は風雲急。誰もが本性をむき出しにして、上を下への大騒ぎ！　神父は乱酔して歌い続け、賄い役の老婆らは泥棒猫に復讐を、聖具室係の養女は平修女の服を脱ぎ捨てて絶叫！　ガルシア＝マルケスの再来との呼び声高いコロンビアの俊英による、リズミカルでシニカルな傑作小説。 ISBN978-4-86182-372-5

顔のない軍隊 エベリオ・ロセーロ著　八重樫克彦、八重樫由貴子訳

ガルシア＝マルケスの再来と謳われるコロンビアの俊英が、母国の僻村を舞台に、今なお止むことのない武力紛争に翻弄される庶民の姿を哀しいユーモアを交えて描き出す、傑作長篇小説。

スペイン・トゥスケツ小説賞受賞！　英国「インデペンデント」外国小説賞受賞！

ISBN978-4-86182-316-9

外の世界 ホルヘ・フランコ著　田村さと子訳

〈城〉と呼ばれる自宅の近くで誘拐された大富豪ドン・ディエゴ。身代金を奪うために奔走する犯人グループのリーダー、エル・モノ。彼はかつて、“外の世界”から隔離されたドン・ディエゴの可憐な一人娘イソルダに想いを寄せていた。そして若き日のドン・ディエゴと、やがてその妻となるディータとのベルリンでの恋。いくつもの時間軸の物語を巧みに輻輳させ、プリズムのように描き出す、コロンビアの名手による傑作長篇小説！　アルファグアラ賞受賞作。 ISBN978-4-86182-678-8

密告者 ファン・ガブリエル・バスケス著　服部綾乃、石川隆介訳

「あの時代、私たちは誰もが恐ろしい力を持っていた――」名士である実父による著書への激越な批判、その父の病と交通事故での死、愛人の告発、昔馴染みの女性の証言、そして彼が密告した家族の生き残りとの時を越えた対話……。父親の隠された真の姿への探求の果てに、第二次大戦下の歴史の闇が浮かび上がる。マリオ・バルガス＝リョサが激賞するコロンビアの気鋭による、あまりにも壮大な大長篇小説！ ISBN978-4-86182-643-6

蝶たちの時代 フリア・アルバレス著　青柳伸子訳

ドミニカ共和国反政府運動の象徴、ミラバル姉妹の生涯！　時の独裁者トルヒーリョへの抵抗運動の中心となり、命を落とした長女パトリア、三女ミネルバ、四女マリア・テレサと、ただひとり生き残った次女デデの四姉妹それぞれの視点から、その生い立ち、家族の絆、恋愛と結婚、そして闘いの行方までを濃密に描き出す、傑作長篇小説。全米批評家協会賞候補作、アメリカ国立芸術基金全国読書推進プログラム作品。 ISBN978-4-86182-405-0

【作品社の本】

ビガイルド　欲望のめざめ　トーマス・カリナン著　青柳伸子訳

女だけの閉ざされた学園に、傷ついた兵士がひとり。心かき乱され、本能が露わになる、女たちの愛憎劇。ソフィア・コッポラ監督、ニコール・キッドマン主演、カンヌ国際映画祭監督賞受賞作原作小説！

ISBN978-4-86182-676-4

被害者の娘　ロブリー・ウィルソン著　あいだひなの訳

同窓会出席のため、久しぶりに戻った郷里で遭遇した父親の殺人事件。元兵士の夫を自殺で喪った過去を持つ女を翻弄する、苛烈な運命。田舎町の因習と警察署長の陰謀の壁に阻まれて、迷走する捜査。十五年の時を経て再会した男たちの愛憎の桎梏に、絡めとられる女。亡き父の知られざる真の姿とは？そして、像を結ばぬ犯人の正体は？

ISBN978-4-86182-214-8

世界探偵小説選

エドガー・アラン・ポー、バロネス・オルツィ、サックス・ローマー原作

山中峯太郎訳著　平山雄一註・解説

『名探偵ホームズ全集』全作品翻案で知られる山中峯太郎による、つとに高名なポーの三作品、「隅の老人」のオルツィと「フーマンチュー」のローマーの三作品。翻案ミステリ小説、全六作を一挙大集成！「日本シャーロック・ホームズ大賞」を受賞した『名探偵ホームズ全集』に続き、平山雄一による原典との対照の詳細な註つき。ミステリマニア必読！

ISBN978-4-86182-734-1

名探偵ホームズ全集　全三巻

コナン・ドイル原作　山中峯太郎訳著　平山雄一註

昭和三十～五十年代、日本中の少年少女が探偵と冒険の世界に胸を躍らせて愛読した、図書館・図書室必備の、あの山中峯太郎版「名探偵ホームズ全集」、シリーズ二十冊を全三巻に集約して一挙大復刻！小説家・山中峯太郎による、原作をより豊かにする創意や原作の疑問／矛盾点の解消のための加筆を明らかにする、詳細な註つき。ミステリマニア必読！

ISBN978-4-86182-614-6、615-3、616-0

隅の老人【完全版】　バロネス・オルツィ著　平山雄一訳

元祖“安楽椅子探偵”にして、もっとも著名な“シャーロック・ホームズのライバル”。世界ミステリ小説史上に燦然と輝く傑作「隅の老人」シリーズ。原書単行本全3巻に未収録の幻の作品を新発見！本邦初訳4篇、戦後初改訳7篇！　第1、第2短篇集収録作は初出誌から翻訳！　初出誌の挿絵90点収録！　シリーズ全38篇を網羅した、世界初の完全版1巻本全集！　詳細な訳者解説付。

ISBN978-4-86182-469-2

思考機械【完全版】　全二巻　ジャック・フットレル著　平山雄一訳

バロネス・オルツィの「隅の老人」、オースティン・フリーマンの「ソーンダイク博士」と並ぶ、あまりにも有名な“シャーロック・ホームズのライバル”。本邦初訳16篇、単行本初収録6篇！　初出紙誌の挿絵120点超を収録！　著者生前の単行本未収録作品は、すべて初出紙誌から翻訳！　初出紙誌と単行本の異動も詳細に記録！　シリーズ50篇を全二巻に完全収録！　詳細な訳者解説付。

ISBN978-4-86182-754-9、759-4

【作品社の本】

すべて内なるものは　エドウィージ・ダンティカ著　佐川愛子訳

全米批評家協会賞小説部門受賞作！　異郷に暮らしながら、故国を想いつづける人びとの、愛と喪失の物語。四半世紀にわたり、アメリカ文学の中心で、ひとりの移民女性としてリリカルで静謐な物語をつむぐ、ハイチ系作家の最新作品集、その円熟の境地。　ISBN978-4-86182-815-7

ほどける　エドウィージ・ダンティカ著　佐川愛子訳

双子の姉を交通事故で喪った、十六歳の少女。

自らの半身というべき存在をなくした彼女は、家族や友人らの助けを得て、アイデンティティを立て直し、新たな歩みを始める。全米が注目するハイチ系気鋭女性作家による、愛と抒情に満ちた物語。

ISBN978-4-86182-627-6

海の光のクレア　エドウィージ・ダンティカ著　佐川愛子訳

七歳の誕生日の夜、煌々と輝く満月の中、父の漁師小屋から消えた少女クレアは、どこへ行ったのか——。海辺の村のある一日の風景から、その土地に生きる人びとの記憶を織物のように描き出す。

全米が注目するハイチ系気鋭女性作家による、最新にして最良の長篇小説。　ISBN978-4-86182-519-4

地震以前の私たち、地震以後の私たち

それぞれの記憶よ、語れ

エドウィージ・ダンティカ著　佐川愛子訳

ハイチに生を享け、アメリカに暮らす気鋭の女性作家が語る、母国への思い、芸術家の仕事の意義、ディアスポラとして生きる人々、そして、ハイチ大地震のこと——。

生命と魂と創造についての根源的な省察。カリブ文学OCMボーカス賞受賞作。

ISBN978-4-86182-450-0

愛するものたちへ、別れのとき

エドウィージ・ダンティカ著　佐川愛子訳

アメリカの、ハイチ系気鋭作家が語る、母国の貧困と圧政に翻弄された少女時代。

愛する父と伯父の生と死。そして、新しい生命の誕生。感動の家族愛の物語。

全米批評家協会賞受賞作！　ISBN978-4-86182-268-1

ウールフ、黒い湖　ヘラ・S・ハーセ著　國森由美子訳

ウールフは、ぼくの友だちだった——オランダ領東インド。農園の支配人を務める植民者の息子である主人公「ぼく」と、現地人の少年「ウールフ」の友情と別離、そしてインドネシア独立への機運を丹念に描き出し、一大ベストセラーとなった〈オランダ文学界のグランド・オールド・レディー〉による不朽の名作、待望の本邦初訳！　ISBN978-4-86182-668-9

【作品社の本】

ヴィクトリア朝怪異譚

ウィルキー・コリンズ、ジョージ・エリオット、メアリ・エリザベス・ブラッドン、マーガレット・オリファント著　三馬志伸編訳

イタリアで客死した叔父の亡骸を捜す青年、予知能力と読心能力を持つ男の生涯、先々代の当主の亡霊に死を予告された男、養女への遺言状を隠したまま落命した老貴婦人の苦悩。日本への紹介が少なく、読み応えのある中篇幽霊物語四作品を精選して集成！　ISBN978-4-86182-711-2

夢と幽霊の書

アンドルー・ラング著　ないとうふみこ訳　吉田篤弘巻末エッセイ

ルイス・キャロル、コナン・ドイルらが所属した心霊現象研究協会の会長による幽霊譚の古典、ロンドン留学中の夏目漱石が愛読し短篇「琴のそら音」の着想を得た名著、120年の時を越えて、待望の本邦初訳！　ISBN978-4-86182-650-4

ゴーストタウン　**ロバート・クーヴァー著　上岡伸雄、馬籠清子訳**

辺境の町に流れ着き、保安官となったカウボーイ。酒場の女性歌手に知らぬうちに求婚するが、町の荒くれ者たちをいつの間にやら敵に回して、命からがら町を出たものの――。

書き割りのような西部劇の神話的世界を目まぐるしく飛び回り、力ずくで解体してその裏面を暴き出す、ポストモダン文学の巨人による空前絶後のパロディ！　ISBN978-4-86182-623-8

ようこそ、映画館へ　**ロバート・クーヴァー著　越川芳明訳**

西部劇、ミュージカル、チャップリン喜劇、『カサブランカ』、フィルム・ノワール、カートゥーン……。あらゆるジャンル映画を俎上に載せ、解体し、魅惑的に再構築する！　ポストモダン文学の巨人がラブレー顔負けの過激なブラックユーモアでおくる、映画館での一夜の連続上映と、ひとりの映写技師、そして観客の少女の奇妙な体験！　ISBN978-4-86182-587-3

ノワール　**ロバート・クーヴァー著　上岡伸雄訳**

“夜を連れて”現われたベール姿の魔性の女(ファム・ファアタール)「未亡人」とは何者か!?

彼女に調査を依頼された街の大立者「ミスター・ビッグ」の正体は!?

そして「君」と名指される探偵フィリップ・M・ノワールの運命やいかに!?

ポストモダン文学の巨人による、フィルム・ノワール／ハードボイルド探偵小説の、アイロニカルで周到なパロディ！　ISBN978-4-86182-499-9

老ピノッキオ、ヴェネツィアに帰る

ロバート・クーヴァー著　斎藤兆史、上岡伸雄訳

晴れて人間となり、学問を修めて老境を迎えたピノッキオが、故郷ヴェネツィアでまたしても巻き起こす大騒動！　原作のオールスター・キャストでポストモダン文学の巨人が放つ、諧謔と知的刺激に満ち満ちた傑作長篇パロディ小説！　ISBN978-4-86182-399-2

【作品社の本】

アルジェリア、シャラ通りの小さな書店

カウテル・アディミ　平田紀之訳

1936年、アルジェ。21歳の若さで書店《真の富》を開業し、自らの名を冠した出版社を起こしてアルベール・カミュを世に送り出した男、エドモン・シャルロ。第二次大戦とアルジェリア独立戦争のうねりに翻弄された、実在の出版人の実り豊かな人生と苦難の経営を叙情豊かに描き出す、傑作長編小説。ゴンクール賞、ルノドー賞候補、〈高校生（リセエンヌ）のルノドー賞〉受賞！

ISBN978-4-86182-784-6

モーガン夫人の秘密　　リディアン・ブルック著　下隆全訳

1946年、破壊された街、ハンブルク。男と女の、少年と少女の、そして失われた家族の、真実の愛への物語。リドリー・スコット製作総指揮、キーラ・ナイトレイ主演、映画原作小説！

ISBN978-4-86182-686-3

美しく呪われた人たち　　F・スコット・フィッツジェラルド著　上岡伸雄訳

デビュー作『楽園のこちら側』と永遠の名作『グレート・ギャツビー』の間に書かれた長編第二作。刹那的に生きる「失われた世代」の若者たちを絢爛たる文体で描き、栄光のさなかにありながら自らの転落を予期したかのような恐るべき傑作、本邦初訳！

ISBN978-4-86182-737-2

分解する　　リディア・デイヴィス著　岸本佐知子訳

リディア・デイヴィスの記念すべき処女作品集！「アメリカ文学の静かな巨人」のユニークな小説世界はここから始まった。

ISBN978-4-86182-582-8

サミュエル・ジョンソンが怒っている

リディア・デイヴィス著　岸本佐知子訳

これぞリディア・デイヴィスの真骨頂！
強靭な知性と鋭敏な感覚が生み出す、摩訶不思議な56の短編。

ISBN978-4-86182-548-4

オランダの文豪が見た大正の日本

ルイ・クペールス著　國森由美子訳

長崎から神戸、京都、箱根、東京、そして日光へ。東洋文化への深い理解と、美しきもの、弱きものへの慈しみの眼差しを湛えた、ときに厳しくも温かい、五か月間の日本紀行。

ISBN978-4-86182-769-3

ランペドゥーザ全小説　附・スタンダール論

ジュゼッペ・トマージ・ディ・ランペドゥーザ著　脇功、武谷なおみ訳

戦後イタリア文学にセンセーションを巻きおこしたシチリアの貴族作家、初の集大成！
ストレーガ賞受賞長編『山猫』、傑作短編「セイレーン」、回想録「幼年時代の想い出」等に加え、著者が敬愛するスタンダールへのオマージュを収録。

ISBN978-4-86182-487-6

【作品社の本】

朝露の主たち　ジャック・ルーマン著　松井裕史訳

今なお世界中で広く読まれるハイチ文学の父ルーマン、最晩年の主著、初邦訳。15年間キューバの農場に出稼ぎに行っていた主人公マニュエルが、ハイチの故郷に戻ってきた。しかしその間に村は水不足による飢饉で窮乏し、ある殺人事件が原因で人びとは二派に別れていがみ合っている。マニュエルは、村から遠く離れた水源から水を引くことを発案し、それによって水不足と村人の対立の両方を解決しようと画策する。マニュエルの計画の行方は……。若き生の躍動を謳歌する、緊迫と愛憎の傑作長編小説。

ISBN978-4-86182-817-1

黒人小屋通り　ジョゼフ・ゾベル著　松井裕史訳

カリブ海に浮かぶフランス領マルチニック島。農園で働く祖母のもとにあずけられた少年は、仲間たちや大人たちに囲まれ、豊かな自然の中で貧しいながらも幸福な少年時代を過ごす。

『マルチニックの少年』として映画化もされ、ヴェネツィア国際映画祭で銀獅子賞を受賞した不朽の名作、半世紀以上にわたって読み継がれる現代の古典、待望の本邦初訳！


ISBN978-4-86182-729-7

迷子たちの街　パトリック・モディアノ著　平中悠一訳

さよなら、パリ。ほんとうに愛したただひとりの女……。

2014年ノーベル文学賞に輝く《記憶の芸術家》パトリック・モディアノ、魂の叫び！　ミステリ作家の「僕」が訪れた20年ぶりの故郷・パリに、封印された過去。息詰まる暑さの街に《亡霊たち》とのデッドヒートが今はじまる――。


ISBN978-4-86182-551-4

失われた時のカフェで

パトリック・モディアノ著　平中悠一訳

ルキ、それは美しい謎。現代フランス文学最高峰にしてベストセラー……。

ヴェールに包まれた名匠の絶妙のナラション（語り）を、いまやわらかな日本語で――。

あなたは彼女の謎を解けますか？　併録「『失われた時のカフェで』とパトリック・モディアノの世界」。

ページを開けば、そこは、パリ

ISBN978-4-86182-326-8

人生は短く、欲望は果てなし

パトリック・ラペイル著　東浦弘樹、オリヴィエ・ビルマン訳

妻を持つ身でありながら、不羈奔放なノーラに恋するフランス人翻訳家・ブレリオ。

やはり同様にノーラに惹かれる、ロンドンで暮らすアメリカ人証券マン・マーフィー。

英仏海峡をまたいでふたりの男の間を揺れ動く、運命の女。奇妙で魅力的な長篇恋愛譚。

フェミナ賞受賞作！


ISBN978-4-86182-404-3

ボルジア家　アレクサンドル・デュマ著　田房直子訳

教皇の座を手にし、アレクサンドル六世となるロドリーゴ、その息子にして大司教／枢機卿、武芸百般に秀でたチェーザレ、フェラーラ公妃となった奔放な娘ルクレツィア。一族の野望のためにイタリア全土を戦火の巷にたたき込んだ、ボルジア家の権謀と栄華と凋落の歳月を、文豪大デュマが描き出す！

ISBN978-4-86182-579-8

【作品社の本】

戦下の淡き光　マイケル・オンダーチェ著　田栗美奈子訳

1945年、うちの両親は、犯罪者かもしれない男ふたりの手に僕らをゆだねて姿を消した――。母の秘密を追い、政府機関の任務に就くナサニエル。母たちはどこで何をしていたのか。周囲を取り巻く謎の人物と不穏な空気の陰に何があったのか。人生を賭して、彼は探る。あまりにもスリリングであまりにも美しい長編小説。

ISBN978-4-86182-770-9

名もなき人たちのテーブル　マイケル・オンダーチェ著　田栗美奈子訳

わたしたちみんな、おとなになるまえに、おとなになったの――11歳の少年の、故国からイギリスへの3週間の船旅。それは彼らの人生を、大きく変えるものだった。仲間たちや個性豊かな同船客との交わり、従姉への淡い恋心、そして波瀾に満ちた航海の終わりを不穏に彩る謎の事件。映画『イングリッシュ・ペイシェント』原作作家が描き出す、せつなくも美しい冒険譚。

ISBN978-4-86182-449-4

ヤングスキンズ　コリン・バレット著　田栗美奈子・下林悠治訳

経済が崩壊し、人心が鬱屈したアイルランドの地方都市に暮らす無軌道な若者たちを、繊細かつ暴力的な筆致で描きだす、ニューウェイブ文学の傑作。世界が注目する新星のデビュー作！　ガーディアン・ファーストブック賞、ルーニー賞、フランク・オコナー国際短編賞受賞！

ISBN978-4-86182-647-4

孤児列車　クリスティナ・ベイカー・クライン著　田栗美奈子訳

91歳の老婦人が、17歳の不良少女に語った、あまりにも数奇な人生の物語。火事による一家の死、孤児としての過酷な少女時代、ようやく見つけた自分の居場所、長いあいだ想いつづけた相手との奇跡的な再会、そしてその結末……。すべてを知ったとき、少女モリーが老婦人ヴィヴィアンのために取った行動とは――。感動の輪が世界中に広がりつづけている、全米100万部突破の大ベストセラー小説！

ISBN978-4-86182-520-0

ハニー・トラップ探偵社　ラナ・シトロン著　田栗美奈子訳

「エロかわ毒舌キュート！　ドジっ子女探偵の泣き笑い人生から目が離せません（しかもコブつき）」――岸本佐知子さん推薦。スリルとサスペンス、ユーモアとロマンス――一粒で何度もおいしい、ハチャメチャだけど心温まる、とびっきりハッピーなエンターテインメント。

ISBN978-4-86182-348-0

心は燃える　J・M・G・ル・クレジオ著　中地義和・鈴木雅生訳

幼き日々を懐かしみ、愛する妹との絆の回復を望む判事の女と、その思いを拒絶して、乱脈な生活の果てに恋人に裏切られる妹。先人の足跡を追い、ペトラの町の遺跡へ辿り着く冒険家の男と、名も知らぬ西欧の女性に憧れて、夢想の母と重ね合わせる少年。
ノーベル文学賞作家による珠玉の一冊！

ISBN978-4-86182-642-9

嵐　J・M・G・ル・クレジオ著　中地義和訳

韓国南部の小島、過去の幻影に縛られる初老の男と少女の交流。ガーナからパリへ、アイデンティティーを剝奪された娘の流転。ル・クレジオ文学の本源に直結した、ふたつの精妙な中篇小説。ノーベル文学賞作家の最新刊！

ISBN978-4-86182-557-6